Abel Ibarra

Balseros del aire

Rayuela
TALLER DE EDICIONES

Balseros del aire

Abel Ibarra

Rayuela
TALLER DE EDICIONES

BALSEROS DEL AIRE

© 2014, Abel Ibarra
© 2014, de esta edición, Rayuela Taller de Ediciones
Agosto 2014

Diseño de portada: Ronald García
Foto de contraportada: William Prazuela
Diagramación: Verónica Alonso

Hecho el depósito de Ley
Depósito Legal lf 51320148002829
ISBN 978-980-6406-76-6

Impreso en los talleres de Classic Printing Inc.
3140 West 84th St # 7. Hialeah Fl, 33018

Rayuela Taller de Ediciones
Calle B de La Carlota, Quinta Mimigeka
Nº 8-25. Mun. Sucre, Caracas - Venezuela.
Telf.: (0212) 238.46.41 • 234.00.82
Mail: rayuelaediciones@gmail.com

A Carmen y Guillermo,
autores de este disturbio que soy yo.

A todos los que viven
"sin patria pero sin amo".

... y he descendido para librarlos de mano de los egipcios, y sacarlos de aquella tierra a una tierra buena y ancha, a tierra que fluye leche y miel, a los lugares del cananeo, del heteo, del amorreo, del ferezeo, del heveo y del jebuseo.

ÉXODO 3:8

No preguntéis su nombre a quien os pide asilo. Precisamente quien más necesidad tiene de asilo es el que tiene más dificultad en decir su nombre.

VÍCTOR HUGO

"Es peligroso dejar el país de uno, pero es más peligroso volver a él, porque entonces tus compatriotas, si pueden, te clavarán un cuchillo en el corazón". Esas sabias palabras son del Yei-Yei, de JJ, de James Joyce. Como en otras ocasiones, las hago mías: sólo le añado una sabiduría moderna. Donde JJ pone corazón, yo podría decir espalda.

GUILLERMO CABRERA INFANTE

Los venezolanos no tenemos la culpa de ser unos balseros del aire.

BÁRBARA PALACIOS.
Miss Universo 1986

Índice

CAPÍTULO UNO

Como los muelles en el alba

Uno pierde el sentido de pertenencia a todo cuando decide irse del país. Bajas por la autopista Caracas-La Guaira ausente de ti mismo. Las montañas al lado derecho dicen adiós con silencio calcáreo y el barranco de la izquierda es anticipo del futuro. Despedirse es un ahogo tóxico cuando no tienes esperanza del retorno. Al partir furtivamente te narcotizas con el recuerdo de tus caras familiares agolpadas en el último momento. Y tienes la evidencia de que no hay marcha atrás al hojear la mitad del boleto de ida y vuelta que no utilizarás nunca. El aeropuerto es el último eslabón tangible. Hay algo heroico en la huida del brete autoritario: comenzar a vivir empezando otra vez, andando a contracorriente de quienes te decían altaneros que aquí no va a pasar nada. Lo heroico está en que aprendes a tirar todo a pérdida y en descubrir que el infierno es personal e intransferible como la cédula de identidad. A partir de allí te acostumbras a los mutismos, los recelos, montas tu plan de escape sin comentarlo a nadie, a sabiendas de que el exilio tiene un regusto por los secretos, la soledad y los plazos largos.

No hay remedio inmediato. El caudillaje ha calado hondo, los jerarcas del régimen convirtieron al país en un cuero seco de postración y a la gente en objetivo militar. Un objetivo militar es la exaltación de lo inútil, prescindible y fugaz, a menudo atravesado en el camino de una bala caprichosa. Y, el militar mismo, un ser obligado a la obediencia ciega, acostumbrado a anularse para ascender en la escalera de la jerarquía, donde cada nuevo grado atenúa su condición de subalterno. Fatal, cuando en ese maratón sordo, el aspirante no llega hasta el cenit de los generales y se detiene en la charretera del coronel, a quien evitan hasta las cartas. Pero si el aspirante a la gloria marcial se pasma en teniente coronel mi comandante, el asunto se complica porque no hay nada más peligroso que un frustrado con pistola al cinto. Un teniente coronel sin futuro es el prepucio de la nada, siempre al acecho del momento en que la vida comience a cojear para darle una zancadilla y vengarse de su propia nulidad. Pobre país que quedó al arbitrio de un teniente coronel frustrado, ese pellejo prepotente llegado al poder por un golpe bajo de la fortuna, lo perverso de quienes siempre medran en la confusión, lambuceando en la podredumbre, y la candidez (por decir lo menos), de la gente que vive a la espera de un salvador. Lo malo de los salvadores de la patria es que aparecen justo en el momento en que uno se encaró con sus propios yerros, después hay que aprender a vivir con los de ellos que siempre terminan en hecatombe.

No había tenido tiempo de disiparse la quimera expiatoria, cuando la ignorancia, el odio y la barbarie, entraron a saco con su bandera de barco pirata que toma por asalto la vida de la gente. ¡Hágase el miedo! y todo el mundo se convierte en un exilado. Los que se quedan viven presos de su circunstancia, expatriados de sí mismos, buscando aire en su burbuja personal como si el mundo quedara en otro sistema solar. Los que se van corren la misma suerte pero con dados distintos. Un exilado es un ser en peligro de extinción, obligado a dar pruebas de su existencia para seguir viviendo aunque sea a medias. El escapado de una dictadura es el preludio del olvido... *Forget it,* escuchas tras las imágenes que te precipitan en un engrudo de emociones, a medida que se ha ido consumiendo el trecho de la autopista y allí está el aeropuerto con su temblor de espejismo. Bajas de la camioneta de tu hermano Román con la vida en una maleta. Atraviesas las puertas automáticas que se abren como guillotinas horizontales, mientras aparece un puesto donde estacionar. Caminas por el lobby del aeropuerto queriendo consumir los últimos minutos lo más rápidamente posible, pero te mareas con las policromías cinéticas de Cruz Diez en el piso. Te detienes. Miras a lado y lado del pasillo la seguidilla de mostradores y logotipos de líneas aéreas, con la respiración entrecortada. Aspiras profundamente para oxigenarte el cerebro, sigues con la mirada la línea luminosa de carteles y caminas hasta una fila que se vacía de pasajeros a cuentagotas. Te toca el turno y te vuelves gente otra vez cuando la empleada te interpela con su simpatía corporativa.

—Su pasaporte por favor y su boleto –dijo el figurín de uniforme azul (con distintivo de alas plateadas en el lugar del corazón) y le clavó la vista a los documentos para el cotejo rutinario de datos personales. Levantó la cabeza, se afincó en la máscara impresa sobre la cara y preguntó servicialmente:

—Señor Albedo, ¿cuántas maletas tiene?

Pedro Pablo se sintió paupérrimo cuando respondió con desgano que una. Impostó una sonrisa obligada y montó la maleta en la balanza, mientras la aeromoza de tierra le colocaba una cinta con su identificación personal y su dirección, ambas en trance de borrarse para siempre. *Pedro Pablo Albedo. Urb. La Alameda. Calle "H". Res. "Atalaya". Piso 7. Apto 7. Caracas, 1080, Venezuela,* dice el letrero buscando espacio a duras penas en la pequeña tira de plástico. Una gota fría le corrió por la espalda hasta mojar la liga del calzoncillo de algodón. Guardó sus documentos en el bolsillo interior del saco, dio media vuelta sobre su propio desconcierto, recogió la computadora portátil del piso colocándosela en el hombro a la bandolera, y se llenó de valor para afrontar el máximo temor de aquel trayecto: los escritorios de Identificación y Extranjería. Se detuvo frente a la raya amarilla donde uno se vuelve viajero. Abrazó a su hermano Román que apareció mientras la eternidad transcurría, lo besó con un nos vemos por no dejar, besó a su mujer con el sabor de naranja agria de la casi última pelea, hasta pronto y se separó sin decir una palabra, deseando que no fuera verdad lo que estaba ocurriendo...

Por primera vez sintió la palabra extranjería como algo familiar y avanzó entre la fila de penitentes sometidos al suplicio auscultador de la policía, acostumbrándose desde ya a un nuevo comienzo. Bueno, si tiene la suerte de pasar indemne por el escritorio ahíto de agentes de los cuerpos de seguridad del régimen, oficio que logró su verdadera razón de ser desde que la palabra delación y el exceso petrolero, engordaron la gleba parasitaria del país.

Un dolor seco se le pega debajo del esternón y se acuerda de que tiene estómago. Vuelve a respirar profundo, avanza, entrega pasaporte y *boarding pass,* mostrando una sonrisa de mampostería. La sonrisa se queda flotando con su concreto aéreo porque el funcionario ni voltea a verlo.

—¿Pedro Pablo Albedo? –preguntó el tombo buscando el nombre entre los reportes policiales en el monitor de la computadora.

—Sí señor –dijo reprimiendo un temblor involuntario.

—¿Tú eres portugués?

—No, venezolano (coño de tu madre, pensó). El apellido es español, viene de alba, de amanecer –floripondió para sacarse el temblorcito por las ramas del árbol genealógico.

—Entonces pasa rápido para que no tengamos que quedarnos hasta mañana. Selló las hojas en un acto reflejo y le devolvió los documentos con la misma desidia inconsciente de quien masca chicle. ¡El próximo! –ordenó, balanceando entre los labios el palillo de dientes con que algunos funcionarios se escarban el mal gusto y se hacen más antipáticos para cualquier persona de carne y hueso (las hay de otro tipo).

Pedro Pablo volvió a respirar acompasadamente y avanzó con paso lerdo, empujado por una sensación de bicho inútil. Fue la primera vez que caminó conscientemente hacia nada. Entró en una *duty free shop* donde ya comenzaban a escasear los productos imperialistas por orden de la revolución. Paseó entre los anaqueles medio vacíos hasta llegar al fondo, donde brillaba la silueta dorada de Johnny Walker sobre la etiqueta negra de la última botella de escocés. La agarró súbitamente como si estuvieran acechándolo para quitársela, volvió sobre sus pasos, tomó un cartón de cigarrillos Astor rojo de un aparador contiguo a la caja registradora y se fue contento (por primera vez desde que comenzó a bajar por la autopista), porque pagó a mitad de precio aquellas especies en peligro de extinción. Caminó más relajadamente hacia el aerobar, se sentó abriendo la boca con gesto global y pidió un whiskey de marca ídem al que llevaba como un tesoro en la bolsa plástica. Prendió un cigarrillo que desapareció con la misma velocidad del scotch en el vaso y dejó un billete con algo de propina sobre la factura, puesta por adelantado en la mesa.

Se levantó con más aplomo, apertrechado con la bolsa del vicio en una mano y la computadora en la otra, bajo los efectos del vaso dilatador que le disminuyó la presión en las circunvoluciones del cerebro. Caminó hacia la terraza de los suspiros, miró sobre la pista la hilera de aviones apurados por partir, vio a los que aterrizaban y respiró profundamente aquel vaho caliente para memorizar el último aire del país. Exhaló, justo en el momento en que la voz femenina de los altoparlantes tosió que pasajeros del vuelo 501 con destino a Miami, favor abordar el avión por la salida M-13. Entró en el gusano con el mismo aire sofocándole el laberinto de los pulmones, repletos de nicotina, pensando en que debía dejar de fumar y, de un solo tirón, se volvió otro sin saber exactamente quién. Trató de consolarse mirando todas las piernas de aeromozas que pudo y siguió unas que le indicaban su lugar transitorio. Sonrió según su costumbre. Asumió su asiento como una posesión inútil frente a la ventana y, en menos de lo que suspira un suspiro, se quedó dormido con la memoria de Jesús María González (su primer amigo de muerte maluca), metida en el vapor insolente de los sueños "sueños son".

Si uno no habla bien de sí mismo sólo quedará una conspiración del silencio. La envidia es el alma de los que no tienen razón

—OK, déjenme apagar esto hasta que regrese –puso el aparato sobre la mesita de centro de la sala y sorbió un trago de su primer whiskey en aquella tarde de hierro fundido.

—¿Para qué grabas, José Antonio? –preguntó Tatiana con la cara que puso Eva cuando despertó en el Paraíso.

—Por si acaso.

—*Im bemikre hashki'a* –entonó Cory, mientras sobaba las cuentas del kombolói que le regaló un griego ortodoxo durante su único viaje a Jerusalén. Ronald acercó el oído al oráculo de su mujer, sorbió del trago e hizo la traducción casi simultánea.

—Por si acaso el ocaso.

—No, Cory, todo lo contrario, me refiero a la historia –precisó José Antonio.

—¿Cuál? –(Un descreído).

—La nuestra, la gente no tiene por qué hacer algo especial o ser un héroe para pasar a la historia, basta que sobreviva en el extranjero. A la segunda generación ya perteneces al nuevo país.

—¡Cierto!, uno ve a los hijos hablando inglés perfectamente y siente que hubiera vivido aquí desde siempre. La inocencia es como el papel secante, lo absorbe todo sin remordimiento –terció Montserrat sin nostalgia.

—A mí me gustaría escuchar esta grabación dentro de veinte años –sorbió otra vez y resbaló sus palabras sin transición. Tatiana, grabo para que quede constancia.

—¿Constancia de qué?

—Del momento en que pasas la frontera de exilado a inmigrante, cuando te vuelves gente otra vez . (Trago). ¿Tú te imaginas que no le dejemos a los nietos ni un retazo de lo que vivieron sus ancestros?

—Es para lo único que vamos a quedar –completó Vinicio el augurio retrospectivo– para ancestros.

—Eso sonó a fantasma –difuminó un candidato a lo mismo.

—O a olvido, como aquel whiskey llamado *Ancestor*, que vendían hace muchos años y desapareció de las licorerías, era el preferido de Pérez Jiménez. Es lo que pasa con los dictadores, que cuando pierden la silla hasta el aguardiente se les evapora –remató el espíritu burlón del Toby y huyó hacia la cocina para meterle el ojo al sancocho de pescado que ya olía.

—¿Pedro Pablo qué es él?

—Albedo, Pedro Pablo Albedo. Suena como si tuviera estirpe, como si viniera de alguien importante, pero que va, es hijo de un obrero, un pataenelsuelo que se hizo solo. Claro, como el apellido es sonoro, con ese repique aristocrático pareciera otra cosa.

—Pero él tiene algo de príncipe, ¿no?, a pesar de la cara de aceituna —medio contradijo Cory y Ronald asintió arqueando las cejas, orgulloso del tino reflexivo de su mujer. Quizá viene de algún gitano antiguo o de un piache Caribe.

—O de un chibcha recolector de papas —le dobló el lomo Alexis.

—No, pero su abuela tenía sangre alemana, Guillermina Bravo Bischoff, para ser justos. Le pusieron Guillermina por Wilhelm, el único de sus tíos que se salvó de la Primera Guerra Mundial. A los otros dos los identificaron por la plaquita que les colgaba del pedacito de cuello.

—Ay, que horrible —se horrorizó Noly y regresó a su silencio de ojos verdes e incitantes.

Pedro Pablo dice que heredó de la abuela Guillermina dos manías y una dolencia: lo del pasado alemán, el gusto por los cuentos y una dentadura defectuosa. Vive escarbándose la memoria entre Berlín, Caracas y Mérida, de donde es su mamá, igual al explorador que busca el eslabón perdido de un rompecabezas. Luego cuenta unas historias atiborradas de gente y sucesos borrosos que se parecen a los rayos equis de una muela, donde lo ario no asoma por ningún lado. Sus primos Albedo Mendoza lo heredaron todo: el cabello amarillo, el retrato del matrimonio de la bisabuela Bischoff con el bisabuelo Juan Bravo y el del abuelo José Antonio Albedo (ese portento con pinta de actor mexicano) que les tocó en la repartición de bienes cuando se murió la abuela Guillermina. Pero a falta de abolengo bueno es estilo. Pedro Pablo aprendió a tapar los huecos de sus carencias con ese humor punzante que le cambia el carácter a lo adverso y le lava la cara a las malas noticias. Con los años descubrió el Don de no tomarse muy en serio, sabiendo que lo demás es peor y a encontrar las palabras que le raspan las sobras a la vida.

—Sí, él vive inventando disparates simpáticos sólo por llevar la contraria y habla como si estuviera narrando los carnavales de Nueva Orleans. En estos días estábamos en una fiesta y alguien dijo que recordar es vivir, cuando salió a bailar un bolero con la esposa, ¡dígame eso! Pedro Pablo volteó mirándolo con malas pulgas de fiscal de tránsito. Eso es mentira. El tipo se paralizó y cuando estaba por responder algo le soltó otra finura. Recordar es vivir solamente la mitad.

Los pasos de baile quedaron gravitando sin dueño, el hombre lo miró con los mismos ojos de Colón cuando se tropezó con América. Pedro Pablo entró en un éxtasis vaporoso, concentrado en los pensamientos que se le precipitaban en la punta de la lengua... Trago corto, los dedos de la mano derecha en la frente, el brazo izquierdo hacia el techo, cierra los ojos y dice con voz de médium sin desayuno.

—Los recuerdos son sólo la sombra de las cosas.

—O el pedazo de luna que se borra en un eclipse (el dueño de casa que trabaja en Cabo Cañaveral).

—O el espejismo de un espejo (un jodedor oculto en la otra cara de la luna del balcón).

Pedro Pablo agradeció la complicidad, abrió el ojo derecho como si cogiera puntería en el fondo del espejismo, tomó aire, le dio otro chupito al trago de scotch y continuó la prescripción estupefaciente.

—Si vives sólo de recuerdos estás muerto.

Noly iba a interrumpir poniendo boca de luto y José Antonio la frenó en seco. – ¡No, espérate!, que el remate fue lo mejor. Por eso hay mucho viejo melancólico que huele a rancio.

—¿Y no tenía algo menos espeso?, ese hombre ha podido disgustarse –estuvo a punto de echar a correr Ronald.

—No, aparte de que Dios es muy grande, todo el mundo se murió de la risa, incluido el regañado, terminaron celebrándolo, por poco no aplauden. De todos modos era tarde y aproveché para despedirnos. ¡No fuera a ser!...

—¿Pero estaba borracho? –se espinó Linda.

—No, lo que pasa es que Pedro Pablo es un sofista astringente –oscureció Alexis, pero nadie reparó en el vacilón ontológico.

—¿Y cómo te acuerdas de todo lo que dijo?

—Es que me lo sé de memoria, Pedro Pablo y yo llevamos toda la vida parrandeando juntos. (Trago largo y vuelta a la vuelta). Les recomiendo algo, a él hay que bebérselo con calma. No te das cuenta de que después de embullarte con una historia salta hacia otra, te desorienta, regresa al principio, brinca al final y de pronto se queda mudo, ensimismado, se empuja un trago, afila los ojos, hasta que suelta una carcajada y pone cara de quien estrena zapatos.

—¿Cómo irá a ser ahora que está saliendo de las malas? –confidenció Gustavo.

—¿Qué le pasó? –se volvió a inquietar Noly.

—No, nada grave, que la necesidad empezó a hacerle morisquetas como a todo novicio, pero después fue resolviendo, poco a poco. Cuando Abel comenzó a trabajar conmigo en la publicidad le dejó su título nobiliario. Valet Parking en el estacionamiento del Castillo de Sir Donald Trump, en la Golden Coast, llevando el sol hereje, pero ya se emparejó, ahora está conmigo en la compañía en el mismo cargo que dejó Abel, *Senior Creative Copywriter*. ¡Ajá! –la tranquilizó Gustavo con finura de chambelán de la corte.

—¿Y cómo le va a Abel? –preguntó Noly vuelta azúcar en la boca.

—Bien, ya tiene tiempo en Tampa dirigiendo *La Gaceta Newspaper*, es el *Spanish Editor*, ¿qué tal?, dice que es el periódico más viejo de la Florida. Más tarde le damos un telefonazo –aprovechó Alexis para anudarse a la complicidad de siempre.

—Ese es otro que vive en un solo brinco, como si la vida no se fuera a acabar. Ayer me mandó un correo electrónico –Ronald abrió una busaca que le quedó a Cory de sus tiempos de hippy, pero que hacía juego con los dos. Comenzó a garrapatear dentro del fajo de artículos, *"Al pie de la letra"*, la columna que recibía semanalmente por Internet–. Dice que está en campaña por la defensa del español. Oigan esto. "El idioma es nuestro único bien y debemos cuidarlo como un recurso natural no renovable o nos quedaremos mudos, hay que sembrar el idioma".

—En eso tiene razón, hay gente que confunde alfombra con carpeta, por lo de *carpet* –limpió Luis Andarcia la confusión, chupando las palabras con la aspiradora de su voz.

—Pero lee la carta a ver qué dice –apuró Toby.

—"El primer paso es rescatar las *eñes* que nos vienen en la sangre, pero, por un afán sordo de tacañería verbal, excluidas de las páginas Web, señales de tránsito, periódicos en inglés y del derecho a conservar la memoria de los inmigrantes hispanos. No es posible que uno vaya a un restaurante que debió ser *La Cañada* y termine comiendo en una *Canada* menesterosa".

—"España, cucaña y todo lo que suene y resuene contigo España"–exaltó Alexis brindando con su vaso ahogado en agua y la Corte aplaudió a Fernando VII, quien agradeció el gesto–. Continuad Ronald, buen hombre.

—"Está el caso patético de un amigo mío que nació siendo Mariño y se ha convertido en un Marino sin agua, sin ese mar de la *eñe* que le bañaba el apellido. Ahora, Alberto se ha quedado como un pobre ñandú desnudo, sin una ñinguita de identidad" –y todos levantaron sus vasos de scotch para celebrar el manifiesto–. Ya va, ya va, oigan esta vaina: "Nos estamos llenando de despojos. Máximo Peña, nuestro campeón de los pesos welter, oriundo de Tampa, ha perdido la fortaleza que tenía en el cuadrilátero y ahora lo que da es Pena cuando lo nombran los periódicos en inglés".

—¡Ronald!, me haces el favor y me mandas ese correo, que soy capaz de ponerle música. ¿Tú te imaginas algo bien denso y a la vez divertido? *Sinfonía de la eñe*.

—No Vinicio, eso es demasiado culto, sinfonía no funciona, ponle más bien *Balada de la eñe* –quiso imponer Gustavo su experiencia en mercadeo y Alexis no dijo nada porque vino al mundo sin oído musical.

—¡No señor! –silenció Luis Andarcia, experto en el saber y sabor popular, terciándose al hombro una chamarra mexicana que hasta ese momento sirvió de mantel en la mesita de centro–, ponle *Bachata de la lengua mocha* para que la canten hasta los hijos de la chingada en Chapultepec. Que resuene la *che,* que le llegue a todo el mundo, tiene que ser una canción vengadora, a la *che* la sentaron en el banquillo de los acusados. ¡Qué injusticia!

—Es verdad, la Academia le hizo la cruz, ahora la dividieron en dos como separan a los siameses. Le dijeron chao. Mandaron la *c* al carajo y a la *h* la dejaron muda para siempre. Acato el estropicio bajo protesta –remató José Antonio empinándose un trago, tratando de hacer un chiste que se quedó a medio camino.

—Propongo algo más sencillo –dijo Luis Andarcia regresando al proscenio y ajustándose la chamarra–. Ese texto está muy bueno pero tampoco es la Panacea. Ya la palabra es como una grosería. Escribamos entre todos la letra de una canción popular con palabras que tengan *eñes* y *ches*, pero cuando toque pronunciarlas hacemos silencio y seguimos con lo demás como un acto de ajuste de cuentas lingüístico –todos celebraron el torniquete verbal y José Antonio le puso afinación.

—Toby, búscate papel y lápiz… Pero falta algo ¿Cuál puede ser el tema?

—Lo que sea, pero que meta el dedo en la llaga –dijo Vinicio vuelto "todos los fuegos, el fuego" y se hizo un silencio sepulcral que los demás aprovecharon para escarbarse la memoria. Más silencio…

—Ajá, tengo la llaga, bueno, la consigna –advirtió Alexis, dándose tono sin trago. Cogió puntería con el ojo izquierdo y disparó–. ¡Ser como el Che!

"Así le rendimos homenaje a los guardabosques del planeta", dijo una voz sin dueño, cuando Toby salió a buscar un cuaderno de los que su mujer utiliza para las notas de sus telenovelas y regresó con lápiz y sacapuntas por si acaso escribimos una ópera muy larga, dijo mirando en círculo, exculpándose con las manos arriba, ¡estás detenido!, se escuchó en la lejanía de un bosque. Se sentó, escribió el primer verso y le pasó el block a Alexis, sigue tú, que sabes más de política. Alexis escribió sobre las hojas amarillas sin paciencia alguna siguiendo la pauta de Luis, terminó su verso y le pasó el cuaderno a Gustavo, quien miraba hacia el techo para bajar las palabras mientras garrapateaba sobre las páginas. El cuaderno rotó en la ronda literaria y cada uno de los escribas se levantó a buscar un trago luego de copiar su inspiración. Las mujeres le pusieron su toque de moderación al simulacro. Terminó la vuelta y terminó todo el mundo de apertrecharse con sus vasos rebosantes, en el momento en que el *master piece* llegó a manos de Luis Andarcia. El productor general se levantó y comenzó a leer aquella creación plural con voz de chingo.

Sería bien _évere ser como el _e
tener un ca_ón entra_able
una ca_a de pescar inocentes

Éste sería mi sue_o
fusilar gente en la Caba_a
hombres y mujeres
grandes y _icos
firmes en el paredón sin dere_o a _istar

Frente a las _ispas de los fusiles
_ocaremos las cinco
Que viva la carro_a

—¡Ñooo! ¿Se dan cuenta?, acabamos de hacer historia, éste es el primer cadáver exquisito interactivo –dijo Vinicio sorprendido del genio plural.

—Bueno, ahí está, para que te luzcas –lo desafió Luis Andarcia.

—¿Tú te imaginas a la gente de Hialeah cantándola en noches de karaoke? –improvisó Gustavo en el piano un tunqui, tunqui, para echárselas con Vinicio quien tiene alta fama de músico con pedigrí.

—Sería una pieza estelar en funerales –(Alexis).

—¡Dios mío! –(las mujeres). Cuchicheo de "salías del campo un día, llorona", silencio de camposanto hasta el silencio absoluto y sólo los hielos se atreven a temblar de frío. Sobra silencio para repartir.

—Ronald, dime la verdad, ¿ese e-mail lo escribió Abel o es invento tuyo? –insistió Noly con el mismo azúcar anterior pero derretido.

—¡Claro!, ¿no acabo de leerlo? Ese es el editorial que publicó celebrando que se ganó las oposiciones para director del periódico. Aquí lo dice. "Y agradezco a los Manteiga, gringos que bajaron por la rama cubana de Victoriano, el fundador, que me den esta oportunidad de defender lo único que es nuestro. Como dice el poeta Eugenio Montejo, *"la lengua es la verdadera piel del hombre"*. Aquí está.

—Es que me parece oír a Pedro Pablo.

—No, es al revés, no te digo que Pedro Pablo lo ha heredado en todo, ahora le dejó su escritorio en la compañía.

—Menos mal, pobrecito, porque eso de valet parking debe ser duro –puso Noly su lástima en la boca.

Aprendió a vivir desde cero cuando consiguió un empleo como acomodador de carros. Sagrario, tía de Gustavo, amiga de viejos laberintos en los tiempos universitarios y laberinto ella, le comentó que había puestos vacantes en un centro comercial de North Miami Beach. Su esposo Jélder ya había trajinado el asfalto de los estacionamientos alineando carros para completar los dólares urgentes, de migaja en migaja, hasta que la fortuna se le metió en la chequera con una herencia y dejó la calistenia rejuvenecedora. Nunca quiso tanto a su papá.

—Pero tienes que apurarte porque esos puestos los ocupan rapidísimo, está llegando un gentío, no sólo los balseros cubanos, eso está lleno de haitianos, colombianos, rusos, hasta de argentinos flotantes, llama de una vez, éste es el teléfono. O mejor vete hasta allá, aquí está la dirección –lo apremió Sagrario, dándole la tarjeta del manager. Al leer manager, fantaseó con un contrato en las Grandes Ligas y saltó como un rayo en el terreno.

—OK, yo mismo soy, pero iré mañana, ya son las cinco de la tarde. ¿Por qué no haces otro café?

Sagrario recorrió su línea recta cotidiana del comedor a la cocina y Abel la siguió hasta la barra limítrofe, entre la nevera y el hambre potencial, sentándose en una butaca de mimbre que imitaba la de los bares. Se sintió cómodo.

—¿Quién iba a pensar que después de tantos años terminaríamos tomándonos un café tan lejos? –forzó la boca Sagrario tratando de desenroscar la cafetera. Abel intentó ayudarla, pero la rosca cedió.

—¿Cuánto tiempo tienes aquí?

—Año y medio llevando leña, Jélder trabaja de valet parking y yo limpiando casas, entre los dos remediamos. Pero no me quejo, comemos tres veces diarias, tomamos café y hasta hacemos el amor –se rió con el exceso filantrópico que utilizan las mujeres de la familia Vargas para mejorarse la fisonomía.

—Pero es que Abel tiene mucha suerte –dijo Toby de regreso de la cocina, campaneando un whiskey nuevo–, pierde un trabajo y consigue otro ahí mismito, aunque sea de valet parking.

—Lo más increíble es cómo se encontraron –se autoafirmó Gustavo. Sagrario venía saliendo del supermercado y se quedó paralizada cuando se abrió la puerta automática. Abel, no puede ser, estás igualito. ¿Sagrario? y se fueron a desarrugar el tiempo después de veinte años.

—¡Ah!, ya se conocían.

—Sí, desde la Escuela de Letras de la Universidad Central de Venezuela, yo lo vi por primera vez en una de las rumbas que armaban en casa de otra tía mía que se murió. Después cada quien cogió por su lado. Sagrario estudió Derecho, dejó a un novio raro que tenía y se casó. Abel siguió echando vaina, después entró a dar clases en la universidad, trabajó en enredos culturales y hasta estudió en Europa.

—¡Dígame!, tanto dar vuelta para terminar de chofer uno y de sirvienta la otra –se quejó Toby saliendo de escena hacia la oficina de reclamos de la cocina.

—¡Gilberto! –gritó Sagrario, tapando el estruendo de la puerta que casi derrumba el *drywall* de las paredes. El celaje de un querubín aficionado a ducharse con tierra en el parque dejó su huella sobre la alfombra–. Me haces el favor, te metes en la regadera ya y te pones a hacer la tarea que tengo que ir a trabajar. Si regreso y te encuentro en la computadora va a arder Troya.

Una nube sudorosa humedeció la atmósfera donde se quedaron colgando las palabras de despedida. Sagrario sonrió con resignación en el mismo instante en que entró Amanda, su doble con nueve años, bien bonita.

—Chao corazón, llámame para saber, Jélder debe estar por llegar.

—Chao, salúdame a Compota. (Besos y abrazos).

A Pembroke Pines se le adelgaza el garbo cuando entra en las calles de Hollywood. El Condado de Broward es luminoso, aunque tiene esas manchas vetustas que dejan las ciudades al empezar a crecer. Cuando construyen casas, calles y centros comerciales nuevos, al concreto de la parte donde comenzó el progreso, le salen arrugas igual que a la gente. Se metió por las arrugas de Hollywood con la paradoja del nombre convertido en óxido dentro de su cabeza. Estacionó en el 2532 de *Palm Avenue* con cierto desgano, adelantándose a la rutina que comenzaba desde hoy.

El ascensor agotó tres pisos en un santiamén y se topó de narices con la fila de rotos desconocidos que pujaban por sacarle el culo al hambre. Fue avanzando a medida que escogían y desechaban candidatos a chofer, hasta que le tocó su turno frente a una colombianita bien linda que hacía las veces de recepcionista. Puso cara de trabajador. Llenó la solicitud de empleo que no alcanzaba para alardear de todo lo que había hecho en la vida y se sentó a esperar que lo llamaran. Cinco minutos y apareció un gringo altísimo que lo miró con la mueca que forzaron Butch Cassidy y Sundance Kid, cuando el tren los dejó en una estación de Bolivia. Siguió el sonido del llavero como una alpaca que persigue la campana del pastor por el altiplano y volvió en sí cuando terminó la prueba de manejo y Steven, su nuevo jefe, le dijo que *perfecto*, para no quedarse atrás con su español a medias tintas.

Agarró sus shorts azules de boy scout y la franela blanca como quien alquila toga y birrete, dándole las gracias a Gloria, el ejemplar de Medellín, cuando lo despidió con una sonrisa. Entró en el baño, cambió una apariencia por otra y se fue directo a perseguir carros por la cuadrícula vacacional de lujo, que tenía supermercado, restaurantes y secretos. ¡Fuera Satanás! Le entró ligero al negocio de cambiar tickets de estacionamiento por llaves de máquinas con nombres melancólicos: *Tundra*, por nostalgia de los desiertos, *Cherokee*, para zurcir el alma de los indios muertos, *Firebird*, quizá por el "Pájaro de Fuego" de Stravinsky. *Seville, Corolla*, modelos en dilema mudatorio de un idioma a otro. O, *Tiburón, Tornado, Santa Fe*, instalados para siempre en el español que se metió en este imperio verbal antes que los peregrinos del *Mayflower*.

Las mejores piezas de aquel muestrario aparecían cuando las señoras (que siempre van sin marido a los centros comerciales), se bajaban de sus carros con descotes vibrantes para mostrar los senos por el solo deseo de respirar en paz. La última salió de su limusina interminable con los suyos sostenidos por un adhesivo quirúrgico sin pudor alguno. Abel se los vio sin el mismo pudor y le dijo algo que ya no recuerda. La mexicana le respondió que ¡mande! y él soñó con ordeñarle que se le entregara completa si no hubiera sido un valet parking sin tiempo para el solaz. (¡Ah! y otra cosa, sin dinero). Las tetas pasaron absortas frente a su mudez y se quedó erecto viendo cómo la dueña se desvanecía tras las puertas automáticas, ávida de llenarse de trapos, trastos y oropeles, para ganarse un lugar en la tierra.

—Mirá pibe –le dijo el más flaco de todos los argentinos, viéndolo extasiado frente al monumento etéreo– quedáte en la portería que yo lo hago todo (con ese *sho* argentino de las *yes*). Estamos perdiendo un gol a cero. Quedan cinco minutos del descuento.

Se despertó y salió corriendo hacia el medio campo del estacionamiento, "gambeteando la pobreza" junto a Cacho, dueños por momentos de aquellas joyas rodantes, alineándolas entre las rayas amarillas con la resignación del cajero de banco que cuenta billetes ajenos. Los dos delanteros driblan el mal momento entre congéneres de un mismo sino: colombianos, haitianos, mexicanos, dominicanos, venezolanos (menos los puertorriqueños que ya son de aquí), tratando de anotarle un tanto a la vida. La noche terminaba larga y ardiente cada día de aquel verano, sin muchachas esplendentes en la playa, sin asueto para aliviar la fatiga semanal, ni los cobres sobrantes que los turistas disipan en Miami. Sólo cincuenta dólares de las propinas democráticas repartidas igualitariamente entre aquellos aspirantes a persona.

—Y lo más increíble es que llegaba a la casa muerto de la risa, como si viniera de trotar por los campos de golf de Beverly Hills.

—A mí lo que me impresiona es cómo tú y Pedro Pablo echan los cuentos. Hablan igualito. ¡Hay que ver, qué memoria! –interrumpió Tatiana.

—¿La de quién? –aulló Valentina con medio cuerpo dentro de la nevera, buscando unos aguacates, mientras Toby vigilaba la compostura del sancocho. Vinicio levantó la cabeza, dejó de afinar la guitarra y preguntó con esa sonrisa que nunca concluye.

—¿Por qué Valentina grita?, ¿de qué están hablando?

—¡De la memooooria! –le responden Noly, Tatiana, Linda y Montserrat, al unísono. Volvió en sí.

—¡Ajá! –se defendió con cara de monje tibetano que huye de los comunistas chinos y sorbió un trago para quitarse el susto–. ¿Pero la de quién?

—La de los dos. Pedro Pablo y yo hemos hablado tanto, que a veces no sabemos quién es el dueño de cada cuento. Pero todo es verdad, lo que pasa es que como los dice riéndose, pareciera que no se los toma en serio y nadie entiende si se burla de la gente, de sí mismo o de los tres –traguito corto para recobrar el aliento.

—Sí, eso es lo que me pasa a mí. Pero es increíble, parece mentira que alguien haya vivido tanto –suspiró Noly con su "boca que arrastra mi boca".

—Y déjame decirte, tú también eres una maravilla por la manera que... es como si...

—Pero bueno Tatiana, ¿vas a seguir? –interrumpió Alexis con un rayo en la boca–. Sigue Maravilla y tú Gustavo, pon orden –recomendó con su prudencia habitual.

—Un momentico, tú me perdonas –dijo Gustavo levantándose de su asiento. Puso el vaso de whiskey en la mesita de centro, se hizo un silencio neblinoso, afinó la garganta y cantó como un gurú estereofónico–. *La donna è mobile qual piuma al vento.* –La carcajada general (Tatiana included), disipó la neblina.

—Ok, está bien –salió Toby de la cocina meneando el cucharón de la sopa con la boca llena de risa–. Vamos a ponernos de acuerdo, hagamos silencio para no perturbar la paz del sancocho y él que siga con el cuento. ¡Dígalo ahí poeta!

—Dale Maravilla, no te frenes –puso un poco de organización Alexis, cuando Gustavo se escapó porque ya vengo, voy a servirme un trago.

José Antonio tuvo un leve estremecimiento al escuchar el Maravilla. El primero que lo nombró con la palabra detonante fue Jorge Figueroa, un tipazo que pisa en la vida con suela de espuma para no incomodar a la madre naturaleza, siempre sonreído, contento de andar contento como si el mundo no fuera mundo, a pesar de que cuando pasan lista él dice presente para salir a vender seguros de vida. Fue en una fiesta similar, en la casa que Alejandro Campos se compró con su magia específica: convertir en dólares las notas que salen del piano para conversar con el corazón de la gente, después de haber pasado la mitad de su vida juntando puyas con lochas, centavos y cobres baratos, *pennies con dimes*, sin propósito alguno (Lichi, su mujer, lo mira como si existiera el marido perfecto). Los músicos son gente que anda por el mundo pujando por honrar sus pagarés sentimentales. Uno está lleno de músicos. Gente que vive con su motor de pájaro. Vuelan por el aire de los pulmones de cualquiera sin pedir permiso y aprovechan el mínimo estornudo para regarse por el planeta. Edith Salazar Bravo (Edith por su mamá y bravo por ella misma) anda madrileando con remiendos de la memoria bolera, metida entre guitarras que nacieron para quejarse. Edith no se queja, pero le pone garganta a reclamos de boleristas incomprendidos. Faltos de exceso de "amor, amor, un hábito vestí, el cual de vuestro paño fue cortado"... Lorenzo Barriendos se alojó en Barcelona, pulsando las cuerdas de su bajo con sonido maderable como las mesas de *Els quatre gats*. Lorenzo hace caso omiso de su ausencia de cabellos (cosas de la edad y del ADN memorioso). Lorenzo se sacó el asfalto de lo repetido y aprendió a poner los dedos sobre el diapasón como un ángel que convoca su corte. Todos los músicos tienen la suya que le dice tú eres el mejor. Como Jorge Figueroa que se la pasa donde Alejandro Campos poniéndole aplausos a la fiesta. Apenas fueron presentados, José Antonio y Jorge entraron en una competencia descarnada para ver quién decía más simpaticuras del otro, intercambiando tragos, retratándose en el mismo guiño de la amistad efervescente, que comenzó cuando Jorge le renovó la fe de bautismo con otro nombre de la misma lengua. Encantado de conocerte (voz de circunstancia que emana de un pozo de agua) ¡Maravilla!.

El nombre lo es todo, punto de partida, camino y llegadero. Nunca lo decimos en vano.

Hay vocablos que suenan como un conjuro amable. En el exilio, la gente suele ponerse apodos para atenuar el infortunio que arrastran con sus nombres propios y cambiarle la cara a la adversidad, cosa que logran a punta de pescozones. A veces compiten para ver cuál de los alias es el más exacto para cada cual y casi siempre lo logran, tanto, que casi le transforman el carácter a la gente. Pedro Mena, abogado antes de salir corriendo de Venezuela, se convirtió en *Pit Mina* porque Alexis Ortiz dijo que sonaba a segundo bate de los *Marlins* de Florida. Con el tiempo se convenció tanto de su nuevo nombre que se declaró agente libre pero siempre regresa al *home*. Alexis se olvidó de que fue alguna vez alcalde "en un lugar de la Mancha de cuyo nombre no quiero acordarme", para comenzar a vivir de nuevo como A-Ort, que en los altoparlantes del estadium suena *Ei Ort* y se puso como bateador designado del mismo equipo. Gustavo González se volvió Guti, Tatiana dixit, conforme con su tamaño y su suerte. Vinicio sí se quedó Vinicio porque con ese nombre sólo se dan godos como Ludovico y músicos como De Moraes, aunque Ronald García lo llama Mi Vicio para redondear la cifra. Ronald nació traducido en spanglish con su nombre de león de circo antiguo. Luis Andarcia es Luigi, ingeniero, kinesiólogo hiperkinético, productor musical, productor de producciones, conservacionista global, esposo de Linda, pana plurisémico y discreto, que a veces se exalta sin razón aparente.

Tatiana-Taty, Montserrat-Montse (aunque acumula nombres según el humor de cada situación), Teresa-Tana, Cory-Cory y Linda-Betty (para acortar el beautiful), son el coro femenino. Noly es una muñeca sin traducción.

A todos se les mareó el nombre pero a Toby le ocurrió al revés. Al aterrizar en Miami se volvió José Rafael Alvarado Ruiz, cuando el oficial de inmigración le pidió el pasaporte y me ayudó a conservar las raíces culturales, se ríe, meneando el cucharón dentro de la olla y sacando pecho frente a su mujer. Pero cuidado, que Valentina es Valentina Párraga, hija del general Párraga, cuando los generales eran serios. El batallón aprovechó para pararse firme detrás de la botella de scotch y hacer un mientras tanto sirviéndose un trago.

A Pedro Pablo no le cambió el nombre, pero se volvió un ciudadano con otras costumbres de fantasmas de a pie. Cuando salió de su primer país regresó a la piedra, se sintió mineral al volverse un inmigrante y renovó los hábitos terrestres que se le habían metido en los huesos cuando nació en *Los Rosales*, a pesar de que vivió pajareando todo el tiempo. El barrio que "tenés el alma inquieta de un gorrión sentimental", le entró como ave en la semilla de la memoria y lo puso a zarandear en una vía vegetal que lo ayudó a sobrevivir en *Los Jardines de El Valle* y *La Alameda* (con una pasantía amorosa por el Country Club de Caracas) hasta recalar en el Pembroke Pines de la Florida, donde desvive un nombre de María imposible. Nueva ciudad con país nuevo, pero siempre tras el rumor persistente de los árboles. Pedro Pablo vivió entre dos patrias: la del álbum de barajitas que le llenó la infancia con momentos heroicos de Simón Bolívar que salta de un chinchorro por el atentado en el Rincón de los Toros y plomo parejo. Y el número 18, la casa dócil de la Avenida Luisa Cáceres de Arismendi, donde amanecía con el calor de los abuelos, la danza metálica de los pinos y un resplandor de acacias que mudaban del rojo al amarillo entre sábado y domingo. Bajo su sombra aprendió a jugar béisbol y fútbol callejero con pelotas de goma y potes de cartón, esquivando pescozones patrióticos con que los equipos resolvían sus diferencias bajo el grito de guerra de *la calle es libre.*

—Ahí viene, ay tan bello —dijo Noly con coquetería fluctuante.

—Ok, yo también me voy a servir un trago. —José Antonio se paró de súbito, miró a Noly con una interrogación en el rostro y lanzó un esguince provocador—. Toma el grabador Cory, tú que eres más seria —y se fue con su mohín de titiritero contenido.

—Pero bueno ¿qué te pasa? —dijo el elenco femenino al unísono y Noly se cortó toda.

—¿Dónde fue que quedamos? —preguntó Pedro Pablo como un elefante que persigue la huella de sus antepasados, sentándose en el trono africano de mimbre que aparece en revistas de decoración interior.

—En lo de Colacho —respondieron todos menos Vinicio, pendiente de la guitarra. Cory tampoco dijo nada, sólo se quedó mirando con el ojo del antropólogo que examina una tribu nueva y presionó el *on* del grabador.

—Ajá, ahí fue cuando Colacho dijo, me toca a mí y se metió a empujones entre la tropa que le quería robar su turno al bate. Empate a dos, último chance …

Pedro Pablo se emociona y afina la vista sobre el estadium callejero, menea los hielos con el dedo, le da un sorbo al trago y comienza a gesticular como si estuviera invocando espíritus. En el noveno inning los peloteros se vuelven una gelatina eléctrica. Se ponen la cachucha al revés para provocar la suerte. Hombre en la segunda base de cartón, en la justa raya del medio de la calle. Un batazo de suerte y pierden con el ejército enemigo. Todo tiembla, hasta las ventanas llenas de muchachas tras las persianas con sus nombres de flor: Azucena, Lirio, Margarita, Astromelia, perfumando la tarde, poniéndole el puntico de tentación lúbrica a la batalla de aquel sábado.

—¿Verdad que todos los días deberían ser sábado?

—Ay sí, que rico —dijo Linda—. Así no tendríamos que trabajar.

Todos se le quedaron mirando como si se estuviera a punto de abrir su sombrilla en un día luminoso de playa. Linda les clavó la mirada con los mismos ojos que puso Toro Sentado cuando el general Custer se metió en su territorio con muy mala educación. Luis Enrique y Carlos, herederos del fideicomiso emocional de los Andarcia Rojas, se guarecieron bajo la sombrilla para evitar una lanza fortuita de su mamá y escaparon hacia la terraza donde los otros menores ponían al futuro en *stand by*.

—¿Y qué creen ustedes? —bufó con ganas de borrarlos de un solo flechazo—. ¿Qué puede hacer una arquitecto aquí?, yo no me voy a poner a revalidar el título a estas alturas del martirio, eso es muy caro y no hay real. Tampoco voy a seguir limpiando casas porque me duele la espalda y quedo que no valgo nada. Ahora voy a fabricar unos bolsos bonitos y baratos, *BB Brand* (puso boca de nutricionista). Lo último, *state of the art*, como quien dice.

—Se ve que has mejorado tu inglés —le hizo el sarcasmo Vinicio sorbiendo un trago.

—En eso estoy, ya casi digo *yes* sin acento —se salió Linda de la suerte devolviéndole el gesto—. Además, mi marido es, lo que se dice, un marido. *That's it*.

— Mira Vinicio, lo mejor es que no te metas en las cosas de marido y mujer —se interpuso Gustavo, mirando a Luis del lado atrás de la talanquera del juzgado. Toby gritó en falsete desde la cocina con la misma risa anterior.

—Lo que pasa es que aquí todo está cambiado porque las mujeres son los hombres de la casa.

—Por tu madre mulato, se soltaron los caballos, vaya —cubanizó Vinicio. Se levantó de su silla, irguió el índice de la mano derecha mientras sostenía la guitarra con la izquierda, y comenzó a pontificar con remedo de solemnidad (era como para verlo).

—Les voy a decir algo, por ese tipo de confusiones fue que se desbarrancó Argentina. Un país tan bonito que hasta el nombre brilla. Un país que comenzó a industrializarse desde finales del Siglo XIX. Que alimentó con su carne, la mejor carne del muuuundo (enfatizó mordiendo el bife mental de chorizo), a los aliados en la segunda guerra mundial, que parió músicos como Santos Discépolo, Gardel, Piazzola, Ginastera, comenzó a entrar en barrena en manos, mejor dicho, en piernas de la señora (no la nombro porque nos empava la noche) que gobernó con los pantalones del marido. No llores por mí Argentina, ¡qué santas bolas!

—Y eso que él admiraba al machista de Mussolini. ¿Vos te sabés la historia? —lo encaró Teresa con su sonrisa del Río de la Plata y Alexis nos vio a todos con aires de superioridad porque es el único que se ha empatado con una argentino-americana.

—Claro, mi papá, que era cultísimo, la llamaba la cerbatana.

—¿Y por qué?

—Porque la cerbatana, la mantis religiosa insectófaga, se come al macho durante la cópula, no deja ni el rastro y le hace creer que existe. Eso no se hace. La viuda negra es al menos más condescendiente, mata al araño después del apareamiento. La señora, tan cuchi, le clavó la ponzoña al General desde el comienzo —enfatizó Vinicio mordiéndose la propia y remató—. Lo peor es que los dos fantasmas siguen vivos y todavía la gente vota por ellos, son capaces de salirnos esta noche.

—Allí no se sabe quién se comió a quien, ¿viste?

—Eso fue una mutuofagia. Lo trágico es que, mientras tanto (prolongó el mientras con un gesto de la mano que pareció perpetuo sobre el horizonte), contentaban a los descamisados con las sobras de aquel banquete y tiraron el país al desmadre. Los pobres son siempre el chivo expiatorio para que cualquiera se haga del poder con su disfraz de redentor. ¡Qué grande sos! No me joda.

—Esto se está poniendo heavy —morigeró Luis Andarcia, empinado el vaso para bajar el nudo de la garganta.

—Es verdad, les voy a agradecer que no empiecen con la política, mejor es el béisbol —alentó Noly golpeándose las piernas con la palma de las manos en la tribuna, y le imploró con los ojos clavados en la aceituna—. ¡Ay! —sigue Pedro Pablo.

—Bueno lo que pasó fue que...

—Que pusiste la torta cuando se te cayó la pelota —soltó José Antonio de regreso al terreno…

—Pero, viéndolo bien, la verdad es que todo es una incógnita, ¿qué fue lo que ocurrió en realidad? —soltó con cierto remilgo por la abrupta irrupción, enroscando la servilleta de papel en torno al vaso.

—Está bien, lo voy a contar por primera vez. Conste que lo digo porque han pasado muchos años, a lo mejor esa gente ya ni existe y además estamos bien lejos… El asunto fue que cuando llegué al *left-field* debajo del pino, en el primer inning, una vecina bien buena llamada Rosalba estaba parada detrás de la ventana con una franela casi transparente y sin sostén. Se le veían las tetas, un par de bichas redondas como cocos. Me pasé todo el juego buceándola.

—Eso es que estaba a favor del otro equipo —dijo Gustavo con los cocos en la boca.

—No, yo creo que la tipa era ninfómana.

—¿Ninfómana o piromaníaca? —dicotomizó Ronald.

—Bueno, la mujer era candela. O no le iba bien con el marido, ¿cómo era que se llamaba?... este... Galán o Sanjuán, ¿Guzmán?, ya ni me acuerdo.

—¡Ayyy! –exclamó Vinicio como el marido que descubre una infidelidad–. Cuando una mujer llama al esposo por el apellido es que no les va bien. Y José Antonio miró sobre la sala en redondo, tratando de jorungarle el gentilicio a los presentes.

—Vamos a ver –dijo cualquiera seguido por el coro de los demás mientras contaba con los dedos–. González, Alvarado, Araujo, Ludovic, Ortiz, la cosa está difícil.

—Y tú te salvaste Pedro Pablo porque no te conocemos mujer fija –interrumpió Vinicio con un solo de guitarra, bajándole la vista a Montserrat entre la nube de lujuria levantada por la sombra del recuerdo de Rosalba.

Ronald dio un do de pecho desafinado, pero Cory apagó el grabador para que no quedara huella. Valentina ordena: la mesa está servida, vengan que se enfría el sancocho. Gustavo canta en *sol mayor* etílico. Tatiana le pone carácter, me haces el favor, comes inmediatamente si vas a seguir tomando. Toro Sentado se levanta y Luis la sigue en fila india hacia el comedor. Alexis se sentó de inmediato, comandado por Teresa y Pedro Pablo dijo que no iba a comer todavía.

—Me voy a servir otro trago, después me lo calientas Valentina.

—¡Epa! bróder, más respeto –le dijo Toby, señalándolo con el cucharón mientras se ajustaba el gorro de cocinero.

—Mira Toby, con ese gorro y esa barba pareces un guerrillero culinario –dijo José Antonio aumentándole decibeles al aumento.

—Sí. Es que para celebrar mi aniversario de bodas me disfracé del _ef Guevara –dijo imitando a Luis Andarcia–. Pero yo no he matado a nadie, ni al pescado de la sopa –saboreó, mientras servía sobre los platos hondos de hambre.

—Ay sí, ni peces debe matar uno –contrapunteó Valentina sin puntos ni comas, porque después te venden franelas en los conciertos de música latinoamericana con fotos de los peces muertos para que salvemos la tierra del calentamiento global o con la cara del tal Guevara como si fuera un santo y al final los comunistas se hacen ricos con el sudor de la frente de los demás.

—Bueno, brindemos por los peces del sancocho que llegaron fresquitos y por nuestro super Chef Toby –culminó Pedro Pablo alzando el vaso de hielos solitarios y se levantó a llenarlo con el maíz escocés bendito.

Somos iguales porque nacimos con el pecado original de otro.
Una manera de cambiar es cometiendo el propio con uno mismo.

Rosalba era una mandrágora resbalosa y vieja, como de veinticinco años, que salía a lucirse cuando el marido se iba a trabajar los sábados. Se ponía unos shorts hechos de blue jeans cortados por encima del pliegue de las nalgas y una franela blanca sin sostén. Con ella, los efebos olímpicos nos iniciamos en las malas mañas solitarias y Pedro Pablo se quedó electrizado con aquel espectáculo de provocación hasta el noveno inning. La Rosalba Partenos se pavoneaba por la cuadra como un animal en celo, para hacernos sufrir y gozar (si existe un poco de placer en sufrir, dice una canción de Iván Lins). Paseaba su perrita pequinesa amarrada al pretal, moviendo sus redondeces perfectas, ávidas, insaciables, en un vaivén provocador por las aceras de la cuadra. Tensando el cordel de su animal como se tensan los deseos cuando se van a cumplir.

Los beisbolistas callejeros veíamos aquella tentación andante y salíamos anonimados hacia los baños de nuestras casas para hablarnos de tú a tú al terminar el partido. Rosalba se anudaba ella con ella. Y la cuadra se perfumaba con el olor de almizcle que tiene un sexo manoseado. Pedro Pablo se sintió culpable por Ana Milagros, puertorriqueña, morena y eterna, en la foto del kindergarten y, por primera vez, le fue infiel a la fotografía consigo mismo. Se agarró con sus dos manos, como quien entrena a una joven paloma mensajera para enseñarla a volar alto, de arriba abajo, de abajo arriba. La paloma se alzaba como un ave ciclópea, mirando por su único ojo, pidiendo horizonte, y allí está Rosalba lavando su carro con manguera. El chorro golpea los vidrios con fuerza y las gotas cómplices se devuelven mojándola de cabo a rabo. El rabo se le ve más provocativo con el short empapado. La franela es un tul transparente de odalisca. Debajo, los pezones como flechas de acero rosado a punto de desgarrarlo. De arriba abajo Pedro Pablo y, de arriba abajo, Rosalba, con sus manos ávidas de palomas mensajeras. Le calienta el cuello, el cuello se alarga y se encoge debajo de su testa dura. La cabeza jadea como si le faltara el aire y ella la socorre con respiración boca a boca. La paloma se llena los pulmones de aire y exhala gorjeos que se ahogan en su vaivén. Pedro Pablo está a tirito de desvanecerse y se agarra de las dos montañas ostentosas para no caerse. Rosalba lo ayuda acercándoselas lo más que puede, poniéndoselas en la raíz del cuello de la paloma para sostenerlo. Pedro Pablo se sostiene, se aguanta, bate sus manos como alas, hasta que no puede más y se derrama en su nido de paja seca...

Pley bollll, gritó Toribio y Colacho comenzó a temblar en el *home sweet home*, concentrado en cerrar el circuito de la carrera para convertirse en el héroe fugaz de la tarde. Matagato, el pitcher enemigo, hace sus piruetas tratando de deslumbrar a Colacho, aferrado a su costumbre de masacrar mininos a peñonazos. Taima ompayer, pide Matagato, viendo con desdén al umpire. Taima is ¡time!, traduce Toribio, árbitro definitivo, con la risa de porfiado, moviendo sus brazos de ventilador que amenaza con apagarse. Toribio cogió la manía de mover los brazos como diciendo adiós, cuando su mujer lo dejó por su hermano Juancho. Toribio nunca dijo ni ¡Ay!, porque la vergüenza no grita y el nombre de Juana Sereda se le atoró en la garganta. Juana Sereda regresaba de vez en cuando a la cuadra en acto de contrición, predicando el Evangelio, imprecando a los infieles para que se arrepintieran de sus pecados. ¡Arrepentíos!, decía solemnemente, con ademán ceremonial de quien habla en latín. Gritaba con los ojos desorbitados y una Biblia descuadernada contra el pecho, el dedo índice en el versículo del juicio final de hoy, la mirada perdida en el vacío, buscando al redentor entre los átomos del aire.

Los gritos condenatorios crispaban la calle de acera a acera con su amenaza del perdón. Pausa. La mirada se clava como una espada de fuego sobre los penitentes. Rictus de ángel exterminador, la espada en la lengua.

—Eso sí, se dejan de echar vaina y se me convierten al evangelio de una buena vez...

De pronto alza la voz por encima de la voz para anunciar que ahora sí viene el juicio final, que está a tirito. Y narra la chamusquina del infierno donde van a arder los beisbolistas pecadores. Está fuera de sí. O en sí, no se sabe.

—Arrepiéntanse o se van a arrepentir de no haberse arrepentido —y remata en una exhalación estentórea: - Llegó la hora, llegó la hora.

Los candidatos al infierno se le quedaron viendo, deseando que llegara el Juicio Final ya, para continuar el partido.

—¡Incrédulos!, ¡Impíos! —gritó con el candelero en la garganta...

—Mira, Juana Sereda de los palotes, te voy a decir una vaina... la soberbia es también un pecado capital. ¡Ca-pi-tal! —silabeó Toribio, sacándosela por fin de la garganta—. Capital significa definitivo. Hay gente que condenan a la pena capital de la horca y se queda guindando como mango bajito para siempre.

Y se devolvió hacia su puesto de guardaespaldas del *catcher*, convertido en receptor por razones del idioma. Juana Sereda empezó a temblar igual que Colacho en el *home* y se fue despotricando contra el mundo. ¡Pley booool!, canta Toribio reanudando las acciones, despachando a la sombra infiel que se disuelve calle abajo. Matagato se vuelve a salir del cajón de lanzamiento para poner nervioso al bateador tartamudo. El pote de cartón de leche se queda íngrimo de soledad. Colacho se marea un poco sobre el *home* dibujado con tiza. El resto del equipo grita que no le hagas *swing* a las bolas malas, nunca le quites la vista a la bola. Lo que nos hace falta es un jilito, un jilito, dice el coro beisbolero con la esperanza de un *hit*, ese portento de anotación ganadora en la boca. Chispa comanda la tropa gañitera y Colacho sólo sueña con batear un sencillo entre segunda y tercera.

Entre segunda y tercera hay un enredo botánico, la acacia frondosa que hace sombra sobre tercera base puede convertir un *hit* en un jonrón, que los gringos simplificantes llaman *home run*. "Asunto de ramas y de flores". También hay una mancha de aceite que soltó el carro de Bembarroja. Allí, seguro que se resbala el short stop y la bola cae como cae la fortuna en los bolsillos de un pobre. Colacho sigue soñando con darle la vuelta al cuadro. Piensa en Azucena. Los pétalos se le quedan enredados en su lengua mocha y no se atreve a confesarse con la muchacha. Pero ella está entregada discretamente como caen las hojas del otoño. Él comienza muy bien con la primera sílaba "A". En la segunda se le tranca la lengua en el zuuuuu, como una abeja zumbante. Se siente ridículo cada vez que la aborda al salir de misa.

—Es que además de tartamudo, Colacho era muy tímido y mal estudiante, lo que lo salvaba era el tamaño. A las mujeres siempre les gustan los tipos altos –se quejó Pedro Pablo secretamente–. Cuando íbamos los domingos a oír misa, se le quedaba viendo a Azucena sin decir nada, como esperando un milagro. Yo creo que de verdad esperaba que ella se le declarara... Ni que fuera Albertico Limonta.

—¿Y quién es Albertico Limonta? –preguntó Cory desde un hueco de su pasado, repartido entre Israel, Turquía, Estados Unidos y México.

Los Zacharía (Saqueiria, pronuncia con su bi-lengua), son puras mujeres judías sefarditas, hijas de americano y mexicana, criadas en Brooklyn, pero parecen gente normal, salvo algunas conductas irregulares como todo el mundo. Hablan un español perfecto, sólo por afirmarse, cuando se molestan porque una parranda de energúmenos dice que el Holocausto no existió. Pero ellas tienen la prueba de la tragedia en el fuego de sus melenas insondables...

—Albertico Limonta era el galán de *El derecho de nacer*, la primera radio-novela de la historia. La escribió Félix B. Caignet, la transmitió CMQ en Cuba y luego la pasaron por televisión en Venezuela, con Raúl Amundaray de galán, de los pocos actores que lograron saltar de la fábrica de lágrimas del viejo formato, al ayayay dramático de la nueva ola –explicó con sumo detalle Valentina, haciéndole una síntesis prodigiosa de la vida del pobre hijo sin padre, criado por Mamá Dolores.

—Un momentico –interrumpió Luis Andarcia, barajando su mente de productor arqueológico–. Esa novela también la pasaron por radio Continente –dijo entusiasmado, poniendo voz de perifoneo de pueblo con el cuenco de las manos–. *La primera en el cuadrante, la primera en calidad,* decía el eslogan de la estación. *El rey rubio, presenta,* y seguía la culebra igual que en Cuba.

—Francamente, es que esa isla no sale de una tragedia –se quejó Montserrat–. Esa pobre gente ha vivido de guerra en guerra, de dictadura en dictadura y de telenovela en telenovela.

—Pero ya ni telenovelas hay, sólo una historia larga, fastidiosa y trágica, con un solo protagonista, ahí más nadie tiene chance –dijo Alexis con cara de extra.

—Sí vale, pobre gente. Pero sin los cubanos no habría habido televisión en Venezuela, ellos fueron quienes nos enseñaron cómo se maneja el negocio, claro, antes de la desgracia –ilustró Valentina con la vista puesta en próximo reptil televisivo que le encargó la televisora donde trabaja mayamimente.

—Sí es verdad –intercedió Pedro Pablo. Yo conocí a uno de ellos, José Fariñas, ya estaba viejo cuando entré a trabajar en Radio Caracas Televisión, en los años ochenta del siglo pasado (mira por donde andamos), le sacaron el jugo y después lo botaron como un micrófono sin voz. Jaloncito de scotch para aclarar la garganta.

—Sí, yo también lo conocí, eso era una leyenda –actualizó Valentina.

—Leyenda fue la que me contó a mí. (Trago largo para inspirarse y actitud dramática). Resulta que estaba reunido todo el equipo de libretistas intercambiando ideas para la nueva telenovela y, de pronto, entró Fariñas en la sala de conferencias con Adriano González León. Ustedes saben quién es Adriano, ¿no?.

—Claro, él fue quien nos echó la vaina con *País Portátil.* "La escalera cubre la cola del pájaro pintado", comienza. Ahora la serpiente le mordió la cola al pájaro –se quejó Vinicio halándose un trago y poniendo ojos de ojos.

—El equipo lo vio como a un forastero, tú sabes, por esa rivalidad que hay entre escritores y libretistas, pero no chistaron porque estaba Fariñas.

—¡Vaya! ¿Y cuál es su idea, profesor? –abrió los fuegos el vicepresidente de dramáticos.

—Bueno… –respondió Adriano todo cortado–, no es exactamente una idea, es un episodio real de la historia, el caso de Don Alonso Andrea de Ledesma.

—Para empezar tenemos que cambiarle el nombre, ese no tiene gancho, suena a cacharro –y el combo literario medio movió la cabeza.

—No se puede, es un personaje que existió de verdad, si se le cambia el nombre….

—*Ovídate* –lo interrumpió con la *ele* extraviada, como si fuera un diente que le faltara en la boca–. En televisión todo se puede.

—Pero déjalo que termine –replicó Fariñas con su actitud de Mambí protestador.

—Está bien, es para que vaya aprendiendo cómo es el negocio, disculpe profesor, siga.

—La historia ocurre en 1595.

—¡Vaya!, pero tráeme soluciones y no problemas. Una telenovela de época cuesta mucho dinero, la ambientación, la escenografía, la utilería. En el primer capítulo se nos acaban los pesos –volvió a verse complicado el jefe de espacios dramáticos.

—Es que eso se podría resolver con unos diálogos inteligentes que reflejen lo que ocurre en exteriores, como en Italia durante el fascismo.

—¡Ah!, así sí me estás ayudando –lo que ayudó a Fariñas a respirar haciendo un alto en la pena ajena–. Pero habría que ver los diálogos.

—Donde sí hay que invertir algo es en la escena del duelo.

—¡Ñooo!, pero si hay un duelo te lo compro –y las cabezas volvieron a mover su sombra sobre la mesa.

—Sí, un enfrentamiento con Amyas Preston, un pirata bajo el mando de Sir Walter Raleigh.

—¡Ah!, ¿piratas y todo?, ¡pero esto tiene cohímbre!.

Sobre la flaca humanidad de Don Alonso Andrea de Ledesma pesa el gobierno de Santiago de León de Caracas. Tiene la memoria llena de asentamientos que suenan a nombres de piedras tercas, Tocuyo, Trujillo, nacidos a golpes de sangre y fuelle conquistador en el territorio agreste. Ha sido una marcha larga desde España, donde descubrió la razón de ser de la tierra, hecha para dar frutos, cada vez más escasos porque el tiempo vive tragándose todo. Don Alonso Andrea de Ledesma cambió el azadón seguro por el dilema de las espadas y se hizo diestro en aguzar filos toledanos. Insistió en el cruce de la mar Océana con su espada al cinto, aprendiendo a vencer los sobresaltos marinos, hasta recalar en el nuevo continente, ardido por la aventura donde se gana o se pierde la vida, donde se gana o se pierde, donde... ¿Dónde está la vida?, pregunta en el Castillo de Popa viendo el horizonte salado.

La vida se le apareció de súbito con su bautizo de fuego frente a guerreros desnudos como semillas en el nuevo territorio. Occidente resuena con color de almagre en las batallas y nacen nuevos villorrios de palabras viejas. Las leguas transcurren entre lances de caballería hasta llegar al Valle de los indios Caracas, con sus pieles curtidas por nombres de estrépito: Guaicaipuro, Guaicamacuto, Baruta, Paramaconi, Chacao. Los nombres caen partidos en dos por la furia de las lanzas españolas, los nombres caen partidos en dos por el silbido de las flechas vernáculas. Una danza de sables y cuchillos llena el espacio con sus lamentos de la misma muerte. Mana la sangre de los corazones que dejan de latir como difuntos divisibles. Las voces apagadas se meten dentro de la tierra y un nuevo abecedario de agua y aceite comienza a nombrar las cosas entre surcos de este pedazo de tierra.

Caracas transcurre en su sosiego de primavera infinita. Don Alonso pone a buen resguardo los aprestos rivales, saca provecho del buen clima para volver a los afanes de la siembra y recupera su estirpe de hijodalgo, ahora, Alcalde y Corregidor de la ciudad. El valle se llena de colores entre el espinazo de montañas que detiene los vientos del sur y, la cordillera norte, donde el Waraira Repano está sentado como un príncipe rocoso que nos defiende de tormentas marinas y piratas. Amyas Preston atracó en la rada de Guaicamacuto con seis barcos artillados de la flota de Sir Walter Raleigh. La ciudad cierra su puerta del Camino de los Españoles, hacia el oeste, con la llave de sus soldados dispuestos a darlo todo por la nueva patria. Pero el cerro tiene muchas puertas y un traidor de apellido Villapando les indica a los bucaneros la entrada de Chacao.

Don Alonso vuelve a vestir su armadura, desempolva la espada, le quita el óxido con arena del río, monta sobre el lomo mineral de su caballo y enfila por la falda oriental del cerro, bajo el yelmo que pica con el sol de mayo.

—¡*Catch him alive!* –ordena Amyas Preston quien lo quiere vivo cuando lo ve venir solo con su bravura.

Don Alonso no se arredra y pica su caballo contra la horda filibustera. La lanza vuelve a su costumbre de desvanecer adversarios y caen una, dos, tres, no se sabe cuántas sombras de aquellos piratas que comienzan a recular hasta retaguardia. Amyas Preston cambia la orden y el plomo de un arcabuz sublima el alma de Don Alonso sobre las nubes de Caracas. Preston se le acercó al cuerpo larguirucho, inmóvil y bravo, aún caliente por la fiebre del desigual combate. Le quitó la armadura, desprendió la celada del yelmo y quedó estupefacto con la barba blanca de aquel anciano solitario y obcecado. De inmediato ordenó colocarlo sobre su propio escudo "para que se acostumbre con la muerte que lleva", le rindió honores militares con disparos de salva, y la estampa de Alonso Quijano quedó flotando para el resto de la vida.

—¡Bravo!, ¡bravo! –gritó Toby estimulando una fanfarria, como si celebrara el lance del último patriota. Levantó el vaso y los demás lo imitaron–. Un brindis por nuestro Quijote.

—Y no estás tan equivocado –retrucó Pedro Pablo sorbiendo de su vaso–. Si historiadores como el venezolano Eduardo Casanova y la española Amparo Bejarano lo dicen, debe ser cierto. Los dos han escrito que Cervantes tomó la figura de Ledesma como modelo del Quijote. Está clarito, los dos se llaman Alonso. Parece que en esa época le habían ofrecido a Cervantes un oficio en las Indias, pero la chamba no se le dio y se quedó en Sevilla, donde Gaspar Silva, de esos cronistas que se venían a probar fortuna por aquí, digo, por allá, contó la historia. Si no es verdad, al menos merece serlo –levantó otra vez el vaso y le dio el jalón respectivo para terminar de celebrar.

—Atiéndeme, ¿y qué edad tenía ese señor?–interrumpió el jefe de libretos.

—Cincuenta y ocho años largos –respondió Adriano sin ocultar su emoción por lo que ya parecía un logro de quien busca menester.

—Pero no estaba tan viejo.

—Sí, como no, es que cincuenta y ocho años de antes son como ochenta de ahora.

—No importa, el maquillaje *resueve* todo –resolvió el estilista con la misma *ele* protoere de su jefe.

—Óyeme, la historia está interesante. Pero le hace falta un detalle, ¿ese hombre no tenía mujer, *ago*? –(Sin ele lujuriosa).

—Sí, como no, tuvo diez hijos.

—¡Ah!, pero el hombre sí podía...

El Garcilaso de La Vega de Guanabacoa hizo un breve silencio en el que pareció haber meditado algo y, de pronto, soltó el gran resorte dramático de la próxima telenovela.

—Entonces, ¿por qué no le inventamos un romancito?, ¡vaya!

—Es que me parece demasiado que a esa edad se caiga a tiros y además singue –remató Adriano. Recogió su carpeta y salió disparado de aquel laboratorio de imposibles.

—¿Y usted que hizo Don Pepe? –le preguntó Pedro Pablo a Fariñas.

—Nada, me quedé paralizado. Aquello sonó como los disparos que mataron al viejito.

—Pobrecito, la verdad es que yo me imagino que los cubanos escuchan cualquier sofocón como si estuvieran frente al paredón de fusilamiento –dijo Vinicio con los ojos redonditos, por primera vez, hipnotizado por el plomo de las balas.

—¿Te imaginas la corredera? Los que se salvaron fue porque Rómulo Betancourt y Pepe Figueres los protegieron en Venezuela y Costa Rica, más los que pudieron venirse a tiempo a Miami –precisó Alexis, con la resignación del exilado que vive precariamente entre dos fronteras sin pertenecer a ninguna.

CAPÍTULO DOS

Historia Patria y *Agnus Dei*

Uno comienza a envejecer cuando se le van muriendo los amigos. Sobre todo si vives exilado. Te vas llenando de sombras, de arrugas en la memoria, surcos donde se queda grabado el disco de tu vida, que suena con una carraspera de música lejana. Éste no es un inventario de mis arrugas sino el registro tembleque (no la historia) de algunas que me marcaron para siempre. Se me dirá que todas son testigos del paso del tiempo. Pero hay las que dejaron su ampolla de hierro candente, que han podido ser evitables si no existiera esa mácula que llaman destino, fatalmente grabado en el nombre con que nos vistieron por primera vez y definitivamente. Las otras son naturales, llevaderas y hasta reconfortantes. Son la prueba de que no hemos vivido en vano. El resto pertenece a quienes no pueden nombrarlas, desaparecieron de sus rostros convertidos en máscara a punta de bisturí.

Mi primera arruga candente fue Jesús María González. Puro kaki bachillerato, liceísta absoluto, beige con beige de uniforme, pantalón y camisa, correa marrón de intermezzo, medias a tono con el mismo tono de la carne, zapatos de cordones para trenzarse el futuro, copete engominado de príncipe que sale a conquistar el mundo y sonrisa de andaluz de Irapa para lo mismo. *¡Epa! Pedro Pablo, ¿cómo te portas, güircho?, ¿cuántos años tienes ya?, parece mentira, cómo has crecido, ¡chacho!, yo te vi el mismo día que naciste,* me dijo desde la acera de enfrente, con las ches mordidas sin pausa, y la voz de pájaro silbador con que los orientales nombran a los muchachos como uno. Yo le respondí, con las palabras truncas en la punta de la lengua, que bien, que chinco. (El grillo viejo del recuerdo salta desde la foto donde mi abuelo me tiene cargado).

Me le quedé mirando como se mira a un prócer, como se mira a los próceres de poses inmortales en las barajitas. En las barajitas, cromos, postalitas, estampas de colores magníficos, aparecen las batallas, los intentos de asesinato, la sangre derramada, las esposas mártires de los próceres, envueltos en una cosa incomprensible llamada gloria, que se vuelve patria en el álbum de la infancia. Uno las recolecta, las guarda, celoso, como quien atesora la patria. Las intercambia con los amiguitos: Tengo dos de ésta y tú tres de aquella. Éstas valen más porque no se consiguen. ¿Ta pago? Ok. Tres es lo mismo que dos. Tamos pagos. El hambre entre dos toca a menos, decía mi abuelo, amén. Y el álbum engorda con su tesoro de cromos. Escondes algunos. De tanto esconderlos se te pierden o se te repiten como si se reprodujeran debajo del colchón. Suena el timbre del recreo y sales al patio con los bolsillos llenos de momentos gloriosos. El bolsillo del overol lleva un escudo de la Escuela Gran Colombia en el pecho, en el justo lugar del corazón y te ufanas vanidoso porque tienes kínder, bandera, escudo y barajitas para intercambiar; que te llenan los huesos con harina de los valientes.

Luisa Cáceres de Arismendi, la esposa de Juan Bautista, esa maraca de margariteño trasuntado en mundo, me salió repetida siete veces pintada de espaldas. Es el mismo cuadro de Arturo Michelena, quien se puso a remendar la historia con pinturas. La vida anda más rápido que la historia. En el apuro, uno va agarrando lo que puede, lo más liviano, lo disponible a simple vista, cualquier trasto que mitigue las urgencias del día a día. Al final lo que tienes en las manos es una colcha de retazos que la gente llama realidad. La realidad no es del todo confiable, aunque algunos se aferren a ella como el sobreviviente a las tablas de un naufragio. Por eso los locos se desentienden, se escapan por calles y carreteras para zurcir el mundo que se les descosió en la cabeza, girando sobre sí mismos igual a satélites borrachos. Los pintores recogen esos mismos despojos y los mojan en el color del cristal con que miran el mundo para ponerlos sobre lienzos, tapar los huecos de la vida y hacerla más completa. Como quedó completa Luisa Cáceres en la barajita del Castillo de Santa Rosa, en la Isla de Margarita. Los carceleros la escoltan como si la llevaran al paredón de fusilamiento, se perdió la república y pusieron preso a un gentío. Las repúblicas se pierden como se pierden las barajitas y los carceleros la pagan con las mujeres porque son las que llenan las calles de patriotas.

Luisa Cáceres sale de la celda con su cofia de penitente, la frente en alto, bonita, como si la hubieran puesto a vigilar el mar que todos los días recomienza en Nueva Esparta. (Margarita de siempre. Perlas, mártires, playas, castillo, pastel de chucho, turcos con su corte barato señora y el cerro con las tetas enhiestas de María Guevara). El mar la salva. Los carceleros de bayoneta calada y quepis autoritario se fregaron porque Luisa Cáceres de Arismendi se volvió una promesa linda, se escapó de las barajitas del Castillo de Santa Rosa volando en sal marina. Su nombre se hizo espuma y apareció en el letrero de la esquina donde comienza la Avenida Luisa Cáceres de Arismendi, en Los

Rosales, donde me fui haciendo mayorcito y aprendí que lo heroico sabe a tragedia. Jesús María González es una prueba sangrienta.

—¿Y cómo te sientes aquí? –le dio Noly la bienvenida tardía y se le quedó mirando como se mira a una media persona.

—Muy bien, siempre se mejora, lo malo es que he comenzado a sufrir de insomnio –dijo sorbiendo un trago para tratar de invocar el próximo sueño. Apenas pongo la cabeza en la almohada me empieza a dar vueltas una rueda de imágenes que no me deja dormir.

—¿Cuáles? –se le metió Noly en la cama mental tratando de consolarlo al verlo revolcándose consigo mismo en las noches de verano.

—Es un rollo sin fin, lleno de imágenes sin conexión aparente, a borbotones, a veces sueño y a veces pesadilla. Las que más se me repiten son las de Jesús María González y las de Juana Sereda dando gritos en medio de la calle. Yo no me explico por qué hay gente que vive como si el juicio final fuera todos los días.

—Es que eso de irse con el hermano del marido es un pecado del tamaño de una catedral –se quejó Montserrat y casi se persigna–. Me imagino que por eso es que tenía esa Biblia descuadernada, leyéndola todos los días para ver si le perdonaban el resbaloncito –cruzó las piernas y pensó en los diez mandamientos viendo a Vinicio.

—También se me aparece la calesita en la que paseábamos por la cuadra. Sinforiano mirando siempre hacia el cielo cuando nos llamaba con la campana, los cascabeles de los caballos, mi abuela con el monedero en la mano y la misa de los domingos.

—¡Qué lindo! –susurró Linda, con la misma complacencia del párroco de *Doral City* cuando bautiza a un muchacho nuevo.

—Ya va, espera un momentico, antes de que continúes quiero que me respondas algo –lo obligó Ronald a las precisiones, como si estuviera editando el corte del director de una película –Cory le acercó el grabador con una mano y con la otra se llevó la última cucharada de sopa a la boca, gozando el tropezón de cangrejo que brilló en su despedida–. ¿Cuándo sentiste de verdad que eras un inmigrante?

—¿La verdad o una metáfora?

—¡La verdad!

—Cuando la vida comenzó a perturbarme los sueños.

Los domingos de la infancia tienen el color del Paraíso
y lo mejor es que existen.

La luz se desgrana entre los árboles dándoles un reflejo de alter ego. Una isla de acacias flotadoras se levanta con sus flores que vibran repitiendo el arcoíris. Los pinos se copian unos de otros convertidos en ejército de gigantes disciplinados sobre la acera. Los almendrones presumen de árboles alimenticios con sus frutos que tapizan la calle porque les llegó su hora. Un silbido de cristofué suena su augurio de día claro y las chicharras revientan de puro gusto, untadas a la resina de las cortezas arbóreas, hechas para sostén del verde. Un esqueleto de ámbar tostado queda por testigo.

Domingo es domingo, la gente se exalta de emociones, se viste de trajes y palabras elegantes para santificar el día, haciendo un alto en los desmanes cotidianos, deslastrando la vida de tanta chatura. Domingo es domingo en la Luisa Cáceres de Arismendi, que brilla igual a casi todas las calles de la infancia, con ese sol políglota de *Sunday, Dimanche, Domenica, Sonntag,* quemante sin distingos sobre la cabeza del mundo.

—Nosotros esperábamos frente a la casa de Jesús María González. Las muchachas salían en procesión por la cuadra, caminando derechitas, bien lindas, con sus velos sobre los hombros, los misales blanquísimos apretados entre las manos y nosotros hechos los pendejos en la acera de enfrente. Era como un comienzo de las películas de antes (las modernas empiezan con un sangrero), en las que todo transcurría normalmente, sin sobresaltos, hasta un día en que llegaron a la casa de Colacho. Su papá siempre se paraba en el porche a quejarse de las raíces de los pinos que rompían el macadam de la acera. Por estar viendo por el rabo del ojo, Lirio tropezó con una rama y cayó de plonyón, se escribe *plunge on,* Toby, tú que estás aprendiendo inglés. La carajita se dio un raspón en las rodillas y no la volvimos a ver como en cuatro domingos seguidos de la vergüenza que tenía.

—¿Y a quién miraba? —preguntó Valentina desde la cocina con el zoom de su ojo melodramático, con el zoom de los escritores de telenovelas que siempre andan en busca de cualquier detalle que les permita magnificar las cosas.

—No se sabe —replicó José Antonio—. Ahí nadie era de nadie y de todos, excepto Azucena, que le tenía el coco fundido a Colacho.

—Pero ¿de verdad iban a misa? –incredulizó Valentina con el altoparlante de su voz–. Eso sería una escena bien divertida, la pandilla de zagaletones arrodillados en los reclinatorios, viéndole el fundillo a las muchachas y rezando.

—Sí, claro que íbamos por las muchachas, Valentina, pero también por cumplir. Y no nos arrodillábamos porque eso no era cosa de hombres, nos quedábamos parados en las columnas de la derecha, así que perdóname si te arruiné la escena.

—No importa, la verdad real no me interesa, lo que yo necesito es la verdad dramática, lo teatral, lo especial o excéntrico de cualquier situación, pero eso sí –dijo chasqueando los dedos zurdos, caminando hasta la mesa– narrado rapidito porque el tiempo en televisión es muy caro y pasa volando... Y claro está, tiene que resultar más o menos creíble.

—Bueno, créemelo o no, lo más importante era la atmósfera que nos rodeaba, al menos a mí.

– Y a mí también –replicó José Antonio, montando su memoria sobre la voz de Pedro Pablo.

Una atmósfera luminosa se encendía en todo el barrio. Los Elegidos de los Rosales salían de la cuadra siguiendo a las muchachas a una distancia prudencial, con el sol quemándolos en la cabeza como si estuvieran en el purgatorio. Esperaban que el ramo femenino cruzara la avenida Roosevelt y entrara en la Calle Real del Prado de María. En esa época los barrios tenían calle real, lo noble que quedaba del viejo pueblo. Aquellos inocentes levitaban durante tres cuadras mirando las vitrinas de los negocios de electrodomésticos de los turcos, para darle tiempo al tiempo de que las muchachas llegaran a la iglesia. Pasaban frente al botiquín *La Serenidad*, un bar que estaba cerrado los domingos, pero inundaba la calle con su olor a miao y aserrín. Doña Encarnación les gritaba desde la puerta de su tienda de mercería, chavales, chavales, vamos, a por el perdón de los pecados, yo me los he sacao a las siete de la mañana, hasta que llegaban a la iglesia La Milagrosa a las doce en serio.

Introibo ad altare Dei. Dominus vobiscum. Y Matagato, Chispa, Manolo, Bichito Gediondo, Carlitos, Menea, José Antonio, Bebeto y Pedro Pablo, entraban en acción redentora con el *et cum spiritu tuo*. Las muchachas tras sus velos de virgen los veían como ángeles que hablaban latín. Pero Colacho, a quien se le enredaba la lengua con algo tan florido como Azucena, el latín le ponía plomo bajo la lengua y se quedaba en el *et cum cum, et cum cum, et cum cum*, como una moto que no termina de prender.

—¡Ustedes sí que son crueles!, hay que ver —se condolió Linda.

Vinicio se montó en el asiento trasero de la moto vuelto lágrimas, los demás se apretaban las barrigas para no perder el sancocho y Noly se molestó con amor de madre, pero no pudo evitar que el chorro de burla se le saliera por los labios lanceolados, mientras José Antonio la veía con ganas mal disimuladas y la cucharilla de sopa en la boca.

— Pero eso no es lo peor, es que estaba tan loco por la Azucena, que una vez, cuando la vio levantarse para comulgar, se fue detrás de ella. Yo lo agarré por el brazo y le recordé que no se había confesado, que iba a cometer sacrilegio.

Colacho sólo atinó a decir que me lleve el diablo y se fue a recibir el Cordero de Dios *qui tollit peccata mundi...*

La luz se hizo con la emoción del ofertorio, igual a todos los domingos iguales. Las campanillas del monaguillo sonaron anunciando a los ángeles y al Espíritu Santo, que parecían batir sus alas sobre la cabeza de los feligreses. La iglesia se iluminó, un faro cenital alumbró el altar y el chorro sacó su lengua de fuego para quemar los pecados. Las muchachas estaban en los primeros reclinatorios y la luz encendía aun más el cabello rojo de Azucena. Azucena se convirtió en una rosa confesa bajo el velo de organdí. Se le sembró una rosa en la cara cuando Colacho se puso a su lado en la fila paralela... El capullo virginal se delata. Colacho se entusiasma. La biflor se asusta. Señor no soy digno de que entres en mi casa. Tiembla. La lavanda *Old Cottage* de Colacho le trasunta el respiro con su olor a campo. No se miran. "Se aproximan. Se repelen". Se desean y se asustan, como todos los que van a ser novios por primera vez...

Azucena se arrodilla, saca la lengua virgen y Colacho hace lo propio con la suya sedienta de besos. Ambas lenguas reciben la absolución instantánea en el disco de harina redentora. Se levantan y sonambulan con los ojos cerrados para no marearse. Se despiden en silencio, contritos de harina, pudor y Agnus Dei en las filas conjuntas. Las dos filas regresan sobre sí mismas. Renovadas, redivivas, perdonadas. Hostia y Cordero de Dios en los reclinatorios de la iglesia del Prado de María, que se quedó vacía de zagaletones redimidos... Colacho salió como iluminado, tenía la misma cara de Moisés cuando vio desde lejos la Tierra Prometida. Estaba envalentonado y ese día se atrevió.

—Cuando salimos de la iglesia, se adelantó al grupo hasta que se emparejó con las muchachas y, por primera vez, se aventuró a dirigirle la palabra a la carajita. Nosotros nos asustamos todos y nos quedamos pegados a la reja de la iglesia. Traguito de scotch. Suspenso.

—¡Ay! qué nervios, mira como estoy sudando, dame un traguito del tuyo Guti, sólo un poquito –sudó Tatiana–. ¿Y entonces, qué pasó?

—Que Colacho se metió entre Azucena y Margarita, rozándole el hombro a las dos de puro torpe y las dos le dijeron que so abusador. Entonces empezó a pedalear que AAAA, zuuuu, zu, zu, cena y las carajitas se le murieron de la risa en su cara –interrumpió José Antonio haciendo pausa con un sorbo de sopa y se quedó colgado de la mueca de la muchacha.

—¿Y entonces?, termina vale –dijeron las mujeres al unísono.

—Bueno, que Colacho se fue solo –remató Pedro Pablo.

—¿Y qué hicieron ustedes?

—¿Qué íbamos a hacer?, cagarnos de la risa.

—¡Dios mío!, pobrecito.

Se acabó el domingo, todos los domingos comienzan y terminan. Pero ya van a ver, se prometió Colacho, huyendo de sí mismo cuadra abajo, pensando en el desquite del próximo sábado de pelotica de goma en la calle. Abrió la reja del porche de su casa, batió la puerta. Cruzó la sala como un muñeco insomne que flota entre los bostezos de la siesta siseante de los cuartos, y los mosaicos marrón y amarillo del piso que le sostienen los pasos a duras penas. Almuerzo solitario sobre la mesa del comedor, sigue derecho hasta su cuarto y se sienta en su cama para dejar morir la tarde, mudo de lengua, vergüenza y fracaso. La tarde cayó con cara de caballo muerto, perdón, más lentamente, *"comme un cheval qui va a mourir"* y lo hundió vestido en la cama.

Llegó la noche con su estadium soñador. Las luces se encienden de súbito machacando el taclán con que suenan los interruptores en las películas de béisbol que dirige Robert Redford. La grama, que la gente fina llama césped, está al ras de los sueños de Colacho. Los jugadores hacen swing con sus bates de prodigio, cortados con la misma tijera de perfección para que los bateadores cumplan su destino. El otro equipo practica sus simulacros calentando el brazo. El *pitcher* coge puntería sobre el peto del *catcher* transmutado en *quecher* por la lengua del sueño. El quecher ataja el disparo sobre su pecho y soba el guante como si fuera una mascota a la que se le atoran las pelotas en su boca de animal hambriento. El lanzador vino duro y curvero. Tira una bola de noventa millas y la mascota echa humo por la boca. Lanza una *sinker* y la bola cae con convicción de aspirina para dormir a los bateadores. Curva en la esquina de afuera. *Slider* que se resbala y parte el home en dos. Cambio de velocidad porque se agotan los segundos para comenzar el partido.

El receptor se levanta con su peto, careta y actitud de marciano. Lanza la bola hacia segunda base. Un corredor imaginario se roba la segunda almohadilla. Los faros alumbran al prófugo con su luz de Vía Láctea. La bola cae en el hueco negro del guante del short stop que pisa la almohadilla. Out de ensayo perfecto. Meteorito a primera, doble play. El primera base pega un brinquito girador de guaracha galáctica y lanza un cometa hacia tercera. Corre la bola. El tercera le suelta la bola por debajo del brazo al *short-stop* y se vienen todos hacia el montículo del lanzador para invocar el triunfo. Conferencia en la cumbre.

En el fondo, el *left, el center y el right field,* dejan desnudo el jardín que se extiende desde el cuadro hasta las gradas (donde los más pobres llevan sus guantes para ver si atrapan un jonrón y se meten de polizones en la historia del estadium). Llevo la fría, llevo la fría, llevo la fría, suena en las tribunas el eco sediento del vendedor de cerveza. Los fanáticos vacían las botellas sin clemencia. El ompayer saca una escobilla de su peto, se quita la careta llena de anillos que emulan los de Saturno, barre el home con el culo levantado sin ningún pudor hacia el montículo del pitcher, se endereza, da un paseíllo orbital alrededor del quecher, voltea hacia una cabina en los altos de las tribunas, los jugadores se alinean a izquierda y derecha del terreno, con las cachuchas puestas en el corazón para que no se les salga por la boca.

Un sonidista aprieta la tecla con la grabación del himno nacional... *gloria al bravo pueblo... que el yugo lanzó...* (dice el coro anónimo por los mismos altoparlantes que nombran a los héroes del partido), *la ley respetando...* (sigue el himno con ese gerundio del deber en ascuas), hasta que termina con el verso de la *virtud y honor* que los peloteros toman para sí mismos. El ompayer le hace coro y canta pleyyyy bollll. Las tribunas revientan de aplausos y comienza aquel bosque de nervios a temblar en el estadium.

Colacho está arrodillado como un penitente en el círculo de los bateadores. Al bate, Nicolás Alvarado, dicen los altoparlantes con parsimonia. *Colaaaachoooo, dale duro,* grita la sombra de Azucena desde la tribuna, sobre la cueva de los *Leones del Caracas.* Colacho se hace el sordo, se levanta del círculo como si saliera de una paila del infierno. Se para en el *home* y comienza a hacer swing con el bate para espantar los malos augurios. Mira a Azucena por el rabo del ojo haciéndose el importante. El pitcher hace unas maromas sobre la caja de lanzamiento y le tira una bola que parece pedrada. Colacho afina la puntería con la vista puesta en el corazón de la primera bola de la tarde. Le da en el corazón… *Señores, la noche no ha terminado de teñirse y ya la perla mordió la grama a la altura de la media luna,* dice la voz fañosa de Carlitos González, el comentarista del momento eterno, por la bocina de los radios de la ciudad y de las tribunas, repitiendo la voz de Buck Canel. Colacho corre huyendo del diablo que lo anda buscando. Llega a primera con el primero, augurio de la buena noche y el diablo se asusta con los aplausos…

Hit señores, imparable, comenzó la fiesta en el estadium universitario, je je je, delata el locutor su pasión escondida. El center field ataja la bola dormida en el segundo *bound.* Tira a segunda por no dejar. *Y sin que me quede nada por dentro, alea iacta est, la suerte está echada, las cosas terminan como empiezan,* remata el locutor premonizando.

La noche se extenuó de batazos que hacían diana en los escalones de las gradas. A izquierda y derecha, los jardineros adversarios fatigan el terreno suplicando al cielo que los *flays* se cansen de vencer la gravedad y caigan adormecidos sobre sus guantes. Inútil. Las pelotas vuelan sin amo, los peloteros se pusieron de acuerdo para provocar sus jonrones de sueño. Las bases cumplen su cometido una y otra vez. El circuito de almohadillas se cierra sin descanso cuando los peloteros las pisan para escribir el epitafio de nueve carreras a cero. El home es un hogar dulce. Azucena se emociona en las tribunas diciendo que sí. Un pájaro postrero se hace uno con la noche. *El Magallanes* continúa su idilio con la derrota y los fans salen a caribear a unos adversarios que llegaron tarde y se tuvieron que sentar en la trinchera equivocada. Trompadas recíprocas estallan sobre las tribunas. Un sobreviviente de la masacre salta la baranda, huye hacia el terreno y la policía lo saca *out.* Tirurí-rurí los altavoces, tirurí la victoria caraquista y tirurí la voz de la mamá de Colacho en un sofocón. Colacho, Colacho, te quedaste dormido…

Gran parte de los problemas del mundo se arreglarían si la gente hubiera leído un manual de modales y buenas costumbres.

—Ustedes me perdonan, pero hay dos cosas que yo no entiendo –dijo Montserrat con resignación de ex médico nostálgico de enfermos–. Primero,

¿por qué la gente lleva radios al estadium si el juego está ocurriendo allí, frente a sus narices?...

—Muy sencillo –se adelantó Pedro Pablo, aspirando los radicales del grupo oxidrilo que se evaporaba de vasos y gargantas.

—No, un momentico –lo paró en seco levantando su dedo de estetoscopio–. Déjame hacerte la segunda para que me contestes las dos de una vez, de una, porque son una ridiculez y una falta de respeto. La segunda es: ¿por qué aplauden el himno nacional? El himno nacional no se aplaude, según yo aprendí en la escuela primaria en Barquisimeto. Sí, llámame campesina si tú quieres, a mucha honra. Y vamos a recoger estos platos que ya todo el mundo terminó. Trae el basurero Toby –insinuó Montserrat amarrándose la cara.

—Pero la olla está por la mitad, todavía alcanza para una segunda ronda, las patas de cangrejo aún se mueven y los langostinos no han dicho que no. Además es temprano, son apenas las tres de la tarde –advirtió Toby cargando el pote de basura en torno a la mesa.

—OK, caliéntame un poquito en el microondas –hambreó Ronald.

—Montse, vamos a recoger este desorden y después te respondo la primera, la del radio –apuró Pedro Pablo tratando de sacarse el clavo.

El ruido espasmódico de las cucharillas sobre los platos invade el comedor. Espinas y conchas caen con su postración de cosa inútil en el fondo del tacho que bosteza. Un sopor de sopa se adueña de los comensales, que deciden mudarse a la sala para oxigenarse y seguir haciéndole trampas al acero de la rutina semanal. Menos Ronald, que trasiega su segundo plato con fruición.

—Esta vaina está hirviendo, pásame una arepa Cory.

—Se dice ¡por favor!, mira que no estás en el estadium –y le pasó el disco de maíz horneado sobre una servilleta.

El eco enruidecido del comedor flota en el fondo. Montserrat regresa a su poltrona de los comienzos, saciada de un hambre y hambrienta del otro. Pedro Pablo se restriega sobre los cojines de su trono de mimbre para reanudar el nudo. Noly lo mira. José Antonio mira a Noly.

—Escucha Montse, es sencillo y complicado porque "lo real es verdadero hasta cierto punto", decía el poeta.

—Bola baja y abierta –cantó Gustavo en la esquina de afuera.

—Sí, aunque suene raro. La gente nunca cree a pie juntillas en lo que ve, siempre desconfía de la realidad, aunque no lo confiese. Por eso juega a la lotería. Los fanáticos temen que no sea verdad lo que está ocurriendo en el terreno y tienen el alma en vilo durante todo el partido. Yogi Berra decía que el juego no se acaba hasta que se termina.

—¿Quién es Yogi Berra?

—La verga de Triana de los Yankees de Nueva York, mi equipo. Quecher, jonronero infalible y al final manager del *team*.

—Será lo que tú quieras pero eso que dijo fue un disparate.

—Sí, él decía muchos disparates, pero con éste cogió calle para siempre. El juego no se acaba hasta que se termina porque ningún enemigo es pequeño y así esté ganando tu equipo, nada es seguro hasta el último inning. Los fanáticos tienen alma de perdedor y se reúnen en grupos para darse valor unos a otros. La gente en grupo, en masa, se comporta como fanáticos escandalosos. Aunque griten, aunque se desgañiten, aunque digan que ellos son los más bravos y quieran desaparecer del mapa al adversario, siempre tienen miedo de perder.

—¿De perder qué, un juego?, eso es una necedad –se exasperó Montse.

—No, son dos cosas: el juego y el sentido de pertenencia a algo. Por eso llevan el radio al estadium, para que una voz con autoridad, como si viniera del más allá, les confirme por el hueco de las cornetas lo que tienen frente a sus narices –trago largo–. Así cobran aplomo para destruir al adversario.

—Caballero, la moña está que le roncan los timbales –percutió Vinicio sobre el lomo de la guitarra–. Eso que dice Pedro Pablo es verdad, yo no sé nada de béisbol, yo lo que soy es músico, pero no hay nada más peligroso que un fanático. Un fanático es como un Mujaidín, que espera una revelación del Más Allá para seguir viviendo.

—¿Un muja qué…? –se sorprendió Tatiana.

—Mu-jai-dín.

—¿Qué es eso, un espiritista?

—No, Montse –la iluminó Pedro Pablo con un *slider* sobre el *home plate*–, un Mujaidín es un guerrero santo de Alá, siempre a la espera de una señal sagrada para volver papilla a los infieles, o sea, a todo el que no crea en el Islam.

—Seriedad, nos estamos metiendo para lo hondo –reclamó *Ei-Ort* por los altoparlantes.

—Ya va Alexis, ya va. Mira Montse, te la pongo fácil –dijo Maravilla– un Mujaidín es como un 007 islámico, un fanático con licencia para matar-.

—Pero ustedes son de lo último, con ustedes no se puede hablar en serio. Lo que estoy diciendo es que si tú ves algo es porque existe –se quejó Montserrat mientras Toby se lavaba las manos como Pilatos en el fregador de la cocina.

—Eso no es verdad –fraseó Toby caminando hasta la sala–, fíjate que los gringos ven a los indocumentados como si no existieran, sobre todo a los mexicanos y eso que ellos estaban en Texas y California primero que los americanos. Ellos están regresando a lo que era suyo –reclamó secándose las manos en el delantal y ajustándose el gorro de guerrillero.

—Tú siempre de extremista Toby –lo encaró Vinicio–, pareces un Ayatolá. Con insolencias como esa fue que Jomeini le ordenó a sus fanáticos que debían armarse para que el Islam recuperara los territorios perdidos en el Mediterráneo y acabaran con todo. Óyelo bien terminar (énfasis con los ojos en blanco) *a-ca-bar*, con todo.

—Es que sufría de priapismo.

—Deja la vaina Pedro Pablo… Eso que comenta Vinicio no es para hacer chistes –moralizó *Ei-Ort* con aspereza de corrector de pruebas. Pausa imprecatoria–. Lo peor de todo es que los fundamentalistas se aburren en los desiertos y van a divertirse poniendo bombas en Madrid, París, Londres, Ámsterdam. Bueno, es que también odian al mundo. Yo una vez estaba en Argelia y entré en una barbería y el barbero, con la navaja en la mano, me preguntó amenazante: *Pourquoi parlez-vous en française?, parlez en arabe, comme tout le monde*. Que hablara en árabe como todo el mundo. Mira, el tipo habló con una cara de odio que…

—¿Y tú qué le dijiste? –se asustó Luis Andarcia como si la navaja fuera con él.

—La verdad, que yo no era árabe.

—Pero es que con esa nariz y ese pelo de resorte pareces de allá–gritó Ronald desde el comedor, atragantado de sopa.

—No, no es eso, mira lo que me pasó a mí en Bélgica, eso fue hace muchos años –guardó la navaja José Antonio–. Yo tengo una amiga, diplomática de carrera… ¡ummm!, digamos, Piera. Me invitó a pasar una temporada en Bruselas –Noly bajó la vista pero José Antonio no le hizo swing–. Un lunes, cuando mi amiga se iba a trabajar, me dijo que me tenía que levantar porque una señora venía a limpiar el apartamento. Al principio no entendía mucho porque el mar de aguardiente del día anterior lo tenía de resaca en la cabeza. Entonces me explicó que la señora era de Marruecos, musulmana, que allá las mujeres no pueden estar cerca de un hombre que no sea el suyo. Y en caso de infidelidad te aplican la Sharia, una tortura de ley que castiga a la mujer con la lapidación o con la, oigan bien, a-bla-ción del clítoris.

—Pero el clítoris no habla —dijo Cory, perdida en las alturas del Golán.

—Dígame si hablara. No, Cory, no es de hablar, es de mutilar, te cortan el clítoris —las mujeres apretaron eso y José Antonio continuó con sus mil y una noche...—. Yo oí discutiendo a las dos en la sala. La marroquí hablaba en un francés taquigráfico, con un chiflido en la garganta, *pas homme, pas homme,* como si hubiera visto un hombre desnudo. Mi amiga entró en el cuarto, ni modo mi amor, la señora no quiere hombres en la casa. Me levanté, me di un baño y cuando salí del cuarto la bruja estaba fuera del apartamento, dándome la espalda en el pasillo que lleva al ascensor, viendo hacia la pared y tapándose la cara con el trapo que tenía en la cabeza.

—Pero eso no es tan grave como lo de Alexis, el barbero tenía la navaja en la mano —tomó partido Tatiana.

—Claro que sí es grave, ¿no te das cuenta de que esta señora estaba mandando como si la casa fuera de ella, y lo peor, en un país que no es el suyo? —espetó, bebió del whiskey y bajó la presión—. En el caso de Alexis, él es el entrometido en Argelia y los franceses también.

—Pero ya habían pasado muchos años de la liberación, ya Argelia era independiente.

—No, nunca dependieron de nadie para matarse entre ellos. Si no, mira la masacre de Melouza, donde el Frente de Liberación Nacional degolló a los seguidores de Messali Hadj, sólo porque se oponían al partido único —sangró Pedro Pablo—. Los fundamentalistas quieren todo para ellos solos.

—Pero no pueden ser todos, también los hay pacifistas —ondeó Linda un servilleta blanca.

—Sí, pero se callan, ninguno abre la boca contra los matarifes —le cortó el aliento Pedro Pablo—. "Paciencia". Ojalá no se quejen cuando sea demasiado tarde —remató clavándole unas cursivas a la paciencia como si fueran banderillas sobre el lomo del torero.

—Eso es verdad —cogió candela Vinicio—. Los fundamentalistas están llenos de odio, en sus países y afuera. Un día de estos sacan a los europeos de sus camas y después vienen por nosotros. (Sorbo para conjurar el maleficio). Aquí hay células de musulmanes radicales que se han infiltrado hasta en el ejército. Son capaces de cogerse Texas porque son peritos en desiertos. O California, donde están cosechando unos dátiles más buenos quel carajo. Son hasta capaces de montar una tienda de campaña en los jardines de la Casa Blanca y nosotros escribiremos el *Welcome home* pase y siéntese, para no ofender.

—*In accordance to the political correctness* (Algún cínico bilingüe).

—Imagínate que en Ámsterdam publicaron un libro que dice que hay que lanzar a los homosexuales de las azoteas de los edificios –escandalizó Ronald de vuelta a la sala.

—¡Ah!, no, tampoco empieces a sangrar por la herida –le picó pasito Luis Andarcia y puso boca de sapo contento, mientras los demás vieron al raro emergente con cierto dejo.

—Ok, tengo la solución –interrumpió *Ei-Ort* y todos voltearon con el Eureka–. Toby, estás nombrado Coordinador Interino del Comité de Devoluciones Nacionales, así haces un poco de turismo diplomático por la ONU –dijo con sobriedad absoluta, apartando las moléculas de alcohol que perfumaban la sala–. Te llevas un mapamundi bajo el brazo y empiezas por Texas y California, los recortas con una tijera y se los entregas a los mexicanos en un acto solemne poniendo el himno de los dos países. Pero eso sí, prohibido pedirles comisión ni quedarte con un terrenito en San Francisco para cuando te llegue la hora del retiro.

—Eso es correcto, cero tolerancia –precisó Gustavo.

—Como hace Tatiana contigo y Montse con Vinicio –alguien casi inaudible.

—Luego empiezas a subir, recortas Alaska y se la devuelves a los rusos, pero mosca, no vaya a ser que te manden a Siberia para que te conserves en frío. Luego haces lo mismo con Estados Unidos y Canadá, preparas un pato pequinés y se los entregas a los chinos, porque los primeros pobladores de aquí fueron los asiáticos que entraron por el Estrecho de Bering.

—Y le devuelves Louisiana a los franceses y Brasil a Portugal. Pero la cosa se complicaría con los argentinos porque tendrías que regarlos por el mundo con un salero –espolvoreó Vinicio, mientras Teresa se le quedó viendo con ojitos de *Adiós nonino*.

— También habría que devolverle el resto de Suramérica y las Filipinas a los españoles –dijo Pedro Pablo como un cartógrafo que reparte lo que quedaba del mundo–. Además de la Florida, porque ellos fueron los que la descubrieron.

—¡Ah! no, entonces no –dijo Toby saliéndose por la tangente del pasillo hacia la cocina.

—¡Claro que no! ¿Porque entonces para dónde me voy yo? –gimió Tatiana.

—Tranquila consorte –la consoló Gustavo–. Cogemos nuestros muchachos y nos largamos para la isla de Margarita.

—Bueno, ya está –finiquitó Montserrat– dejen el choteo, me tienen harta, pónganse serios aunque sea por una vez en la vida, tienen una hora dando vueltas sobre lo mismo y todavía no me responden la pregunta. Te la vuelvo a hacer por última vez, ¿por qué demonios la gente aplaude el himno nacional en el stadium?... Y por cierto, ¿tú no vas a comer, Pedro Pablo?

—No, tranquila, cuando venga la segunda ronda –dijo después de sorber del whiskey–. Mira Montse, yo no creo que la gente aplauda el himno nacional.

—No vale, la gente lo que aplaude es que va a comenzar el partido. Cuando uno llega al stadium todo el mundo está asustado, todo es un nerviosismo mientras los jugadores calientan el brazo en el terreno. Hasta que el ompayer abre las acciones –dijo Toby con cara remilgosa y risiente.

—Sí, eso es verdad, yo al principio también creía que era una falta de respeto o ignorancia, pero no –continuó José Antonio–, la gente lo que aplaudía es que un ompayer tan feo como Musulungo hablara inglés. Mira, Musulungo era el quecher de los *Leones del Caracas*, el mejor equipo de todos los tiempos. Pero cuando jugaban con el *Magallanes*, esa tropa de segunda...

—¡Epa, epa, epa!, no se metan con el Magallanes –cantaron a coro los contabilistas del fracaso.

—Bueno, silencio que pedí la palabra. Mira, Musulungo era un pelotero tan malo, que terminaron echándole la culpa cada vez que perdían con el Magallanes y lo botaron. Era un negro más feo que la derrota y lo contrataron como ompayer porque era grandote y hablaba inglés diciendo *play ball* con autoridad.

—Pero por favor, eso no es inglés, todo el mundo sabe que pleybol es pleybol en cualquier idioma –siguió refunfuñando Montserrat.

—Eso es verdad –dijo Vinicio–. Cuando yo me empaté con ella... Bueno, en inglés es más elegante, *when I got engaged to her*, le dije, bueno mi china, *alea iacta est*, la suerte está echada, *play ball* ...

Hay historias personales que se merecen una película pero el celuloide es muy caro para muchachos de barrio.

Colacho saltó de la cama con el play ball de su mamá. Salió corriendo hacia el baño, agarró el cepillo entre las manos engarrotadas de tanto apretar el bate la noche anterior, se puso el guardapolvo sobre la ropa arrugada y se fue disparado hacia la escuela... Mismo de lo mismo. Colegio, maestra punitiva, sumas y restas, mapas, fechas patrias, horario repetido, tareas, los días persiguiéndose como si miraran en el espejo. Hasta que llega el viernes para poner la diferencia.

Colacho sale de la Escuela Gran Colombia caminando con su alma desleída por la avenida Roosevelt, pasa frente a la fachada de Sánchez y Cía., que señala el fin de una semana de hierro como las máquinas que exhibe el negocio. Mira el edificio Araguaney pensando en alturas y jonrones, camina hasta llegar al supermercado de los chinos. Coge a la derecha cuando huele a chino, camina media cuadra, entrompa la Luisa Cáceres de Arismendi, coge a la izquierda y sigue derechito hasta la casa que compró su papá trabajando trabajos de perro con un flux gris. Engulle el almuerzo tardío y sale disparado hacia su cuarto pensando en Azucena. Entra, saca la gorra del escaparate, la limpia, le hace cariño, se pone la gorra y se mira en el espejo. Comienza a imaginar con el azogue, busca los *U.S. Keds*, les limpia la goma de la suela para procurar el prodigio de correr con sed de infinito. La suela de goma del *U.S. Keds* tiene una línea azul que la divide parte a parte a punto de borrarse. Colacho busca un bolígrafo y repasa la línea derechita mientras ensaya el nombre de Azucena. Lo dice sin pausas. Azucena. Se calza el botín blanquísimo de *Griffin*. Dice amor recostado en la cama. Cierra los ojos y se queda dormido igual a un hijo de perro que duerme con los zapatos puestos.

El tiempo se disfraza de reloj. Las agujas impacientes lo apuran para que el mundo gire más rápido. *A dormir van las rosas en los rosales, a dormir va mi niño porque ya es tarde.* Suena la canción infantil con que la vieja Alvarado dormía a Colacho. Hasta que el sol entra por la ventana abierta. Libre. Democrática en las casas de todos. Puro futuro de sábado con pelotica de goma para el desquite.

Se puso la cachucha, salió con un salto del cuarto, apuró su café con leche y entró en el estadium callejero sin pausa, sin hablarle a nadie. Y sin pausa los nueve *innings* que lo pusieron a sudar frío. Dos a dos, hombres en segunda y tercera, sudor en la acera izquierda que hace las veces de *dugout*, la cueva de uno de los equipos que amenaza al otro como animales ladrantes. Salta entre la tropa que le quiere robar su turno al bate y se para en el home. Me toca a mí. Los sueños en el estómago. La lengua mordida, mientras Matagato fanfarronea y llama a su ejército. Es el capitán enemigo. Capitán, capitán, se sube la marea, dice una guaracha de moda. La marea de cachuchas llega hasta el montículo del pitcher. Conferencia sobre el cartón de leche. Matagato susurra mientras muerde el guante: le voy a tirar una bola serpentinera. Manolo pregunta qué cómo es eso y Matagato le dice que tembladora. Alerta todos. Mosca. Las cachuchas bajan del montículo y regresan a sus posiciones cuando Toribio canta play ball. Johnny, el italiano nuevo, llega tarde buscando a Pedro Pablo que está en su *left-field* pinero y se sienta en la acera porque quiere aprender a jugar béisbol. Colacho asustado sobre los U.S. Keds. Matagato hace su aguaje de prestidigitador y le lanza una anfetamina invisible. Colacho cierra los ojos pensando en la píldora y en Azucena. Abanica con sus ojos gagos y el brazo se le vuelve bate contra la pelota de goma. Le da en la cara a la goma. La cara sale disparada hacia el pino mayor de la acera izquierda, el propio left-field, el fondo de la calle donde duermen los sueños de los beisbolistas callejeros. (Suspenso. Flores suspirantes. La calle tiembla).

Pedro Pablo está distraído viendo su mandrágora tetona. Un grito plural lo devuelve hacia sí mismo. La bola choca contra el pino, chorrea sobre los alambres. Las manos tiritan, la goma impredecible se le derrite entre los dedos y termina ahogándose en una alcantarilla. (Jonrón por regla. Definitivo. Cinco carreras a dos). Colacho corrió gacela, chutó los cartones en los peajes de primera, segunda y tercera, con pie que patea balones de fútbol. Los brazos vueltos molinos para soplarse la carrera, se desliza tieso sobre el home, como quien llega al cielo con la lengua afuera. Johnny salta de la acera vuelto resorte, ¡goooollll! Un bosque de caras lo mira ¿de dónde salió esta vaina? Johnny quiere que se lo trague la tierra. Chispa carga a Colacho. Se lo lleva a empujones por la cuadra con el mismo paseíllo del torero que mató al último de la tarde y casi atropellan a Johnny, otra vez sentado en la acera, confundido, desde que a Pedro Pablo se le cayó aquel flaicito. El matador respira profundo y grita Azucenaaaaa sin pausa ninguna. Azucena se emociona tras la persiana y un hilo de luz se entrelaza en la calle.

En el left-field, Matagato se le queda viendo a Pedro Pablo con cara de perro, le tiró un *strike* con el guante que le dio en el pecho: Eres un conejo. Conejo será tu madre y comenzó el repique de barbaridades y pescozones. Ganchos, jabs y rectos sobre las caras soberbias. Careloco sale a defender a Pedro Pablo que es más chiquito. Menea se pone entrépito a favor de Matagato. Salta Manolo sobre el cuarteto febril. Chispa dice que desapártense, desapártense.

Pateloro se mete. Sálvesequienpueda. Colacho tira dos rectos sobre dos estómagos invisibles que caen al suelo. Enrique, el hermano menor de Pedro Pablo, le da un pescozón a Papito. Papito se rinde. Pedro Pablo le perdió el miedo a Papito y después se acostumbró a ponerle los ojos blancos sobre el blanco del ojo (para perder el miedo no hay nada mejor que un pionero). Entra Bebeto vuelto aspas de molino. Salta Sinaí. Interceden Nixon y Sunny Boy, miembros de la brigada internacional por Trinidad y Tobago. Yo me hago el pendejo cuidándole la espalda a Pedro Pablo. El cuarteto se vuelve sexteto, octeto y trulla multitudinaria en la sinfonía de trompadas. Saldo: narices rotas, ojos magullados y muchachas orgullosas de sus guerreros de trapo.

"Las madres terribles levantaron la cabeza" y salen a recoger sus guiñapos. Le devuelven el nombre natural a cada quien. Colacho regresó a su Nicolás natal cuando la vieja Alvarado lo cogió a correazos. Nicolás se vuelve un engrudo de vergüenza. De héroe a villano después que le enseñó su corazón jonronero a la Azucena de la ventana florida. ¡Qué pena! Matagato se volvió Antonio con el jalón de orejas de la señora Rausseo. Su hermano José Aníbal le enrostra el Código Rodríguez Rausseo. Vamos a ver si te comportas, tarajallo, sin oficio, si hubieras entrado en la Juventud Comunista no serías un vago. Sal pa dentro. Pateloro recuperó su abolengo de Montero, cuando su mamá se lo devolvió a trompadas y le dijo a Ernesto que so sinvergüenza. Manolo sí se quedó Manolo porque sonaba tan castizo como el Rengifo de su mamá. Chispa se apagó con el agua de los ojos de misia Trina. La mamá compartida con Manolo dijo: Carlos Gerardo, estás castigado. Esta semana no comes plátano frito. Bebeto recuperó el Alberto porque su hermana Beatriz le preguntó que si no tenía vergüenza y lo metió a empujones en la quinta Hatuey, viéndole el rabo entre las piernas. Nixon y Sunny Boy se fueron sonreídos con su dentadura perfecta, blanca, luminosa, agradecida, de negros trinitarios tratados con igualdad.

A Johnny no se le vio ni la sombra. Enrique, el hermano de Pedro Pablo, es Enrique, tótem solitario. Sinaí se quedó quieto como una montaña sin madre. Bembarroja y Careloco se quedaron lo mismo porque eran forasteros. Se fueron caminando los tres sin que nadie los reclamara. Toribio se borró entre los átomos del redentor. Menea no existe durante un mes. ¡Rafael!, le gritó su papá montado en el caballo trotador a cuadra traviesa. Desde entonces, Menea se extinguió. Los canarios semos muy drásticos. O no semos, dijo el hombre de Tenerife, el propio guanche con la fusta en la mano, ahorcado con la trenza del sombrero, condenando a Rafael a recoger las bostas del caballo durante todo un mes.

Pedro Pablo bajó la cabeza seguido por su hermano. Entró en el número 18. La abuela Guillermina le preguntó con su ternura alemana que hasta cuándo vas a seguir haciendo rubieras y Enrique se hizo el tótem. Tres coscorrones en el coco pelón y chichones reglamentarios. Pedro Pablo vuelve a bajar la cabeza pensando en su mandrágora, ¡algún día!, mientras la bola vuelve a chorrear desde el pino. La calle se llenó de ausencias, sólo quedó el murmullo de la refriega como un remedo de la vida. En la infancia sólo se escucha pasar la vida. Comienzas a verla cuando te toca envejecer.

—¡Ay!, qué lindo, esas cosas sólo ocurren a esa edad. ¿Quién pudiera? –suspiró Noly–, lo de Colacho es enternecedor.

—¡Sí, qué paciencia! –se coló Teresa agregándole virtudes.

—Además de que era bien sortario, ese tipo estaba bañado en leche –restó Toby–. ¿Tú te imaginas?, ese rolo de cacho temblando en el *home*, cierra los ojos y desaparece la bola. Para mí que José Antonio inventó ese cuento.

—No, te lo juro, pregúntale a Pedro Pablo. P.P. asintió con la cabeza y se volvió testigo en el relevo.

—Mira, Colacho estuvo la semana anterior al partido ausente del mundo, evitando toparse con nosotros en los pasillos de la escuela.

—Nos miraba desde lejos con una sonrisa de títere –retomó J.A.

—Pobrecito –se condolió Montserrat.

—No, ningún pobrecito –hizo el quite Pedro Pablo con las mismas cuerdas que halaban la sonrisa de Colacho–. El tipo lo que estaba era inventando una vaina, planificando la venganza. Seguro que dijo ajá, se burlaron de mí al salir de misa y me dejaron en ridículo, pero esto no se queda así. Yo hubiera hecho lo mismo.

De pronto hizo silencio agregándole un misterio teatral a su parlamento, miró a todos en redondo, apuró el scotch, volvió a sonreír y habló con la gravedad del verdugo que activa la guillotina.

—Allí comenzó a anticipar su jonrón, a ponerle cara de oportunidad a lo adverso –declamó con actitud de *"Eppur si muove"*.

—¿Qué? – Montserrat presionó un encendedor mirando la chimenea.

—Sí, aunque te parezca extraño. Mira, Adriano González León, perdonen que lo nombre tanto, pero es como si estuviera aquí, nos contó en clases de la escuela de letras, hace muchos años, en los tiempos en que comenzamos a buscar la vida por los callejones, que Guillaume Apollinaire, el poeta francés que inventó los caligramas, una pendejada, ¡poesía visual! (trago largo y sonrisa de vidrio que encandila la sala, inspiración), cuando peleó en la primera guerra mundial, redactaba partes de guerra anunciando la toma de tal o cual objetivo, una montaña o una trinchera que aún estaban en manos del enemigo.

—¿Estaba loco? (Tatiana).

—Rotundamente no —enfatizó Pedro Pablo como si tuviera en las manos el diagnóstico de un especialista—. Cuando sus superiores le reclamaron el asunto, él les respondió como quien le descubre la seña que le dieron al bateador: "adelantarse a los acontecimientos es la mejor manera de provocarlos".

—Eso parece sacado de un libro de auto ayuda, *Inventa tu felicidad, Todo está en la mente, No te quedes callado* —se burló Ronald frunciendo el ceño, posando la mueca de concentración de un mentalista que los demás imitaron.

—No, es distinto, aparte de que todos esos libros repiten lo mismo, hay escritores que se aprovechan del encanto de gente como Apollinaire para escribir superchería filantrópica y comercial. Bueno, tampoco eso es un sacrilegio, en el mundo cabemos todos y quien quiera escribir eso que lo escriba. Que funcione es otra cosa.

Ronald se quedó pensativo durante un segundo, sorbió un trago larguísimo aprovechando que Pedro Pablo hacía lo mismo y chutó desde la zona de peligro del escocés.

—De todos modos suena a espejismo. Eso sería como descoser un balón de fútbol y meter gol con el aire que tenía adentro.

El vientazo de aguardiente atravesó la sala hasta estrellarse contra la red de las cortinas del fondo y todos se quedaron viendo alternativamente. Ronald trastabilló con su materialismo dialéctico aporreado y preguntó gagueando.

—¿Qué fue eso?

—Debe ser que alguno de los muchachos abrió el ventanal de la terraza y se formó una corriente —lo excusó Valentina sin confiar mucho en su lengua. Pedro Pablo desamarró la sonrisa contenida y remendó el recuerdo.

—¡Miren!, lo que yo quiero decir exactamente, es que pasó algo tan insólito que no sé si contarlo porque van a decir que estoy loco o que me la estoy echando de Apollinaire.

—No importa, uno se acostumbra a ti muy rápido –taquigrafió Noly. Él estuvo de acuerdo y sorbió un trago largo. Puso el vaso sobre la mesa, entornó los ojos e impostó el gesto de un Mandrake cibernético.

Toda escuela amanece los lunes llena de confidencias que sobran del fin de semana en las calles. La Gran Colombia, muda, esperó a sus tarajallos envuelta en una atmósfera de vergüenza y misterio. Las joyas de la Luisa Cáceres de Arismendi hicieron fila frente a los salones, sin atreverse a mirarse a los ojos, llenos de magulladuras por el intercambio de galanterías al terminar el partido. Sentados en los pupitres van diciendo presente sólo por contradecir a las nubes, cuando la voz de la maestra los devuelve al salón de clases. Albedo, se oye primero. La cabeza susurra escondida entre las manos y las demás dicen lo mismo cuando les toca su turno en la lista de condenados al escarnio. La lección del día transcurre con su susurro de lección, mientras cada uno respira, sólo para apurar el timbre del recreo y salir a ajustarle cuentas a su conciencia.

Lo único reconfortante es que el día está bien bonito tras las ventanas. Suena el timbre. La turbamulta de reos liberados del rigor de los salones alegra el pasillo, donde suelen fisgonear faldas voladoras que bajan del segundo piso. Los zánganos suelen agacharse como el tercera base que coge una bola de piconazo sobre la raya de cal, pero esa mañana nadie tiene interés en el béisbol.

—Alguien tiene que hablar con Colacho y pedirle disculpas –dijo Matagato con la cabeza baja y José Antonio disparó ¿quién?, saliéndose del bulto. Se miraron en redondo y, sin espontáneo, lo tiraron a pares o nones. La suerte le cayó de par en par a Chispa.

—¿Y por qué yo?, si hasta lo cargué cuando llegó a home. El que debería ir es Pedro Pablo.

—No, yo no, con la humillación del jonrón basta.

—Yo tampoco, porque fui el único que no se burló cuando tropezó a las carajitas –se excusó José Antonio–. El que tiene que ir es Chispa. Suerte es suerte.

—Está bien, yo le hablo pero vamos todos. Eso sí, advertido, esto no hace falta. Después de pedirle disculpas le voy a preguntar algo. Tengo una sospecha.

—¿Sospecha de qué? –lo emplazó Bebeto.

—Deja el pujo, después les digo, vamos a ver.

La trulla se fue caminando con el peso igualitario en las espaldas dobladas, hacia el banco donde Colacho estaba sentado con el alma vuelta a teñir. El sol les hizo apurar el paso y, cuando Colacho los vio, salió corriendo a toda velocidad, muerto de la risa.

—¡Yo sabía! –dijo Chispa con la misma cara del escapista y sacó un cigarro del bolsillo de la bata, lo bisbiseó entre los dedos y convidó a la tropa a fumar detrás de la cantina.

—¡Chispa, suelta! –lo recriminó Menea con los ojos fijos, dándole un jalón al vicio común. Chispa le quitó el cigarro de la mano, aspiró una bocanada profunda, sonrió y lanzó las volutas al aire como una interrogación, dándose bomba. Todos protestaron.

—Por supuesto Pedro Pablo, tú das demasiadas vueltas para echar un cuentico –se quejó Valentina, quien sufre del mismo desenfreno, pero en otro sitio mejor remunerado.

—OK, te lo resumo.

Chispa absorbió otra bocanada y soltó el vaho amargo.

—Tengo una sospecha pero no estoy seguro. Desde hace una semana duermo pensando que jugamos en el universitario y que Colacho batea el primer hit. Después todos nos alegramos, destrozamos la bola y ganamos nueve a cero. Hasta terminó empatado con Azucena.

Todos se miraron turulatos con el mismo sueño en los ojos. Se hizo un silencio de humo. El cigarrillo corrió en una ronda lastimera, resignado a consumirse en aquellos labios que no se atrevieron a pronunciar una sola palabra. (Pausa prolongada)… Hasta que Manolo bajó la cortina de la vergüenza.

— Su madre. Colacho se vengó de nosotros dos veces.

—¿Tú estás borracho, Pedro Pablo? –, lo precisó Montserrat.

—No, pero estoy entrando en la candela. ¡Se los dije!, que no me iban a creer. Sí. Los sueños se pueden compartir, como hacen los inmigrantes de todo pelo que al final se salen con la suya. Eso es lo que se llama la omnipotencia del deseo –remató viéndole las piernas a Noly.

—¡Perro! –se escandalizó la aludida con un temblorcito.

—Callejero –ladraron todos los *cave canem* sin dueño.

CAPÍTULO TRES

¿Who's afraid of Virginia Woolf?

Pedro Pablo sintió que los años le cayeron todos de un solo viaje. Pensó en Jesús María González y en Colacho, preguntándose cuántos años tendría uno si se hubiera salvado de la barbarie y, el otro, si la vida fuera una línea recta sin tropiezos de principio a fin. Pensó en sí mismo y se volvió una estatua de yeso envejecido de cuarenta y nueve años, frente a la mirada carcelaria del funcionario de inmigración que le revisaba el pasaporte en el aeropuerto de Miami. Pedro Pablo "de los pies ligeros" se detuvo en la frontera del escritorio aduanero, pensando en sus dos medias patrias de barajitas heroicas y el número 18 de la avenida Luisa Cáceres de Arismendi. La esfinge uniformada se le quedó mirando con la misma mirada de antes y *what's the purpose of your visit?* Pedro Pablo enmudeció, taratateó, balbuceó que venía de vacaciones y siguió temblando mientras el agente demoraba los relojes en la vuelta de cada página. El corazón congelado, la mirada ciega, el policía que vuelve a verlo y casi se hace en los pantalones pensando que le van a negar la entrada. Volvió a respirar cuando los sellos estamparon su azul aprobatorio sobre las hojas con el escudo nacional del águila solitaria. Sonrió y le dio las gracias con un perfecto *tenkiu*, al momento en que el agente le devolvía el documento, bienvenido a Estados Unidos, en su mismo español de cada día.

Caminó hacia la correa donde giraban las maletas. Encontró la suya entre las últimas (la maleta de uno siempre es la última), la del verde borroso por los viajes para romper la rutina, ahora, quebrada para siempre. Agarró su manchón verde y se pegó a la fila del gentío anónimo que va con cara de quien encontró la felicidad. Los turistas nunca tienen nombre. Los turistas tienen la cara feliz de los inocentes porque siempre regresan para hacer boxeo de sombras con su memoria. Se mueven succionados por la aspiradora del pasillo donde un enjambre de brazos se agita intentando apurar el momento. Pedro Pablo va sombra luminosa con el destino en *stand by*. Señoras encopetadas, magníficas, pasan haciendo caso omiso del mundo y un río de carajitos ruidosos inunda de alegría la fila de pasajeros. Detrás del vidrio brumoso, los dueños de los brazos molineros suspiran por un retazo de su pueblo. Son los que se quedaron aquí aprendiendo a vivir desde cero untados a la nostalgia. Y, Pedro Pablo, vuelto huevo dispuesto a nacer como pichón de inmigrante.

—¿Y más nunca lo viste? –rebobinó Ronald su memoria, mirando el humito frío que ayudaba a disminuirle la vida al trago y Cory dejó el grabador congelado sobre la mesita de centro.

—¿A Jesús María?

—A Colacho.

—Más nunca he vuelto a saber de él, pero con los años me di cuenta de que, sin quererlo, me enseñó algo que sólo entiendo completamente ahora. Que en la vida hay personas únicas, ni mejores ni peores, pero con una razón de ser particular aunque después no lleguen a nada. Los demás, la masa, son los que no la descubren jamás. Uno comienza a ser dueño de sí mismo cuando tiene un deseo y hace todo por cumplirlo.

—¿Tú crees? –se extasió Noly vuelta luna "con su polizón de nardos".

El polizón hizo una leve pausa en cubierta, sorbió un trago que disminuyó abruptamente la línea de flotación de los hielos y siguió resbalando conjeturas. Las ambiciones más íntimas (especulaba con resolución de taxista), a veces comienzan con el eco de un susurro, con una intuición informe que va cobrando vida propia, hasta hacerse autónoma. Se te mete en la voluntad y al final terminas realizando inadvertidamente eso que se te reveló alguna vez como una chispa endeble.

—Fíjate que yo entré en el corazón de los Estados Unidos a los catorce años.

—¿Qué, viniste de vacaciones a Disney? –interrumpió Ronald, aficionado a las finuras.

—No, vale, lo que pasa es que a esa edad me leí *Las Aventuras de Tom Sawyer* –le replicó enfático para devolverle su ironía con la ley del talión.

Pedro Pablo huyó hacia sí mismo y regresó a la época en que se bebió el libro con el embeleso de quien prueba leche condensada por primera vez. La novela se le volvió a armar de súbito en la cabeza, con el candor espontáneo de un Guiñol y vio a Tom con su irreverencia, dando brincos por las páginas de la historia, robándole el turno a los demás americanos que se miraban el ombligo sin darse cuenta de que estaban a punto de amanecer en la modernidad. El libro se le aparecía recurrentemente y las escenas vividas por Tom Sawyer y Huckleberry Finn eran como el zapato de sus huellas de cada día. Al principio tuvo una fascinación borrosa por la aventura que destilaba el río de aquellas páginas. De tiempo en tiempo volvía sobre ellas con la convicción de que ocultaban una clave secreta que debía descifrar, pero, al final de cada lectura, sólo le quedaba la sensación de un encantamiento sin explicación alguna. Lo más cercano a una respuesta estuvo a punto de revelarse durante un seminario que cursó en la escuela de Letras, en el que una profesora descendiente de centroeuropeos interruptus, invitó a un psiquiatra para hacer un estudio psicoanalítico de la novela. Pero, al final, lo que quedó de aquella puja mental fue un diagnóstico que despojó a Tom y Huckleberry de su condición de duendes fluviales.

Hasta que un día llegó a sus manos la tesis de grado que su hermano Enrique escribió para graduarse de historiador en la Universidad de los Andes, convertida en libro. Enrique siempre tuvo una inteligencia superior escondida tras su mutismo de tótem. Tanto, que hizo dos cosas que le dieron alma propia: cambió el Enrique por el Daniel de su nombre compuesto (quizá para contagiarse del espíritu aventurero de Mr. Boone) y escapó de los disturbios domésticos que causaba el papá de los Albedo Díaz con sus borracheras, borrando su identidad anterior para nacer de nuevo en la lejanía del estado Mérida, de donde no debió salir nunca, si no hubiera sido porque el abuelo Marcolino Díaz, potentado huidizo y sin sangre en las venas, abandonó a su mamá, Carmen Díaz Araujo y a su abuela Teresa, hacía muchos años. Y en ese tira y encoge de reinventarse a sí mismo, terminó escribiendo un libro que se llama *El soplo inconcluso de las naciones*. Vadeando la densidad gris de las teorías, Enrique, digo, Daniel, se fue metiendo en la historia del país por pasadizos secretos hallados al voleo de la propia escritura, sacándole el cuerpo a los formalismos, quitándole el bronce a las estatuas de los héroes y el polvo de solemnidad a las fechas patrias, confiado al solo sonido de las palabras que, puestas en el tono oportuno, suenan como una música de Dios. Después de todo en el principio fue el verbo ¿no?

Pedro Pablo encontró que su hermano Daniel había tenido una equivocación y un acierto: a pesar de la frescura y del desacato a todos los lugares comunes y frases hechas de moda entre universitarios, llegó a la conclusión peregrina de que el capitalismo se acabó. El acierto fue que luego de publicar el libro lo invitaron a un congreso de historiadores en Alemania y pudo conocer, finalmente, la ciudad donde había nacido su bisabuela Anita

Bischoff y el cementerio donde están enterrados sus ancestros teutones. Pedro Pablo se lo bebió como una aventura sonora, contento por la segunda que le hizo su hermano menor y se puso los pies descalzos de Tom Sawyer, para descubrir cómo es que a los países se les desarrolla la personalidad igual que a los muchachos, con sus sarampiones, aciertos, dudas, sacrificios, malcriadeces, sueños, extravagancias y equivocaciones, pero con más ruido. Entre el sabor de la lectura de ambos libros y discutiendo con los amigos en las parrandas de los bares de Sabana Grande, Pedro Pablo descubrió que Mark Twain le había torcido el cuello a la tiesura convencional de los puritanos, pero sin lavarles el morral de aventureros a todo trance, el mismo que usaron en tres oportunidades tratando de salir de la Inglaterra que se les puso angosta, hasta que atracaron a la tercera va la vencida en la boca abierta de Plymouth. ¡Ah! y la menuda cosa de que le puso rostro humano a los excesos que lograron convertir esta inmensidad silvestre en un país. Twain logró que los americanos comenzaran a verse con más tolerancia, a pesar de una Guerra Civil que dejó al país en cueros y les sopló una atmósfera amable para que fueran aprendiendo a respirar como los ciudadanos del Missouri, bonito y feroz, de *Las Aventuras de Tom Sawyer*.

—Mark Twain fue el primero que trató a un negro como igual y no con la humillación utilitaria del mandingo, ni la sensiblería colonial de *La cabaña del Tío Tom*.

—¿Cómo? –auscultó Montserrat con recelo cuando escuchó mandingo.

—Poniéndolo a escaparse junto a Tom en una balsa por el Misisipi. Además mostró a los personajes de sus novelas sin artificios, como gente normal, que vive, sufre y goza, que anda por las calles ganándose la vida con sus virtudes y sus defectos, como todos nosotros. Haciendo que sus protagonistas se comportaran en el libro igual a cualquiera en la vida real. Un usurero es un usurero, que llega al extremo de fabricar urnas con el solo propósito de provocar la muerte sin nombre. Un borracho es un borracho que agota botella tras botella para ver si en alguna se le aparece el genio de las fábulas. La tía Polly es una tía que cuida con excesivo celo al sobrino huérfano. Y, Tom Sawyer, un malcriado que se burla de su infortunio metiendo sapos en el cántaro de beber o sacándose los mocos con el dedo meñique.

—Asco –dijo Tatiana mientras se miraba las uñas límpidas.

—Todo el mundo se saca los mocos ¿no? Y el que esté libre de culpas que tire la primera piedra.

Toby escondió las manos en el delantal, que Valentina llama mandil desde que se la pasa escuchando mariachis para adueñarse del espíritu mexicano. Tatiana se le quedó viendo el dedo medio a Gustavo con curiosidad inédita. Alexis se hizo el serio cuando Teresa se puso a revisarle las manos de pianista sin piano. Luis Andarcia se identificó con su meñique en todo sentido y Linda no se quejó. Vinicio siguió afinando la guitarra. Montserrat no se dio por enterada. José Antonio se le quedó viendo a Noly, pero ella hipnotizada con el encantador de serpientes. Pedro Pablo se ensimismó pensando en las desproporciones y lo cruento del *struggle for life* de esta nación, que creció dando saltos mortales entre sueños que sangran. Donde, a pesar de lo brutal y desmedido de los codiciosos, nacieron príncipes de alegría ciudadana como Mark Twain, caminando por las calles con el carné de identidad de Samuel Langhorne Clemens en los bolsillos, vuelto dos, como toda persona que le descubre los secretos al mundo y los revela confidencialmente a gente similar para tener cómplices con quienes celebrar la vida.

—¿En qué piensas Pedro Pablo? –lo sacó Noly de aquel gurrufío interior con el teleférico de su voz.

—Esteee…, bueno, en lo cojonudo y dulce que es Mark Twain. Nada más el apellido que le puso al carajito es un delicia, Sawyer, de *saw*, vio, quizá por la manera como miraba los barcos pasando por el Misisipi.

—¡Qué bello!, yo no había pensado en eso –suspiró Linda.

—Sí, cuando estuve en Minneapolis, hace poco, fui por primera vez al río Misisipi y me monté en uno de esos paquebotes. Apenas subí a la terraza, las aspas comenzaron a dar vueltas como si fueran las hojas del libro y se me vinieron todas las imágenes. Yo creo que hasta el fantasma de Mark Twain andaba por allí.

—¿O sea que te viniste a este país sólo para pasear en barco? –trató de ningunearlo Gustavo.

—Es posible. Pero fue ese barco el que me hizo sentir por primera vez en Estados Unidos. Miami es sólo la antesala, ya José Antonio me lo había advertido.

—No le hagas caso Pedro Pablo, que Gustavo no lee ni *Mecánica Popular*. Yo sí me leí *Las Aventuras de Tom Sawyer,* hace tiempísimo, ya ni me acuerdo. ¿Por qué no me lo prestas? –se entusiasmó Linda.

—Es que los libros no se prestan porque nadie los devuelve.

—Verdad, ¿por qué será?

—Para adueñarse de lo que uno leyó –reclamó tardíamente *Ei-Ort* los que Pedro Pablo le retiene en su biblioteca.

—Pero están en mejores manos.

—No me había dado cuenta Pedro Pablo, pero tus manos son bellas, tienen carácter –le señaló Noly sin notar que había empezado a entrar en una suerte de *clinch* sentimental.

—Es que yo quería ser boxeador, como mi papá, pero me salvó la campana cuando empecé a leer las *Aventuras de Tom Sawyer-*.

Era de tapa roja, de hilo, con letras doradas. Apareció, no sé cómo, cuando vivíamos en los Jardines de El Valle. Es extraño, pero cuando uno está chiquito, los libros aparecen como por arte de magia. Recuerdo que un día de aquellas vacaciones en casa de mi abuela, me puse a jorungar en el cuarto de los trastos. Quedaba en el fondo y olía a papel arrugado. Llovía y no nos dejaban salir de la casa. El aroma de la tierra mojada del corral, las gallinas muertas de frío, acurrucadas en las gaveras de cola Dumbo, la mata de mango bamboleándose con el viento y la lluvia sonando sobre el zinc del lavandero, daban la sensación de algo alegre y triste a la vez. Era una sensación que no sé cómo llamarla.

—Alistre, ponle alistre para que tenga un poquito de los dos –inspiró Ronald sorbiendo un trago.

—¡Dios mío!, pero qué tiene ese whiskey –interrumpió Tatiana.

—No, no es el whiskey, es que desde que trabajo haciendo comerciales para televisión con Cory vivo ejercitando la imaginación. La imaginación es un músculo que hay que desarrollar. Ahora invierto bastante tiempo haciendo *Imagination Fitness* –boquita de nudo–. La audiencia no aplaudió de vaina.

Al terminar de llover, Pedro Pablo entró todo alistre al cuarto de los trastos y prendió una linterna que encontró sobre un armario de la entrada. Cerró la puerta y aquello fue igual que si el portero juntara las cortinas del cine. Encendió la linterna y los objetos empezaron a medio salir de las sombras. Unos lentes redondos de montura dorada, como los del Mahatma Gandhi, con un vidrio astillado. Una leontina con su reloj de bolsillo, la esfera blanca manchada, pero la cadena intacta. Abrió la tapa, le dio cuerda y comenzó con su tic-tac como saliendo de una siesta. Un escritorio pequeño lleno de llaves viejas en la gaveta. Un vaso de cuero con unos dados adentro. Una navaja barbera oxidada. Una caja de zapatos hasta el borde de tornillos, tuercas y una piedra de galena con un alambre enrollado. Un bombillo. Un peine de hueso. Una pastilla de jabón Camay en su envoltorio. El marco de un espejo sin espejo, como si fuera la boca de otro mundo. De súbito, pum, un fantasma: el perchero con la capa y la cofia con que la abuela Guillermina se graduó de enfermera. Pegó un brinco del susto, cogió aire de nuevo y siguió apuntando con la linterna. De pronto descubrió, en el fondo, encima de un escaparate, una caja cuadrada que le sorbió la atención. Las telarañas que la tapaban parecían el telón de un teatro antiguo. Se encaramó en una vieja máquina Singer de coser a pedal y lo que era una caja se volvió otra cosa.

Empezó a limpiarle el polvo. Debajo de la costra amarilla aparecieron en verde y marrón unos libros con tapa de cuero. Eran, uno acostado, sirviéndole de base a cuatro más, que llevaban años sin ser abiertos. Le limpió bien los lomos. Las letras doradas sonaban a nombres y asuntos desconocidos. Ovidio, *El Arte de amar,* Voltaire, *Mahoma o el fanatismo.* Víctor Hugo, *Los Miserables.* Alexis de Tocqueville, *Democracia en América.* Torció la cabeza para leer el nombre del que estaba colocado horizontalmente: Mark Twain, *Las Aventuras de Tom Sawyer.*

—¿Y te lo empezaste a leer ahí mismo? —preguntó Noly con la baba afuera.

—No, es que me pasó algo insólito. Yo me emocioné con la palabra aventura, me azoré todo con ganas de bebérmelo, pero cuando traté de sacarlo de la bibliotequita, el libro no era libro. Me quedé con las ganas.

—¿Y entonces qué era?

—Una gaveta con papeles escritos a mano, en caligrafía Palmer. Saqué el fajo de hojas amarillentas de lo viejas que estaban. Querida Guillermina, empezaba con aquellas letras antiguas que parecen alas de mariposa. Eran las cartas de amor de mi abuelo para mi abuela.

—¡Ay!, voy a llorar —lloró Noly.

—Tranquila che, mirá que nuestros abuelos también se enamoraron y síí. Pero ¿y los otros libros, qué eran? —se abismó Teresa.

—Cuando traté de agarrar el de la esquina derecha lo empujé tan fuertemente que la capa de huevos de araña que lo tenía pegado a la caja cedió y los libros giraron. Eran lomos falsos que ocultaban un mini bar forrado en fieltro verde como el de las mesas de billar. Una botellita en el centro con orlas doradas, tapón de vidrio biselado y cuatro vasitos, en semicírculo, alrededor de la botellita. Aún lo conservo.

—Eso no puede ser –dudó Vinicio por método.

—Te lo juro. Era como dos mundos en uno. En ese momento creí que mi abuelo era rico y no nos había dicho nada. Que uno supiera, él trabajó como chofer de William Phelps, el gringo que fundó Radio Caracas Televisión. En la sala había un retrato del viejo bien elegante y su esposa en los jardines de su casa en el Country Club, montado en un marco de plata repujada: Gracias José Antonio, por tantos años de servicio fiel. Tres años después *Las aventuras de Tom Sawyer* apareció en el apartamento de Los Jardines sin que yo supiera cómo. Me lo leí de un tirón, en dos días, imaginándome a mí mismo montado en un barco por el Misisipi. Y ahora estoy en los Estados Unidos. Los deseos son infalibles y algún día se cumplen, quieras o no.

—Pedro Pablo, eso no tiene nada que ver. Tú estás aquí porque saliste huyendo de los militares –lo precisó Montse.

—¡Quién sabe!, a lo mejor el azar escogió a los militares, que son expertos en obedecer órdenes, para que me amenazaran. Y ¡qué paradoja!, me obligaron a seguir viviendo libremente, como he hecho toda mi vida. Como Tom Sawyer, que se paraba a mirar los barcos en el río sin pedirle permiso a nadie.

—¡Ay!, Pedro Pablo, no sigas, mira que no aguanto, me entra como morriña –suplicó Noly en gallego, secándose "una furtiva lágrima".

—Tranquila, que el libro no es triste y la película es más alegre aun, la puedes alquilar por Internet. Claro, es una adaptación infantil y aunque nunca una película es exacta al libro, está hecha con el candor de los niños y el encantamiento de los mayores con la historia.

Cuando cantábamos "Down by the river" en los años 70 del siglo XX, la gente nos acusaba de pitiyanquis.

La cámara abre con un primer plano de campana que dobla a escuela. *Tilt down* que se desliza por el poste y descubre al maestro halando la cuerda. Niñitos entran a cuadro: buenos días y hacen mutis hacia el único salón. (En libros y en películas, las escuelas de pueblo tienen un solo salón de clases, como si los padres de los muchachitos se hubieran puesto a hacer el amor la misma noche, con tanta puntería colectiva, que nacieron todos los alumnos a la vez). En acción continua la cámara panea a izquierda, se detiene en una casa diagonal. Zoom in. Una niñita catira, rubia, fosforescente como el sol de esa mañana, sale con su vestido planchado de almidón y disciplina. Corte. Su hermano menor con sombrero y corbata de lacito, bambolea el hatillo de libros como campana de escuela. Calang, calang, calang, llama tercamente su doble. Corte. Desde el fondo sale Tom echando llamas por el cabello y llega al primer plano de mi televisor, tratando de arreglarse la camisa dentro del pantalón. Corte. Pito de un barco. Corte. Cara de Tom que voltea hacia el puerto. Corte. Campana. Corte. Tom voltea a lado y lado, indeciso. Corte. Contraplano de Tom que sale hechizado por el pito del barco, derechito por la calle principal de un pueblo de Missouri. Se quita los zapatos, los esconde en un mogote aledaño y se empuja porai pabajo. La cámara goza con el viento sobre los pastizales que crecen sobre el lecho del antiguo río.

Play back en segundo plano. La canción dice: *El río fluye a través de la tierra.* Me pongo nervioso, el carajito se puede cortar con el hueso de algún mamut terco entre el monte. Tom no me hace caso y corre. *El niño crecerá hasta ser hombre,* y continúa el tralalá mientras un paquebote atraca en la ribera. *Solamente una vez en su vida él es libre.* Tom llega a toda carrera al puerto. Sonríe desde el mirador del muelle. *Sólo en ese momento de oro de su vida.* Corte. Primer plano del paquebote: *La Reina del Río.* (Igual a una novia secreta que tengo, parada en la terraza de su casa frente a un río turbio como el Misisipi). Corte. Tom vuelve a sonreír. *El niño es sólo un soñador.* La reina del río abre su vientre. Las cajas salen en procesión de hormigas tras señoras de blanco y sombrero alón. Maridos con bastón, paltó levita y bombín, vigilan la carga. Una vaca se resiste a bajar por la rampa y dos arrieros la halan como si le jalaran bolas al futuro. *Y el niño crece escuchando la canción del río que lo llama.* Corte. Tom sonríe. *La canción del río dice, viaja, viaja.* Y Tom se lanza río abajo a encontrarse con su amigo Huckleberry Finn, otro carajito que andaba sobre una balsa por el Misisipi como quien se desliza por la vida impunemente, buscándole las cinco patas al gato de la suerte para llegar a puerto algún día.

—"Un coup de dés jamais n'abolira l'hasard" –lanzó su golpe de dados Vinicio sobre el tapete, mirando con complicidad exclusiva a Pedro Pablo. Los demás, expectantes en la tribuna.

—¡Exacto!, el azar es el azar a pesar de los dados –celebró el cómplice con exclamación y trago–. El azar ocurre en el instante en que conectas tus actos con las pistas que le van dando sentido a tu vida, eso sí, echándole bolas, sin quejarte, porque es infinito y ya te tocará. Es como el narrador que hace coincidir los pasos de sus personajes con los nudos de una historia para llegar al desenlace. Lo importante es el tino que debes tener para que cada acto encaje en el lugar preciso.

—Eso es lo que quería Adriano el emperador —se volvió a dar lujo Vinicio con la biblioteca del viejo Ludovic y su propia enjundia—. Para él lo importante era encontrar una técnica, *"hallar la charnela donde se articula la voluntad con el destino"*. Eso está en *Memorias de Adriano* de Marguerite Yourcenar. Se los recomiendo – y miró hacia el techo como quien celebra un gol de media cancha.

—¿Y qué es charnela? –interpuso Tatiana su inocencia.

—Bisagra –la consintió Pedro Pablo como a una hermana menor.

—Pero eso no tiene que ver nada con lo de Tom –metió su cabezazo Ronald.

—Claro que sí, que no lo veas es otra cosa. Un periodista como tú, bueno, si te hubieras graduado (Ronald no cayó en provocaciones), habría escrito una noticia con el siguiente título en cursivas: *Carajito se escapa de la escuela* y, de sumario, en altas y bajas, *Aumenta la deserción escolar en Missouri.* Pues no. Ronald, vas a tener que ir más a menudo a tu *Imagination Fitness.* ¿No te das cuenta de que todo es simbólico?, el relato está hecho de imágenes que dicen más de lo aparente. La campana de la escuela es algo más que la campana de la escuela, es también el orden de la razón. El pito del barco es más que el pito de La Reina del Río. Es el impulso de la emoción, de la pasión, que tiene mucho que ver con el destino cuando la razón está atenta. Las cosas siempre son algo más de lo que se ve en realidad… Tom, moviendo la cabeza a lado y lado, no es un mocoso que se mareó entre el pito y la campana. Es una alegoría del libre albedrío. El río es la vida, frente a la cual Tom sonríe, porque es la primera vez que toma una decisión. Por eso la canción dice clarito: *Solamente una vez en su vida él es libre, sólo en ese momento de oro de su vida.*

—No sé por qué, pero se me pararon los pelos.

—Bueno Gustavo, ya eso es algo –lo consoló Ronald y siguió con su testa dura. –Pero no entiendo cuál es el plan.

—La clave está en un verso, *El niño es sólo un soñador.* ¿Cuál es el plan?, el sueño mismo, como el de Colacho, que quería batear un jonrón, le puso un extra al deseo y lo logró. Bastó que Tom deseara algo intensamente para salir embelesado por el pito del barco. Lo demás es lo demás. La canción lo evidencia todo. Presta atención: *Y el niño crece escuchando la canción del río que lo llama. La canción del río dice, viaja, viaja.* Tom le hizo caso y se fue a buscar a su amigo Huckleberry Finn, un vástago silvestre, un vago a la buena de Dios en su balsa de madera, una parte íntima, esencial de la naturaleza, como un pájaro o un zorro, porque el carajito era bien astuto (le tocó la pierna a Noly) para irse a viajar por el río.

—Yo jamás había escuchado la explicación de una película de esta manera –dijo ella vuelta agua–. ¡Ay!, Pedro Pablo, tú eres genial, se me quitó la tristeza.

—No, Noly, un genio es quien descubre su destino a tiempo y lo cumple. Yo, a mi edad, todavía ando dando tumbos –le respondió Pedro Pablo a bordo del vaso de whiskey–. Pero Huckleberry Finn sí, bueno, Mark Twain, que fue a quien se le ocurrió la historia. Hucky, como lo llamaba Tom, decidió quedarse en la edad de la inocencia, como Adán y Eva antes de la manzana y aprendió a vivir sin pedir perdón, sin la carga ajena del pecado original de su papá borracho.

—Igual a Tom, el cómplice que se fue con él río abajo –coreó José Antonio. - Eso que decía Pedro Pablo, del Sawyer, el veedor, el auscultador, es una figura lindísima de su admiración por un carajito libre, sin padre y sin madre.

—Pero francamente, qué maravilla, ustedes sí que están sincronizados. Cada uno parece la sombra del otro –se asombró Noly, mirando a lado y lado, entre campana y pito.

—Como Tom y Huckleberry. Debe ser que el exilio magnifica las cosas. Si lo ves bien, Tom es un exilado, también, sin padre ni madre, o sea, sin patria, que huyó de los rigores de la tía Polly, quien lo castigaba cada vez que lo encontraba con los zapatos llenos de río. Hasta que decide irse definitivamente como si buscara otro país. Huckleberry y Tom se convirtieron cada uno en la sombra del otro. Se hicieron amigos para siempre bajo el imperio de la ley del río. Tener un amigo para siempre es como tener otro país. Viviendo palante y patrás, parriba y pabajo, con altas y bajas, como vivimos los inmigrantes en este país de todos y de nadie…

—Bróder, no sigas, mira que se me enfrió la adrenalina. En serio –dijo Vinicio abrazado a la guitarra.

Hizo una pausa prolongada sin su media sonrisa tibetana. Le dio un tin tin a la prima y ton ton a la sexta, el mismo *Mi* en cuerdas distintas y arrancó con los arpegios lacrimógenos de *While my guitar gently weeps*. La quinta cuerda arranca su bordoneo desde el *la menor*. Baja nota a nota por el *sol*, el *sol bemol* y el *fa* intermedio de la sexta cuerda, con su nota de tonalidad honda.

Mientras, la prima, la segunda y la tercera, se exprimen en un goteo de cristales que se quiebran sin fin. Todo a un mismo tiempo, con la respiración contenida... Vinicio se nos queda mirando, palmo a palmo, y canta que el amor está durmiendo mientras su guitarra llora suavemente. Que él mira al piso y se da cuenta de que necesita removerlo. (Es que nos dejaron sin piso). De pronto se me queda mirando, como si yo fuera el único, diciendo que él no sabe por qué nadie me explicó cómo desnudar mi amor. (Porque uno aprende a los trancazos). *While my guitar gently weeps*. Que él no sabe cómo alguien me controló. (Eso está por verse). Que ellos me compraron y me vendieron. (No señor, me les escapé). Por ahí siguió río abajo de la canción, diciendo que el mundo gira. (Es que esta vaina marea). Que con los errores iremos aprendiendo. Mientras, mi guitarra *gently weeps*, varias veces en el coro, hasta terminar con las *úes* ululantes de los búhos que prometen tiempos mejores. Es que nos dejaron sin piso. Minuto de silencio...

—¿Y qué pasó aquí?, esto parece un funeral y no una celebración —se sorprendió Leonardo Aranguibel, con sonrisa *new age*, cuando entró de súbito en la sala, en el justo momento en que Vinicio secaba la guitarra con una servilleta de papel. Vinicio se puso tacaño y no sonrió.

—Es que sin ti nada es lo mismo —le simpaticó Alexis para borrar la bruma—. ¿Por qué llegas a esta hora?.

—Porque todavía es temprano, son apenas las cuatro ¿no?... Es que tuve que llevar a los muchachos a una piñata, la fiesta de un amiguito de Sebastián y Lía. Yo estuve un rato, sólo por cumplir y Moira se quedó, es aquí cerquita, un vecino los va a traer luego... Como esto es para largo no importa ¿no?... Epa, Pedro Pablo, ¿cómo andas bróder? —lo saludó flauteando con la garganta cuando lo vio acercándose desde la distancia de la cocina con un trago en la mano.

—Aquí, en lo mismo. Por cierto, quien te mandó saludos fue Abel, hablé con él hoy, sigue en Tampa, llamó diciendo que no venía porque cada vez que baja a Miami gasta un realero y él vive al día, como todos nosotros.

—Menos Alexis —menudeó Gustavo— que anda con lo del día anterior, menos que menos.

—Tranquilo pana, que aquí menos es más, algún día salta la liebre. A mí me irán a matar de hambre, pero no de tristeza.

—Mira, bróder –bajó los decibeles Leonardo para forzar una confidencia en aquella atmósfera mostaza–. Evitando los condueles que nos tocan a todos. ¿Qué fue lo que pasó?.

—Que estamos alistres –se atravesó Ronald haciendo caso omiso de los susurros y le quitó la guitarra a Vinicio tratando de seguir el rumbo de las cuerdas sin encontrarlo.

—¿Qué?, ¿qué es eso? Ustedes están graves.

—No, es una palabra que acabamos de inventar, aquí hacemos de todo, hasta palabras nuevas –le hizo el quite Gustavo como si estuviera diseñando el *branding* de un producto en *Cañavera Advertising Inc.*

—La verdad es que hay que inventar palabras para explicar cómo se sobrevive aquí. La gente cree que uno anda en Miami de vacaciones. ¿Y eso qué significa?.

—Bueno, todavía no sabemos exactamente –respondió Pedro Pablo luego de coger aire–. Es una palabra en gestación, no es nada definitivo, después puede cambiar y volverse todo lo contrario, es algo con un poquito de alegre con su chorrito de triste.

—Eso está bien, tenemos que inventar algo para ver si nos da suerte –frunció el ceño Leonardo, deslizándose en el único asiento libre– yo ando pujando por un trabajo, que si se me da, la saco del estadium.

—Ni se te ocurra nombrarlo porque se te empava, se te pasma. Tú no sabes quién te lo está velando. Invéntate una consigna, un conjuro nuevo y lo dices todos los días al levantarte y al acostarte. No repitas *abracadabra,* eso ya no funciona, se gastó . (Ronald siempre pone boca de te lo dije).

—También podría ser un salmo –ríoplateció Teresa y Alexis navegó.

—O un poema.

—No, eso es demasiado convencional. (Ronald).

—¿Por qué?, no necesariamente –se empinó Gustavo sobre el vaso–. Puede ser algo apogéntico. Todos los ojos se le clavaron en el diccionario de la garganta pero fueron desviados por el impromptu de Pedro Pablo que se metió por los desvíos de la tarde.

—Lo tengo –dijo entraguecido y se levantó masmeduleando a Oliverio Girondo.

Ay mi más mimo mío
mi bisvidita te ando
si toda
así
te tato y topo tumbo y te arpo
y libo y libo tu halo
ah la piel cal de luna de tu trascielo mío que
me levitabisma

—Así es, hay que llamar las cosas por su nombre. No como alguna gente que ha cogido la manía de decir *acá*, abriendo la bocota, en vez de *aquí*, que es lo mismo pero sin poses –se puso enfático José Antonio redoblando el trago que le hizo aguzar su ingenio–. Además, *aquí*, es más cerca.

—Sí, la gente ha cogido la manía de decir *orar* en vez de *rezar*, como si Dios viviera sólo en las oraciones –remachó Vinicio.

—O los que dicen *hermoso* en vez de *bonito*, poniendo cara de dolor para hacerse los interesantes –completó Montserrat, aprendiendo a ponerse de acuerdo.

—Con lo bonita que es la palabra bonito –(Pedro Pablo). Tatiana lo apoyó con cara de asco.

—¡Qué gente!

—Rayna Petkoff Martínez los llamaba *los intensos* cuando estudiábamos letras –volvió a redondear Pedro Pablo para reamigarse en la distancia. Gustavo se asomó.

—Sí, esa tipa es bien chévere y bonita, la conocí en Margarita, valga la rima subsecuente.

—¿Y quién es esa?

—Ronald, está clarito, la hija del señor Petkoff y la señora Martínez –replicó Luis Andarcia y siguió especulando de chaflán bajo los efectos *in crescendo* del etiqueta negra–. Sí, vale, la gente no entiende que uno comienza a ser distinto justamente cuando sabe que es igual a los demás. Ahí está la verdadera libertad.

—Pero bueno Luis ¿tú eres ingeniero o filósofo? –profesionalizó Vinicio, al momento en que llegaba Toby envolviendo el vaso de whiskey de Leonardo en una servilleta.

—¡Los dos!, lo mío es la ingeniería del pensamiento.

—Coño... así sí vas a conseguir trabajo para todos —coreó el combo.

—Si consigues dos me pasas uno, mira que tengo tiempo para un *part time* —remató Ronald.

—¡Ah! –concluyó Leonardo viéndolo tomarse la última gota del vaso–. Ya entiendo por qué es que están... ¿cómo es que es?

—Alistres –remató Vinicio con par de pelotas de golf en los ojos.

—Entonces, ¡salud! –agradeció Leonardo levantando el vaso con su primer toro de la tarde.

—Hola Leonardo –dijeron las mujeres mientras salían del baño (es increíble que todas las mujeres del mundo quepan en un baño), acaba de llamar Moira, que ya viene, pero va a dejar a los muchachos un rato más, se adelantó Taty y se fue a sentar junto a Gustavo, pensando en los suyos que daban brincos en la terraza. Noly volvió al punto de partida quejándose largamente de que los latinos no hemos terminado un cuento cuando estamos echando el otro.

—Lo que no entiendo es por qué tú hablas de Colacho como si fuera Tom Sawyer.

—Porque "si el cobre se despierta clarín no es por su culpa" –le hizo un solo de trombón.

—¿Cómo?

—Lo que dijo Luigi, que te vuelves diferente cuando sabes que eres como los demás –Luis Andarcia se infló.

—Pero el filósofo Richie Ray piensa otra cosa –contrarió Gustavo con liviandad de barrio bajo, echándole tierrita en los ojos a los restos de tristura anterior que se había aposentado en la sala. Miró el piano de soslayo, se apoyó en su erudición salsera, *Diferenciando,* y cantó a capella, ras con ras.

Ay qué dilema tan grande
este problema que tengo
si no llevo la contraria
no puedo vivir contento

Sonó con la voz supra tenor de Boby Cruz montándose por encima de las esquinas del aire. Continuó reclamando (lo bueno de la salsa es que los reclamos suenan a lo dejamos pa después), que cómo es eso de la gente que se conforma en ver cómo la vida le pasa como si no pasara. Que ni siquiera intentan corregirle los defectos al mundo. (Que los tiene). Y se dio durísimo con la inconformidad, buscando la forma de ser siempre diferente, pa que no diga la gente que Ricardo se copió (qué barbaridad). Y ahí fue cuando Vinicio soltó la guitarra que ya parecía el carapacho de una tortuga de tanto aporreo. Se sentó en el piano para ponerle seriedad a la cosa con unos acordes arrebatados sin compasión con las buenas costumbres ni la academia. Con el mismo desacato de Leonard Bernstein cuando le puso mambo a una historia sentimental shakesperiana en el west side de la Nueva York. O séase. Y, cuando llegó al coro, esa magnífica forma de participación popular, de democracia plena, como la plena boricua que canta todo el mundo todo el año y en navidad es linimento igualitario, hizo una segunda voz en armonía con los bombeos de sí mismo, *pa que la gente no diga que sueno como Pacheco* (estamos hablando de Richie Ray) y explotaron las dos voces celebrantes hasta el infinito de la complicidad.

como bomba camará
como bomba camará

Estallido general que se suma al coro de exaltación donde entran en seguidilla diferenciante Tito Puente con su tunqui tunqui de guaguancó bien jalao y aquella morena sépárala también Joe Cuba con tu pito y así se goza porque que hay que buscar la forma de ser siempre diferente y no sé qué cosa por la Ponce de León a toda máquina en el motor de unos *stacattos* chorreados de las trompetas que se van llevando la canción en *fade* y el público se chorrea en sus asientos respectivos porque todo salió de lo más bien diferenciado hasta que Luis Andarcia rompe el cerco de la sublevación sonófona con criterio geopolítico.

—Néne, agúzate que te están velando (Pausa con trago). Planteado así suena aceptable y hasta encomiable (se le pegó la rimadera). Pero no es lo mismo, Ricardo Ray, Boby Cruz, Johnny Pacheco, Tito Puente y Joe Cuba, son puertorriqueños, mitad tierra firme de aquí y mitad isla de allá. Nosotros somos venezolanos, tierra firme dos veces. (Creo yo) —dijo corto de decibeles y se echó otro palo de scotch.

Noly pisó tierra continental con esa perfección de piernas que Dios le dio para hacerla una de las mejores *danseuses* con la que uno haya podido bailar en-la-vi-da. Linda se quitó la máscara de Toro Sentado mirando a Luis con orgullo nativo de aquí. Ei-Ort sonrió. Teresa vive contenta. Tatiana y Montserrat le sobaron la espalda a sus propios y les dieron un besito de premio. Leonardo pensó en Moira por no dejar. Cory dijo Shalom. Ronald y José Antonio les dieron la espalda a los conjurados, fueron a servirse un whiskey, dejaron el chorro abierto y, al regresar, reencontraron a Noly en su extra biloquio con Pedro Pablo tras el receso necesario. ¡Ayyy! (Pastorita tiene güararé conmigo).

—Viéndolo bien mejor es Colacho, siempre él mismo, más conveniente para una. ¿Por qué era tan insistente?, yo nunca me he encontrado con nadie así.

—Porque no me conocías, dame un poquito de tiempo –le galanteó Pedro Pablo y Noly se fue acostumbrando a los temblores.

—Me refiero a que estaba enamorado solo –tiró su parada con ese perfecto equilibrio femenino entre esquivo y oferente.

—No, fíjate que después de tanto vaivén ocurrió lo inevitable, terminaron empatados –se adelantó José Antonio–. Azucena también estaba derretida por él, sobre todo después que se formó la trifulca en plena calle y despachó a dos con sendos rectos al estómago.

—¡Qué salvajes! –se molestó Montserrat agitando la servilleta como un esparadrapo.

—Esas cosas pasan cuando uno es muchacho.

—Pero estás viejo Pedro Pablo, aunque te la eches de carajito, si quieres te puedo recomendar unas vitaminas, hay muy buenos antioxidantes para aliviar lo inevitable –lo envejeció Montserrat de súbito dorsal, con su pronóstico de nutricionista reciclado que descubrió la fórmula secreta de Dorian Gray.

—Es que se están muriendo los amigos –dijo conectando el breaker de la memoria–. ¿Sabes qué pasa Montsy?

—A mí no me digas Montsy, que mi papá y mi mamá, canarios, guanches originales, me pusieron muyyyy cariñosamente Montserrat, como la montaña de Cataluña, de donde son mis abuelos. Además nací en Nueva Segovia de Barquisimeto, estado Lara, a mucha honra, te lo repito. O sea que tengo más sangre de exilados que tú, tres veces.

—¿Y por qué te viniste?

—Porque me dio la gana –y Vinicio le hizo la segunda voz diciendo que sí, que uno se viene para menguar más lentamente y que él se está tomando los remedios que ella le recomienda, aunque los efectos son lentos, pero que la juventud está en el espíritu y si quieres llámame pitiyanqui.

—Perfecto, eso me viene al dedillo. Lo que pasa es que las mujeres envejecen y los hombres nos hacemos señoriales –remató Pedro Pablo, poblado de canas y circunstancias.

—Sí, ¿y tu mamá qué dice? –preguntó en voz alta para que todas las madres ausentes se enteraran de que las estaban llamando con urgencia.

—¡Un momento!, eso no lo digo yo, eso lo dice Eleazar León, un poeta que fue profesor mío. Un tipo tan fino que no parecía pisar en la tierra de aquel tiempo. Eleazar era un tipo tan minucioso que descubrió primero que todos y, gracias a la poesía, lo que otros han encontrado con la explosión de una bomba, lo que ya dijimos, que los musulmanes extremistas son unos desalmados.

—¿Tú estás seguro? –se asustó Valentina– mira que aquí al lado viven unos árabes, no vaya a ser que un Mujayibiri de esos…

—Mujaidín.

—¡Bueno!, lo que sea, que cualquier terrorista nos ponga una bomba un día de estos.

—¡Ayyy! –la previno Vinicio–, entonces pon las barbas de Toby en remojo –y se sobó la propia como un Mulah que vive de aterrorizar infieles.

—Lo peor de todo es que el mundo se puede quedar sin telenovelas y uno sin trabajo –remató Ronald bajo la mirada de represión de Cory. Montserrat se levantó molesta y soltó una andanada de barbaridades que subían y bajaban como una montaña rusa por la sala, hasta terminar con el pito de árbitro que tiene Leonardo en la garganta.

—Yo no sabía que tú hablabas tan bien el catalán.

—No, no es catalán y dije lo que dije. Vamos a hacer lo siguiente, se ponen serios o me voy –remató meneando el racimo de llaves, viendo a Vinicio con pocos ojos, pero él comenzó a afinar la guitarra, otra vez, con autonomía institucional. Cory aprovechó para voltear el *cassette* del grabador y lo dejó a sus anchas sobre la mesa de centro.

—Está bien, sigo, siéntate Montserrat que te voy a endulzar la noche, pero no me vuelvas a interrumpir que pierdo el hilo. Decía que Eleazar León escribió un libro llamado *Cuartetas,* para celebrar a Bashshar Ibn Burd, un poeta persa del siglo ocho, que inventó ese tipo de estrofa y lo molieron a palos hasta que se murió normalmente. El pecado del pobre turco fue decir que "La tierra es oscura y el fuego brillante; por eso se adora el fuego desde que existe".

—Pero eso lo sabe hasta un muchachito de cinco años cuando sopla las velas en la torta de cumpleaños –dijo Tatiana pensando en Nacho que ya estaba del tamaño de su papá.

—Sí, pero el Corán dice que eso es una herejía porque "Satanás, hecho de fuego, debía venerar a Adán, hecho de barro y no a la inversa".

—Francamente, cuando yo leí *Las mil y una noche* creía que los árabes eran un dechado de virtudes –se regodeó Valentina dándole forma definitiva a un charro mexicano de mucha ternura, que venía avizorando para sus telenovelas.

—Bueno, sí, hay bastantes, yo tengo una lista de moros en la costa bien buena gente. El turco Saim, la familia de Nelly Aslan, que son como treinta mujeres a cual mejor, las Hobaica, bien bonitas todas, especialmente Myrna (con su nombre de ciudad pequeña), los que construyeron la Mezquita de Córdoba, el filósofo Avicena, los beduinos del poeta Vicente Gerbasi (hizo la venia arenosa) que "se arrodillan y besan el desierto"... ¡ah! y los de un restaurante que queda en Coral Gables, en Alhambra Avenue, donde hacen unos cheek-kebab igualitos a los pinchos del estadium. (Trago).

—Pero ¿tú no te acuerdas de que el Califa mataba todas las noches a una virgen? Lo que pasa es que te disfrazan al asesino con los cuentos de Sherezade, que estaba bien buena, para esconder la crueldad y se te olviden las muertas anteriores. Uno puede echar cuentos como en *Las mil y una noche*, coño, pero sin ese sangrero. Dime algo Pedro Pablo, ¿alguien comentó lo que tu amigo escribió en ese libro? ¡Eso era una advertencia! –vaticinó Vinicio tardíamente.

—No sólo de él, Juan Nuño, el filósofo, se la pasaba alertando sobre lo mismo, pero estaba muy enfermo, es una lástima que se haya muerto a destiempo. Esa era una de las cabezas más claras de aquel momento, bueno, y todavía, lo que pasa es que los adelantados siempre terminan en la cola porque a la gente lo que le gusta es la moda, los progres nos tienen rodeados. Y en el caso de Eleazar, tenía sus lectores, pero es que en las universidades viven escondidos unos zamuros a quienes un poeta denso como él les parece suntuoso y pequeño burgués, además, la izquierda patibularia nunca entiende nada. A los intensos y algunos periodistas no les gustaba porque ellos lo que leen es titulares de prensa y prólogos de libros, para terminar haciendo un discurso muy sentido sobre la profundidad del mar y la necesidad de conservar el planeta. Y los exquisitos lo rechazaban porque era negro, con el pelo de alambre y más bajito que yo.

La gente vive apurada para ganarle tiempo al tiempo, hasta que un día pierde todo lo ahorrado.

Pero Eleazar León podía caminar con equilibrio entre todos los extremos. Cuando nos emborrachecíamos en los bares de Sabana Grande, comenzaba a decir impertinencias literarias. Poeta, me crucificaba al borde de las barras, la gente no soporta tanta realidad. Hay que soñar poeta, le contestaba, exaltándonos hasta la estratósfera y volvíamos a brindar por la ocurrencia. Aquellas parrandas eran un viaje de ida y vuelta de lo pedestre a lo sublime, con sentido del humor, sin poner cara de mártir ni voz de túnel. Tú le podías preguntar, Eleazar, ¿quién dijo tal cosa? y él te detallaba hasta el calibre de la escopeta con la que Hemingway se dio el tiro. Aún tengo en mi biblioteca el manuscrito original de las *Cuartetas* que me regaló en una de esas parrandas, después que regresamos de la editorial que las iba a publicar. Hasta sus piropos eran delicados: "Uno no puede dejar pasar la belleza sin saludarla" y la mujer se derretía.

—Y no es para menos, si me dicen uno así yo también me derrito –suspiró Tatiana–. Lástima que se murió.

—Tranquila, él me nombró su delegado en la tierra.

—Pedro Pablo, quédate quieto, mira que somos del mismo tamaño –reviró Gustavo.

—Guti, tú sabes que nos mudamos para el Doral porque en Pembroke los gringos no dicen piropos –lo regañó y volvió a lo suyo–. Pedro Pablo ¿y no te sabes otro piropo del libro?.

—Claro, me acuerdo de algunos. Escucha éste –se levantó de la poltrona, alzó la mano izquierda para afinar el corazón después de sorber del trago y se llenó el pecho de todo lo que aprendió en el kinder cuando la señorita Belén Flores lo enseñó a recitar–. Vinicio, dámele brillo con la guitarra, tócate *Recuerdos de la Alhambra* –y las notas sonaron su timbre de agua que mana en las fuentes de Granada.

Amanecer será promesa vana
si no viene contigo la mañana
y con el brillo lento de sus hojas
tu susurrante calidez temprana

—¡Ah, no!, eso me lo repites.

—Bis, bis, bis —coreó la tropa levantando los vasos.

—No, les voy a decir otro, sigue Vinicio, pero ahora algo en un tono menor, *andante ma non troppo*.

Vamos a vernos en la despedida
pero que abunden rosas. Tu partida
tenga un adiós de vino muy fragante
y esa danza descalza y desprendida

—¿Pero y cómo se muere un hombre así? —se quejó Noly viendo al cielo. Bajó los ojos alternativamente entre José Antonio y Pedro Pablo.

—Tranquila, que si estuviera aquí no pararía de reírse y estaría pidiendo.

—¿Pidiendo qué? —se sorprendió Noly. Pedro Pablo se le quedó viendo con ojos de perro indigente y continuó evocando al amigo, "padre y maestro mágico, liróforo celeste".

Cuando llegábamos a los bares después de clases, nos sentábamos en la barra, pedíamos un trago y le entrábamos a la literatura. "Poeta —empezaba Eleazar, Paul Eluard decía, "el otro mundo existe, pero está aquí". Y el otro mundo estaba aquí, en la misma barra, haciendo sus apariciones sorprendentes. Una morena de nalgas redondas como el mundo, con sus siete mares y sus cinco continentes a pedir de boca. La argentina que decía, che, qué lindo cantito tenés. Otra señora, en transición hacia la madurez, resistida a envejecer, dispuesta a todo por un verso, se ofrecía como una fruta sin tiempo. Escribíamos la fila quebrada de palabras incandescentes en servilletas de papel y se hacía el prodigio de un amor nuevo, cada noche, con el otro mundo aquí y la señora transitoria en el corazón. Hasta que las muchachas de la escuela de letras se dejaron convencer de que la mejor poesía estaba en los bares y se acostumbraron a acompañarnos para ayudarnos a soñar lo mismo.

Stefania Mosca, la Mini Rasquin, Liliana Perna, Pili Arteaga, Rosana Plasencia, Susana Benko, Isabella Track, Morela Guanipa, la trulla de Lavinia Pinto (bruja mayor), quien también se sumaba a la huelga general para olvidar el cúmulo de años, "donde toda incomodidad tiene su asiento". También aparecía Rosina Gamboa con unas perfecciones disputables por todos y medidas sólo por algunos con modo y maña.

Ese poeta escribió muchos libros, uno de ellos, *Palabras del actor en el café de noche,* decía esta ligereza fatal y encantadora para cualquier bicho nocturno: "Soy el bufón y salto de las barajas de la noche, camino en puntillas de pie, para evitar el lazo de las desgracias". Y, ¿sabes la mala leche?, un carro le atropelló a su hermano más querido cuando salió de una licorería donde compró un frasco de whiskey para celebrar el libro. Por eso es que hay palabras que no se deben pronunciar nunca. Fíjate, cómo en el país la gente vivía diciendo que aquí lo que hace falta es un militar y las botas llegaron a pisarnos. El infierno llegó con solo nombrarlo.

Eleazar y yo nos hicimos amigos de trecho largo, metidos en el ojo de un huracán soplador de poetas indelebles. Adriano González León, Caupolicán Ovalles, David Alizo, el Chino Valera Mora, Baica Dávalos.

Baica era un argentino discreto, narrador melancólico y oscilante, salteño, del norte argentino, tenía un hermano llamado Jaime, del grupo Los Salteños, cantores de sambas y vidalitas, aseguraba Adriano. De él nos quedó una canción que todavía canto con mi guitarra cuando ando de cuando en cuando: "Bañada de luz, es mi guitarra nochera, ciñendo voy su cintura, encendida por las estrellas". Eran noches hilvanadas a punta de canciones claras, luminosas, febricitantes, inasibles. "Sapo de la noche, sapo cancionero, que vivís soñando junto a tu laguna, tenor de los charcos, grotesco trovero, que estás embrujado de amor por la luna", desafinaba Adriano, mientras yo lo aporreaba melódicamente con el *sol mayor* para darle un poquito de luz a la luna desfalleciente.

¡Hágase la exaltación!... Adriano echaba sus suertes de alquimista, agarraba un pitillo, y cuando creíamos que iba a sorber el whiskey con el tubito plástico, lo sumergía en el vaso y lo sacaba convertido en flauta. Está bueno el caramillo, decía con cara de amolador de cuchillos.

—¿Qué es eso? –preguntó Montserrat, suavemente, por primera vez.

—Un caramillo es una flauta ruda, de madera, primitiva, dulcísima, como esas que suenan en las películas de princesas antiguas –explicó Vinicio con esa finura didáctica que despliega cuando se pone serio–. ¿Y qué hacía con el pitillo? –precisó.

—Lo volvía a mojar en el vaso para afinarlo, silbaba el tubito, sonreía y remataba: está clarividente y sonoro. Hacía una morisqueta metafísica y se iba a buscar la mujer más bella en el redondel de la barra, tuviera o no tuviera acompañante. Él, que era más feo que una salamandra con hambre. Al encontrar la que le gustaba, se arrodillaba, soplaba el plástico malhechor y le cantaba una canción en francés que hablaba de un pastor de cabras enamorado de una princesa escurridiza, amenazándola con que quería dormir con ella: *Ma belle, si vous voulez, nous dormirons ensemble*. Terminaba la canción y le traducía a la afortunada saltando al español rústico que tenía en la punta de la memoria de la lengua, mi bien amada, abandone a ese señor feudal y huya con este *pastorcico* que muere de amor por usted.

—Pero han podido darle un tiro –dijo Toby con la mano en la cintura.

—No, es que en esa época disfrutábamos de la paz democrática.

—No joda, chico, eso es como para darle la chequera y tenderle la cama –se rindió Vinicio y reparó ipso facto–. Es una parábola Montse.

—Y lo peor es que el marido se moría de la risa con la ocurrencia. ¡Miren!, Adriano tenía un olfato especial para las falta de cariño. Una noche me dijo, mire poeta, con su voz de limadura, vamos a hacer una canción inmediatamente para aquella damita de la esquina. Sacó un bolígrafo del paltó, maní tostado en perfecta combinación con el verde frutal de la corbata, porque soy un poeta arbóreo, agarró una servilleta y escribió unos endecasílabos de arriba abajo. Yo le puse una música de ocasión, la ensayamos en el baño y nos fuimos directamente a la esquina de la barra. Adriano arrancó con su maroma encantatoria del caramillo, prometiéndole toda su fortuna por una noche de amor. Y cuando cantamos la segunda estrofa el marido casi se rinde.

—¿Y qué decía el poema? –intrigó Leonardo.

—Bueno, esta simpleza –barajó Pedro Pablo quitándole la guitarra a Ronald que la tenía muy aporreada.

Como tú llegas brisa y llegas día
y vienes en la noche con la luna
ensayo para ti mi melodía
y apuesto por tus ojos mi fortuna

Mis bienes son los árboles que anhelo
la rosa que inventé, la piedra triste
la línea que hace el pájaro en su vuelo
y el tímido rumor de lo que existe

Nadie podrá comprar este abandono
soy fantasma final que sólo ofrece
un sonido y la luz fuera de tono
y el corazón dolido que entristece

—¿Y que hizo el marido? –se entumeció Leonardo.

—Se le salieron las lágrimas, se las secó con una servilleta, miró en torno del redondel, aplaudió, invitó una ronda y se le quedó viendo a su mujer en plan delicuescente. Adriano guardó el caramillo en el bolsillo del paltó, dio media vuelta y se sentó a bordo de la barra, con el éxtasis de un planeta que sonríe, a celebrar la ocurrencia.

Y ahí fue cuando David Alizo agarró una servilleta de la barra, fabricó una rosa blanca para mediar ante cualquier inconveniencia, diciéndole al hombre que "en junio como en enero", le dio la mano franca celebrando el gesto y tomó la alternativa musical: "Angélica, cuando te nombro, me viene a la memoria, un valle, pálida luz de la luna en abril y aquel pueblito de Córdoba", con su bis respectivo, metiéndole el ojo a unas novias posibles que se alinearon al costado derecho de la barra.

El marido quedó contento porque, en la disputa entre dos, su mujer quedó libre de polvo y paja. Yo, más muchacho, para no quedarme atrás y llamar la atención de mi novia potencial, charrasquié mi guitarra repitiendo que "queréme así, piantao, piantao, piantao, no ves que va la luna rodando por Callao… Salgamos a volar, querida mía, subíte a mi ilusión super sport", con la voz rugosa de Roberto Goyeneche, para beneplácito de "los grandes heliotropos", de nosotros y de las señoras que se treparon aquella noche sobre la misma ilusión.

Con una imitación de *Los Borrachos* de Velásquez como fondo en la barra del *Franco's,* Caupolicán me autorizó cualquier desmán en aquel hueco del universo donde recalaban bebedores de toda laya: Yo, como presidente de esta República del Este, y bajo las atribuciones que me confiere la ley de la noche, apruebo cualquier exceso que cometa este muchacho en todo el territorio patrio que se extiende desde Chacaíto hasta la Plaza Venezuela, a cualquier hora y momento que tenga a mal (algunos borrachos aplaudieron y otros callaron con cierto recelo). El Chino Valera Mora ("nací de parto bravo y vivo sin dolerle a nadie") se atrincheró tras sus ojos de chino, Eleazar León se murió de la risa, aplaudió, ¡vaya!, se sentó junto a su señora respectiva y remató aquella felicidad efímera con: "hay en tus ojos el verde esmeralda que brota del mar, y en tu boquita, la sangre marchita que tiene el coral", decretando una besadera genérica que cada quien terminó a su manera en los estertores del amanecer.

Yo me salvé porque llegué tarde, como siempre, a las horas de aquel territorio espectral de Sabana Grande. De noches de parranda infinita, con su calle real, antigua y nueva, múltiple de lascivias y pundonores. Antes fue reposo de cañaverales, provincia somnolienta, trocha para las recuas muleras que conducían al progreso, hasta Chacao, donde algunos notables se tomaron el primer café en el Siglo XIX. Después, hueco de la modernidad: bancos, oficinas, centros comerciales a granel. Edificios que crecían con la misma fruición de los antiguos vástagos de caña. Narcotráfico incipiente. Restaurantes como arroz: *Da Sandra, La Vesubiana, El Viñedo, La Bajada, Da Guido.* Atendidos por su propio dueño, ambiente familiar, dice su placa, que remata: *se reserva el derecho de admisión.* Menos en el *Camilo's,* donde entraba cualquiera a cualquier hora después de agotar las existencias y las horas de los bares aledaños. Una gallega gorda vigilaba la barra y los bardos la bautizaron Isabel la Católica, porque usaba mantón de Manila, mantilla encajada con peineta, y se encarnaba las mejillas hasta la exageración, parándose detrás de la barra a vigilar los tragos como si fueran los barcos en que la reina mandó a Colón a descubrir el Nuevo Mundo.

Da Franco, Il Rugantino, Al Vecchio Mulino, formando el Triángulo de las Bermudas, despeñadero imaginario donde soñadores, banqueros, locos de atar, agricultores, funerarios, señoras ligeras, periodistas, poetas, actores, princesas, sombras, malandros y nosotros, nos perdíamos y nos encontrábamos como iguales en aquellas noches de gatos pardos, dando tumbos de bar en bar. Todo sueño y todo pesadilla.

El perro de la calle, poeta en proceso de difuminación, está cabizbajo, buscando el hueco por donde se le fue la esperanza, con su maletín de ejecutivo sin cuentas, de los que se extravían conteniendo (dijo Adriano) y con ese flux azul de siempre, recostado sobre el guardafangos de un Ford LTD.

—Poeta –lo sobresalté–, ¿por qué está tan triste?

—No, no estoy triste, todo va divinamente bien, estoy muy contento. Sólo me estoy preguntando: ¿por dónde me irán a joder ahora?.

Se despidió con saludo majestuoso del Siglo XV y entró *Al Vecchio Mulino*, el cuartel general de los descreídos, con su rueda quijotesca que giraba para espantar las acechanzas. Romeo está parado en la puerta molinera con su sonrisa de siempre. Apostó el restaurante y lo perdió en un juego de cartas. Un camión se llevó los despojos del envite sobre su lomo implacable: refrigeradores, mesas, botellas, cortinas, caricaturas de los comensales (dibujados en *magic marker* por un ecuatoriano que hablaba como mexicano), utensilios de cocina, cuentas sin pagar, chalecos de mesonero, salsas congeladas, pasta *fatta in casa* (colgando de percheros como barbas de viejo), recuerdos soplados por el viento, el molino, todo, menos el local que era alquilado. Y el murmullo de los bebedores pidiendo su whiskey postrero: téngase la fineza caballero, me da un agüita de maíz bien servido, con soda, habrá recompensa. La voz emergió por sobre el ruido del motor camionero que arrancó para siempre.

Lo único que no se pudo llevar fue el descoque de Alfonso Montilla, quien elevó hasta el delirio la práctica del trueque entre tribus de sus antepasados Timotes y Cuicas, y se dedicó a intercambiar cuentos por tragos. Siempre, bajo la vigilancia de Sixto Pérez Sosa, sicólogo especializado en casos extremos de abuso existencial (lo cual venía experimentando soterradamente con Adriano), quien le aplicó una terapia inductiva de reordenamiento de los parámetros del principio de realidad, eso sí, permitiéndole algunas desinencias conductuales para ayudarlo a conservar el azimut de la otra vida, que siempre nos da contento. Todo, bajo la orientación del ojo experimental del Dr. Manuel Matute, psiquiatra contumaz en casos de incontinencia verbal, que, ante el cuadro clínico extremo de Alfonso, no logró los efectos deseados. A pesar de todo, ambos se mantuvieron cerca del paciente para evitar recaídas que lo devolvieran a su pasado torrencial y elusivo en Europa.

Alfonso se quedó viviendo en Caracas luego de un largo periplo que lo llevó desde Valera, en el estado Trujillo (el hueco más pobre de toda la *Piccola Venezzia*, precisaba), hasta Sevilla, donde fue a estudiar medicina, después de haberse encontrado en Madrid con Carlos Contramaestre, quien todavía no era pintor sino golfo en ciernes y se fue de este mundo primero que todos los de su estirpe. Juntos alquilaron un cuarto en la misma pensión en la Ronda de Triana, juntos se inscribieron en la universidad al día siguiente, juntos asistieron puntualmente a clases durante un tiempo, juntos se fastidiaron de andar averiguándole las falencias al cuerpo humano y juntos decidieron tentar su fortuna al lance de una moneda cuando pasaban por el puente de San Telmo.

—Si sale cara –dijo Alfonso viendo el perfil del Generalísimo– hacemos el esfuerzo y seguimos estudiando medicina. Si sale sello nos cambiamos para la facultad de Derecho en Madrid. Dejemos a la vida, que es más sabia, decidir por nosotros –se salió Alfonso de la suerte tras un mohín de premonición gitana con la vista sobre el Guadalquivir.

—¿Y si cae de canto? –preguntó Contramaestre, ligando un prodigio con su sonrisita neutra.

—Lo pensaremos muy concienzudamente poeta –respondió Alfonso, haciendo un redoble de tambor con la boca, al tiempo que lanzaba la moneda al aire. El disco de níquel giró tratando de emparejarse con las vueltas del mundo, viajó más rápido en la bajada que en la subida y, cuando Alfonso la fue a atajar, le dio de canto sobre la uña del dedo pulgar y salió rodando calle abajo hasta perderse en uno de los desaguaderos del puente.

Alfonso chirrió los dientes, se rascó la cabeza que comenzaba a serle mezquina en pelos y juicio. Contramaestre se sobó la barba rala con la punta de los dedos, se quedaron viendo con la interrogación en las frentes, hasta que Alfonso resolvió el dilema.

—Creo que llegó la hora de la reflexión, tomémonos una caña en ese bar que está allí enfrente.

El par angélico aprovechó la mesada que mandó puntualmente el papá de Alfonso desde Valera y comenzaron una discusión que no terminó nunca, tanto, que, muchos años después, Adriano fue a conocer el lugar donde Alfonso y Contramaestre le habían contado que iban con frecuencia.

—Oiga –le preguntó al hombre que presionaba el grifo del sifón para despacharle la cerveza que había pedido al comenzar el trasiego turístico. Parecía ser el dueño–. ¿Usted por casualidad conoció, hace muchos años, a dos venezolanos estudiantes de medicina, Alfonso Montilla y Carlos Contramaestre? Ellos me contaron que venían mucho por aquí.

El hombre se le quedó viendo, terminó de aspirar la colilla del cigarro que casi le quemaba los labios, lo tiró al piso, restregó el zapato sobre el resto del tizón, escupió, se ajustó la pajarilla que se le atragantó en la manzana de Adán y le respondió con cara de amo de hostería que bota al huésped negado a pagar.

—Lo de estudiar medicina, no sé. ¡Pero aquí vivían!

Alfonso aprendió el arte de cantar sevillanas y saetas como si hubiera nacido a la vuelta del Tablao Los Gallos. En sus correrías diarias descubrió la destreza de José Zorrilla para narrar bribonadas de galanes y trotaconventos, pero poniéndoles el picante propio de los ajiceros del estado Trujillo. Mezclaba las leyendas de El Tigre de Guaitó, un general andino que sobró de la Guerra de Independencia y luego se dedicó a hacer la propia (sumándole a su patrimonio personal tierras y haciendas de la serranía), con recuerdos de una infancia que lo fue conduciendo por el duro camino de la vida (la de Alfonso), anudadas a su pasantía de locutor por Radio Valera, *entre todas la primera*, acentuaba con alto sentido de profesional sin sueldo. Todo, aderezado con una gracia especial para batir con su boca tambores, si se trataba de una batalla cerrera, campanas, si un bautizo de conveniencia, violines, si de los Caprichos de Paganini, o, fanfarrias de trompeta, si de la primera Fiesta Brava celebrada en el estadium de béisbol de Valera.

—Todo estaba en su punto de cocción en el terreno –dice Alfonso con su voz trasatlántica– me paré junto a la Puerta del Príncipe, el *backstop* que habíamos remendado con alambre (mueca), especialmente para la ocasión. La feligresía expectante en la tribuna, comiendo pan de jamón y acemitas que el Perro Singer (que en paz descanse), trajo de la panadería de su papá. Las muchachas con velos, peinetas y abanicos para envidia del mundo. El único toro de la tarde, un ejemplar de la ganadería de Chejendé, dígame esa vaina (enfatiza Alfonso con desdén sevillano), bufa en el *bullpen* del equipo local.

La banda marcial toca valses del Maestro Laudelino Mejías y, como último número anunciando la corrida, arranca con las notas de El Gato Montés.

—De pronto, el empresario, el Mocho Briceño, me llama agitando el pañuelo desde la almohadilla de tercera base.

Alfonso hace un silencio de ultratumba. Regresa apesadumbrado hasta el *home*, agarra el micrófono, gesto agónico de torero corneado y dice con la voz en su entrepecho:

—Damas y caballeros, *ladies and gentlemen*, se suspende la corrida por fuga de la res.

Los parroquianos lo aplaudieron a rabiar y se acostumbraron a celebrarle las faenas brindándole cañas, vinillos, montados y bocadillos, que le alargaron la estadía en España, después del justo momento en que el viejo Montilla dejó de mandarle las pelas obligatorias. Y, repetido en tantas tardes iguales, tuvo que "buscar el levante por el poniente". Pero en Sabana Grande continuó en la misma juglaría, con la diferencia de que le puso tarifa a su ingenio: un cuento, un trago. Y, cuando el auditorio no se manifestaba, ponía cara de circunstancia, campaneaba el vaso huérfano de whiskey y se quejaba con cara de arlequín de Valera: ¡Qué hielos tan solos!...

Inmediatamente apareció Elías Vallés, el dueño de la funeraria que tiró todo a pérdida cuando lo llamaron del más allá que quedaba en su propia oficina, invitó una ronda y Alfonso continuó resbalando la lengua mojada en scotch doce años.

—Éramos unos mozalbetes, un poco granujillas –enfatizaba *zetas* y *eses* para darse bomba española con la audiencia–, y nos encontramos, como siempre, en la plaza de Valera, fastidiados, con cierto letargo provinciano, un *güarinein fain* –remataba, haciendo alarde de su inglés a medio camino entre la irreverencia y la jodedera. Pausa. (Silbido de serranía que indica fastidio con gesto de lo mismo y una mano en el bolsillo del pantalón). Alfonso entorna los ojos puestos en la Mesa de Esnujaque, o en Escuque, en cualquier pueblo lejano que tenga plaza, y continúa su romanza con cierto desdén para lujo de la audiencia.

—Y en una de de esas tardes, chico, el Polaco Méndez, Oswaldo Barreto y Guido Alizo preguntaron por Adriano: ¿dónde andará el Néne?

—¿Y quiénes son esos?

—¡Ah no, Tatiana!, te voy a tener que cobrar como hacía Alfonso Montilla.

—Es que tú nombras demasiada gente y uno pierde el hilo.

—Eso no importa Tatiana –le replicó Vinicio– es como en la corrida que suspendieron. Nadie sabe cómo se llaman ni el toro ni el torero, pero uno se divierte sólo con el salto del animal por la talanquera.

—Imagínate que vas a una obra de teatro –regresó a escena Pedro Pablo–. Hay personajes principales y de reparto, todos cumplen su papel, pero lo fundamental es el drama. Además, no te puedo decir exactamente quiénes son porque esto me lo contó Abel.

—Lo importante es que si Alfonso nombró a los tales Guido, Barreto y Méndez es porque deben ser buena gente. Deja que Alfonso Montilla siga con su cuento –remató Alexis, quien encuentra amigos hasta durmiendo y después lo despiertan de un susto.

Alfonso hizo una pausa, sorbió un trago dándose tono y miró en derredor para evitar posibles interrupciones, sonrió, ¡ahí tá! y continuó con la aprobación de los espectadores de platea (en el Vecchio Mulino, no en Sevilla).

—Argimiro Briceño y Oscar Sambrano Urdaneta respondieron que ese debe estar perdiendo el tiempo jugando billar en lo de Chiquito Mío.

La tarde comenzó a caer apacible y lentamente como caían las tardes en todos los pueblos del mundo. El sol se quitó el sombrero diciendo adiós sobre la ceja de Carvajal y los seis edecanes del Libertador se quedaron íngrimos en la Plaza Bolívar cansados de su nadería. Cuando, de pronto, apareció Adriano corriendo calle abajo, más desbaratado que el Cristo de la Plazuela, pueblejo de la serranía (donde se me quedó una novia sin resarcir), pueblo bendecido por un brazo del redentor levantado sin cruz hacia el cielo y el otro colgando, sin soporte, de no se sabe dónde. Muchachos, muchachos, gritó a todo gañote desde el medio de la calle, no sigan perdiendo el tiempo, el doctor Freud dice que hacerse la paja no es malo.

Desde entonces, los hielos de Alfonso se acostumbraron a disolverse de contentos en las aguas corrientes del *Old Parr*.

Romeo se murió de tristeza cuando perdió Al Vecchio Mulino en un traspié de las cartas. Pero la gente dice que ha visto su doble andando por la avenida Solano López con su sonrisa vivita y coleando. Husmeando con el bigote de El Gato Pescador, vigilando las borracheras de los clientes insomnes, viendo cómo el futuro de la Torre La Previsora se tragó al botiquín bigotudo, donde los poetas amansaban la sed. El nuevo edificio se levantó con su reloj en el último piso, marcando un momento nuevo que ya pasó, mientras nos bebíamos trago a trago las noches sin fin.

Una tarde, en que perdíamos y ganábamos el tiempo arreglando el mundo en otro de los burladeros de Sabana Grande, el Gran Café, en la propia Calle Real, un policía de punto se estrenó en su oficio de cortar las malas yerbas de la calle. Se le quedó mirando a un limpiabotas que había terminado el lustre de los zapatos de Alexis Ortiz y lo imprecó con toda la autoridad de su uniforme y su rolo de policía de punto. Vamonós, circulando, circulando. El limpiabotas se erizó, golpeó con su cepillo lustrador, tracatá, el cajón atiborrado de cremas y trapos, se acuñó su sonrisa de Cherry Blossom marginal y disparó sin desenfundar: "Un momento caballero, que aquí el nuevo es usted. No ve que acabo de limpiarle los zapatos a mi amigo el diputado". El policía dio un respingo marcial. Caminó con sus pasos anónimos de policía democrático, meneando el rolo sobre su dedo índice, andando en círculos sobre los adoquines rojos, grises y grises oscuros, como su vida destinada a cortar las malas yerbas sin lograrlo.

El ruido de la yerba al crecer entre los adoquines es lo único que queda de aquella Sabana Grande exorbitante. Baica, Adriano, Caupolicán, el Chino, David y Eleazar, están muertos hasta nuevo aviso.

Prepararse para lo impredecible es cosa vana porque siempre llega en el momento menos oportuno.

—La verdad es que tú siempre te sales con la tuya, dices las cosas como si no te las tomaras en serio, después cuentas una tragedia, echas un chiste y terminas con un lloriqueo –puso Montserrat el corolario.

—No, lo de los muertos es verdad y eso del limpiabotas no es un chiste, pregúntale a Alexis (*Ei-Ort* meneó la cabeza). Lo que pasa Montse, es que la vida es exagerada, algunos lo saben por intuición y logran entrar en el centro del torbellino. Otros no, les pasa por un lado sin que se den cuenta.

Montse dijo que sí en silencio desde su propio ciclón interior (azuquita mami), recorrió en segundos el cúmulo de maniobras que tuvo que hacer para salir de todo lo que pudo y llegar a los Estados Unidos. Al bajar del avión sonrió contenta con los decibeles de la autoestima aumentados en varios grados por su atrevimiento que, sumado al de Vinicio, sopla un temporal mayamero.

—El propio caso de Azucena y Colacho es lo más asombroso que le puede ocurrir a cualquiera en la niñez –regresó Pedro Pablo al huracán anterior, para no dejarle ni una sobra a la noche.

—¿Por qué?, no me digas que la tipa era una bruja –se compadeció Noly.

—No, era dulcísima y bonita. Brujas se vuelven con el tiempo.

—¿Vas a seguir?

—¡Ah! no, Montse, cero estrés, estamos de fiesta. ¡Deja la seriedad que aquí no hay enfermos! –la controló Pedro Pablo con la risa contenida.

—Es verdad Montse, y tú también Linda, que no haces sino acoquinar a Luis –se atrevió Vinicio (qué riñones) a estar en desacuerdo con la doctora Montserrat Rodríguez y con la exterminadora del general Custer–. Sigue Pedro Pablo. Y continuó afinando la guitarra con la cabeza agachada.

—Ok. Todo iba muy bien. Cuando Colacho salía de la escuela seguía derecho hacia la casa de Azucena. Volteaba hacia todos lados, saltaba la baranda de la casa y le dejaba una carta escondida detrás de las matas de almendrón. Volvía a saltar la baranda, pero al revés, miraba hacia dentro de la casa, pegaba un silbido y salía corriendo a esconderse detrás del pino del *left-field*, para ver cuando Azucena saliera a recogerla. Ella agarraba la carta, abría la reja de la casa y dejaba la respuesta anticipada, con un lazo rojo, en el parachoques del carro de su papá. Y él, sin saberse espiado, salía corriendo a esconderse. Eso duró como tres meses. Comenzaron a irse solos los domingos a la iglesia y se sentaban en los primeros bancos, a sobarse los codos frente al altar.

—Ajá, así la preñó —se mofó Montserrat.

—No, vale, no seas mala, lo malo fue que una tarde, un viernes de su cumpleaños, Colacho hizo lo mismo de siempre. Recogió la carta del parachoques del carro, se guardó el lazo en el guardapolvo, rompió el sobre con avidez y comenzó a leerla de lo más contento mientras caminaba. De pronto se paró en seco, se dejó caer sentado sobre la acera, en la boca del desaguadero, frente a la alcantarilla del INOS, Instituto Nacional de Obras Sanitarias, ¿se acuerdan?, se fue poniendo blanco y comenzó a llorar.

—¿Pero y por qué? —se angustió Noly.

—Porque las mujeres joden desde chiquitas —dijo Leonardo aprovechando que Moira no había llegado y se oyó en la parte de atrás del *backyard* "hombres necios que acusáis…". Ni se notó.

—No, bróder, pobrecito. Le echaron un vainón, nos enteramos esa noche cuando fuimos a cantarle cumpleaños feliz. Ese mismo día le dijo a su papá que él no iba a seguir estudiando, que él sólo quería trabajar, que si el viejo Alvarado había mantenido a su familia de cinco muchachos con sólo cuarto grado de primaria, él también podía tener la suya, pero con ventaja porque ya él estaba en sexto. Se fue a su cuarto, agarró un papel en blanco, lo metió en un sobre y salió corriendo hacia la casa de Azucena. Lo dejó en el almendrón de siempre, pero esa vez no hubo silbido.

No fue más a la escuela, le pidió a la señora Rengifo que hablara con su hermano Manuel para que le diera empleo y comenzó a trabajar de ayudante de cajista en la imprenta que tenían en el garaje de su casa. No habló más nunca para ahorrarle esfuerzos inútiles a su tartamudez y se dedicó a ordenar los tipos móviles en las cajas donde se imprimían las cintas para las coronas de los muertos. La primera que hizo fue AZUCENA, con las letras al revés, en tinta negra sobre el cartabón. Agarró el martillo de madera y golpeó mecánicamente sobre la almohadilla protectora para no estropear la cinta morada, como le había explicado Manuel Rengifo. Volteó la cinta que decía clarito AZUCENA, rodeada de orlas negras. Le espolvoreó el dorado que llevan las cintas de las coronas de los muertos, se la guardó en el bolsillo del guardapolvo gris de asistente de cajista, se la llevó para su casa y la colgó en la pared sobre el copete de su cama.

—¡Ay Dios mío! –se persignó Noly.

—Pero bueno, ¿y no había más mujeres en esa cuadra? –escamoteó Tatiana con cara de fastidio.

—No Taty, es que a esa edad sólo se tiene una mujer, después, de tanto porrazo, uno se desparrama. Pero esa vez es única. Lo terrible que le pasó a Colacho fue que su primera novia, lo dejara por....

—Se enamoró de otro tipo –justificó Noly.

—No, algo más terrible. La noche del cumpleaños nos fuimos todos confundidos, tristes, con la mala conciencia de aquel domingo de misa. Después de todo había sido el héroe de una gran tarde. Pero la mueca se convirtió en tragedia para todos. Matagato fue quien encontró la carta en un basurero y comenzó a leerla delante de todos.

Querido Nicolás. Adiós. Estoy triste y apenada porque me burlé de ti aquella vez en la iglesia. No tuve valor para ponerme brava con Lirio, Margarita y Astromelia, cuando se burlaron de ti. Me reí porque la risa es contagiosa, pero estaba molesta con ellas. Por eso fui después sola a la iglesia. Estoy feliz porque sé que eres valiente, te caíste a golpes con tus enemigos y les ganaste en el juego de pelota. También le ganaste al miedo de decir que yo te gustaba, te sentaste conmigo en los bancos y te arrodillaste sin sentir vergüenza. Siempre voy a guardar tus cartas. No me olvides nunca. No es mi culpa. Yo estoy enamorada tuya. Pero a mi papá lo mandan para Morón. El gobierno abrió una petroquímica en el estado Carabobo. Yo no sé dónde queda eso. Pero sé que es lejos. Ahorita me pregunto ¿dónde es lejos? Es la primera vez que te escribo con lápiz y no con bolígrafo. Es por si se te ocurre borrarla. Yo no puedo borrar las tuyas. De todos modos no me hagas caso. Adiós, Azucena.

—¿Y qué edad tenía ese niño? –preguntó Noly con la misma cara de mamá que pusieron Montserrat, Tatiana y Linda.

—No sé exactamente, nos llevaba varios años a José Antonio y a mí-.

—Ajá –le metió el dedo en el ojo Ronald–. ¿Y la omnipotencia del deseo?, ¿te das cuenta de que no funciona?

—Un momentico, no mezcles sirios con trujillanos.

—¿Cómo es la vaina? –arrugaron todos.

—No vale, tirios y troyanos. Lo que pasa es que Adriano, que vivía haciendo literatura oral y escribiendo libros, mezclando recuerdos del estado Trujillo con vainas históricas, inventaba juegos de palabras para sacarle la piedra de solemnidad a mucho necio que se colaba en las barras de los botiquines. Nunca se me ocurrió llevar un grabador a nuestras rumbas, de allí ha podido salir un libro bien divertido con todos los cuentos. Mira, una vez apareció un tipo que vivía diciendo frases célebres sacadas de *Selecciones* del *Reader's Digest*. David Alizo, Adriano y yo, esperábamos a unas muchachas que habíamos invitado para esa tarde y se nos arrimó aquel pegoste. Estábamos hablando de la muerte de Baica Dávalos, unos ladrones lo asaltaron cuando llegó borracho a su apartamento en Los Palos Grandes, le robaron el resto y le dieron el vuelto con una piedra en la cabeza, murió en el acto. Ya la vida valía una pedrada… Adriano estaba muy triste y eso era grave. Él decía que la tristeza era una cucaracha que le escarbaba en el alma. Pero cuando estaba alegre parecía un carajito que encontró la olla al final del arco iris. *Una brújula no es una viéjula sobre una escóbula. El barroco no es aguaca con tierraca.* Yo creo que todo el mundo imitaba la manera de entristecerse y de alegrarse de Adriano para estar al día.

—¿Y de quién se copió Adriano? –un mala leche incógnito.

—De sí mismo. Tenía una memoria envidiable y se había leído todo lo habido y por haber. Yo estoy podrido de literatura. Se sabía los poemas al hilo. Esa tarde estaba recitando a… ¿a quién era?... Déjame ver... ¡Ajá!, a Jorge Manrique, "nuestras vidas son los ríos que van a dar a la mar, que es el morir", por la noticia del día, un cadáver que los bomberos encontraron flotando en el Guaire. De pronto se apareció Enciclopedia, que así se quedó para siempre el fastidioso. Interrumpió el poema diciendo que "nadie se baña dos veces en un mismo río"… Se hizo un silencio vidrioso. Adriano se le quedó viendo, dio dos toquecitos impacientes con el vaso en la barra: mire, interfecto, revise su bibliografía, Heráclito lo que dijo fue, nadie se ríe dos veces en el mismo baño.

—¿Y qué hizo el tipo? –preguntó Vinicio con sonrisa de monje asustado.

—No, lo que vino fue peor, David Alizo, que sí había vivido en Grecia y hasta se atrevió a escribir un libro sobre los amores envidiables de Safo, le remató, no confunda el Oráculo de Delfos, con los belfos que oran en el culo. El pobre hombre se fue hecho un guiñapo, supongo que a buscar en un diccionario la palabra belfos.

—¿Y qué significa? –preguntó Noly poniendo la boquita así.

—Labios, mi amor, hocico –le respondió Pedro Pablo con picardía sentimental–. Como el Oráculo de Delfos que vivía prediciéndole el futuro a los viajeros.

Noly se le quedó viendo a Pedro Pablo a la espera de algún presagio que le aliviara el temblor de las piernas, él la miró sin dejarse arrebatar por premuras y siguió montado en el tobogán pronosticador.

En la infancia uno cree que suerte es que te salga la última barajita del álbum donde aparece Simón Bolívar rodeado de cinco banderas para ganarse un viaje a Disney World. Esto es algo más complicado y sutil. La suerte es el imán que atrae las oportunidades cuando se anda buscando algo con voluntad de hierro. Y hay varias condiciones ineludibles. Para que se cumpla, el sueño tiene que ser justo y posible. Como la bailarina que siempre ha querido ser la protagonista. Ensaya todos los días, paciente, modestamente, aprendiéndose uno a uno los pasos de la próxima coreografía y, el día del estreno, el director la llama porque la *Primma Ballerina* se torció un tobillo. Suerte es cuando el futuro se mete en tu vida sin pedir permiso.

—¡Qué bonito! –dijo Ronald hipnotizado–. Pero mi experiencia es distinta.

—Entonces estás grave.

—¿Qué?

—Que exista gente que no tiene destino y simplemente está en el mundo como los extras de una película.

—A lo mejor eres uno de esos –se burló Gustavo–. Pero tranquilo que aquí hay varios.

—Sí, es curioso, fíjate lo que me ocurrió cuando estaba recién llegado. Lástima que Abel no está aquí para que te lo corrobore.

—Ese es otro al que se le cumplen las cosas. Fíjate que él quería llegar a la madurez escribiendo para un periódico y tener un programa de televisión en provincia después de una pasantía por Europa. Todo se le dio con creces en Tampa. Lo que no se sabe es si finalmente llegó a la madurez….

Ronald y Abel se reencontraron en Miami, la noche inédita en que el hijo de Laura Mendoza pavoneaba su amplitud corporal de trescientas libras por

Ocean Drive. En Miami los viernes bruman de lujuria y la gente deja poco espacio para respirar entre las calles. Ronald destaca entre la barahúnda y levanta el brazo para hacerse más notorio en aquella persecución a saltos y enroques entre el bosque de bosques. ¿Qué más mi pana? y ya están sentados en torno a la barra sumándole detalles al pasado. Ronald se vino huyendo de los arrestos caritativos del verde oliva, que llegaron hasta el paroxismo el día que el teniente coronel mandó a disparar contra una multitud indefensa que le pedía la renuncia. La nena verde oliva renunció llorando, pero las alcahuetas le secaron las lágrimas y la devolvieron al trono para seguir mamando de la ubre asesina. La marejada humana, la más grande que se haya visto en la historia de Venezuela, ocupó la ciudad de este a oeste y, al llegar a los límites del palacio, la parca presidencial ordenó a sus francotiradores iraníes, sirios y cubanos, coger puntería sobre cabezas de manifestantes. Ronald se escapó de vainita pero tiene todo grabado.

Laurel & Hardy se encompincharon y comenzaron a inventar planes para el futuro, que más bien parecía un presente continuo de postergaciones. Se sentaban al borde de la computadora a redactar proyectos televisivos a la espera de otro iluso que los secundara en el desvarío (uno de ellos se murió cuando estaba por invertir el dinero en dificultades), para terminar atiborrando el disco duro con proyectos que no lograban ablandarse. Mientras tanto, Ronald ensayaba sus destrezas de chef y fantaseaba con mejorar las recetas para cuando se enderezara la economía. Cada quien sacaba con mucha aprehensión parte de los ahorros y se iban al supermercado a escarbar precios entre los aparadores de productos. Los pimentones brillaban con sus colores inauditos bajo el aspersor que los hacía más jóvenes. Las cebollas reposaban por última vez en los anaqueles verduleros, el pescado daba sus últimos aletazos sobre la báscula y Ronald ordenaba todo con esmero en las bolsas que salían de un cilindro como chorizos de plástico. Sácale bien el aire a las bolsas para que pesen menos y ver si ahorramos para un frasco de escocés.

Hasta que una mañana el sol salió más temprano con la llamada de Ronald a las 6 a.m.

—Bueno bróder, le rompimos el virgo a la mala leche, salió un video, ven a buscarme, anoche me reuní con el cliente. Tenemos que hacer algo brillante.

—¿Cómo es eso? –preguntó Abel entre estertores de bostezos.

—Una joyería, un comercial para una joyería.

Son las nueve de la mañana y comienzan a discutir la producción. Las tomas. Los encuadres. Los tiros de cámara. La grabación es la semana que viene. Abel escribe el guión y Ronald le pone el ojo al hueco de la cámara. La semana que viene hacen un plano general de la tagüara, changarro, mampara. *Business is business.* Frank Joyería, en el corazón de la Pequeña Habana, en pleno sabor de la sagüesera cubana que le reviró el idioma al *south west* anglosajón. En las aceras de la calle 8, gente del pueblo intenta recuperar su alma hurgando entre las piedras de dominó. Adentro las joyas brillan como estrellas domesticadas. Close up sobre un anillo de oro absoluto. Pulseras de lo mismo pero con rubíes. La línea de rubíes escribe AMOR en la superficie dorada. Incrustaciones de diamante sobre el penacho de un Apache convertido en sortija. Esto es una joya de invención, dice Abel. Ronald lo mira con la necesidad en los ojos y Abel se exime de la crítica gemológica. Ronald sigue con las tomas de los aerolitos. Guindalejos. Gargantillas al mejor precio. Frank Joyería tiene los aretes que le faltan a la luna, dice el guión. La luna comienza a brillar con su luz prestada.

Frank·está impaciente. La estrella principal se ajusta la corbata. Ronald le pone la cámara enfrente y el señor respira con tos que insiste. OK, cinco y grabando. El hombre no se pela ni una letra: Y recuerde. *Frank Joyería. Su joyería de confianza.* Abel llama a Ronald aparte y le dice con celo literario que eso no está escrito, que cómo es eso de confiable en una joyería. Ronald le impone la razón del cliente. Míster Frank (Francisco en Las Villas de la isla recurrente), está bien contento pensando en su chequera. Se despiden y se van a editar la cápsula esa misma noche. Son veintiocho tomas de zafra audiovisual. Se salvan diez en la edición de treinta segundos. El remate es Francisco en plano cerrado que repite su eslogan subliminal.

Quedó bien auténtico, dice Ronald. El oro es oro en el video. Las pulseras, pulseras. Los anillos, anillos, replica el productor asociado mientras abordan la unidad móvil de la compañía en ciernes: una camioneta Van comprada de penúltima mano en una subasta por los lados de *Fort Myers*. Salen de *Pembroke Pines* como a las seis de la tarde. Bajan por la I-75 de lo más contentos. Entran en el tráfico constipado de Miami y llegan a la calle ocho a la hora del desmadre. Esquivan los *tolls*, esos peajes antipáticos, para no gastar los pocos pesos.

—Pero bueno ¿y no es lo mismo? Lo que ahorramos en el *toll* lo gastamos en gasolina –reclamó Ronald.

—No, no es lo mismo. Una calle es más amable que una autopista. Las calles son un asunto personal. Las autopistas son incómodas, genéricas, no tienen identidad. ¿No se te hace más familiar por aquí?

—Sí, es verdad –respondió Ronald, viendo el atardecer eterno del verano.

Se estacionaron frente a Frank Joyería. El video deslumbra en alta definición bajo el brazo de Ronald. Huele a pan listo para salir del horno. Llegan a la puerta y está el anuncio fatal.

—¿Qué pasó? –se angustió Montserrat.

—El hombre se fue sin decir adiós –dijo Ronald burlándose de sí mismo mientras sorbía del vaso.

—¿Se murió?

—Definitivamente.

—¡Coño!, a mí ni siquiera me tomen una foto –se burló Vinicio.

—¡Mosca!, que la cámara de Ronald es una Walter PPK 6.57 –disparó Toby con sonrisa espectral.

—OK Ronald, esto, contimás esto, yo no quiero echármela de gurú y tampoco hacer filosofía pop (Noly pensó en el Pata-Pata de Miriam Makeba). Pero ahí está el caso de Gabriela Montero, la pianista venezolana, a quien el destino se le metió en las manos a los siete meses de nacida….

—Esta niña tiene algo raro.

—¿Qué mamá?, no me vengas a decir que está enferma –se alteró la señora Montero cuando regresaba con el paquete de compras del abasto.

—No, es que se pone nerviosa, dando brincos en el corral, hasta que prendo el radio, me pongo a oír las noticias y empieza a llorar histérica. Tan chiquita. Sólo se queda quieta cuando sintonizo las emisoras de música. Mírala ahí, se quedó dormida.

—Ay, me asustaste, es que cómo siempre dices las cosas con esa cara amarrada, me creo otra cosa. Yo lo sé, la única manera de dormirla en la noche es cantándole el gloria al bravo pueblo.

—Tú abuelo tenía un oído musical extraordinario y aprendió a tocar guitarra solo, por fantasía. A lo mejor lo heredó.

—¿Y qué se te ocurre?

—Bueno… cómprale un pianito de juguete y se lo metes en el corral.

—Ajá, ¿tú sabes lo que pasó? Al año la encontraron tocando las notas del himno nacional en las teclas. ¿Qué tal?

—¿En serio?

—Ronald, llámalo como lo llames. El don, la fortuna, el azar, andan por caminos secretos y hay que aprender a descifrarlos con paciencia.

Ronald se le quedó viendo con su cara de cromañón translúcido y Pedro Pablo se le montó en el argumento.

—Otra cosa, el pueblo que toma Mark Twain como modelo para su novela es *Hannibal*, donde pasó buena parte de su niñez. ¿Tú sabías que en la película, la que hace el papel de novia de la infancia de Tom, la hija del juez Thatcher, es Jodi Foster?

—No, no sabía.

—OK, ¿cómo se llama el protagonista de la película que hizo famosa a Jodi Foster?

—*Hannibal*, la historia del psicópata.

Un pedazo de psiquis cayó en la sala con el laberinto de paradojas y revelaciones que atraviesa a las dos mujeres celestes. En Jodie Foster hay una premonición y en Gabriela Montero la aparición del genio, pero ambas cumplieron con un sino que les venía marcado desde la infancia. Esa es la parte extra humana, lo impredecible. Lo humano está en que Gabriela Montero se exprimió el genio hasta que el país se le salió por los dedos y compuso una pieza memorable. "Ex Patria" es un grito primario contra el terreno baldío en que nos convirtió el coro sombrecente y contra músicos que viven traficando con su fama, como el buitre que vuela con elegancia echándosela de pájaro, hasta que vuelve a su condición de carroña entre despojos. Todo es enigma y hallazgo ¿no?, que se resuelve viviendo con insistencia y obstinación. Ahí está el plan funcionando automáticamente. En el caso de ellas fue genético (en el de los buitres también), hasta que un buen día la suerte les puso la oportunidad enfrente.

—Bueno, la verdad es que yo como que salí del hueco ya —respiró Ronald dubitativo.

—Menos mal, porque este fenómeno funciona para los sueños y las pesadillas. Resulta que Mark Twain, antes de dedicarse a escribir, sacó su licencia de piloto de barcos e invitó a su hermano menor, Henry, a que trabajara con él. Años después, el 21 de junio de 1858, Henry murió cuando las calderas del Pensilvania explotaron. Twain había predicho su muerte un mes antes en un sueño donde vio los pormenores del accidente.

—Por eso es que no han podido con los judíos, conocen la Cábala y la vida se les revela en sueños —conjeturó Vinicio timbrando un arpegio en la guitarra, con la misma delicadeza con la que el Rey David tocaba la lira.

Un viento tibio sopló en aquel silencio que se hizo en la sala, oliente a desierto, seco, impalpable, como la noticia de la muerte de Absalón, al rebelársele al padre tratando de hacerle trampas al tiempo. Vinicio cambió sus ojos incompletos por la mirada de David, cuando éste despertó con la revelación de que Salomón sería el continuador de su estirpe. Los vasos temblaron por sí mismos en aquella orfandad de sonidos, el espectro inoportuno de Absalón flotó en la sala y Pedro Pablo rompió la línea negra del mutismo.

—No, no nos vayamos tan lejos, aquí mismito, si de sueños se trata está el caso de Martin Luther King —canceló con una detonación—. Supongo que a esto no hay que agregarle más nada ¿no? —y le dio un buen jalón al trago para brindar por el mártir.

—Está bien, me jodiste.

—Lo nuestro es peor. Con nosotros ha pasado algo tan dramático como lo de Colacho y lo de Jesús María González, a quien la dictadura le bajó el telón. En el caso de nosotros, hemos vivido dando tumbos sin orden ni concierto y allí no hay omnipotencia del deseo que valga. Además, el gobierno nos cambió la historia a esta edad. Y en la infancia uno no sabe que el destino existe.

—¿Y qué hacemos entonces?

—Lo imposible.

CAPÍTULO CUATRO

El rumor de los barcos

En la infancia las cosas ocurren como si no ocurrieran. Las cosas son metras, canicas, pichas o como se les llame, que alumbran igual a estrellas. Aparecen y desaparecen. Las metras, canicas, pichas o como se les llame, se acumulan en tus bolsillos llenas de tierra del planeta. O las pierdes apostando en el juego del rayo, el pepa y palmo o el hoyito, tratando de hacer diana en otra galaxia. Las metras nacen, crecen, se reproducen y mueren igual a estrellas. Todos los días nacen y mueren estrellas sin que te des cuenta. Se estremecen cuando nacen. Se quedan frías al morir con su distancia de años luz. Pero la luz llega a la avenida Luisa Cáceres de Arismendi, donde Pedro Pablo está esperando un nuevo día para hacer otra rubiera. La oportunidad le bajó del cielo cuando Johnny cayó en la cuadra *come una stella nuova*. La estrella nueva del Johnny apareció pidiéndole a Pedro Pablo que le enseñara a jugar béisbol, un día domingo, en que la abuela Guillermina fue al restaurante de su papá con toda la parentela. Menos Julián José Antonio, Víctor Román Guillermo, Enrique Emilio, la segunda generación Albedo que vivió en la cuadra, sentada en torno a la mesa del comedor para discutir un asunto muy delicado para oídos menores. Irma, Carmencita y Lourdes, a la espera de noticias, secas como estatuas de sal. Los Albedo Bravo sumaban o restaban todo a retroverso de la medianía que les vino en la sangre como una hiedra ciega, siempre a contrapelo del mundo. Julián José Antonio resucitó los huesos de los tío abuelos prusianos y se hizo oficial del ejército, con su uniforme planchado de almidón marcial y mirada de titanio. Cumplió todos sus trámites sin pelar un solo eslabón en el ritual de los ascensos, vuelto uno con la disciplina, severo como el fiel de la balanza cuando busca justicia, hasta que, siendo coronel de Ingenieros, denunció los negociados que se daban como parte del día entre generales y contratistas de la misma ralea, con sobreprecios de calles y carreteras que no llevaban a ninguna parte, mientras construían las alcantarillas por donde el país se fue al desaguadero del desmadre. En recompensa le frenaron sus arrestos justicieros y lo congelaron en el grado inmóvil de coronel que no "tiene quien le escriba" para siempre.

Víctor Román Guillermo abandonó los estudios cuando le dijo *je t'aime* a la profesora de francés en tercer año de bachillerato y, el portento, que tenía piernas como columnatas del *Palace des Invalides,* lo reprobó por falta de respeto. Dígale a su marido que lo espero a la puerta del liceo, le gritó en bravuconada vengadora sin futuro y ganó la pelea por *forfeit,* decía él, completamente *ivre,* nombrando en francés de alcohol los objetos de la casa, hasta terminar en *fenêtre* como si quisiera escaparse por la ventana. El altercado de sombras lo convirtió en boxeador amateur y desde entonces decidió resolver los problemas a manotones, más o menos, para paliarse el miedo a las buenas intenciones que le empedraron el camino del infierno para siempre. Y, Enrique Emilio, más encumbrado que todos con sus soliloquio de cantante de ópera que no se apuesta a salir por los escenarios del mundo, vivía quejándose de que Frank Sinatra no tenía voz, haciendo calistenia sonora en el corral con sus aspavientos de tenor frente la mata de mango y las gallinas que empollaban huevos entre los bloques de cemento de la pared del fondo...

William y María habían montado su restaurante italiano en plena mitad de la Avenida Luisa Cáceres de Arismendi. Los italianos montaban restaurantes y zapaterías como quien siembra yerba. Llegaban al Puerto de La Guaira con los pantalones rotos, las medias remendadas con bombillo, apiñados entre el óxido de las barandas de los barcos, en el hueco de tercera clase. En la proa, señores distinguidos que supieron sacar sus réditos de la guerra, beben champaña para estar a tono con el mareo marinero. En el hueco de tercera, las maletas de cartón urgente, llenas de restos, flotan sobre literas. Soppressatas a medio camino, longanizas cortadas con navaja, una manzana mordida, hilo y aguja para coser la nostalgia, una pantaleta y un interior como único reemplazo. La estampita milagrosa de la *Madonna della neve.* Todo mezclado en aleatorio desparpajo.

Los inmigrantes viven de acumular restos conseguidos a última hora, no se sabe cómo, lo que si tienen claro es que el hambre los persigue como la guerra persigue a un inocente. La colmena de carajitos correteo por cubierta, ajena a su llegadero, mientras se descuenta la distancia más corta entre dos puntos. El barco atraca como suelen hacer los barcos en los libros: "son más tristes los muelles cuando atraca la tarde", dice la voz gripal de Neptalí Ricardo Reyes Basoalto entre los tablones. Los escapistas caminan en seguidilla haciendo equilibrio sobre la pasarela que lleva hasta el malecón. La aduana se congestiona de cartones viajeros. Seguidilla de trámites repetidos. Los sellos ponen su golpe de rigor sobre los pasaportes para agilizar el desfile que avanza chupado por el gobierno. El gobierno está ansioso de construcciones. A las tiranías clásicas les gustaba llenarse de construcciones, edificios, autopistas, para que llegara la modernidad ya, y la gente se olvidara de los muertos. Las modernas, ni eso, se contentan en convertir los países en basureros horizontales para igualar a todos a nivel del detritus.

El gobierno necesitaba mano de obra y los barcos se fueron vaciando de la mano de obra importada que avanzó con pasos iguales por pasillos iguales. Nadie espera, van solos con su sombra. Los inmigrantes suben al autobús que lleva a Caracas por una autopista larga como los sueños. La quimera de concreto armado se mete por unos huecos abiertos en la montaña llamados Boquerones, túneles de cerámica cocida sobre la piedra bruta. ¿Qué culpa tiene la piedra? Uno y dos. Dos boquerones como bocas del futuro que transcurren por la vía vuelta ducto, con sus patas de hormiga gigante sobre el barranco, con sus patas ancladas en el lecho del río que perforó la cordillera de la costa en el pleistoceno. Abajo, un vallecito, matas de cambur, gallinas picoteras, chivos, manchas lejanas para matar el hambre del conuco pobre. El mismo hambre conjugado en masculino, hambre macha.

La noche comienza a descorrer su velo sobre los cerros y los bombillos parpadean con temblor de luciérnagas indecisas. Detrás de los bombillos, los ranchos, covachas de madera y zinc, mugre y pobreza, donde la gente se va pudriendo lentamente. *¡È come un presepe!*, dice el autobús. El cerro es un pesebre cándido en los ojos de quien llega por primera vez, el mismo nacimiento de la Natividad que nunca nace en los cerros. La gente de los cerros de la autopista vive de noche como postales para los turistas. De día sí que se las ven negras, como se las ven negras los inmigrantes que vienen huyendo de sí mismos.

Pero, una vez llegados, los italianos montan un restaurante como por arte de magia. O. Como traían los zapatos llenos de huecos, abren una zapatería. *Scarpi fatte a mano.* Los italianos hacen sus zapatos a mano, como guantes. ¡Zas!, los fabrican sin máquina y crece la clientela. Domenico clava con sus dedos rotos la aguja sobre la suela, se le acaba la cabuya, se moja los dedos con saliva, saca otra punta del bollo de pabilo. La vela de sebo en la mano izquierda. Hala el hilo. El hilo se llena de grasa del sebo de la vela convertido en acero animal para largas caminatas. Domenico lo ensarta en una aguja curva, vuelve a puyar la piel muerta del calzado nonato. El bombillo sobre la cabeza alumbra su delantal de cuero raído de cortaduras, igual al bombillo que alumbra la cabeza de Jesús María González, a quien le están descosiendo el alma en las salas de tortura de la Seguridad Nacional. Le ponen electricidad en los testículos. Lo montan sobre la calavera metálica de un neumático y la talla de sus zapatos aumenta con un dolor terrible en la planta paquidérmica de los pies. La dictadura de Pérez Jiménez está en problemas y desata las persecuciones, aprieta el castigo sobre los testículos de los presos libertarios para que se les chorree el alma por los huecos electrizados, llenos de cortaduras, igual al delantal de cuero de Domenico, quien pone sus testículos sobre el banco donde corta la suela inánime.

Domenico le pone cola zapatera a la suela con el buril de madera, sobre la sutura de sus heridas. Saca un martillo cabeza plana, cola de lengua bífida, igual a la lengua de los lagartijos, martilla sobre los restos de la vaca, la suela se queda quieta. Domenico saca el tinte, limpia la brocha, la sopla para quitarle cualquier resto de polvo, sumerge la brocha submarina en la tintura marrón, pasa la brocha sobre la ex vaca. Los zapatos están prestos para caminar libres, cómodos, voluntariosos y Domenico se pone alistre viendo su obra que nació para gastarse. Se acuerda de su amigo Nicola, quien no tuvo zapatos rápidos para llegar al barco porque venía de Sicilia. En el fondo, el radio suena la salsa Fango cantada por Pete Conde Rodríguez, "qué cosas tiene la vida, la vida, la vida, qué cosas tiene la vida, mi amigo Nicolás". Domenico junta todos los dedos de su mano izquierda, la dobla sobre la articulación de la muñeca y se lamenta: *È vero, è vero, la vita, la vita, il mio amico Nicola.*

—Domenico era un sentimental. Yo lo conocí mucho tiempo después, cuando ya la zapatería había crecido dos casas más y se compró unas máquinas porque la clientela aumentó demasiado, no se daba abasto y dejó de hacer zapatos a mano.

—¿Y por qué tú dices que era sentimental? –inquirió Montserrat– A mí me parece muy bien que su zapatería haya crecido.

—Claro que está bien. Lo que pasa es que Giuseppe, su asistente, que duró con él años, me contó que a Domenico, antes de industrializarse, se le salían las lágrimas cuando puyaba la suela con la aguja y decía: *questo è comme amazzare la vacca due volte,* sentía que estaba matando un animal dos veces.

—¿En serio?... ¿y hay gente así? –se sorprendió Tatiana–, yo no como carne porque eso engorda, pero cuando estaba chiquita me comía mis bistecs sin pensar en la vaca.

—Yo lo que creo es que los reales lo volvieron loco. Fíjate que a su edad, bueno, tendría como treinta y ocho años cuando yo lo conocí, se enamoró de una carajita bien linda que vivía en la calle Instituto, Carolina. Domenico se ponía una faja para ocultar la barriga, salía los domingos caminando por la avenida Roosevelt con su flux negro a rayas y se paraba frente a la casa de la muchacha, sólo para verla. Todos los domingos aparecía la mancha negra en la esquina.

—Ay qué lindo –suspiró Noly con el cuello indeciso.

—Giuseppe lo precavía, *Domenico questa è una ragazza,* claro, Carolina tendría como catorce años y Domenico le respondía que una niña se vuelve mujer en una noche.

—Pero eso era un viejo verde –replicó Betty, o sea Linda, alias Toro Sentado.

—Tampoco así. El tipo había trabajado toda su vida y cuando sintió que estaba listo, forrado de billetes, salió a buscar pareja para procrear en su nueva patria con todas las comodidades.

—Ese era un morboso –se volvió a entrometer Linda.

—No, el morbo es un padecimiento filosófico de gente sin espíritu reflexivo –se exprimió el cerebro Toby.

—No, lo más serio del asunto es que Giuseppe le decía que tuviera cuidado, que el papá de Carolina era *un signore molto arrecho, professore dell'università, il dottore Malavé Mata, di Carúpano,* donde matan a la gente como en Sicilia. Las ahogan en playa Copey.

—Pedro Pablo, ¿eso que decís es cierto?, –preguntó Teresa incrédula.

—Claro, eso me lo contó Pepino. ¿Y tú sabes qué le respondió Domenico? Que él se pasaba al doctor por el forro porque un zapatero gana más que un profesor universitario.

—¿Y qué dijo el doctor Malavé Mata?

—Ni se enteró, él ha vivido escribiendo cuentos y libros de economía hasta el sol de siempre, escuchando boleros, cantando: "Mar, se me fue, dijo adiós en tu azul lejanía". Sólo pensaba en su viejo y el mar, que nunca envejece en las playas de Carúpano, pueblo que, según él dice, tiene por protagonista al viento.

—¡Que viejo tan bello! –dijo Montse mirándonos a todos. ¿Y qué hizo Carolina?

—Carolina tampoco supo nada de Domenico, ella no le hacía caso a nadie, pendiente sólo de estudiar y soñar.

—¿Y tú cómo lo sabes? –finalizó Noly con cierta cosita ahí.

—Porque bastaba con verle los ojos.

También bastaba con verle los ojos a los Cani para saber que eran buena gente. Todo el que amase con sus manos tiene que ser buena gente, si no, la masa se empegosta, le salen grumos, se pasma. William y María la hacían de varios tipos, una para un pan redondo que nunca habíamos visto, con la concha gruesa como la piel de un exilado y la barriga llena de huecos. Otra, más suave, para las pastas, era una tela hecha de harina de sémola de trigo, huevos y sal, todo mezclado a mano y estirado con rodillo amoroso. Entraba por la boca de un molinillo y salía por el otro lado convertida en espaguetis, tallarines, linguines, fettuccinis, vermicellis y cualquier tipo de cellis, a la medida del cliente. A mí me gustaban los linguines porque eran más fáciles de enrollar en el tenedor y mi abuelo llamaba macarrones a todas las cintas.

Pero la última era delicada como cama de virgen. Una cama de hojas delgadísimas como hostias, superpuestas casi sin tocarse, que parecían pergaminos para guardar secretos de cocina antigua. María amasaba pacientemente el hojaldre (el nombre mismo tiene sabor), estirando la masa hasta quedar bien delgada. La doblaba sobre sí misma, le untaba manteca de cerdo, vuelta al rodillo nivelador, espolvoreaba más harina sobre la mesa, rodillo, la vuelve a doblar, más rodillo, más manteca, reposo durante veinte minutos cada dos vueltas, doblando siempre la masa hasta llegar a seis veces, con paciencia y voluntad de recién llegado. María cortaba el bloque en bollitos iguales, los modelaba con sus manos como quien acaricia a una criatura, los metía en el horno por si tenían algún pecado pendiente y de inmediato salían palmeras bañadas en almíbar, bizcochos rociados con azúcar vuelta nieve, pastelitos, pañuelos rellenos de fresa y, de último, las milhojas destilando su ambrosía de crema pastelera. María agarraba la bandeja y la metía en la nevera, que parecía una caja fuerte de aluminio límpido, como toda la cocina fabricada con metales de nave espacial.

En la parte de atrás, William ordena los últimos detalles para que la pensión quede lista. Los constructores son los mismos que al terminar su labor descansarán en los cuartos repetidos. Frisan paredes iguales, pegan lavamanos idénticos, atornillan cerraduras de un mismo temor, juntan pisos comunes y los inodoros ansiosos. Colocan regaderas singulares para lavarse el óxido y la sal del viaje de duchas ferruginosas. Agua limpia para bautizar el nuevo comienzo. Salen de las regaderas, se secan con la toalla prístina que puso María, terminan de quitarse el olor de óxido con *Acqua Velva*. Aroma sobre aroma. Recuerdo sobre recuerdo para olvidarse de todo y comenzar de nuevo *grazie a Dio magnifico...*

Bajan al comedor y se sientan en las mesas según la región del *antico paese* al que pertenecieron una vez. Renato, Carlo, Adamo y Giuseppe, de Friuli. Marco, Achille, Nicodemo y Bindo, de Brindisi. Didimo, Cosimo, Ducho y Giuseppe, napolitanos. Todos dicen que vienen de Roma, confesó Johnny, pero el único romano auténtico es mi papá. Nació, creció y casi se muere en el barrio de Pietralata, durante un desbordamiento del río Tíber que inundó la ciudad. Todos eran muy pobres, pero mi papá es el único que no come espagueti con cuchara. Yo sí nací aquí.

Los domingos eran una pascua anunciada. Todos los primos en la casa de mis abuelos corriendo alrededor de la mesa, peleándonos por un puesto después de habernos revolcado del gusto y de perseguir gallinas en el corral. Vamos, todos a lavarse las manos, dice Guillermina y el abuelo José Antonio mira el carrusel con su risa cómplice. Cuando alguno se quedaba sin silla, el abuelo buscaba unos taburetes, los ponía en torno a la mesa, halaba unas extensiones en cruz, ponía unas tablas pulidas sobre los esqueletos desnudos y la mesa crecía para el banquete. La familia fue creciendo como su mesa de los domingos. Tony, Danny, Ricardo, Analiesse, Andrés e Irma, la chorrera de Julián José Antonio y Eva Teresa, los más afortunados por vainas de la vida y junturas benéficas que nunca se sabe cómo. Enrique, Zully, Ilse, Román, Rafael y yo, el mayor, los de Víctor Román Guillermo y Carmen, andándole a la rueda como se pueda, pedaleando por encima de los pedales y la lengua afuera las más de las veces. Germán, Glenda, Jaime Enrique, Jacqueline y Erika, el gajo de Enrique Emilio y Lourdes, preterido por el tono pulverizador que Enrique Emilio heredó de una arrechera antigua y se le volvió autónoma. El tío Freddy no tuvo herederos por manías de viejo anticipado ni fortuna que repartir.

Primero lo primero. Se brinda con el jugo de las naranjas que crecen en el corral junto a las gallinas, el guayabo, la mata de mango y cagarrutas de un venado que me regalaron. Están un poco agrias, tienen días en la nevera, dice mi abuelo. Pero nunca fue amarga aquella fiesta en la que todos bebíamos de la misma jarra compartida. La jarra bocuda circula en el círculo cuadrado de la mesa, bonita, amarilla como el sol. En el fondo, el áspero de una naranja pasada de tiempo, que mi abuelo remedia con azúcar y agua para rendir el jugo vuelto agua en la boca. Somos muchos en el fin de la temporada de naranjas, que terminan la vuelta rotadora en un santiamén. La torre de platos se va vaciando, la bandeja de carne mechada gira de mano en mano, el arroz blanco le sigue la pista sobre la mesa. Es una fiesta de colores, olores y sabores. La caraota negra, que los gringos traducen como *black beans*, pone el contraste. No es lo mismo, dicen los venezolanos exilados, caraota es caraota y el caldero de hierro colado se vacía igual a un corazón que se desangra. Rezagados en la cola multisápida aparecen los plátanos fritos, relucientes, oro frito. Cada quien los va colocando en las orillas de los platos para que no se desborden, son la baranda de aquel Pabellón que se comía todos los domingos.

Las únicas cosas nuevas son el primer restaurante, el primer cigarrillo y el primer beso, después se repiten idénticos... con sus excepciones.

Pero hoy no se cocina, dijo la abuela Guillermina con las jeringas en la mano. Vamonós, todos, de uno en fondo. Los trece muchachos vamos probando turno para curarnos en salud. La tosferina ronda como ave de mal agüero, planea realenga por la cuadra. La abuela común está parada en la puerta del cuarto con el suplicio curador de la jeringa. Me toca primero. Me bajo los pantalones todo asustado, disimulo, me acuesto en la cama, el puyazo entra como el aguijón de la avispa que me picó antier. Me levanto, me subo los pantalones y paso frente a la fila de hermanos y primos de nalgas de gelatina. Uno a uno, todos sonríen, cada quien a su turno. Suenan peítos y risas contagiosas. La aguja se repite en las nalgas. Sale el último, se acaba la ronda sanitaria, termina la sesión.

Florencia Nightingale sale de la Cruz Roja de su cuarto con una botija llena de fuertes, Simón Bolívar acuñado en la moneda de cinco como premio a los valientes. Mi abuelo dice que chivo que salte el tranquero, fuerte al sombrero y la tropa de nalgas pinchadas sale en comandita con su tesoro en los bolsillos. En la vanguardia hambrienta va la vieja Albedo, en la retaguardia, mi abuelo pendiente para que ningún chivo se desmande. Atravesamos la calle rumorosa de pinos y llegamos al Restaurante El Boloñés. William se para con elegancia romana a esperar los clientes en la puerta del restaurante. Cabello peinado hacia atrás, *indietro*, Brillcream que ajusta el bosque negro, camisa blanca con rigor de almidón, pantalón negro de pliegues, brazos en jarra sobre la cintura, servilleta de tela en el hombro y simpatía que brilla por toda la cuadra. Sonríe. *Questa è la mia nonna.* Abraza a Guillermina. ¿Qué dijo?, pregunta la tropa y Johnny traduce con su delantal blanco, que también es la abuela de mi papá, una *nonna è la nonna di tutto il mondo*. Que una abuela es la abuela de todos, que una abuela es como los espaguetis, alcanza para todos. La turbamulta de comensales baja en tres pasos la escalera de granito hacia el comedor. *¡Carla dentro!* Carla se va con su cara de mártir sacada de un cuadro de Tiziano, el cabello rojo contra el marco de la puerta del fondo. María organiza los platos sobre las mesas ávidas. Platos igualitarios, ordenados en las mesas con finura y esplendor modesto de líneas verdes, concéntricas, gustosas, donde la pasta sabe mejor que la gloria. En el descanso de la escalera un pastor alemán, Nicky, vigila los pasos de los Cani, que todavía no se curan del susto de la huida. El perro huele el peligro del recuerdo de *I fasci di combattimento*, ese ejército de hijos de puta de la madre de Mussolini, que los puso a vivir en un laberinto lleno de esquinas ciegas, donde William gira sobre sí mismo, igual a Nicky cuando se persigue la cola. Como giran los espaguetis con sus sabores de otro mundo, en los tenedores de *Restaurante El Boloñés*, una isla rodeada de pasta por todas partes, donde quedamos como pájaros ahítos de ramas, el domingo del cumpleaños de mi abuela.

William mira los pájaros que revisan sus cuentas individuales, cada cual saca su fuerte para saldar las culpas del almuerzo. Espagueti a la boloñesa, uno cincuenta. Coca Cola, un medio, van uno setenta y cinco bolívares, el pan es gratis, la mantequilla no cuenta porque se derrite. Cada quien pone su fuerte sobre la mesa. Johnny recoge los platos, malabarea con los platos en las manos, brazos, codos, como pirámides ligeras. Regresa a la cocina. William recoge las facturas de las mesas, hoy es gratis *per tutti quanti, stiamo d'anniversario*. Los fuertes regresan ilesos a los bolsillos y los pájaros no lo podemos creer. Johnny trae una torta, prende una vela, cumpleaños feliz de la *nonna*. Sesenta y cinco años como la abuela de todos. ¡Cumpleaños feliz! William sonríe. Está agradecido por cada vez que la vieja Guillermina inyecta gratis a todos los italianos para que no se contagien de las enfermedades del nuevo mundo. Ellos parecen curados en salud. *Prego*. Trabajan como hormigas y celebran el cumpleaños de Guillermina con el recuerdo de sus abuelas de Palermo, Friuli, Catania, Brindisi, el puerto en el tacón de la bota italiana. *Buon anniversario nonna*. La besan con sus labios de concreto armado. La acarician con su mano de obra que bajó de los barcos oxidados. Nosotros contentos entre el desorden de torta que chorrea nieve dulce y los fuertes de plata enteros en los bolsillos. El abuelo José Antonio sonríe. Johnny termina de cantar cumpleaños. Se quita el delantal. Aprovecha el desorden cumpleañero y acerca una silla.

—Pedro Pablo, yo quiero aprender a jugar béisbol.

—Ok chévere, pero tú me enseñas italiano.

—*Va bene* –replicó Johnny.

—Ok, ¿Cómo se dice mi nombre en italiano?.

—Pier Paolo, respondió Johnny vuelto rayos X.

Pier Paolo se sintió nuevo en lengua extranjera. Johnny se igualó con su igual y quedaron de acuerdo en comenzar las clases de italiano al día siguiente. La fila familiar lo vio con recelo mientras salía del Boloñés. ¿Cómo es eso que Pedro Pablo se junta con un mesonero? La abuela comanda los estómagos repletos. El abuelo vuelve a sonreír con su sonrisa de viejo cómplice. Cruzan la calle hacia el número 18, Pier Paolo se queda en el fondo, mirando las estrellas que comienzan a tiritar en el cielo de agosto. Se acabó la fiesta, mañana es lunes, pero estamos de vacaciones. La fila regresa a la casa de los abuelos que bendicen los carros, unos, dos tres, listos… partida, la familia se desgaja en uvas del mismo racimo, los carros parten cada cual hacia su casa. Cada casa con distinta fortuna, con primos igualados por la jarra de jugo del domingo, unos con más suerte de igualdad que otros.

Los pinos respiran como siempre y Johnny trata de convencer a William y María. *Mamma*, déjame salir. Ya yo estoy grande. Yo quiero aprender a jugar béisbol. María se montó en su idioma anterior diciéndole a William que *Il ragazzo gia è grande, e vuole imparare a giocare a béisbol. Che adesso sia entrato alla scuola superiore Américo Vespucci.* América se llama América como Américo, *mamma.* Él inventó este continente. Nosotros somos de aquí, *mamma.* El profesor me lo dijo. Todo el mundo lo sabe en la escuela. América, hija del Vespucio. Nombre de veces y reveses donde los Cani aprendieron la palabra libertad al caer la dictadura fascista. *Noi siamo di qui, Mamma. Il professore di storia me l'ha detto.*

Johnny casi no durmió esa noche y se levantó tempranito para el trueque de lecciones que comenzó en italiano.

—*La machina va andando nell'acqua.*

—¿Y eso qué significa?

—Que el carro va andando en el agua.

—Entonces es una lancha –dijo Pier Paolo al momento en que Johnny prendía un cigarrillo–. ¿Y tú fumas Johnny?

—Sí, pero escondido, si mi papá se entera me da una paliza. No se lo digas a nadie. Si me guardas el secreto es que somos amigos.

—No, ya somos amigos.

—¿Seguro?

—¡Claro! Cuando dos conocidos conversan es porque son amigos. Pero si guardan un secreto es que son cómplices. ¿Sabes algo? Yo también fumo. Pero tampoco se lo digas a nadie. ¿Me das uno? ¿Qué fumas tú?.

—Lido.

—El mismo que yo. ¿Ves?, cada vez somos más amigos.

Prenden los cigarros, el humo circunda la bruma de amistad entre ángeles a punto de caer a tierra. ¿Puedo confiar en ti?, se preguntan al unísono. Sí, repiten ambos.

—Choca los cinco –Johnny emocionado al tener su primer amigo de la calle.

Se dieron la mano cerrando el círculo de la complicidad y continuaron la lección. *Nel mezzo del camino de la nostra vita,* dijo Johnny con los ojos cerrados, concentrado en el caletre.

—¿Qué es eso?

—Es un poema del Dante –respondió Johnny dándoselas de importante.

—¿Y quién es Dante?

—Un poeta que se enamoró de una tipa llamada Beatrice. Le escribió un libro, la *Divina Comedia.* Eso lo aprendí en la escuela.

—¿Y ella se enamoró de él?

—No.

—Lo mismo me pasa a mí. Yo estoy enamorado de una muchacha en la escuela. Es la segunda vez que me pasa, la primera fue en el kinder.

—¿Cómo se llamaba?

—Ana Milagros, pero todo fue muy triste. Cuando terminó el acto de graduación, me dijo llorando que su papá regresaba a Puerto Rico, se la llevaron para siempre, pero me quedó una fotografía de la despedida. Esa fue la primera vez que di un beso.

—¿Cómo se llama la nueva?

—No te lo puedo decir todavía.

—¿Y cómo sabes que estás enamorado?

—Porque cuando la veo me da frío entre las piernas y se me mojan los pies, igual que cuando se fue Ana Milagros.

—¿Qué, te meas?

—No, sudo.

—¿Y se lo dijiste?

—No, me da miedo.

—Lo mismo que le pasa a Dante con Beatrice. Los poetas no dicen lo que les pasa, escriben libros para que alguien se lo cuente a la muchacha.

—¿Y qué es un poeta?

—Parece que es un tipo que sueña, escribe y se emborracha.

—¿Y por qué se emborracha?

—Para no darse cuenta de que el tiempo pasa, eso fue lo que me dijo el profesor.

—¿Y dónde están los poetas?

—En los libros.

—¡Ah!... Igual que los héroes de la Patria, viven en los álbumes y en los libros... ¡Dime algo Johnny! ¿Por qué los libros huelen a viejo?.

—Porque los patriotas y los poetas también se ponen viejos.

La vida de la gente común es muy parecida, la diferencia aparece cuando alguien habla de alguna en particular.

—José Antonio –lo clavó Noly con los ojos–, dime algo.

—Algo huele mal en Dinamarca –repitieron al unísono los dos dobles.

—No vayan a empezar –sonrió Montserrat, avecinándose al buen humor después de haber probado el whiskey.

—¿Por qué tú te llamas igual al abuelo de Pedro Pablo? –insistió Noly.

—Eso es una historia muy larga que es mejor dejar para otro día –dijo levantándose resorte–. Ya vengo, me voy a servir un trago –Montse se le quedó viendo con cara de esfinge.

—Espérame bróder, que yo también estoy seco. (Pausa de ojos inquisidores alrededor).

—La verdad es que Pedro Pablo y José Antonio son bien raros, viven juntos, se saben lo mismos cuentos, hasta hablan igualito. Eso pasa sólo en las parejas, que de tanto andar todos los santos días se les pegan las mañas –dijo Linda con suspicacia.

—¿No será que son…? –completó Montse.

—Hay que ver que ustedes son bien maledicentes, *Made in Venezuela*, ¡qué necesidad! –se burló Toby.

— No Montse –aclaró Ronald–, yo los conozco, sobre todo a Pedro Pablo, desde cuando trabajamos juntos en la televisora. Yo lo vi empatado con más de una actriz y hasta con una arquitecta italiana que trabajaba como escenógrafa.

—Sí, yo también lo conozco desde la universidad. Por el contrario… –certificó Alexis.

—¿Y el otro? –insistió Linda.

—Yo no le veo nada raro –lo defendió Teresa.

—Lo único que les puedo decir es que los dos están bien buenos.

—Sí, Noly, pero decídete por uno, te va a venir dando tortícolis de tanto voltear a lado y lado –, la precisó Alexis muerto de risa. Leonardo y Gustavo le celebraron la recomendación. La propia Noly, que tiene el alma leve, se rió a mandíbula batiente de ganas por la salida y en el fondo la agradeció, poniendo cara de fruta apetecida que cuelga alto.

—Tú puedes hacer una de dos cosas. Sientas a los dos cerquita para que no tengas que menear tanto la cabeza o te quedas con los dos –sonrió Vinicio haciendo un acorde de suspenso.

—Vinicio, ¿tú eres loco? –y el rojo de los labios nólicos se le regó por toda la cara.

—Eso sería un tronco de tema para una telenovela –argumentó Valentina–. La viuda joven que se enamora de dos tipos, uno rico y uno pobre. Al final resulta que son hermanos.

—Valentina yo no soy viuda.

—Pero acabas de poner cara… No importa, mira, tú eres tan noble que te quedas prendada del más pobre porque es más romántico y seguro de sí mismo. Pongamos por caso, José Antonio. Claro, comienzas a vivir un conflicto porque te has acostado con los dos…

—¿Al mismo tiempo? –interrumpieron Luis y Leonardo.

—No chico, esto no es un video pornográfico, es una telenovela… Ok, los dos hermanos se enteran de que ella ha tenido sexo con ambos. Vinicio ayúdame con la guitarra, algo que comience, tú sabes, con melancolía vaga, luego vaya in crescendo y termine arriba, tú sabes. (Vinicio cogió línea como si hubiera descifrado el I Ching). Ok, continuamos. Pedro Pablo se aleja odiando a la viuda. (Vinicio toca acorde resbalado y huidizo). José Antonio le reclama el asunto y se queda atónito con la explicación que ella le da. (Entra Vinicio con arpegios en *si bemol* y va bajando hasta el *la menor* misericordioso).

—Es que mi marido se murió la noche de bodas sin llegar a hacerme el amor. (Chirrido de uña sobre la cuerda que da dentera). Yo me quedé traumatizada, pasé la vida sufriendo y nunca me atreví a hacerlo con otro hombre, hasta que conocí a Pedro Pablo, diez años después. (Vinicio pulsa las cuerdas graves con sonido de resorte).

—No te lo puedo creer –le dice él, apenado.

—Créemelo, es la pura verdad. Una noche me invitó a cenar, nos pasamos de copas y pasó lo que pasó. (La guitarra se deleita imitando aires de la Polonesa de Chopin). Yo era virgen y aquello me dolió tanto que no sentí nada.

—Lo siento Noly –le dice José Antonio, ya blandito. (Vinicio golpea el diapasón de la guitarra con toquecitos que suenan a maracas rotas).

—Después terminamos porque él era muy inseguro. Allí fue cuando tú entraste en mi vida arrasando con todo. (Silbido de Obertura de Guillermo Tell). Contigo todo fue distinto, a primera vista.

—Sí, pero me tuviste un año en eso (canto gregoriano).

—¿Te puedo confesar algo José Antonio?.... –la viuda baja la cabeza hasta el pecho–. Contigo si fue rico, me sentí mujer por primera vez. Perdóname, si acaso hay algo qué perdonar, yo no hice nada malo. (Entra "Perdón vida de mi vida", con Los Panchos).

Se congela la escena. Él la besa apasionadamente y…

—¡Cama!, enfatiza Valentina, hay que ponerle cama y piel, mucha piel para levantar el rating (La guitarra hace acordes de vidrio molido). Black out, vamonós, de un viaje. Vienen saliendo de la iglesia y se encuentran en la puerta a Pedro Pablo. Él les confiesa que está arrepentido de su conducta, que tiene una enfermedad incurable.

—Ay no –se quejó la Noly verdadera.

—Ya va, tranquila, que no lo vamos a matar porque se nos cae la audiencia. Pedro Pablo les dice que él se va a vivir al extranjero, que es posible que con un tratamiento nuevo y el ambiente de Europa, se salve, eso sí, con mucho reposo, sentado en una silla de ruedas con una cobija gris en las piernas. (Entran las imágenes para darle más dramatismo). Y aquí es donde viene el desenlace. Pedro Pablo le pide perdón a José Antonio porque la verdad es que ellos son hermanos y que su papá le dejó la herencia a ambos, pero que él siempre se lo ocultó porque le tenía envidia.

—Eso sí, nunca toqué tu parte (la audiencia pensó mal). Perdóname. Se abrazan los dos hermanos. Se separan. Pedro Pablo les toma las manos a ambos. Que sean felices –y se va en su silla de ruedas de lujo.

Contraplano de la cámara y están ellos dos besándose.

—Valentina, aquí no te puedo acompañar con la guitarra porque hay que meter la marcha nupcial, eso es impepinable –terminó Vinicio poniendo la guitarra en el suelo.

—Pero cuál, ¿la de Mendelsohn, la de Mozart de *Le nozze di Figaro* o la de Wagner? –lo anestesió Valentina ante la mirada de papel de lija de la tele-audiencia.

—No importa, todas terminan en lo mismo –dijo Pedro Pablo cuando entraba en la sala campaneando el whiskey junto a José Antonio.

—No seas falta de respeto.

—No, no me refiero a las marchas, me refiero a las nupcias. Todas terminan en lo mismo, lo único que te faltó para ser completamente original fue poner la palabra Fin –y se murió de la risa.

—No te hagas el desentendido, mira que tú también has escrito tus culebras. Yo fui la que te metió en la serie de unitarios del canal, donde, por cierto, el tuyo tuvo bastante éxito. ¿Tú sabes por qué?, porque a la historia que tú escribiste le puse la técnica, el oficio que sólo se adquiere con los años. También se aprende a ser cursi.

—Pero si yo no les tengo asco, además es mejor que hacer de valet parking. Lo que pasa Valentina, es que siempre llego tarde a todo. Fíjate que cuando estaba en el teatro universitario, todos estaban contra las telenovelas. Eso es una falsificación, ese es el nuevo opio de los pueblos, decía el director y los demás repetíamos el estribillo como un coro de plañideras.

La cosa se complicó cuando llegaron los chilenos y los argentinos huyendo de las dictaduras militares. Los gorilas mandaban a borrarle los nombres propios a la gente y los convertían en espectros instantáneos en los estadios de fútbol. Muchos se salvaron en la raya porque había un festival internacional de teatro en Caracas y se quedaron en el país con las manos vacías. Tuvieron que aprender a vivir como quien nace en una piel nueva, lo que a los actores se les hizo más fácil por estar acostumbrados a saltar de personaje en personaje. Menos uno, un tipo con una barba que le llegaba hasta la mitad del pecho, siempre pontificando a favor de la revolución definitiva con cara de iluminado, hablando pestes de las culebras televisivas, pero simpatiquísimo, con la sonrisa mandada a hacer en la boca. Sus clases de dramaturgia parecían reuniones de un sindicato de brujas discutiendo un contrato colectivo con el gobierno reaccionario que les había dado asilo...

—Pasaron los años y un buen día vi el nombre del director del teatro en los créditos de una telenovela del canal del Estado y a casi todo el elenco haciendo papeles de segunda.

—Eso es verdad, yo también los vi, después que hablaban mal de uno.

—Ok, te digo lo peor. Años después, me propusieron, conocidos nuestros que no nombro, no sea que me vayan a negar tres veces, entrar de dialoguista en las telenovelas que escribían. Yo aún tenía pudor teatral, era, cómo decirte... un izquierdista ingenuo, naif, y le consulté al santón radical. ¿Sabes lo que me dijo el tipo?, esta menuda güevadita: no te preocupes tanto, haz como Mack the Knife, comamos primero y luego la moral.

—¿Y tú qué hiciste?

—Dejé de ser de izquierda.

—¿Y ahora qué eres?

—Un inmigrante. Ni socialista ni capitalista. Sobreviviente en transición. Algo así como pájaro de mar por tierra. La izquierda es muy trivial, simplista, resentida. Y, la derecha, necia, arrogante, predecible. Los extremos de ambas son fanáticos sanguinarios y expertos en dictaduras, en crear inmigrantes como tú y yo, obligados a vivir en mutación, como gente en época de veda.

Se hizo un silencio perruno. Pedro Pablo se cortó todo por el exceso de vehemencia e intentó salirse del nudo con una simpaticura.

—Y para que tú veas que te hablo en serio, tengo una historia que me contó Abel. Puede ser un buen proyecto para una telenovela, ya tengo listo el primer capítulo. Y perdóname Valentina, lo que pasa es que si uno, además de exilado, se vuelve solemne, termina convertido en un remedo de mártir.

Hispanos Unidos es un decir, porque cuando llega el momento de empujar juntos, nos da por romper la fila.

Pembroke Pines. Casas serenas como un deseo cumplido. Vecindarios con perfume sonoro de flores que estallan nombres fluorescentes. *Contempo Walk, Mahogany Way, Town Gate,* crucigrama urbanizado que atraviesa todos los días buscando la vida. Al llegar a Flamingo Road se acuerda de las corocoras de la Laguna de Uchire en el país primero. Los pájaros rosados se posan sobre una sola pata para ver el más allá... En Pembroke Pines no hay pinos, sólo palmeras alineadas a lado y lado de avenidas infinitas. Se bambolean lanceoladas, cuneiformes, cinéticas. Como árboles con los nervios de punta. Más abajo está Miramar, refugio memorioso que los cubanos construyeron cuando les robaron el futuro. Ahí también están las palmeras temblantes. Y temblante Abel el primer día en la Unidad Hispana.

El resorte sonríe junto a la puerta de vidrio del 5840 de Johnson Street en Hollywood. ¡Madera santa! Marca el código de seguridad. ¡Ábrete sésamo! Los empleados entran hipnóticos a socorrer desterrados que viven como si no tuvieran madre. Hernando Medina está junto a la puerta con cara de piedra picada de viruela. Fuerza gesto de supervisor (nunca se sabe por qué los supervisores tienen que vivir con gesto forzado). Abel le entra sin transición al remiende puertas, atornille bombillos, compre papel sanitario... Arma escritorios recién comprados con la guía milimétrica que viene en el paquete de *Office Depot.* Se seca el sudor de la frente y encara la piedra de Hernando que le vigila el resuello. Hernando saca pecho, aprieta el porte marcial con los puños crispados en la espalda.

—Mire Abel, éste es su primer día, pero no podemos perder tiempo, hay que terminar el inventario, arreglar las lámparas del patio, asegurarse de que los pisos estén bien pulidos, llevar la correspondencia a las oficinas del Condado. Tenemos que vigilar al señor Domingo cuando vaya a cortar las matas y a podar el césped —ordenó, con un ánimo colectivo que Abel sintió como un dolorcito individual en el espinazo. Pausa. Silencio reverencial.

Llegó el presidente de la Unidad Hispana. Iginio Arteaga entra con traje negro, corbata azul y mirada tiesa de triunfador. Hernando lo imita con su sonrisa de piedra (pobres piedras). Responde el saludo mañanero. La boca llena de eses bogotanas: buenosdíasIginio, ¿cómoestá, cómo le fue el fin de semana, cómoestá la señora, cómoestá la niña?, ¿bien? Rodillas reverenciales. El presidente responde levantando un dedo para que lo sigan en procesión hasta su oficina. Iginio reparte saludos mañaneros como bendiciones a lado y lado de los cubículos de donde salen ecos de la nómina. Punto. Hernando se sienta con la escarlatina del inmigrante que llegó primero. La voz severa de Iginio nombra las obligaciones que Pedro Pablo ya se había aprendido de memoria y termina diciendo que éste es tu jefe y Abel es mi amigo.

—Si Iginio, todo lo que usted diga —musitó Hernando con estopa en la boca.

—¡Ah!, otra cosa —remató Iginio en el umbral de la puerta—. Mucho cuidado con la gente de aquí que vive dándose codazos.

Abel dijo gracias y se fue con un gustico amargo por el pasillo que llevaba al futuro de su oficina nueva.

Se sentó en el sofá preguntándose en voz alta ¿por qué la gente tiene que vivir abriéndose paso a codazos?...

—Porque la vida es muy jodida —lo cortó Pedro Mena, ese fin de semana, en que se reunieron para intercambiar vivezas contra el infortunio. Pedro Mena sintió la cortada en carne propia.

—¿Tú crees?.

—Disculpa bróder, pero es que tú a veces preguntas unas vainas de carajito, pareces un muchacho.

—Bueno, aunque no lo creas, me siento como si estuviera comenzando a vivir.

—Ummm. Ok, eso es otra discusión, pero dime, ¿cuál fue el cargo que te dieron?.

—Soy ingeniero de mantenimiento —respondió con un globo inflado en el pecho.

El ex-doctor Mena se le quedó viendo en silencio. Abel le toma el silencio y suelta su perorata de obligaciones. Se monta en el tiovivo del facsímil que pide cotizaciones para comprar enchufes, bombillos, escritorios, resmas de papel, detergentes, cera de pulir pisos, tirro y se seca el sudor con un pedazo de papel higiénico que acaba de llegar. El carrusel da vueltas con los equipos que aprobó la junta directiva barajando presupuestos. Gira apurado. Las estrellas refulgen sobre los grifos de lavamanos que pidió para reparar los baños. La luna sigue muda en los espejos que duplican la estupidez. La rueda casi se descarrila sobre la pulitura que compró con descuento. Comienza a sentir náuseas. Los peroles se acumulan en montañas sobre los anaqueles y tiene que ordenarlos por costo, procedencia y utilidad. La rueda se detiene el viernes.

Terminó la semana. Abel se baja mareado, se monta en el carro, atraviesa Pines Boulevard en reversa y llega a la casa vuelto boñiga. Respira profundo y coge mínimo sobre el sillón. Pedro Mena se le queda mirando y lo fusila.

—No me jodas pana, tú lo que eres es un conserje.

Abel amanecía alambre todos los días para abrir las puertas de la Unidad Hispana. Turbión de pasos anónimos. Masas sonámbulas que arrastran los pies. Pantorrillas excesivamente gordas o demasiado angostas. Caras de una cotidianidad abusiva. Prende los Rayos X de su instinto a ver qué consigue bajo el montón de trapos. Hay una señora madura que se arregla con esmero. Abel se le aproxima hecho el gringo y comienza los trámites de una *entente cordiale*. Acerca las proximidades llevándole café en las mañanas con mucha azúcar que es como me gusta a mí, todos los días, hasta que sellaron su pacto de agresión dulce, una tarde de jueves insospechable en que el marido tuvo que salir de viaje. Pero está bien hasta aquí, fue un gusto, dijo la señora con su adiós definitivo, lanzándole un beso volado que cupo en el pliegue de la puerta a punto de cerrarse. Abel responde que chévere y al día siguiente enfoca sus rayos X sobre tres pizpiretas campaneantes. Una se manifestó en su momento oportuno, pero le perdió interés cuando lo botaron. Otra ni volteó a verlo. La tercera, una muchacha desenvuelta y tetona, se reservó a sí misma para el presidente. Lo vio como quien mira una escalera, pero Iginio le lleva catorce años a su mujer y dice que prefiere no gastar pólvora en zamuros, ¿quién sabe?...

Hasta que llegó Jeanette, costarricense, misteriosa y distante. Cuarenta y tantos años de cabello rubio porque sí.

—¿Sabes que te pareces a la Venus de Botticelli? –recitó con cara de pinacoteca.

—¿Y quién es esa? –preguntó inocentemente. Abel se metió en Internet y navegó el mar electrónico hasta que llegó directo al país de la foto.

—Este cuadro es inmenso, está en el segundo piso de la Galería del Uffizi, en Florencia, o sea, Italia. Hay un sofá larguísimo donde uno se sienta cómodamente. Yo estuve allí.

Jeanette se quedó mirando la pantalla de la computadora con los ojos saliéndosele de sus órbitas.

—¿De verdad estoy tan gorda?.

Y Abel se volvió un etcétera doctoral diciéndole que no, que él se refería a la impresión que ella le producía, igual a la del cuadro, pero una mujer es una mujer y un cuadro es un cuadro.

—La verdad no entiendo mucho, pero gracias por la explicación –dijo con la sonrisa sofocada de Venus.

Jeanette se levanta. Toquecito en el hombro. Abel tiembla. Venus se sienta en el cubículo de atrás. En la caballeriza de adelante una gorda arquea su brazo. Jeanette vuelve a levantarse, pasa a su lado con la misma sonrisa leve. Todo es leve. Se va. Meneíto. Pausa hipnótica. Abel se entusiasma y al terminar la hora del almuerzo busca un refrescador de ambiente. Confunde la lata con el aceite de teca. Aprieta el botón vaporizador. El rocío cubre todo el globo terráqueo del comedor. Jeanette regresa, él sonríe. Jeanette sonríe con el mismo meneíto tentador… Y a la mujer se le congela la sonrisa cuando resbala sobre aquella alfombra grasienta. Se dio un culazo que la hizo aterrizar en *slide* sobre el escritorio de la gorda.

—Demándalo que el ojo se te va a hinchar. Eso lo paga la compañía que tiene un *liability (boca de hormiga chismosa)*, un seguro para estos casos y te puedes ganar unos buenos pesos.

—No, ¿cómo tú crees que voy a hacer eso? –le dijo Jeanette y se lo contó a Abel. Agradecido por haberle evitado su primer codazo, se fue de lo más contento a cumplir sus maromas rutinarias.

Señor Domingo, por favor tráigame una escalera para cambiar este bombillo. Justo sobre la computadora de Jeanette. Este rincón es un poco oscuro y es mejor el bulbo de neón para que veas mejor. Jeanette lo empieza a ver mejor. Te traje este protector de pantalla nuevo para tu computadora. Jeanette se deja. Sonríe con el corazón escondido bajo su pecho enhiesto. Tres meses pasó Miss Costa Rica llenándose de peroles, dejándose curar el ojo morado y aplicándole la dulce resistencia.

—De verdad, eres igualita a la Venus de Botticelli.

Pero el Botticelli le sonaba a Venus como la marca de un aceite de ricino italiano, acordándose del culazo. Abel le trae diariamente compresas de camomila que curan casi todo. Porque vas a quedar como si no te hubiera pasado nada. Llegaba con su bolsita de gasas y el frasquito de la infusión mágica para mojarle el ojo. Abel le pone el trapito mojado en el párpado y Jeanette se deja hacer. Ella le hace ojitos, él también. Los dos se mojan de ojos y de ganas en aquel intercambio de miradas y requiebros. Está a tirito de lograr el milagro. Abel insiste. Ella displicente. Él insiste. Se niega. Insiste. Flaquea. OK, está bien, el jueves (en los Estados Unidos las mujeres flaquean los jueves). Así celebramos que se te curó el ojo.

Se sentaron en los altos bancos de la barra. Él le rozó la pierna con la suya como quien no quiere la cosa y ella se dejó hacer como quien tampoco. Él aprovecha para untar tobillo con tobillo sobre el posapié de la barra. Gesticula. Le toca el muslo de vez en cuando con su mano anhelante. Jeanette se deja porque nunca me sentí tan bien atendida. Abel le ajusta la atención dejándole la mano ahí. Siente el tronco tibio que aumenta su fiebre a medida que corren los tragos. Le aprieta el pistón del deseo y ella se vuelve una válvula jugosa. La sostiene por su muñeca, se le queda mirando al ojo del huracán que le está provocando y comienza a leerle en la palma de la mano el futuro de aquella emboscada.

Le soba la línea de la vida, la del corazón, la de las ganas, donde está este hoyito que eres tú y este palito que soy yo, fíjate lo bien claro que está. Por alguna razón que ya descubriremos estamos aquí, por algo nos encontramos. El destino es un imán inevitable. Tiemblan. Le canta que "el Mar Caribe es la memoria de mi respiración y me llevo en el recuerdo su bravura, yo te deseo como fruta madura, que promete el Paraíso verdadero". Ella se vuelve a resbalar con el aceite de la voz afinadita del pájaro bravo en acecho. Abel se cansa de las transiciones. Se le queda viendo fijamente y le clava la lengua como un clavo que la dejó fija después de tanta tembladera.

Pero que va, Jeanette se la sacó de un salto pensando en su válvula y se levantó ¿dónde quedará el baño? (Pausa ansiosa, larga, que Abel aprovecha para otro trago a la espera de la damisela a tirito de rendición). Jeanette salió de la peluquería batiendo su melena amarilla recién peinada. Autocomplacida. (Sí, dije autocomplacida). Abel esperó al caramelo con actitud triunfante y el caramelo se sentó nuevamente poniendo cara de qué lástima, porque ya es muy tarde. Paga la cuenta. Mañana será otro día.

Y mañana fue otro día en el traspatio de la Unidad Hispana donde Jeanette le echó un baño de agua helada. Empezó con una letanía de Lolita en acto de contrición. Que había estado pensando en lo de ayer. Estoy un poco confundida. Que ella no era así, ¿qué irás a pensar tú de mí?, creo que nos propasamos. Tuve que hacer lo que hice para no caer en la tentación. Abel se le quedó mirando con la cara de quien ve por primera vez un ornitorrinco. Además, a ti te gustan todas. Creo que es mejor dejarlo hasta aquí. Jeanette da media vuelta. Abel trata de asirla por el brazo con ganas de acusarla de calienta miembro. No da tiempo.

Hernando Medina atraviesa el umbral de la puerta con gesto de fin de mundo.

—Mire Abel, ya se lo advertí una vez, aquí hay unas reglas bien claras contra el acoso sexual, el *sexual harassment,* instruido de lo cual usted quedó al responder un cuestionario aceptando que entendía el reglamento. Ella lo puede demandar consustancialmente a su ofensa.

—¿Y cómo sabes tú que yo la he ofendido?. (Entra en escena la gorda salvadoreña).

—Usted sabe, todo se sabe. Si yo dejo que esto siga ocurriendo sería consecuentemente cómplice de su delito, esto es supremamente grave.

Hernando le recordó que usted es un fórener, forzando el *foreigner* con el cual gringos ortodoxos acusan a los inmigrantes de asesinos.

—Además usted es casado. Pero no se preocupe, yo lo quiero ayudar. Ayúdeme a ayudarlo. Renuncie.

Atravesó la puerta de la Unidad Hispana achicopalado como el mexicano que cruza la frontera con su espalda mojada de hambre y frío. En la pared, un afiche: "Tú no estás solo en la Florida". Abel escribe al pie: Cuentas con Hernando Medina.

—Yo se lo dije chino, que ese *man* era peligroso. Será de Bogotá pero la madre debe ser hija del putas. Colombiano bueno nace en Cali, como yo, hijo de la señora Villarraga, caleña y decente. Resonó Álvaro Villarraga con el oráculo de su voz. Justo en el momento en que el timbre timbró la llegada de Pedro Mena, para completar el comité del consuelo. Pedro entró con los shorts de explorador que le dieron para repartir pizzas. Parecía un carajito con el azul corto (los gringos atenúan la vejez con pantalones cortos) una franela blanca, medias de tenista y su calva en fase terminal. Cuando huyó del tumulto de tenientes coroneles que se cogió el país, el doctor Pedro Mena colgó su título de abogado para no perder la memoria y arrancó de nuevo dispuesto a todo. *Hit the road Jack,* le dijo la voz de Ray Charles y él salió a patear la calle como Juan Cualquiera, tratando de provocar el azar.

—Ok, ¿qué fue lo que pasó? –lo acusó tras la mueca legislativa.

—Bueno, lo que te conté –respondió Abel vuelto un nudo de vergüenza.

—O sea que te botaron por un culo. Para ti es más importante un culo que el trabajo.

—Depende del culo –y se calló pensando en la Venus de Botticelli.

—¿Y ahora, qué vas a hacer?

—No chino, déjelo quieto que este man es muy bacano. Un error lo comete cualquiera. A mí me hubiera gustado cometer ese error pero es que mi mujer es muy machista. Además, el problema es que el hombre lo estaba cazando, seguro que tenía alguien para el puesto.

—No sé, lo único que se me viene a la mente es cuando el negro González Vega se enfermó. La diabetes es como la pobreza, silenciosa. Te anda por el cuerpo, calladita, te come poco a poco. Se te cae todo. El amor se te convierte en un músculo inerte. Después te entra por los ojos. Ya no veo. Todo lo imagino. Los cuentos me salen choretos porque no tecleo las letras que son.

—¡Coño, me dolió! –dijo Álvaro poniéndose las manos en los riñones, se sentó en el sofá más mullido de la casa y Pedro Mena reflexionó–. Mira pana, está muy buena tu excusa, pero hay algo que me intriga. ¿Por qué Iginio no hizo nada?, recuerda que fui yo quien te lo presentó.

—Está clarito. Porque el tipo lo chantajeó. Si Iginio me apoyaba era cómplice de mi delito, como si pedir eso fuera un crimen.

—¿Qué vas a hacer ahora?

—Ya vendí el anillo de matrimonio para pasar estas navidades, el oro está aumentando de precio, el mío era cochano.

—¿Tú estás loco? ¿Cómo vas a hacer eso?

—No importa. Mi mujer se enteró de todo. Ahora no tengo ni mujer ni país.

—¿Y cómo es que se llama tu ex mujer?

—Depende del humor, tiene como cuatro o cinco nombres.

—¿Y por qué tantos?

—Porque su papá tiene modo y los compra por racimos–.

Fin del capítulo uno.

—Es una historia bien buena para una telenovela ¿no? –dijo Pedro Pablo sintiéndose un genio después de ponerle un poco de su propia imaginación al cuento.

—Bueno, la idea general no está mal. Hay varias escenas muy buenas, la del flaco parado en la puerta con aquel calorón esperando que entre el ganado. La cara de piedra del tal Hernando es de antología, debe haber sido un vómito. Yo me imagino a Abel, así, chiquitico, cargando cajas, armando escritorios, vigilando a un viejito que le debe doblar la edad, ordenándole que corte la grama, que sé yo, hay tantas cosas que se me ocurren. Imagínatelo tomando nota de lo que entra y lo que sale con aquella cara de fastidio. ¡Ah! no y curándole el ojo a la mujercita. Eso es una maravilla. Pero lo mejor es la escena del bar, sobándole la pierna, leyéndole la mano, yo le metería la cámara corte a corte por las piernas, los tobillos, las tetas. Otro corte y un plano abierto del mujerón echándosela de dura.

—Sí, esa escena es de lujo.

—Lo que es un poco difícil para la tensión dramática es lo de Botticelli, imagínate, nadie sabe quién es ese señor. Pero de todos modos podemos hacer unas disolvencias de Abel besando a Jeanette en el bar, alternadas con una fantasmagoría besando el cuadro, algo así, se me ocurre.

—Sí, eso puede ser bien bueno y se le enseña algo de arte a la gente.

—Pero hay un problema —se lamentó Valentina—. A toda esa historia le falta acción-.

—¿Y el culazo? –protestó Pedro Pablo levemente.

—Sí, pero le hace falta más.

—Bueno él se ha dado bastantes, sería cosa de ir metiéndolos poco a poco.

CAPÍTULO CINCO

De lengua en lengua

El hambre es más triste que la muerte, decía el negro González Vega, un amigo de Pedro Pablo de los tiempos engañosos de la bohemia en Sabana Grande, que vivía burlándose de la solemnidad de la pelona cada vez que se llevaba a un conocido. Hasta que le tocó su turno sin estar buscándolo y se fue del mundo con el estómago vacío. La frase se le quedó grabada y lo asaltó de improviso cuando salió de los escritorios de Inmigración y se topó con aquel turbión de gente arremolinada en la sala de espera del aeropuerto de Miami, aturdido por la prisa de las tripas sonoras. Las líneas aéreas se esmeran cada vez más en evitar que los pasajeros aumenten de peso antes de pisar tierra y sólo sirven un *snack,* artilugio políticamente correcto para hacerte pasar por refrigerio los *pretzels,* unos palitos de harina horneada salpicados con escasos granos de sal, más insípidos que un ñame sin eñe.

Esquivó las carruchas empujadas por caras sin nombre que amenazaban con cargarle las maletas. Se aferró a la suya, llena del olor de las despedidas: trapos recogidos a última hora para remediar el desamparo, la maqueta de un disco de salsa (algunas canciones sueltas en busca de un productor quimérico), proyectos varios de programas televisivos por si acaso, los últimos ejemplares de sus dos libros publicados (escritos entre aventuras continuas, porque ya habrá tiempo), dos novelas a medio andar y el curriculum vitae, único testigo de su pasado por los vericuetos del esfuerzo, para ver si pescaba la suerte de conseguir trabajo. ¡Vaya! Sintió un ardor que le comenzó en el estómago, le bajó por las piernas, le llegó a la punta de los pies, se le metió en los huesos como un vacío y cuando le llegó al ano, supo que tenía miedo. Apretó. Saludó con aprehensión de fugitivo a los funcionarios de uniforme con gorra a imitación militar que le daban la bienvenida y siguió la luz blanca del pasillo con la maleta en una mano, la computadora portátil en la otra y el guindalejo de alcohol y cigarrillos dentro de la bolsa plástica amarrada al cuello.

A la izquierda, otra vez, mostradores de todas las líneas aéreas existentes para que se sepa que "más allá de la mar, queda mundo todavía". A la derecha, la fila de tiendas luminosas, repletas de trajes de baño con gran apego a la brevedad de sus telas sintéticas sobre maniquíes mudos de asombro turístico. Camisas estampadas con palmeras que remedan el rumor de la playa, cachuchas sonoras de los equipos de béisbol de Grandes Ligas, sombreros para protegerse del castigo inclemente del sol sobre los campos de golf y lentes oscuros para ídem. Peluquerías de ocasión donde se puede remediar medianamente el estropicio de las viajeras coquetas, cajeros automáticos con su vientre lleno de billetes esquivos, pizzerías atestadas de pueblo, restaurantes con nombres que hablan multilenguas y facsímiles del hombre nuevo recién llegado de Cuba, haciendo equilibrio entre el barullo a ver si se ganan unos pesos haciendo lo que sea.

Muchos años atrás, los cubanos que se salvaron de los paredones de fusilamiento, se batieron a gotas de sudor para sobrevivir y, por añadidura, ayudaron a transformar estos pantanos primigenios en la ciudad de fiebre y ruido que es Miami. Después, los más, fueron llegando en oleadas como desechos de un fracaso, humillados y ofendidos por la barbarie, haciendo de marineros asombrados sobre embarcaciones tan precarias como la tripa de un caucho o la frágil balsa de tablas amarradas con mecate. Bueno, los que lograron pasar el peaje de tiburones y del astro rey convertido en infiernillo sobre sus cabezas de argonautas a juro. Es la generación de los balseros que se cansó de esperar su turno fallido en la tómbola que gira barajando nombres y se lanzaron al mar (como carnada inerme sobre todas las fauces hambrientas del Caribe), tratando de respirar un poco de oxígeno libre y de llenar con algo los estómagos hartos de vacío.

Pedro Pablo vio un letrero luminoso: *La Carreta* y se enrumbó hacia allí derecho, igual al perdido que se alegra cuando aparece.

—¿Qué desea el caballero? –le soltó el mesonero sin preludio.

—Primero una cerveza, pero eso sí, que esté como riel de Transiberiano –el mesonero se le quedó viendo con la interrogación en las cejas fruncidas y Pedro Pablo le aclaró el enigma–, bien fría hermano y por favor me traes una jarra congelada.

—¿Y para comer, qué desea? –dijo acercándole la carta que Pedro Pablo rechazó amablemente.

—No, bróder, dame algo que tengas listo, me muero de hambre, pero tráeme la cerveza primero que vengo aturdido.

—No se preocupe el caballero, aquí tenemos lo mejor –dijo con esas *eres* que se resbalan indecisas hacia las *eles*, haciendo equilibrio entre las dos sin decidirse por ninguna. Se borró en la llanura del comedor sembrado de mesas y gente sin rostro. Regresó al instante con la cerveza y una jarra blanca de tanto frío. Se volvió a borrar y volvió a regresar, a la una, a las dos y a las tres, con un plato ovalado que alumbraba de sabor.

—Para el caballero, ropa vieja con arroz, frijoles negros, maduros y recuerde que lo estamos tratando bien, vaya.

Pedro Pablo sonrió sorprendido con aquel nido de carne mechada que en los menúes bilingües es *shredded meat,* el mismo arroz blanco universal, las caraotas negras, los plátanos fritos del pabellón criollo traducido en cubano y se puso memorioso. Se bajó la jarra de cerveza en un solo viaje, separó el tenedor del bouquet de cubiertos presos en la servilleta de papel triangular y comenzó a engullir, bocado tras bocado, los cuatro sabores que lo devolvieron a los domingos de la Luisa Cáceres de Arismendi en casa de la abuela Guillermina. No dejó resto de aquel rehallazgo. No sólo por el hambre real, también por la posible, si las cosas no salían bien. Zas, recuperó la libra perdida en el trajín viajero. Pidió la cuenta y el mesonero llegó como rayo con el platillo a imitación de plata, con la suma del daño, más el quince por ciento de donde sale el salario repartido entre mesoneros de la misma casta, incluido el recuérdese que está bien servido. Total, treinta dólares que le dolieron como un gancho al hígado.

—¿Viene de paseo el caballero o se queda, de dónde es usted? –preguntó el mesonero viéndole la cara de ausencia.

—Me quedo, soy de Venezuela.

—¿Y eso es todo lo que trae? –le vio con extrañeza el precario equipaje–. Vaya, de su país se está viniendo mucha gente. ¡La malanga se ha puesto brava, señores!, pero no se preocupe, yo me vine con nada y de la balsa no me queda ni la cuerda. Yo he visto mucho venezolano que se viene hasta con cinco maletas, pero aquí la cosa es tan dura que nos empareja a todos. Y mire, le voy a dar un consejo, si me lo permite. Aquí todo se puede si se tiene paciencia. A unos se les demora más que a otros, pero a todos les llega su chance. ¿A qué se dedicaba usted?, mejor dicho, ¿a qué piensa dedicarse?, no vaya a hacer como los cubanos tubería.

—¿Quiénes son esos?

—*Cantidá.* Los que se la pasaban con el yo tuve, yo tuve, yo tuve y nunca terminaron de arrancar.

—Pero mi trabajo se puede seguir haciendo siempre.

—Vaya, que me sorprende, aquí, en confianza, ¿qué es lo que usted hace?.

—Escribo libros, letras de canciones y soy productor de televisión, entre otras cosas – le respondió con desgano, pensando en el usted, que le recordó, sin querer, que se estaba poniendo viejo.

—Entonces atento a las otras cosas porque aquí hay bastante de eso, pero como le dije, tenga paciencia y un poco de suerte que nunca sobra. ¿Le puedo hacer una pregunta?. Pedro Pablo lo miró con ojos de claro que *yes*.

—Es que cuando me pidió la cerveza, me dijo que estuviera más fría que... ¿riel de qué?.

—De Transiberiano.

—¿Y qué es eso?

—El tren donde Stalin mandaba a cualquier sospechoso a podrirse de frío en la Siberia, el desierto de hielo ruso.

—¿Sospechoso de qué?

—De sospecha, bróder.

—¡Ah!, igual que en Cuba, todo el mundo es sospechoso de querer venirse a Miami. Bueno... Suerte caballero, bienvenido a la Yuma.

—¿La Yuma?

—El todos contra todos de aquí, que también le da la bienvenida a ustedes, los balseros del aire. ¡Ah! y otra cosa, hay que cuidarse del que se parezca más a uno.

—¿Por qué?

—Porque uno de los dos está en el puesto del otro. ¡Suerte caballero!

Pedro Pablo acusó el golpe con un desánimo en las rodillas a pesar del torrente de proteínas del almuerzo tardío, levantó su patrimonio viajero de maleta, laptop y vicio y se dejó llevar a rastras por sus pies voluntariosos a lo largo del pasillo. Caminó con desgano entre las paredes de vidrio que lo encandilaron y se sentó en uno de los bancos alineados a la derecha, frente a la fila de pasajeros a punto de partir, que chequeaban sus boletos. Cerró los ojos, estiró las piernas y comenzó a ver la película de su vida montada en un carrusel sin fin, siempre partiendo y siempre regresando de cada nuevo proyecto que nunca lograba coronar. Recordó una frase escuchada cuando era joven:

ustedes son el futuro y al ver el futuro que se le precipitó en el aeropuerto, sintió que había perdido el tiempo. No era la primera vez. Parte de su problema es que tenía una infinita capacidad de asombro. Andaba siempre recargándose de entusiasmo igual a quien repone un frasco de perfume gastado o coloca pilas nuevas en el vientre de una linterna. Y, con esa luz, salía a jorungar el mundo como quien lo mira todo por primera vez, igual al inmigrante que llega a un país desconocido o al marino que propicia la aparición de un nuevo continente. Pero también había otro tipo de dificultades.

Al poco tiempo de haberse graduado en la Escuela de Letras dio un respingo sideral cuando participó en un casting y fue seleccionado como moderador de la sección cultural de un programa de televisión. Lo decidió José Fariñas (ya hemos hablado de él), el productor general, porque me gusta la manera que tiene ese muchacho de hablar de arte sin parecerse a un profesor con telarañas en los ojos. María Silvia Gutiérrez, productora a troche y moche de sí misma, escultural, renacida, macanuda (tenía un novio argentino), hermana de Eva, la animadora del programa príncipe, ambas inmejorables, apetecibles, frutecidas, dijo que es verdad, viéndolo de arriba abajo y Pedro Pablo creyó haber encontrado su destino en la TV bebiendo del par de frutas sólo lo posible. La escenógrafa encargada de los decorados también estuvo de acuerdo y lo abordó a la salida del primer programa. ¿Sabes lo que me gusta?, que pareces un actor de telenovelas diciendo cosas inteligentes y, a partir de allí, se dedicaron a cultivar la inteligencia, los fines de semana, en un apartamento que la arquitecto tenía en la playa de Macuto, entre las canchas de tenis del condominio y el Mar Caribe. Machacaban el italiano, machacaban el colchón y, entre descanso y descanso, Pedro Pablo leía *La romana,* de Alberto Moravia. Lelia se convertía en Adriana, él hacía esfuerzos para emular cada uno de los amantes de la romana y, cuando terminaban exhaustos, al amanecer, en el balcón, Lelia le confesaba todo el amor que llevaba en el saco: *ti voglio un sacco di benne.*

El programa y el amor duraron un año, hasta que la economía del país comenzó a dar traspiés y *Radio Caracas Televisión* decidió fastidiarse de la cultura, despedir buena cantidad de productores veteranos para hacer ahorros y sustituirlos por novicios de menores apetitos. Pedro Pablo comenzó una gira por otros canales con proyectos de programas similares, pero, siempre, por una u otra razón que no tenía nada que ver con la calidad de lo propuesto, se los terminaban rechazando. De tumbo en tumbo llegó hasta la televisora del Estado, donde pensó que sería mejor recibido porque era el canal de todos los venezolanos, según decía la fanfarria del slogan, cada quince minutos, al identificar la planta como la televisora cultural. Después de intentar durante tres meses obtener una cita con el nuevo presidente (a quien conocía desde el antiguo canal), a duras penas obtuvo una entrevista con su asistente. Pedro Pablo llegó puntual con un video debajo del brazo, una carpeta con el guión del programa y los requerimientos de la producción. Bien barato.

—¿Qué es lo que tú quieres? —tosió la señorona como una gárgola con dolor de estómago.

—Bueno, déjeme explicarle, yo he trabajado en televisión y... —el pico lo interrumpió.

—A mí no me interesa lo que tú eres sino lo que traes —remató devanándose los sesos.

—Lo que pasa es que el presidente me conoce y... —otra vez el pico.

—Napoleón está muy ocupado —masculló como si fuera su dueña y remató con acritud—. Deja el protocolo, suelta de una vez mijito, que mi tiempo vale oro. ¿Qué es lo que tienes entre manos?

—Es un micro programa para mostrarle al televidente el desarrollo de nuestras costumbres desde los griegos hasta hoy. El primero es sobre la fiesta brava, usted sabe, la corrida de toros, con opiniones de Picasso y Unamuno, pero comienza con la historia del Minotauro en Creta.

—Ayyy, ¡qué pavoso! eso suena a museo —se espantó el pajarraco televisivo. -¿Y cómo se llama el programita?

Pedro Pablo respondió por no dejar.

—*Veinte Siglos en Cinco Minutos.*

—¡Pero qué capacidad de síntesis!, déjamelo ahí...

Las imágenes de sus fracasos se le sucedieron en sentido inverso, con caras que aparecían de atrás hacia delante y palabras pronunciadas al revés, como un grabador que habla en chino. Vio los rostros que signaron su pasado, todos, desde los superfluos que uno supone sin importancia, hasta los definitivos que te marcan el camino que vas a seguir en la vida. Hasta que regresó a la semilla de su niñez en la Avenida Luisa Cáceres de Arismendi, donde conoció a Jesús María González como un proyecto inconcluso.

—¡Que terrible! ¿Y no te sentiste solo Pier Paolo? –le preguntó Noly condolida.

—No, porque José Antonio había quedado en ir a buscarme. La soledad es otra cosa, es tener algo con lo que no se puede contar.

—¿Y qué hiciste en ese momento?, yo no sentí nada porque me vine con mis muchachos y mi ex marido.

—Miré el reloj y sentí un entusiasmo repentino, como el que sale de un dolor de muela, me fui hasta un teléfono público y lo llamé a su celular. Ya debía haber salido de la publicidad. Cuando le oí la voz me emocioné como si fuera la primera vez: bróder, *arrival*. Estoy aquí afuera, tengo una hora frente al *counter* de *Aeropostal*, me respondió con angustia. Había salido antes de lo acordado y me hizo sentir más acompañado que nunca.

—Se ve que ustedes se quieren bastante.

—Como de la misma sangre. Bueno no, más allá, Al-Di-La.

La única diferencia entre el Éxodo y la huida es que en el primero se escapa un gentío.

—Pier Paolo, dime algo, es muy difícil aprender italiano –se le despertó una cierta poliglotopatía a Montserrat.

—Cualquier idioma es difícil, incluso, si no lo practicas después que lo aprendes, terminas hablando con jeroglíficos. Con Johnnie no pasé de *la machina va andando nel acqua*, ni del verso del Dante. Luego, en la universidad, sí aprendí a chapucearlo cuando me empaté con una italiana lindísima que tenía un pelo color miel. Ella me decía, *m'ilumino d'inmenso*, como diciéndome que yo era su luz y yo le respondía, *uno in due, due in uno*, para alumbrarnos el uno al otro. Y lo mejoré hasta la grosería con la escenógrafa. Ella sí era más directa, un poco ruda a pesar de ser arquitecto, sin ofensas personales Linda. Leíamos y hacíamos el amor, que es la mejor manera de aprender un idioma, ella me decía, *questa è la tua Via Appia Antica, è tua, prendila-*.

—¿Que se la prendieras? –inocentó Tatiana y Noly bajó la cabeza.

—No, que se la tomara, que me metiera en la carretera más larga del Imperio Romano.

—¿Y tú que le dijiste?

—Que la machina va andando nell'acqua.

—Francamente, ¿nunca vas a sentar cabeza? –le espetó Montse muerta de la risa.

—Así me dice mi mamá cada vez que cumplo años.

—¿Y tú qué le respondes?

—Nada, con las mamás no se discute y la mía es una andina muy atravesada, la vieja Carmen, a quien Dios le puso el ojo de padre. Con quien sí discutí fue con Johnny cuando le reclamé que se había desaparecido el día del juego en que se formó la trifulca. Que no fuera cobarde y me respondió que a él lo que le interesaba era el béisbol y no el boxeo. Que no le gustaban ni siquiera las películas de gladiadores romanos –remató Pedro Pablo tomándose el resto de llanto escocés que le quedaba en el vaso.

—¿Y, por fin, aprendió a jugar béisbol?

—Que va, che, yo no creo, eso es muy difícil, yo fui a ver un juego con Alexis y eso es muy lento, los chicos bostezan y se quedan dormidos en el terreno. El fútbol es mejor, no hay nada como un jugador del *River*, despierto todo el tiempo, derrochando adrenalina, corriendo de arriba abajo, persiguiendo al balón en la cancha, nunca descansa. En el béisbol, el *pitcher* (pujó el anglosajón con labios y actitud) y el *catcher* (volvió a poner la boca igual), hablan como los mudos, haciendo señas con los dedos y la cabeza, ¿viste? –dribló el balón Teresa sobre la grama de los Marlins de Florida.

—Sí, lo de Johnny era el fútbol y los cien metros planos a juzgar por la carrera que pegó. Pero cuando le dije que era un cobarde, casi se le borran las pecas de la cara de lo rojo que se puso. Y, para demostrarme lo contrario, me propuso que tramáramos una venganza. Resulta que uno de los italianos que vivía en El Boloñés se quedaba viendo a su hermana Carla con ojos raros y a él no le gustaba la cosa.

Johnny se molestaba y comenzaba a despotricar, a pesar de haber nacido aquí, digo, allá. *Mannaggia la madonna, queste figlio di putana,* que el tipo se las iba va a pagar. Johnny le puso Mussolini y me preguntó: ¿Tú me ayudas?, y yo le dije que claro, ¿no somos compinches? Mussolini llegaba después de trabajar y comenzaba a chutar los cartones de leche que sobraban del juego de béisbol del sábado pasado, gritaba golllll y se iba trotando hacia El Boloñés, mirando a Carla que llegaba en el autobús del campamento vacacional.

—Pero qué tipo ¿no? –rabió Montserrat.

—Johnny aprovechaba para sacar los cartones de leche de la basura del restaurante, los recolectaba en una bolsa y los metía detrás de la baranda de la casa del Conde Cattáneo, bien escondida entre los helechos que crecían como monte.

—¿Quién era el Conde Cattáneo? –preguntó Valentina pensando en la posibilidad de una telenovela de mafiosos italianos para competir con Francis Ford Coppola, se levantó y se fue hacia la cocina. Sigue hablando que yo escucho, voy a calentar el sancocho *fatto in casa*.

El Conde Cattáneo era un aristócrata italiano que no hablaba con nadie. Salía todos los días con su flux de lino blanco impecable, la corbata negra derechita, yuntas de oro, un sombrero Panamá con cinta negra y su bastón de mango dorado, sólo para acentuarse el abolengo, porque el viejo caminaba recto, elegantísimo, con ese aire misterioso que tienen las personas con pasado notable. Alguna gente decía que era fascista, otros que mafioso, que cuando el general Patton liberó Sicilia, salió a esconderse cerca del puerto de Messina a la espera de una oportunidad para escaparse. Pero no era verdad. A todo el que se destaque, siempre le clavan una leyenda negra para igualarlo con la medianía. La envidia, la ignorancia y la maledicencia, le nublan la vida a cualquiera.

—Y lo peor es que uno puede terminar creyéndose lo que dice la gente.

—Eso es verdad, Víctor Hugo, que no es precisamente el segunda base de los Roba Pollos de Homestead, escribió en *Los miserables* (deberían leerla), esta menuda pendejada, déjame ver –intentó memorizar Vinicio jorungando los libros de su papá en los anaqueles de la memoria–. Ok, oigan bien: "Lo que de los hombres se dice, verdadero o falso…".

—"…ocupa tanto lugar en su destino y sobre todo en su vida, como lo que hacen" –le hizo la segunda voz Alexis–. *Give me five, brother* –y chocaron las cinco como el manager que recibe al corredor en *home* para celebrar la carrera.

—Ahí es donde el honor se te vuelve papilla con cualquiera que diga de ti lo que le da la gana –se quejó Pedro Pablo.

—En otros tiempos el honor se defendía con un duelo a muerte al descampado y todo quedaba pago con un cadáver en el suelo y una pistola echando humo –se quejó José Antonio sorbiendo un trago.

—Eso fue lo que me dijo un empresario de esos que maman de todos los gobiernos de allá.

—¿Y tú que le dijiste? –se molestó Vinicio.

—Que el honor es también negociable, como hace el tipo vendiéndole cualquier cosa a la gente del gobierno, está más rico que nunca. ¡Ah! y me acordé de Cheo Oropeza, el esposo de mi prima Daniela, que trabajaba en Ginebra en, mira, qué casualidad, la Oficina Internacional para las Migraciones. Había un congreso sobre Haití, Burundi, Zimbawe, uno de esos países que nacieron en mora y, cuando llegó la delegación venezolana, un viejo compañero de estudios se lo encontró en una de las mesas de trabajo. El tipo se le quedó viendo y le dijo con todo el resentimiento: o sea que las ratas abandonan al barco y Cheo le respondió, sí, las que saben nadar.

—Y eso que Cheo es un tipo más bien discreto, su papá era un viejo cojonudo de Caripe del Guácharo, de donde es mi familia –se encompinchó Alexis–. Pero lo más lamentable de todo es que a medida que pasa el tiempo la basura le está llegando a todos, sí, lamentablemente. Los que vienen de allá dice que el país es un pudridero y lo peor es que la gente se va acostumbrando poco a poco.…

Una mosca, salida de no se sabe dónde, atravesó la sala burlándose del aire acondicionado con un trazo continuo que hipnotizó la sala. La línea se fue quebrando en revoloteos de grima que todos siguieron con la boca abierta y la mirada estúpida de quien persigue a una mosca. El moco volador se posó en una pared y la comisión sanitaria cogió puntería sobre el punto negro con los cojines del sofá. El punto se volvió chorrito de todos colores aplastado contra la pared. Los cojines cayeron al pie del cadáver con su misión cumplida y Valentina no dijo nada por delicadeza, pero se le quedó viendo a Toby con mirada asesina (control, goldito). Alexis se hizo el loco acomodándose en la poltrona después del *strike* mosquero y continuó.

—Lo que debemos hacer es no rendirnos.

—Eso decía el Conde Cattáneo, que no hay que rendirse, según contó Néstor Cabrera una tarde en el *Piccolo caffè* de Sábana Grande.

—Pero ustedes sí conocen gente –sorprendió Montse.

—Menos mal, porque una de las cosas que hacen tolerable el exilio, es que uno está lleno de nombres y de cuentos.

—¿Y quién es Néstor Cabrera?

—Un pana nuestro, de Guayana. Había sido comunista cuando muchacho, pero cuando viajó a Polonia a estudiar cine regresó alarmado de aquel ladrillo.

—¿Y qué hacían ustedes con un comunista? –se alarmó Tatiana.

—Discutir y derrotarlo –ripostó Pedro Pablo.

—Pero los comunistas no discuten, ¡matan! –se quejó Montserrat.

—Los que tienen alma patibularia. Pero hay los mansos, gente que cambia cuando ve el desmadre de cerca, como Néstor. Además el país era otra cosa, no se cultivaba el odio como ahora. Él y su hermano Aníbal, también pana nuestro, son incapaces de matar una mosca como acaban de hacer ustedes con ese pobre animalito que quedó vuelto nada en la pared. Toby, encárgate –remató Pedro Pablo vacilándolo.

—Sí, ya Valentina me lo sugirió.

—Mira Toby, vas a tener que abrir otro frasco porque el anterior naufragó –dijo José Antonio saliéndose del polígono de tiro.

Sabana Grande era una terra incógnita (de verdad), donde pululaban varias tribus entre mesas cubiertas por toldos al aire libre como chozas sin tiempo. En el *Piccolo Caffè* se reunían los universitarios, "la crema de la intelectualidad". Eran dos clanes, el de la central, de etnia Caribe, dedicado a la caza y la pesca de unas muchachas bien bonitas del clan de la católica, llevadas por Elías Antoni, último ejemplar de los corsos que se aposentaron en el oriente del país y se cogieron Carúpano para ellos. Elías nació en La Petaca, rústica de nombre, pero asiento privilegiado de los ricos del pueblo. Desde allí aprendió a desenvolverse con soltura entre aborígenes aristócratas de otras regiones, como Álvaro Martínez Arcaya, de los godos de Coro, de vida deslumbrante y breve. Oswaldo Trejo, de los padres fundadores, más hijodalgo que aristócrata, pero con el porte señorial de la Ciudad de Mérida de los Caballeros. Julio Sosa, mantuano, heredero, corso también por leche materna y hasta sobrino de un ex presidente de la república falto de burdel, defecto que Julio logró reparar con creces.

El turco Saim y el Morsa, pobres sin solemnidad ni trapisondas, igualados con Julio por la amistad y los estudios de arquitectura, se incorporaron sin traspiés a las tertulias. Lo malo es que los tres fumaban unos tabacos inmensos para echárselas de interesantes, con una sola ventaja, espantaban los mosquitos al terminar la estación lluviosa. Y, la delegación del exterior, con su plenipotenciario, Maurico Silverstein, cineasta descendiente de los propios aztecas, pero dislocado por los tropiezos etnográficos que causó en México el Emperador Maximiliano y por la bonitura de Silvia Gandolfi, una rubia que se parecía a Jane Fonda, pero de sonrisa criolla, con la melena de un amarillo unánime. Entre él y Thaelman Urgelles nos entretenían hablando de películas y explicándonos las disputas gremiales del Hollywood venezolano, que tenían más que ver con la búsqueda de subsidios estatales que con asuntos estéticos del cine. Sin menospreciar (por cumplir, sólo por cumplir), a un reportero audiovisual, protestero y ruidoso, que se hizo millonario en nombre del socialismo y filmando películas de indios del Amazonas. Era divertido con su amargura que terminaba convertida en farsa a pesar de sí mismo, pero odiaba al mundo, sobre todo a Elías, después que le quitó una noviecita de voz de libélula. ¡Ah! y también a Álvaro Martínez Arcaya, quien le dijo en una de esas discusiones en las que hablaba pestes de Colón: tú, en vez de llamarte Azpúrua, deberías rodarte el acento para que suenes a Yanomami. Ponte Azpurúa, serías más auténtico.

Alexis, Pedro Pablo, José Antonio y Abel, eran los propios Arahuacos, caribes, navegadores de remo y pulmón, emparejados con aquella marinería de altura por efectos de la democracia anterior y por el ojo de las muchachas de la católica, que los aceptaba sin miramiento alguno. ¡Cuánta gracia, majo!. Abel aparecía poco porque le gustaban más las barras de la República del Este, hasta que un día desapareció del todo cuando un gitano lo amenazó con borrarlo del planeta. El jefe de la ancestral tribu de Bohemia, que se alojaba toda, no se sabe cómo, en el hotel Royal de la calle Pascual Navarro (de la misma vecindad), le interceptó unos versos escritos en servilletas. No eran para la hija sino para la esposa y el cornudo potencial juró verle el hueso desde ese día. Abel, en venganza, tiró en el río Guaire el *Romancero gitano* de García Lorca, como si fuera una estrella flotante sobre el Guadalquivir. Después compró otro ejemplar con el que vivió domesticando comprensiones en Tampa, todo lo mismo, menos el río Hillsborough, con nombre de indio distinto.

Fue la época en que apareció Néstor Cabrera hablando apurado como si quisiera borrarse algunas palabras de la boca. Regresó de Polonia echando pestes del comunismo, incluso llegamos a creer que exageraba.

—Él y toda su familia adoraban al Conde Cattáneo, hasta un tío suyo le escribió un libro. Resulta que el viejo se vino huyendo de Italia porque mató en un duelo a un primo del Rey Vittorio Emanuelle. Era oficial de carrera y jefe de caballería, capitán de cosacos en Liberia, ingeniero y egresado de la escuela de filosofía y literatura en la Universidad de Pavía. Terminó viviendo en Guayana y hasta Rómulo Gallegos lo metió en su novela *Canaima*, con el nombre del Conde Giaffaro –finiquitó Pier Paolo.

—¿Y por qué no le dejó su nombre? —farfulló Vinicio—. Cattáneo suena mejor que Giaffaro? Tiene más carácter.

(Por eso el libro de Sábato, "El escritor y sus fantasmas". Los escritores viven en un juego de simulaciones, cambiándole nombres a personas y ciudades, cuando las cosas y la gente son a la vez volátiles y contundentes como la espuma y la piedra. ¿Quién sabe si tienen razón?, se respondió Pedro Pablo en soliloquio onanista, cosa que nadie notó).

—Sea como sea, ustedes tenían una leyenda viva en la Luisa Cáceres y ni siquiera se dieron por enterados —insistió Vinicio.

—Sí, el Conde Cattáneo compró una casa al lado de El Boloñés, donde Johnny escondía los cartones de leche.

—¡Que falta de respeto! —se volvió a quejar Montse con esa habilidad suya para ordenar deberes.

—Es que no sabíamos, éramos muy muchachos, ¿tú te imaginas que Johnny se hubiera enterado de que el Conde le dio un tiro a un primo del rey de Italia?.

—Se hace en los pantalones —burla burlando de Vinicio.

—Johnny llegaba todo inocente con sus cartones de leche, los escondía y el viejo ni se enteraba. Cuando recolectó suficientes, me preguntó que si yo era amigo de los Rengifo.

—Entonces dile a Manolo que te regale el plomo viejo de la imprenta.

Además de estadium de fútbol y béisbol callejero, ring de boxeo, reserva forestal, lar de muchachas lindas, domicilio de señoras ligeras y hervidero de chismes, la Luisa Cáceres era, por sobre todas las cosas, una fábrica de palabras a crédito y al contado. De Anuncios Chacín salían pancartas que anunciaban útiles escolares durante el regreso a clases, letreros con nombres de restaurantes, zapaterías, mueblerías, panaderías, negocios de toda índole, situados casi todos en la Nueva Granada, la avenida más pujante de Los Rosales, el casi pueblo que se dio de bruces con el futuro y quedó convertido en ruinas transmutables. Los camiones entraban con su resignación laboral al taller instalado en el fondo de la casa de la familia Chacín, un espacio inmenso arreglado con disciplina, limpieza y buen gusto. Y salían a los dos días con sus rótulos de *Floristería no me olvides,* el nombre pintado en arabescos color pastel y su bouquet de flores polícromas. *Mueblería el descanso,* en tipos altos y bajos, en diversos tonos del ocre, generalmente rodeando un sofá mullido. *Zapatería Abruzzo,* con su lema *Scarpi fatti a mano* y el primer cartel luminoso del *Restaurante El Boloñés,* en español, con sus orlas de neón, en torno a un gordo con mostachos de manubrio frente a un plato de espaguetis bien sabrosos.

Cheché, el mayor de los hermanos, se daba el lujo de cobrar a treinta y sesenta días, porque el número de clientes se lo permitía y lo ayudaba a ponerse a tono con la modernidad comprando equipos y materiales nuevos. Un día llegó una caja de madera con letras impresas en rojo pulverizado, Vía marítima. Cheché la abrió con ayuda de su asistente Arquímedes y una pata de cabra de acero. El aparato quedó desnudo con la bombona del compresor, los relojes para regular la presión, las válvulas de hierro cromado, la pistola atomizadora, dos mangueras en verde y rojo. Cheché se puso el casco y la máscara que venía con la nueva adquisición y cuando Clarita y Marina, las dos hermanas más pequeñas, lo vieron, salieron corriendo asustadas porque el marciano se bajó de su platillo volador dispuesto a volverlas masacote.

Mientras tanto, Rosa Virginia y María Teresa, con sus aires de princesas distantes y sus voces de muselina, comenzaban a coquetear con la fama grabando discos de Chelique Sarabia, un hijo de nadie que le apostó su alma al arpa criolla, presentándose en programas de televisión para que toda la gente de la cuadra se sintiera más importante. En el mejor lugar de la lujuria, la casa de Rosalba (qué señora) y, en el hueco de la inercia, la familia Rengifo, con su imprenta que cobraba al contado y no se quejaba del drama que llevaba a cuestas. Un sábado dejaron ir a Carlos Gustavo, el penúltimo de los excesos de Carlucho, con unos vecinos, a consumir el fin de semana en la Casa Monagas de las Acacias y regresó convertido en cadáver somnoliento, con la boca que se le puso morada cuando trataba de aprender a respirar como los peces en la piscina del club.

La imprenta de los Rengifo era tan pobre que no tenía ni nombre. Todas las casas de la cuadra estaban apuradas por alcanzar al tiempo, pero la de los Rengifo era más ostentosa en eso de las grietas. En el garaje sin techo se deshacía un Chevrolet convertible sobre una alfombra de tierra que tapizaba los zapatos, cada vez que los hijos de Vulcano entraban en tropel a escarbar entre los tobos en busca del plomo viejo. Fabricaban unos moldes de yeso o de madera, labrándolos con destornilladores del escaparate de Manuel, que hacía de dueño y muchacho de mandados, y vaciaban cruces, hebillas, escudos de ejércitos imaginarios, llaves sin objetivo alguno, como no fuera el de poner a brillar de nuevo al plomo de los tipos que se habían quedado sin voz. Hasta que un día el viejo Manuel encontró a Chispa moldeando una cruz gamada y comenzó a perseguirlo por el corral agitando la correa en el aire, sin atinarle un solo cuerazo. Párate, Carlos Gerardo y el celaje se escurría entre los brincos de un chivo y el aleteo de gallinas.

El intermedio era un remedo de sala oscura, con un proyector *Bell & Howell,* ocho milímetros, de hierro con lepra, sobre el mesón convertido en dieta obligada de la polilla, colocado sobre la continuación de la alfombra de entrada con su Chevrolet tartamudo. A un lado, haciendo equilibrio sobre sí mismo, un armario de la misma estirpe del mesón, soportaba a duras penas el peso de latas de película, donde descansaban las estrellas mudas del *Comedy capers,* de Super Ratón y de Laurel & Hardy. Manolo el alquimista, Carlos Manuel, el cuarto de los Rengifo, hacía de mago cuando lograba desempolvar una en regular estado. Las más, eran una secuela de quemaduras causadas por las constantes interrupciones del motor que daba sus últimos alientos, la cinta se atascaba con su sonido de chiripa muriente y la película quedaba detenida frente al bombillo, reflejando en la pantalla de bloque crudo las imágenes del hongo atómico. Si se suspendía la función, los inocentes se convertían en protagonistas, sacando sus propias palomas mensajeras frente al haz de luz del proyector, para hacer competencias a ver quien llegaba el chorro más lejos.

La especialidad de la imprenta era las cintas para las coronas de los muertos, pero hacía otras estridencias como tarjetas de presentación e invitaciones a bodas y bautizos, lo que ayudaba a completar los tres platos diarios sobre la mesa de los Rengifo, después de que Carlucho, el padre de todos los Carlos que sumaban siete menos uno, arrancó tras otros objetivos femeniles uniformados de enfermeras del Seguro Social y Manuel, su cuñado, se amarró las tripas al corazón poniendo cara de sordomudo para que nada faltara. Hasta que los Carlos herederos tuvieron conciencia de su carencia personal y se pusieron a trabajar en lo que fuera, mientras llegaba el sábado para salir disparados por la cuadra para tratar de afirmarle su razón de ser a las peloticas de goma de nuestro béisbol callejero.

Entre toda la escasez de todo, había una prensa manual en medio del salón oscurecido por las paredes de madera que la separaban del corral. Del otro lado, el chivo, seis gallinas y tres conejos, suman el olor de sus secreciones a la pared siempre húmeda. Manuel dice que esta vaina huele a miao, mientras baja la palanca de la máquina que parece una guadaña, pero sin filo. El rodillo asciende por sus rieles y se moja de tinta en un círculo de metal que gira al ritmo del entusiasmo de Manuel. Lento. Bajan y el cliché queda impregnado, Manuel se vuelve crupier con la mano izquierda y coloca los cartoncitos lerdos como si fueran barajas para convocar la fortuna. El cartón se llena de alma con el nombre del destinatario y la imprenta habla con el mundo que giraba entre la Avenida Luisa Cáceres y el Cementerio. Al fondo, la guillotina, que hacía temblar a Pedro Pablo pensando en una amenaza de su papá.

Al lado de la guillotina, el gran armario donde los tipos móviles esperan que el Gutenberg de Los Rosales los saque de su rigidez de plomo para comenzar a nombrar la vida. A sus pies un tobo lleno de letras cansadas y Pedro Pablo le dice a Manolo que se las regale, sin que nadie sospeche el destino de aquellos garabatos inversos que se saben todo. Johnny vio la caja como italiano que mira balón y llenó tres de los cartones de leche con el secreto. Pusieron uno en la entrada de la cuadra, otro cerca de la mata de acacias de la tercera base y la última en el medio de la acera, paralela al *home*, junto a la casa del Conde Cattáneo, y se sentaron en la acera de enfrente a esperar al sádico.

El tipo entró en la cuadra como el medio campo que se adelanta driblando sobre la acera hasta la zona de peligro, pero no se fija en el primer balón plomizo, tiene la mirada puesta en el arco de Carla. Gambetea, trotecito corto sobre la cancha imaginaria y desdeña el segundo cartón debajo del pino del left-field, concentrado en lo mismo. Carla, Carla, Carla y su vulvita impúber. El tipo oye el clamor popular en las gradas. *¡Forza azzuro!* Johnny se pone nervioso. No lo veas, disimula. Mussolini aprieta el trote, avanza por el lateral derecho, se cuela entre una mata de acacias que hace las veces de defensa, le pasa el balón al delantero, un mogote de cayenas que espera el pase. El delantero hace un giro a la derecha zigzagueando entre los pinos, quiebra la cintura para zafarse al otro defensa, centra, Mussolini ve el balón que parece de oro cuando roza la línea de cal del área, y patea durísimo para no perder aquella oportunidad de plomo. ¡Ayyy!.

—Coño, eso no se hace —se quejó Vinicio sobándose el pie muerto, muerto de la risa— ayúdame aquí Montse, creo que tengo fracturado el recuerdo del pie de Mussolini —y Montserrat lo vio pensando en unos masajes que aprendió de un viejo sobador en Barquisimeto, pero le clavó los ojos de la comisión de censura del Concejo de Comisionados de Ciudad Doral, Florida 33166.

—Francamente, más bien pareciera que los sádicos eran ustedes —recriminó Linda.

—No te creas, el tipo era malo. Al principio no le creí a Johnny, me parecía exagerado, pero después vi cómo al bicho se le ponían los ojos puyúos cuando Carla se bajaba del autobús. Después nos dio lástima y, para hacernos los locos, seguimos con las clases de italiano.

—Está bien, no te arrepientas, a esos sinvergüenzas hay que tratarlos así y peor –aprobó Montserrat con el diente por diente en la boca–. Pero el tal Johnny era maluco también.

—No, eso era un pan de Dios.

—Entonces fuiste vos el que le dio la idea, porque vos sos el demonio.

—Así me llamaba Rosalba. ¡Demonio!

—¡Mijo!, pero esa mujer se te quedó entre ceja y ceja. Y todas las mujeres se fueron a acompañar a Valentina, quien decidió recalentar el sancocho porque ya es hora. Y esto va a quedar que ni te cuento para cuando llegue Moira.

El que busca encuentra, dicen los optimistas.
Los pesimistas viven dándose de narices con el mundo.

Rosalba se le quedó a Pedro Pablo entre ceja y ceja desde el día del flaicito de aquel sábado ceniciento. Le nació una obsesión telescópica en las sienes y juró que algún día iban a ser suyas las prominencias culpables. Si algo pasa es el tiempo, menos las ganas de Pedro Pablo, que regresó a la cuadra veinte años después de haberse dado unas vuelticas por otros mundos, con el deseo intacto. Los restos de las acacias taladas asomaban sobre las aceras con su abandono de troncos. Una que otra ramita verde, tímida, obstinada, tachonaba la costra muerta ("A un olmo seco"). Las ventanas de las casas cubiertas de rejas, como princesas medievales olvidadas por sus caballeros andantes. Vecinos nuevos en cuadra vieja. Tejas mohosas. La calle enlutecida de abuelos. Pinos convertidos en esqueletos de fantasma con sus hojas de alambre oxidado. Un sábado, Pedro Pablo estacionó su Volkswagen Brasilia bajo el recuerdo de las acacias, dio un paseíllo por las aceras, se detuvo frente a la casa de Rosalba y allí estaba ella con sus redondeces indemnes y la franela complaciente tras la ventana. Vio una pelota chorreando por el pino y cruzó la calle envalentonado de sombras.

—Rosalba, estás tan linda como siempre –parado en la acera, queriendo saltar la baranda que lo separaba del pasado de una vez por todas.

—Demonio, ¿dónde te habías metido? –y salió corriendo hacia el porche como quien espera una paloma mensajera–. ¡Mira como estás! –abrió la jaula– pasa adelante. Pedro Pablo la besó en la comisura derecha de sus labios oferentes como quien sí quiere la cosa. Rosalba trastabilló desviando boca y mirada, girando sobre su eje de delación.

—Ven, siéntate –hizo lo propio en la silla de mimbre contigua y comenzó a sudar–. Hay que ver las vueltas que da el mundo, ¿qué te habías hecho?, cómo pasa el tiempo, los muchachos crecen como si nada y de pronto desaparecen. ¿Estudiaste?, ¿qué estás haciendo?

Hablaba soplándole el aire a las palabras, ligeras, torpes, imprecisas, anudadas a una rueda de frases llenas de vacío, para ocultar el corazón que casi le llegaba a la garganta. Él la miraba con paciencia y maña, esperándola en la bajadita de aquella montaña rusa de vaguedades y respondía con absoluta economía verbal del sí y el no, intercalados, a la espera del momento oportuno para cumplir su propósito. Mientras, la recorría de arriba abajo con los ojos. Otra vez de abajo arriba, desde la punta del pie hasta los cabellos amarillos a juro. Ella se escapaba hacia su rueda de palabras, tratando de marearlo en las vueltas incesantes, pero quedaba aturdida cada vez que llegaba a las alturas y se extasiaba cuando la vuelta terminaba al pie de Pedro Pablo, sentado con su cara de demonio inconcluso. Rosalba no contaba con que el deseo habita en el inconsciente y se le salió por la boca, sirviéndole en bandeja la oportunidad.

—Menos mal que te acordaste de tus viejos.

—No lo dirás por ti.

—Claro que sí, han pasado tantos años.

—Pero estás como si nada. Yo diría que tienes una madurez renovada.

—Ay, pero tú sí que hablas bonito, que labia, nunca me dijeron un piropo así.

—No, Rosalba, no es un piropo, es una descripción exacta. Te digo más. Estás mejor de lo que pensé. Me enteré de que te habías divorciado, que te quedaste a vivir aquí y la tentación me empujó a venir. Me alegra verte como estás, entera, nunca dejé de pensar en ti y los años no pasaron por mi cabeza.

—Vas a hacer que me sonroje –dijo en plan de Lolita, con un chispazo en la columna vertebral, secándose las manos sudorosas sobre el resto de blue jean raído, pero con el gusto secreto que le dio escuchar su nombre en la boca de aquel pichón de ojos anhelantes–. Y tú, estás muy buen mozo –dijo con labios, dientes y pestañas, pero se sintió traicionada por labios, dientes y pestañas.

Pedro Pablo se infló–. Lo que si te quedaste fue bajito como tú papá. Demonio se desinfló, pero los pulmones se le volvieron a llenar rápidamente con sus reflejos de pícaro automático.

—Tú sabes que las cosas son grandes o pequeñas de acuerdo a la ocasión que se presente.

—Pero qué dices, muchacho –nerviosa, cruzando y descruzando las piernas en un movimiento de abanico que la devolvió a los tiempos de pelotica de goma en la calle, cuando los muchachos le hacíamos swing a la vida con las manos. Suspiró–. Eso sí, estás igual de tremendo.

—¿Te acuerdas? – y le clavó la puya de sus ojos en el centro del pecho, hasta bajar al centro del centro. Rosalba dio un respingo en su silla, tropezándolo con el pie desnudo sobre el pantalón de casimir beige.

—Ay, perdón –se disculpó Rosalba, sobándole la pierna.

—No, tranquila –le agradeció el gesto, tocándole la rodilla con las manos llenas de fiebre–. Lo que quise decir es que uno crece desde todo punto de vista, yo también he madurado. Además, a medida que iba creciendo, me acordaba más de ti –lisonjeó apretando la galanura aprendida en otros mundos y la mano subiendo por la pierna erizada. Rosalba sintió un calorcito que le bajó por el centro de la tierra y se levantó de un salto.

—¿Te provoca un café? –preguntó con el apetito a flor de labios.

A Pedro Pablo le dieron ganas de decirle lo que en verdad le provocaba, pero no dio tiempo. Rosalba giró postergando el futuro inmediato y se deslizó estatua sobre el granito de la sala. Se paró frente al pick-up con sus nalgas de Carrara, puso un long-play y las cornetas comenzaron a decir que "ay, yo sin ti, no puedo vivir", cantada a dúo por Rosa Virginia y María Teresa Chacín, las divas parroquianas que pusieron a Los Rosales a respirar aires de mundo. La brisa mundial soplaba suavemente sobre la cuadra, hasta el día en que Nat King Cole se apareció con su huracán melódico bien afinado de dicción perfecta en el garaje del par de estrellas (con un sombrero de detective neoyorquino), cantando "con mi carreta cortando caña, porque mi negra me está esperando", del mismísimo profesor Sarabia. Cada sábado era un desfile de los mismos artistas que salían semanalmente en televisión y la Luisa Cáceres se volvía una fiesta de ansiedad sonora que se quedó soplando en el aire. La eternidad de las canciones transcurrió lentamente y el corazón de Pedro Pablo se puso tenue, palpitando con la sangre que corría por las venas de aquellas celebridades, que se le quedaron imborrables desde el momento en que ni siquiera sabía para qué sirven los mocos.

La calle solitaria. El sol despidiéndose más temprano entre los pinos que mecen el cielo de diciembre. Dos gatos descifran la condición humana sobre los techos. Tejas tiesas de soledad. Murmullos sobre la calle oxidada. Rumor de pasos de Toribio con su sonrisa fantasmal pidiendo taima de *umpire*. Jesús María González está parado como una sombra en el mismo lugar donde Pedro Pablo lo vio por última vez, *¿cómo te portas, güircho?, ¿cuántos años tienes ya?, parece mentira, cómo has crecido, ¡chacho!...*

Hasta que el café se esparció por la sala con su olor de listo. En la puerta, el hembrón bipolar (cuando digo hembrón es hembrón), con unos pantalones negros, largos, ajustados sobre su triángulo isósceles de gata madura que se para sobre sus pies desnudos. Una camisa beige de kaki abrochada en un solo botón, amarrada en la cintura, con un nudo que dejaba ver el ombligo absoluto, despótico, absorbente, en aquella geometría de lujuria. Es que está haciendo mucho frío. La bandeja de bambú a la altura del pecho, cortándole en dos la línea curva donde nacía y moría el placer de los muchachos, cuando echábamos humo como tazas de café.

Rosalba pone la bandeja en la mesita de centro. Las tazas simétricas sobre sus platillos en torno a la azucarera. Ambos menean las cucharillas chispeantes con su "tintineo oval y dorado". Se entrecruzan al meterse en el hueco dulce de la azucarera. Los dedos tropiezan. Se separan. Pedro Pablo cede el paso. Rosalba derrama los granos dulces en la tacita y la cucharilla escarba en el fondo negro del sábado que muere. Las manos arregladas con esmero. Uñas de rojo intenso y luneta blanca (de Secretaria III del Ministerio de Hacienda), coronando los dedos que levantan la taza para llevarla hasta la boca.

Rosalba lo mira tras la cortina de humo y sopla, cruza las piernas con otra cosquilla allí, mientras Pedro Pablo se sabe de memoria todo lo que puede hacer con aquellas manos. Rosalba lo vuelve a mirar tras la taza manchada de rojo por la boca madura, los labios al borde de la porcelana, al borde del deseo, al borde del borde. Los tobillos comenzaron a rozarse con vida propia. Sonrisa. Rosalba sonríe con pudor tardío. Baja la cabeza como si fuera a confesarse un pecado en soliloquio. Levanta la cabeza irredenta. Los labios se le abren con respiros cortos, soplándole los pulmones que se le quieren salir por la camisa entreabierta. Pedro Pablo, magnetizado, se quedó mirando los pulmones. Le agarró la mano de uñas punzantes. O complacientes según se vea. Se las miró sin vista. Le estiró la mano, unió el dedo pulgar con el índice, en líneas paralelas, y nació una vulvita pulposa, igualita a la comisura del beso de bienvenida. ¡Esto es lo que yo quiero!

La puso sobre la palma de la suya. Se la sobó con su dedo índice, primero por los bordes y después en los pliegues diminutos. Continuó dándole leves toques con su boca, chupando la piel de la fruta calva. Sacó la lengua puntiaguda y siguió la línea recta. Rosalba apretó las piernas cruzadas. ¿Dónde aprendiste esto? Él pensó en algunas líneas verticales de otros mundos. Y su yo íntimo también se le puso vertical, queriendo romper la tela del pantalón para vivir con orgullo propio. Rosalba le vio el promontorio. Esto no puede ser, dejando caer la taza de café, que se rompió como un virgo de porcelana. Pedro Pablo le dijo que sí puede ser y la dejó muda con la lengua en su boca. Las lenguas se volvieron un lazo que anudó el tiempo perdido. El lazo se convirtió en nudo corredizo sobre el cuello de la acusada, que aceptó toda la culpa temblando en el banquillo. Levantó la pantorrilla tembladora y le montó su pie sobre el yo naciente para mitigarle el frío decembrino, mientras Pedro Pablo bajaba por el cuello buscando la revancha sobre los dos volcanes despiertos. Ella se dejó hacer y presionó con los dedos del pie el yo enhiesto. Le agarró las manos con las dos suyas y le dijo: júrame que esto no lo va a saber nadie. Pero no le dio tiempo de responder, le entrecruzó las dos manos detrás de la nuca y le metió la lengua hasta las muescas. Vente que no aguanto.

Le soltó el cuello, lo agarró por una mano como si llevara preso a "Antoñito el Camborio". Cerró la puerta, lo pegó contra la madera, se separó y soltó el nudo de su camisa para que las tetas quedaran libres de pecado. Pedro Pablo las absolvió con una mamada de dioses. Le comenzó a pasar su lengua por cada poro de aquellas puntas gloriosas. Vuelta y vuelta sobre las corolas rosadas, ahogándolas con su boca, mientras le bajaba el cierre del pantalón negro. La tela mojada chirrió sin pantaletas. Le mordió las puntas gloriosas y le metió el dedo en la cuca verdadera. Se lo sacó y se lo pasó por los labios para que supiera lo que venía. Rosalba supo lo que venía y se terminó de bajar los pantalones con sus manos a lado y lado de las caderas en un vaivén urgente.

Pedro Pablo se arrodilló sin pedir disculpas. Rosalba abrió las puertas de su paraíso sediento e inundado a la vez. Demonio movió las alas como un ángel caído que quiere regresar al cielo. Sacó su lengua y comenzó a beber de la fuente del Edén. El río bajó derramándose en una corriente atropellada. Una, dos, tres veces, hasta el diluvio universal. Se levantó desabrochándose las alas de su camisa de lana. Soltó el cinturón de los pantalones que lo ataban a la tierra, se sacó medias y zapatos pisadores en el mismo vuelo, con el yo tieso a punto de reventar.

Rosalba también se arrodilló para pedir perdón y comenzó a nombrar una a una las infinitas culpas con la boca llena. Se tragó la dura carne del pecado, que vibraba sin arrepentimiento en su garganta profunda, hambrienta, infinita. Siguió pecando para demorar aquel apocalipsis delicioso, infierno y paraíso en un solo bocado, quemándose en el propio fuego de la bestia que bufaba. Se sacó la bestia. Lo vio como a otro culpable. Este güevo es mío. Se tiró de espaldas en el suelo y se lo clavó en una agonía sin fin, una y otra vez, gimiendo, abandonada como una yegua en penitencia. Hasta darse vuelta para la absolución final en el ojo del infierno. Papi, me duele rico, dijo la doliente y se dejó perdonar hasta que los cuerpos quedaron exhaustos. Pedro Pablo, montado sobre la espalda de Rosalba, se quedó dormido, mientras un gallo cantaba y el otro se quedaba muerto.

—Akarakatisky –guaracheó Toby–. ¿Y cómo esa señora te dijo que no se lo contaras a nadie? ¡Qué mezquindad!

—Eso mismo le pasó a Thaelman Urgelles , que se levantó a una señora de alta cuna, y cuando iban a pasar del dicho al hecho, ella le dijo que eso no lo podía saber nadie. ¡Ah! no, si no lo puedo contar, entonces no, y la dejó desnuda en la cama.

—¡Eso sí es un amigo! –celebró Gustavo.

—Claro, a mí también me pasó una vez que…

—Un momentico Alexis –lo cortó Vinicio–, quédate quieto que a nuestra edad tres es imposible. Uno, ya es la proeza.

Luis Andarcia se secó la boca babeante, Ronald entró en una siesta que los gringos llaman *nap* para que sea más corta y seguir trabajando. Leonardo miró el reloj cuando Gustavo se aproximó hasta un detalle.

—Lo que yo no entiendo es por qué se fue a cambiar de ropa.

—Porque tuvo el primer orgasmo cuando le empecé a sobar la pierna. Al levantarme al día siguiente fui al baño y encontré el short tirado junto al bidet. Lo agarré porque creí que se lo había roto con los estrujones pero no, estaba empapado y olía a crimen. Fue ella la que me lo dijo, que no le podían tocar las piernas porque se le abría la ducha, que era algo incontrolable.

—¿En serio? –preguntó Luis con la servilleta en la boca.

—En serio, la señora no tenía empacho. Yo estuve en lo mismo durante tres meses, encariñado con mi viejita.

—¿Y qué edad tenía? –lambisqueó Gustavo.

—Yo no sé, como cuarenta y cinco, no, pero estaba dura.

—¿Y tú?

—Treinta y tres.

—Ah, no, está bien, a esa edad no es mucha la diferencia. ¿Y por qué no seguiste con ella?

—Porque lo mismo que hacía conmigo los sábados, lo hacía durante la semana con un vecino nuevo que se enamoró de aquel prodigio y terminó suicidándose. El tipo se ahorcó dentro del closet de su cuarto con una corbata porque supo que lo engañaba conmigo. Bueno, la verdad es que no se sabe a quién engañaba con quién.

—Eso es lo que se llama contraespionaje sexual –se burló Luis.

—No, yo me asusté, a esa edad todavía uno se asusta. Es que Gustavo Pacheco, un ex-vecino de la cuadra, dijo el día del velorio, "lo que pasó fue que el finado se mojó y se guindó a secar. Ten cuidado carajito, que estás mojado"... Además, un día se machucó el dedo gordo del pie con una piedra de ablandar carne y la uña se le puso negra. Se me aflojó la paloma mensajera, uyy.

—Sí, vale, una mujer con los pies feos es horrible.

—Horrible fue la confesión que me hizo él último sábado, desnudos los dos en la cama. Me sentí más enano que nunca. ¿Ustedes saben por qué el marido, la dejó?

—Di, di, di –dijo el coro machisférico.

—Ajá, porque la encontró en la cama haciendo experimentos con un pepino.

—Ah no, eso es demasiada competencia –corearon todos.

—Esta casa huele raro –gritó Moira cuando entró en la sala sin anunciarse.

Todos nos morimos de la risa y Toby dijo que no, que se estaba calentando la sopa de pescado porque sabíamos que tú estabas por llegar. Besos, abrazos y Ronald que se despierta de ruido y hambre.

—Leo, los muchachos me tienen harta, no hacen sino pedir y pedir, allá los dejé con el vecino, Endrina los va a buscar cuando salga de la universidad.

—Leo, atento con el vecino –le advirtió Alexis y la tropa se llevó a Moira cargada en parihuela hasta el comedor.

—Suéltenme, suéltenme, cuerda de zánganos –Vinicio le haló la silla, la dejaron caer de una y yo le pregunté que por qué estaba tan linda.

—Como los buenos vinos mi amor. Se levantó, buscó un plato y se sirvió aquel mar oloroso porque no he comido en todo el día y esas arepas se ven divinas. Los demás la imitaron en una segunda ronda. Pedro Pablo engulló dos cucharones que le puso Toby, hasta que la olla se quedó seca por el efecto invernadero de la indiada hambrienta.

—¿Y por qué no invitaron a Luis Vega y a Raúl Leoni? –preguntó Moira con la última cucharada de sopa.

—Porque ellos son unos Seminolas de Weston y nosotros Miccosukees del Condado de Dade, son dos tribus muy diferentes.

Los Miccosukees se levantaron de la mesa y salieron a la calle a fumar la pipa de la paz. Vinicio ¡ni se te ocurra!, lo reprendió Montserrat con su obsesión prescriptiva, después estás que no aguantas el pecho. Las mujeres metieron vajilla y cubiertos en los anaqueles del lavaplatos como si ordenaran una biblioteca y se fueron a averiguar qué hacían los muchachitos en la terraza, porque tienen rato sin hacer bulla y algo deben estar inventando.

Afuera, las volutas de humo ensayan su caligrafía secreta en el aire, son palabras de hollín, las mismas que hablaban las tribus antiguas para anudarse al mundo y espantar la soledad.

CAPÍTULO SEIS

Los nudos del mundo

La soledad es un lugar equidistante de todos los puntos de la tierra. Allí queda el hueco por donde se le fue la vida a Jesús María González. Y, también, pero en otro ángulo, sin sobreponerse ni interferirlo, está Macuro, con su nombre de aldea cruda en la península oriental de Paria. Macuro amanece todos los días temblando frente a los labios marinos de Boca de Dragos, que amenaza con tragárselo de un solo mordisco. Los peñeros salen cada noche con afán pescador tratando de hacer las paces, cortando el mar a punta de quilla, para apaciguarle la boca al monstruo hambriento sobre la frontera de aguas de la isla de Trinidad. La noche oculta los botes en un pacto secreto y en la madrugada los suelta muertos de frío, con las redes repletas de navajas nadadoras, verdes, azules, plateadas, amarillas y colores indecibles, con el sol de polizón para que la tierra siga girando. Los chipi-chipis se hacen los pendejos en la arena, pero graban todo con su rumor de caracoles.

Los pescadores son muy astutos y se llaman Chuíto, Lencho, Cheché, ocultando sus nombres cristianos, haciéndole trampas a la muerte que vive en el fondo del mar. El otro día apareció uno flotando en el Golfo de Paria y nadie se atrevió a llamarlo ni siquiera por el apodo: ese careverga se ahogó por estar bebiendo ron de contrabando. El innombrado vivía escabulléndosele a la noche, navegando en su peñero hasta Trinidad, para comprar blue jeans *Lee* y whiskey *Old Parr*, habidos en trámites clandestinos. El frío apretó esa noche más de la cuenta, se bebió él solo una botella del *Viejo Parra* adulterado con yodo y se envenenó, se quedó tieso con la mano en el acelerador, que lo llevó derechito hasta el Golfo de Paria, donde se le acabó la gasolina. El peñero lo vomitó sobre el espejo oscuro y, cuando lo encontraron, Licha, su mujer, le vio los ojos sin vista. Cheo, ¿cómo me echas esta vaina?, que Dios te lleve José, poniéndole nombre propio para el día del velorio. Ella creyó oírle a la mortaja, adiós Luisa y la gentará marinera siguió bebiendo ron der Muco en aquella despedida. Lucho, el heredero, se quedó viendo al muñeco de palo y le pidió la última bendición con los brazos cruzados en el pecho. La bendición paíto. Al día siguiente lo arrojaron al mar dentro de su mismo peñero, incendiado a punta de fósforo sobre palmas secas vueltas a mojar con su mismo aceite. Macuro estaba tan acostumbrado a la soledad que ni cementerio tenía. Las almas reencarnaban en las mismas criaturas del pueblo, porque no había carretera para irse a otro lugar y cada nuevo muchacho terminaba siendo su propio abuelo.

Colón vio a los tatarabuelos de Macuro andando por la playa desnudos de inocencia, como vinieron al mundo, con su piel "de la color de los canarios". Mareó a la izquierda, hacia el sur del dragón de agua, donde El Orinoco endulza el océano con su fuente nacida en el propio Paraíso Terrenal. Tierra de Gracia, la nombró, para que gente de todo pelo viniera a mezclarse una y otra vez con los naturales y empezó esta tolerancia de las razas que hay en nuestras pieles de aceituna. Sir Walter Raleigh se metió por aquella garganta dulce en busca de El Dorado, esa artimaña supersticiosa que los indios le inventaron a conquistadores de todo el mundo para volverlos locos y, desde entonces, nos acostumbramos a los cuentos y aprendimos a vivir de imposibles.

Macuro paraíso, Macuro puerto, Macuro olvido de todos los gobiernos, se sentía tan seguro de sí mismo que pareció no necesitar nunca de carretera que lo llevara a tierra firme, en la punta de Güiria, sobre la costa sur de la península, donde el mundo hace amagos de comienzo, donde los negros del padre De las Casas vivían desde hacía siglos como en su casa africana. La línea de mar está llena de pueblos que suenan a cascabeles de coco: Carúpano, Río Caribe, El Pilar, Macarapana, Irapa, Güiria, Paria, nombres que rechinan con el sol que le saca chispas a las piedras sobre la arena. Los corsos se metieron con promiscuidad abecedaria por esos pagos, anclados a la ensenada de su isla primera, voceando apellidos de conchas marinas. Oletta, Morandi, Franceschi, Paván, Pietri, Padovani, Cipriani, Santoni, se mezclan sin pudor con los viejos andaluces que aprendieron a hablar otra vez sobre la costa oriental con sus bocas de pájaros repetidos. Sí, sí, sí, dicen, la lengua mordida por el pico, para que el mundo sepa que son gente confiable. Los orientales hablan rapidito porque se saben todo de memoria. La memoria está en el alma y ellos se la sacan con una exhalación escandalosa para demorar el fin del mundo. El mundo sigue su curso por las costuras que lo llevan hasta Güiria, donde vive Jesús María, el mayor de los González.

—Sí, sí, sí —respondió el Chema cuando su tía Antonia le dijo que nos vamos pa Irapa, un día en que llegó triste de la playa.

—¿Y dónde queda eso mi tía?

—Ahí mismito, cerca de Río Caribe y Carúpano, más cerca que Macuro, ponde tú te escapas cuando te da la gana, chacho, y yo pasando susto. No más pensar en el muerto del peñero se me pone la carne de gallina. Queja sin destinatario, pensando en que había llegado el momento de domarle sus arrestos al explorador naturalista.

—Tía Antonia es que en Macuro el pescado es más fresco, como si naciera todos los días. Mira mi tía, uno los pesca y siguen nadando vivos en el hervido. Se terminan de morir cuando uno los muerde.

—Sí, pero en Carúpano hay pescado, puerto y gente principal. Ahí están los Antoni, los Grisanti, los Echezuría, los Lairet, puros doctores Chemita. Mira Chemaría, en Carúpano están las muchachas más bonitas.

A Jesús María se le abrió la vida que se le había cerrado desde que terminó el sexto grado en la escuela primaria de Güiria. Se le pusieron los ojitos así y se vio con su uniforme de kaki en el liceo para seguirse la pista que su papá le marcó, cuando le dijo a su hermana Antonia que se encargara de los muchachos.

—Que estudien, Toña, para que no sean unos tarambanas. Ahí les dejo unos realitos y la casita de Caracas, con el alquiler terminan de ayudarse —tosió el viejo Enrique.

—Sí mijó, ¿cómo no?, vete tranquilo.

Toña cerró los ojos con el mismo cierre que se puso Chiche en los suyos el día que se murió.

El viejo Chiche supo que le había llegado la hora porque le salieron unas bubas por todo el cuerpo como anuncio de la pelona. La sífilis campeaba por esos montes y le llegó su momento después de haber preñado cuanta barriga hubo. *Er pipe es como lagua, que no se le niega a nadie.*

Enrique se montaba en su Ford Marmon-Herrington de 1937 para vender sardinas en conserva, de pueblo en pueblo hasta Araya, en el otro confín de la península y se venía sobre sus mismas huellas todos los fines de semana, con las talegas llenas de sal y el corazón roto, parándose en aquellos bebederos solitarios para desalojar sus penas y mitigar la sed. La única vez que Chiche lloró fue la noche en que su mujer se murió de parto y tuvo que atajar a

Nievecita, apurada por salir de aquel calorón, porque la comadrona dijo que voy a calentar agua y a buscar sábanas limpias, ya vengo, pero no llegó a tiempo. Cuando terminó el novenario para la salud postrera de Céfora, Chiche se emborrachó tres días seguidos con pescadores lugareños y le entró el gusto por la oscuridad y las luces rojas. Llegaba a los burdeles, alma en pena, prodigándose como si la vida tuviera que terminarse. *Esto dijo er ron Darú, a su encuentro con er Muco, yo no estoy bien de salu, yo tengo er cuerpo maluco.* Las putas se arremolinaban en torno a la faltriquera llena de cobres, con tortas de casabe mojadas en aceite para dar cuenta de los frascos de sardinas sobrantes, demorándole la llegada hasta Güiria durante dos días más, bebiendo ron de la casa, mientras en la rockola sonaba el lamento obstinado de Berenice Perroni, "cuando tú te hayas ido me envolverán las sombras".

Chiche metió un bolívar en la boca de la caja musical, marcó A1 en el teclado luminoso y los discos de 45 revoluciones se barajaron en la rueda seleccionadora, hasta que el elegido cayó sobre un plato que puso al azar a cumplir su rol. La aguja comenzó a escarbar en el surco de pasta negra, sacándole nota a nota las quejas lastimeras de la misma canción que se repitió toda la noche, como se repetía en todos los botiquines del país. La voz de Berenice se regó por todas las rockolas consolando borrachos de requiebros surtidos, convertida en Estelita del Llano, pero con la misma afinación doliente. Y Chiche siguió años en lo mismo hasta que Jesús María cumplió once, un cinco de julio en que comenzó sus vacaciones escolares.

Enrique vendió la procesadora artesanal de sardinas a unos negros emprendedores de Trinidad con los que intercambiaba whiskey de origen discutible, para hacer economías. Cincuenta paletas de madera donde las sardinas se curtían al sol, muertas de sed. Un cernidor hecho de tela metálica fina clavada sobre listones de cují mostrenco para que la sal les prolongara el reposo. Una hélice de motor viejo convertida en molinillo para exprimir el aceite de las frutas de palma, sobre la batea cortada con machete, en las maderas sobrantes de los barcos que atracaban en Carúpano. Doscientos frascos de boca ancha con sus tapas. Un tugurio de cuatro estacas que sostenían el techo de palmas por donde no caía una gota de agua y el mar no se atrevía a entrarle porque Chiche puso una cruz de palo clavada en la arena.

Jesús María se orinó en los pantalones cuando vio a su papá tan serio metido en aquel cajón en medio de la sala. Las cuatro velas custodios se derretían como lágrimas sobre los candelabros de plomo fundido con el soplo de la nada. Flores con olor a muerto fresco y una corona con su cinta, Recuerdo de tus deudos.

Rafael y Nievecita correteaban en torno al armatoste, riéndose, ajenos al asunto, como si la muerte fuera un viaje de ida y vuelta.

—Tía Antonia, ¿papá se murió para siempre? –preguntó Jesús María con los pantalones mojados.

—No, mijó, ese vuelve.

Telémaco es un mal ejemplo para los niños del mundo que viven esperando al padre frente al mar.

Chemaría esperaba a Chiche sentado en el zaguán de la casa, en aquellas noches de julio, hasta el amanecer. Veía las estrellas temblando de frío en el fondo oscuro, goteando su luz de rocas lejanas, hasta borrarse con el sol del otro día. Chema se remangaba los pantalones y salía corriendo por la sola calle de Güiria, chapoteando polvo quemado, en línea recta hasta el mar, persiguiendo líneas torpes de gaviotas en la playa, todos los días. Las gaviotas rayaban la arena con sus patas de tenedor y el Chema las perseguía hasta que dejaban de escribir. Los tenedores pegan una carrerita corta, repiquetean con sus alas sobre la espuma, levantan el pico, lo abren y lo cierran, como "maravilla de tijeras que cortan sueños en el aire", colgados entre las nubes, dándole inspiración para más tarde a la voz Saint John Perse. Chemaría pregunta, ¿papá Chiche, por fin, qué eres tú, una gaviota o una estrella? Los pájaros responden con su tíu-tíu y las estrellas regresan todas las noches alumbrándole la vida a Jesús María González, de once años, que es la edad perfecta para aprender a soñar.

—Huele a mar –suspiró Noly tras sus ojos litorales.

—¡Claro!, nos acabamos de comer un sancocho –le razonó Toby ya de vuelta a la sala, empeñado en que el mundo girara en torno a la olla.

—No señor, es muy diferente lo que ella dice. Huele a peces nadando –aseguró José Antonio tratando de ver si pescaba algo.

—Es que como estamos hablando del mar de allá, se debe haber formado una resonancia magnética. Si a eso le sumas el recuerdo de las olas, se crea un énfasis sonoro que le da más olor a las cosas… ¿Qué tal, cómo me quedó?-.

—Se te va a fundir el cerebro –se burló Leonardo y Luis puso cara del muchacho que se quedó con el último doceavo de la torta de aniversario.

—Luis tiene razón porque aquí el mar no huele –defendió Linda a su costilla.

—Claro que huele, huele a limpio, éste es un país desarrollado –le respondió Vinicio, con la severidad de quien canceló la nostalgia desde que decidió venirse con sus bártulos, mujer y descendencia alterna–. Pero la gente se queja de cualquier cosa, hasta de las frutas. ¡Aquí los mangos no saben a nada!, como si fueran a reinventarle el sabor sólo con lamentarse.

Toro Sentado refunfuñó algo inaudible bajo la interrupción de Gustavo.

—Sí, aquí hay gente que está loca, yo me vine antes de que se formara el desmadre porque conseguí un trabajo y no me quejo pero....

—¿Quién iba a pensar que este negrito del barrio bajo de Petare iba a terminar viviendo en Miami? –dijo Alexis tratando de averiguar por cuál rendija de la vida le entró el azar para limpiarle el limo de la pobreza.

—¡Es que algunos nacemos sin pero con! –enigmatizó Gustavo–. No, en serio, en estos días fui a la farmacia a comprarle unos antigripales a Nacho o a María Paula, ya ni me acuerdo….

—No importa Gustavo, como decía Andrés Eloy Blanco, experto en exilios y en muchachos, "cuando se tienen dos hijos se tienen todos los hijos de la tierra" –remendó Alexis, pensando en Gabriela María Margarita y Delvis Gabriela del Valle, sus dos hijas, que viven sin gripe, pero metidas en este mar de incertidumbre. *Quid pro quo.*

—¡Ay!, sí –se derritió Montserrat con la parafina que le bombea en el corazón cuando se ablanda–. Yo también tengo hijas.

Silencio oleaginoso y Gustavo se remoja la lengua con fruición escocesa.

—Ok, cuando estaba por pagar, vi, al lado del mostrador, el periódico con la noticia de que tres adolescentes mataron a un *homeless* con un bate. Me le quedé viendo a las fotos que tomó la cámara de seguridad del banco donde dormía el indigente y la cajera me interrumpió: después dicen que en nuestros países.

—¿Y tú qué le dijiste? –se alteró Linda.

—Mire señora, ¿usted sabe cómo es la cosa?, aquí hay cuatrocientos millones de habitantes, cuidado si más, y esto ocurre muy de vez en cuando. Nuestros países están llenos de sicarios y malandros que asesinan gente todos los días. A los muertos los cuentan como quien cuenta salchichas. Dígame algo, ¿si la cosa es tan buena allá, por qué no se regresa?.

—¿Y qué te respondió?

—Nada, la gente no es pendeja. Maledicente sí y rezongona.

—Allí está, que aquí se trabaja mucho, que demasiado calor, que las distancias son muy largas, que no se puede manejar borracho, que los impuestos se lo comen a uno –continuó Montserrat en su costumbre de sumarle a su convicción, restando con los dedos.

—Y además están prohibidas las putas –reclamó Toby.

—¡Que fastidio! La verdad es que aquí hay cosas que yo no entiendo todavía –desmoralizó Ronald–. No dejan que haya burdeles, pero permiten que las páginas de Internet estén llenas de pornografía y que haya bares donde las mujeres bailan desnudas sobre la barra. Por veinte dólares te hacen un *lapdance,* se te sientan en las piernas y empiezan a darte *frictions,* las llaman ellas, hasta que se termine la canción.

—Es que a la edad de ustedes para lo único que están es para las fricciones, pero con Vaporub –le sobó el alma Montserrat.

—¿Y qué es lo que hacen? –acusó Tatiana en vivo y en directo a Gustavo.

—¿Yo? –protestó apuntando sus dos índices hacia el pecho y se salió de la suerte señalando al frente–, Ronald es el que sabe de eso.

—¡Ah! sí, yo soy el único disoluto, todos ustedes son unos incorruptibles, ustedes y la reina Victoria.

—¡Eso era antes de casarse conmigo!, él me lo contó todo, que siempre iba con Pedro Pablo y Abel desde que se encontraron en Miami –defendió Cory su Franja de Gaza y dejó en evidencia al *partner voyeur.*

—Bueno vale y cuál es el problema, ir a un sitio de esos es la mejor manera de saber a qué atenerse, un país se conoce por sus bajos fondos y ahí no pasa nada –, se defendió Pedro Pablo.

—Eso es verdad –bicicleteó José Antonio entre lo sagrado y lo profano–. Tú te sientas y la señora te pregunta, *do you want a dance?* Si quieres tu baile le dices que sí y si no que no.

—¡Mira!, en España es más grueso, vas por el Paseo de La Castellana y se aparecen en cualquier boca del metro –dijo Pedro Pablo poniendo los brazos en jarra, imitando las eses siseantes de un marico–. "Como aves precursoras de primavera, en abril aparecen las violeteras".

—¡En Madrid!, respeta el texto y además esas no son putas –lo corrigió Alexis.

—Lo siento, pero abril es mejor, tiene una resonancia magnética con primavera (Luis Andarcia sacó pecho), a pesar del pesimista de T. S. Elliot.

—¿Pesimista? –sorprendió Linda.

—"Abril es el mes más cruel, hace brotar lilas del interior de la tierra muerta", ¿no te parece pesimista?

—Pobre "Silva a la Agricultura de la Zona Tórrida" –se lamentó Vinicio–. Andrés Bello debe estar revolcándose en su tumba.

—Y las violeteras en Madrid. Pero tiene razón Alexis, yo me refería a las otras, los gorriones, las trabajadoras sexuales, está mejor ¿no?, políticamente correcto, ¿no?, te abordan y te sueltan sin miramientos: *majo, no te apetece un polvete, son doscientas pelas.* Bueno al precio de antes, no sé ahora.

—Yo sólo espero que tú nunca hayas ido a una cochinada de esas –le post advirtió Toro Sentado a Luis, quien, desde que empezó el cuento, comenzó a pasarse la lengua por los labios.

—¿Y cuándo?, si tú no me dejas salir solo.

—¡Y tú tampoco Leonardo! –se aclaró la garganta Moira.

—No, si yo también.

—¿Cómo que tú también?

—No, que tú tampoco me dejas salir solo de noche.

—Bueno, ¿pero cuál es el aspaviento?, lo que dice Pedro Pablo es cierto –se armó con espíritu previsivo José Antonio–. Después de todo es posible que te quedes aquí para el resto de la vida, los hijos de ustedes no quieren saber nada de allá, ¿no?, por eso es bueno saber el terreno que estás pisando.

—Eso es verdad, el mundo no está en las bibliotecas.

—Tiene razón Vinicio ¡Eso sí es vida! –lo apoyó Pedro Pablo en aquel ágora dividido, tomando partido por el ala liberal. Mira, el día de un cumpleaños de Ronald, cuando aún era mancebo, salimos de la fiesta que le hicieron varios amigos y nos fuimos a uno que queda aquí abajito, se llama *Treasure & pleasure,* por si se entusiasman. Un día podemos ir todos para que ustedes vean que no es nada del otro mundo.

—Pagamos la entrada, cinco *bucks,* no es caro ¿no? Había alrededor de quinientos prospectos, bellas, todas sin un centímetro de tela, desfilando como candidatas a estrellas que esperan turno para el casting de un documental de ginecología-.

—Aquello parecía la antesala del cielo, digo, porque después de todo parecían ángeles, no se les distinguía el sexo por lo afeaditas. De pronto le subieron el volumen a la música, las luces de todos colores alumbraban como si fuera un estudio de Hollywood, las mujeres se alinearon en el fondo del escenario y empezó aquel desfile de locura. José Antonio, bróder, organízame este trago, por favor...

—Eso es verdad. No había ni un gramo de celulitis (las mujeres se vieron todas de reojo). La luz del seguidor las alumbraba una por una y el traqueteo de los tacones sonaba a taquicardia. Era para volverse loco. Pedro Pablo pidió otro trago y nos sentamos al borde de la pasarela para no perder detalle, pero como quien observa el universo con espíritu científico.

—Hasta que llegó un animal que parecía la mamá de la Vía Láctea. Lo digo sin machismo, sólo por precisión. Era un ejemplar de uno ochenta y tantos, morena, noventa sesenta noventa, mínimo. ¿Verdad Ronald? Cuando terminó el desfile nos quedó enfrente, bajó por una escalerita y se sentó con nosotros.

—¿De dónde son ustedes? –me dijo mirándome fijamente y por poco me da un infarto.

—De Venezuela ¿y tú? –la señora se emocionó, saltó de la butaca, hizo un gesto de Miss que gana el concurso y soltó: Ay qué chévere, yo también, aquí, poniendo muy en alto el nombre de nuestro país.

—¡Qué vergüenza! –se molestaron todas–. Revolcándose con una cualquiera.

—No señor, eso no era una cualquiera, tendrían que haberla visto. Además le preguntamos, ¿cuánto cobras tú por hacer el amor de verdad?, mayor delicadeza no se puede.

—La mujer puso cara de venado enfermo y dijo que ella no era lo que estábamos pensando, que era bailarina exótica y trabajaba en eso para pagarse sus estudios.

—¡Que desgracia! Y yo que me quemé las pestañas estudiando medicina.

—Bueno Montse es que para ese trabajo hay que tener algunas condiciones y atributos especiales, aunque tú a lo mejor calificas –le hizo el examen psicofísico Gustavo. Montserrat respondió en silencio con guiño acusador de muérgano y Vinicio la vio relamido en el instante en que José Antonio apareció campaneando el trago de Pedro Pablo.

—Toma bróder, dale pasito que se acabó. Ya vengo, voy al carro a buscar la que trajimos.

—Pedro Pablo, dime la verdad ¿Tú no extrañas el país? –intentó marearlo Noly con su canto de sirena.

—¡No!, eso es una segunda piel –y continuó con protección de paraguas de los padres poetas Rafael Cadenas y cara de seductor bajo la lluvia: "Yo pertenecía a un pueblo de grandes comedores de serpientes, sensuales, vehementes, silenciosos y aptos para enloquecer de amor". Noly en transición hacia lo mismo y Pedro Pablo lanzó una postergación utilitaria dándose importancia.

—Además, aquí hay hasta harina precocida para hacer arepas y consigues de todo con los sabores de la infancia, que es lo más difícil –le hizo el relevo Ronald.

—Por eso es que cada vez que voy al supermercado compro unas laticas de leche condensada y un rolo de queso parmesano, que estaban prohibidos –le hizo Alexis su reclamo post-umbra a la vieja Edith, quien tuvo la ocurrencia de morirse allá y él aquí (no acá).

—Y los olores de la Luisa Cáceres de Arismendi los tengo grabados en la memoria de la nariz –enfatizó PP sobándose la propia.

—Yo a veces oigo hasta el maullido con la pedrada de Matagato –terció José Antonio.

—La verdad, Noly, es que sólo tengo nostalgia de lo que no he vivido suficientemente y de mis amigos de los bares de Sabana Grande, pero como todos tienen sus dobles aquí... Lo que pasa es que llegamos viejos y no da tiempo de encontrárselos a todos porque este país es demasiado grande. Fíjate que uno de los primeros que conocí, recién llegado, es igualito a mi papá, Eugenio Llamera, un cubano que estuvo preso doce años. Cuando cumplió la condena de diez, el carcelero le dijo, apátrida recoge que te vas y Eugenio le respondió: apátrida será tu madre y el jefe de ustedes que acabó con la isla. Lo guardaron dos años más para que no se fuera a extraviar por el mundo.

—Eso es verdad –reafirmó José Antonio–, menos su tragedia, hasta los chistes son igualitos a los del viejo Guillermo.

—Más aun, creo que es la gente la que tiene nostalgia de nosotros, lo digo por los e-mails que recibo. Yo creo que en el fondo hay una admiración oculta porque nos atrevimos.

—¿Tú crees?, hay gente que lo que tiene es envidia –intrigó Montserrat.

—No, fíjate que en estos días Abel me rebotó un mensaje de Manuel Matute.

—¿El psiquiatra de Alfonso Montilla? –memorizó Vinicio y Pedro Pablo retrató de cuerpo entero a su viejo profesor de neurofisiología.

A Manuel Matute lo llamaban "Pastor de Nubes", por la escultura de Jean Arp que está en la plaza del rectorado de la universidad y por su condescendencia para tratar con bohemios aéreos. Él y Sixto Pérez Sosa son dos tipos que están hechos de la madera con que fabrican a la gente buena. El e-mail era casi un pedido de indulgencia por el infierno que se precipitó para todos allá. Matute decía que siempre hablaba con Adriano y David Alizo, de libros, de parrandas, extrañándonos, recordando los tiempos universitarios en que ya la barbarie comenzaba a asomar la nariz y de cómo los enfrentamos en la U, U, UCV contra las sombras.

—Quien haya conocido a la ultra izquierda no debe extrañarse de lo que ocurrió en el país, son ellos los que se cogieron todo –prendió un flash Alexis sobre sus tiempos gloriosos de líder estudiantil–. Nosotros siempre los derrotamos.

—Matute preguntó por mí, por José Antonio, y Abel le respondió el e-mail: "yo sueño que estoy aquí, destas prisiones cargado y soñé que en otro estado, más lisonjero me vi". Ustedes saben que él tampoco se toma nada en serio. Hasta Malavé Mata ha querido saber de Toby. Tú y su hija Carolina se tropezaron en Internet ¿no?

—¡Sí!, buena gente como el profe.

—Ella le preguntó por ti y Héctor le dijo que ese es un jodedor, él trabajaba en vainas audiovisuales de la facultad. ¿Saben lo que pasa? Nosotros le devolvemos a la gente la imagen de un país que, con toda la decadencia, era bastante parecido a un país. Después lo convirtieron en un terreno baldío con olor a basura. Habrá que ponerse a barrer.

Pedro Pablo se montaba en su día a día tomando distancia de todo sin apegos sensibleros a lo vivido. Igual a quien conserva una moneda antigua por el solo interés en los secretos que guardan las cosas que pasaron por muchas manos y dejaron de ser útiles. Si se vino fue para venirse. Daba lo pasado por vivido y gozaba algunos episodios como si estuvieran ocurriendo hoy, en el sobresalto de cada momento que se presenta por primera vez. O por última. Las tiranías son para largo y desde el comienzo se acostumbró a los altibajos de su drama. Nadie sabe cómo ni cuándo terminan las tragedias. Y siempre quedará un tufillo de tristura, por más que limpies. ¿Cuál es la duración de una tiranía? Nunca se sabe. Cuanto sea, no podrás recuperar lo que dejaste atrás. Las cosas cambian, uno también y no habrá manera de que encajes con el mundo del pasado. Además, ya el daño está hecho. Pero, a lo sumo, te queda el recurso de narrar lo vivido, que sonará como nuevo porque halló un lugar diferente donde nacer otra vez. Menos el caso de Jesús María González, que siempre tendrá la misma tonalidad deslumbrante y sombría.

—Es como si lo estuviera viendo en este instante –dijo con la mirada soltando chispas, sorbiendo un trago y regresó hacia aquel día luminoso frente a su casa. "Pórtate bien Pedro Pablo que ya eres todo un hombrecito", me dijo como siempre, cuando salió en la mañana con su brazalete azul. Ahora sé que era de la Federación de Centros Universitarios. Mi abuelo lo despidió sonriente.

El distintivo de la FCU brilló en la cuadra bajo aquel sol azariento del primero de enero de mil novecientos cincuenta y ocho, tan riesgoso como incitante, para el muchacho que se vuelve adulto en el giro de un día hacia el otro. Ayer vestía su kaki bachillerato, casi impoluto y hoy está con el azul universitario de su boína, el saco de asuntos mayores y las consignas grabadas en la lengua, desafiándolo todo. De joven uno se juega la vida a cara o sello (quizá porque no se sabe qué es la vida), encandilado por el fuego de la aventura, mas, si ésta tiene que ver con la libertad, esa voz que sólo conoces enteramente cuando quieren exprimirte el cuello. A Jesús María le exprimieron el cuello pero no soltó ni una sola palabra, le exprimieron el cuerpo pero no expulsó ninguna queja. Cayó desvanecido en el suelo mordiéndose la lengua de pájaro silente y sólo pudo levantarse cuando lo sacaron de la sala de torturas de la Seguridad Nacional, al día siguiente de caer la dictadura de Pérez Jiménez. Rafael, su hermano menor, se la pasaba tratando de recuperarle la vida con un nudo atravesado en la garganta. Revivía los tiempos en que los tres hermanos corrían enardecidos de ingenuidad por la arena de las playas, recolectando conchas de caracoles donde se quedan atrapados los murmullos del mundo. Después, la primera separación, cuando el Chema entró en el liceo de Carúpano para cumplir el destino que le trazó el viejo Chiche antes de morirse y, otra vez, la última, el día del velorio, en el inicio de su viaje a la ceniza… ¿Dónde andará el Chema?, se pregunta Rafael en las noches de melancolía, cuando la luna se pone maluca. El Chema le responde que por aquí Rafo, vuelto polvo. Un eco de la Luisa Cáceres de Arismendi lo devuelve en un verso: "Más polvo enamorado ado ado adoooo".

Cuando se entra en el liceo todo cambia, desde la ropa hasta la manera de ver la vida, que es menos lacerante en los libros.

Jesús María llegó a Carúpano como quien llega a otro país. Entró de la mano de tía Antonia en la casa de Daniel Malavé, con la seguridad que da heredar las antiguas amistades. El viejo amigo de Chiche era técnico encargado de los tendidos eléctricos en los campos petroleros, pero lo conocía todo el mundo, hasta los estibadores del puerto.

—¿Quiénes? –se le abrieron los ojos a Tatiana.

—Estibadores, los que bajan la carga de los barcos.

—¿Y por qué eso tan raro?, en Margarita son caleteros.

—Es que esa es una traducción libre –repiqueteó Vinicio– los margariteños son bilingües.

—Bilingües no, bífidos, hablan el doble. Bilingüe era Jesús María, que aprendió inglés con los trinitarios amigos de su papá y se convirtió en la estrella del liceo Simón Rodríguez.

—Toña ¿y qué haces porai, mijá?, chacha, no te veía desde el día del velorio –la recibió cariñoso con los mismos tropiezos en la lengua.

—Si hombre chico, pero ahora sí nos vamos a ver por lo regular. Es que vengo a pedirte un favor.

—¿Y qué será?.

—Daniel mijó, es que Chemaría va a estudiar en el liceo, ya lo inscribí y quería saber cuánto te tengo que da pa que se quede en tu casa mientras estudia.

—No, Toña, donde comen dos comen tres, vete tranquila mijá, más bien me estás haciendo un favor, Héctor Aquiles mijo también va a entrar al liceo y así tiene quien que lo acompañe. Déjamelo de una vez para que se vaya acostumbrando y vete rápido que te deja el bus .

—¿Y qué vas a ser tú cuando seas grande? –le preguntó Jesús María a Héctor Aquiles aquel primer domingo en la noche.

—Economista.

—¿Comunista? –se aterrorizó Chemaría.

—¿Qué es un comunista, Chema?.

—Papá Chiche decía que es alguien que te quita lo que tú tienes.

—¡Que maluco! No Chemita, yo lo que dije fue e-co-no-mis-ta.

—¿Y qué es eso?.

—No sé mucho Chema, es que mi papá dice que hay que hacer economías y que si estudio y me hago economista puedo llegar a doctor.

—Papá Chiche también hacía economías con sus amigos de Trinidad y no era doctor. Ellos compraban ron inglés y unos pantalones feísimos de lona azul, de marca Lee. Se los vendían escondidos de noche en la playa y papá los revendía.

—Pero eso no es economía, eso es contrabando.

—¡Adiooó!… ¿y qué es eso?

—Yo tampoco sé, papá dice que contrabando es cuando el ron no pasa por la aduana, sino que se lo traen en peñeros de noche. Él dice que eso es malo.

—¿Aduana?

—Chema, pero tú no sabes nada, menos mal que mañana empiezas las clases. La aduana es un escritorio, como el de los salones, pero llenos de policías que revisan a los pasajeros y cuentan la mercancía de los barcos.

—No chico, los malos son los policías que ponen presa a la gente. Mira Chencho, cuando yo estaba chiquito, llegaron unos policías buscando a papá para meterlo preso. Tía Antonia se asustó toda porque dijeron que venían de la Seguridad Nacional, buscando a papá que era de los democráticos. Ella les dijo que no, que cuál seguridad, mire esos tripones que andan por el corral sin problema ninguno, como gallinas pica tierra y les preguntó que qué significaba democrático.

—Chema, tú si hablas culerías. ¿Qué es eso de democrático?

—Yo tampoco sé Chencho. Debe ser que después que murió mamá, papá se iba por esos campos libres haciendo lo que le daba la gana. ¿Te digo algo Chencho? Yo quiero ser como mi papá, libre.

—Yo también, Chemaría.

—¿Qué hacemos, nos metemos a democráticos?

—¡Claro Chema!

Carúpano era un poquito menos pueblo que los demás porque tenía puerto y liceo. Pero era famoso por la Plaza de la Pepita, un triángulo oloroso que reproducía con su arreglo jardinero la flor que llevan las mujeres escondida entre las piernas y los orientales llaman la pepita. No es de oro sino de matas, como las que crecían en el monte donde Héctor Aquiles y Jesús María se iban a cazar lagartijos con gomera. Salían del liceo al mediodía corriendo hacia la cauchera de Felisberto que quedaba en la esquina.

—Felito, ¿no tendrás por ahí, chico, una tripa que te sobre? –y Felisberto salía con el intestino de un caucho cansado de rodar por esas carreteras de Dios.

—Tengan cuidado con los vidrios, que tu papá es muy bravo Héctor Aquiles.

—No te preocupes Filo –y salieron corriendo a cortar con gillette cuatro tiras de las tripas caucheras.

Las amarraron con pabilo a lado y lado de sendas horquetas cortadas de palo de guayaba, le ataron un pedazo de cuero en los extremos libres, y se metieron por el bosque de cujíes espinosos a coger puntería con piedras sobre las exhalaciones tornasol, con aquel remedo criollo de la honda con la que David mató a Goliat. Los lagartitos no decían ni pío con la pedrada, se quedaban quietos, secándose al sol como las sardinas de Chiche, hasta que Chema y Chencho se cansaron de dejar cueros tiesos sobre la tierra. Se sentaron bajo los cujíes sin sombra a dar cuenta de las ciruelas de huesito del almuerzo, que tapizaban el suelo como una alfombra de piel roja.

—Lo mejor de las cirgüelas es que no hay que estar moneándolas como mangos –decían con la barriga repleta. De pronto, un dinosaurio verde se pasea sobre la rama del ciruelo con su disfraz de iguana. Sueltan las chinas y se arrastran sigilosos como quien quiere atrapar un gato. Zas, saltan sobre su presa, que se queda presa entre las cuatro manos. Chemaría agarra la misma gillette y la abre de cabo a rabo, sacándole los huevos de la barriga con sus manos llenas de tierra y ciruela. Le cosen el vientre paridor con el mismo pabilo de las gomeras y la dinosauria se va reptando a buscar pareja.

—¿Qué vaina es esta, Héctor Aquiles? –les preguntó el viejo Daniel con el cinturón en la mano, cuando los vio llegar a la casa a las seis de la tarde. Las chinas en los bolsillos traseros de los uniformes de kaki, manchados de ciruela, tierra, huevos de iguana y aventura lagartijera.

—Nada papá, que nos pusimos a ayudar a Felisberto con los cauchos.

—¿Y desde cuándo los cauchos son amarillos?.

—No, es que Felisberto nos regaló una bolsa de cirgüelas para que almorzáramos.

—Ciruelas.

—Sí papá, nos las comimos todas, estaban maduritas y nos chorreamos.

—¿O sea que ya comieron?

—De más papá.

—Muy bien, entonces lavan los uniformes, ustedes mismos, con lejía, se me bañan y se me van a dormir –los reprendió, ante los ojos misericordiosos de su mujer–. Quédate quieta Arnelia, que esos tripones no se van a morir por no comer una noche.

Héctor Aquiles y Jesús María se fueron derechito a lavar sus uniformes en el patio y terminaron parte de su castigo con las tripas sonándole como chirrían los cauchos en las carreteras y se fueron a acostar. Las barrigas atiborradas hasta reventar, presurosas por vaciarse, se volvieron líquidas de tanta carne de ciruela madura y los dos salieron corriendo hacia el solo baño de la casa. Héctor llegó primero y Jesús María tuvo que contentarse sentado de cuclillas en el traspatio, bajo la mata de mango. Una y otra vez durante toda la noche, hasta que Arnelia escuchó el desfile de ánimas deshidratadas. Les reparó las cañerías flojas con sendas tazas de manzanilla y al día siguiente se fueron caminando hasta el liceo, pálidos, como un estómago vacío.

Jesús María vivió tres años entre lagartijos, ciruelas, escapadas a Playa Copey, zambullidas a escondidas en el río con su primer amigo, Chencho, parriba y pabajo, vagabundeando después del liceo por la calle Independencia, comenzando en La Petaca, donde vivían los ricos, hasta llegar a El Mangle, fisgoneando muchachas pudientes que ni caso les hacían.

Carúpano, como el mundo, también era dos. Mejor dicho, tres. El de los ricos que parecen nacidos para ser ricos, dueños de una puntería especial para encontrar menesteres que dan dinero, y, de un ojo para descubrir donde nacen los cobres, que a ellos se les reproducen, naturalmente, como huevos gemelos en la barriga de las gallinas. El segundo es el de los pobres con padre (prestado o propio), ingenio, tesón y suerte, que nacen sobre una estera y, de tanto pujar por los terredales que Dios les pone en el camino, terminan fabricando su futuro igual al alfarero que cocina ladrillos. Aquí hay dos especies: la de los que concluyen su camino con algunas dificultades nacidas del libre albedrío, como Chencho, alias Héctor Malavé Mata, quien terminó convertido en economista a pesar del trago amargo cuando lo expulsaron del liceo de Carúpano. Y, la de Jesús María González, alias Chema, Chemaría, Chemita, según el humor y el momento de quien lo nombra, que vivió expulsado del mundo y nunca llegó a lo que su papá Enrique quería, porque la vida es así. El último es el de los que parecen pobres para siempre, regados por el mundo como una condena sin expiación, no se sabe por qué.

En el Carúpano de primera, como en los aviones, está el viejo Elías Antoni, nacido para ser presidente de la Cámara de Comercio, según le venía prescrito en la bitácora de viaje de sus ancestros marineros, piratas muchos de ellos. Los de Córcega son muy chismosos, de acuerdo a la experiencia de Napoleón Bonaparte, el más nombrado de los naturales de la isla, quien se cogió el mundo a punta de información, como hicieron su congéneres con Carúpano. El viejo Elías Antoni vivió con la manía de dividir el estado Sucre para ponerle pantalones largos y convertirlo en el Gran Estado Bermúdez, con Carúpano como capital y ombligo del mundo, obligando a los naturales de Cumaná a conformarse con su condición de orilleros del río Manzanares. Mientras abría esa ventana para tratar de meterse en la historia, se dedicó a averiguarle la vida a los barcos que llegaban al puerto, anotando todo en un cuaderno de contabilidad y acumulando dinero para su prole, que logró uno de sus momentos cumbres con el nacimiento del nieto del mismo nombre.

El doctor Lairet, más discreto y menos ambicioso, se contenta con la suerte que heredó de la primera piedra de su apellido natural de Río Caribe, nacionalizado en Carúpano y receta remedios para que la gente entienda que la salud es posible. Juntaba en un solo ungüento la sabiduría rural de sus antepasados andaluces y corsos, con las exactitudes que le dejó la ciencia universitaria. Si te picó un alacrán, el doctor Lairet prepara, él mismo, un emplasto triturado en el mortero de piedra con la hoja de tabaco vuelta pasta de chimó, suavizada con hojas de mejorana, ruibarbo, llantén, diluidos en un resoplido de ron El Muco y vuelto a macerar con la cola del alacrán para que se arrepienta de haberte picado, todo, potenciado, al final, con unas gotas de Decadrón por resabios universitarios. Emplaste sobre la herida y se acabó la maldición del escorpión carupanero. Pero si se trata del pecho apretado la cosa es más sencilla. El viejo Germán abre la nevera y saca un paquete de Antiflogitina, lo calienta en baño de María, lo unta al papel periódico, te lo pone en el pecho y al día siguiente ya no hay enfermo, sino tú mismo que sales a respirar con pulmones nuevos y hablas tus exhalaciones vocingleras compitiendo con el estruendo del mar carupanero y los loros de los patios.

También hay gente voluntariosa que se fabrica de su propio barro. El viejo Oropeza se viene desde Caripe, en el estado Monagas, donde el norsureste se pone de acuerdo con la Rosa de los Vientos, para criar a José Ángel, que va creciendo con el linaje que le suma el Ciliberto de su mamá. José Ángel Oropeza Ciliberto tiene el porte sonoro de quienes nacen con apellido doble, se vuelca sobre la tradición de los corsos informativos y funda un periódico que se convierte en la comidilla del pueblo. El mundo está en guerra y José Ángel va publicando los chismes que llegan por télex: Chamberlain firma la paz con Alemania, vocea *El Heraldo* de Carúpano. Hitler entra en Austria como Pedro por su casa. Polonia. El ejército combate con caballos las orugas de los Panzers. Las noticias transcurren como chorizos carupaneros sangrientos, mientras José Ángel va criando familia y escribiendo poesía para enmendarle la plana al abecedario efímero del periodismo. Blanca, natural y vecina de esta jurisdicción, le dice que sí y los muchachos nacen saltando como palabras transitorias: José Antonio, Luxindia, José Ángel, Margarita, terminan siendo Chucho, Luz, Cheo (quien logró su sueño de casarse con Daniela, una prima de Pedro Pablo, para mejorar la raza) y Márgara, porque el sol era tan fuerte que les derretía los nombres.

En los asientos de tercera, el pueblo anónimo vive llevando el sol parejo sin pedir clemencia, comiendo pescado con casabe en bruto, reproduciéndose con velocidad y cuantía de conejos, ufanos de su única propiedad compartida con los demás desposeídos: cocos, palmeras, lagartijos, ciruelas, y la estela que fenece en el horizonte mientras los barcos atracan en el puerto.

Al cabo, Lencho Martínez, con cara de serio, espera la oportunidad de conseguirle un buen partido a Chabela, la primogénita, a la par que administra los cobres atesorados con la venta de tuercas, tornillos, tubos, enchufes, llaves, alicates, destornilladores y alambre de púas, tras el mostrador de su ferretería, a sabiendas de que el tiempo pasa lentamente, pero da frutos seguros. Simón, el unigénito del viejo Elías Antoni, regresó de la capital a su casa en La Petaca, con el título de abogado de la república metido en un tubo de cartón, al volante de un Studebaker último modelo que alumbró la calle entera. Entró en la casa solariega para reconstruirla en su memoria, enflaquecida durante su último año de estudiante en la Universidad Central de Venezuela y por el progreso multiplicador de cosas que interrumpen el paso de la gente. Atravesó el piso de granito simétricamente cuidado por el viejo y llegó hasta el corral. Guamos, cotoperices, granadas, mangos, mamones. Las lombrices diciendo su último adiós en los picos de las gallinas y la cerca rota por donde se escapaban los puercos, decía él, a buscar sus primos salvajes entre el monte. Vio la cerca y pensó en comprar alambre de púas, al día siguiente, para asegurar su herencia.

Salió de la casa tapándose los ojos por el fogonazo de la calle y se montó en su Studebaker a dar unas vueltas por el pueblo. Carúpano se escandalizó de faldas al paso del doctor Simón Antoni Paván, con su copete mangoré, disciplinado con gomina, que deslumbraba tanto como el Studebaker. Detuvo la máquina frente a la ferretería del viejo Martínez sin saber que el futuro lo estaba llamando, se bajó del carro mirando a lado y lado, tratando de adivinar por cuál esquina le iba a salir el porvenir y entró en el galpón atiborrado con peroles de castillo viejo. Lencho Martínez lo vio bajar de aquel portento de automóvil y pensó en Chabela, que maduraba como las flores en la Plaza de La Pepita.

—¿Cómo estás Moncho? (entrador). Chacho, cómo has progresado, sí estás buenmozo, esos aires de Caracas si te han hecho bien.

—Sí compayó —sobró compadreciéndolo—. Mira Lencho, yo lo que te vengo es a pedí… —y no pudo terminar la frase.

—Sí Moncho, llévatela —dijo el viejo Martínez en un sofocón, con la mano de Chabela ofrecida en la suya ferretera. Chabela se hizo pipí, escondida detrás de los armarios férricos, cuando vio a Simón con su uno ochenta de estatura aumentada en dos por el copete. Al día siguiente Simón comenzó un ronroneo en su carrazo, pidiéndole permiso al señor Martínez para irse a la playa con Chabela y el viejo decía siempre lo mismo, sí Moncho, llévatela. Chabela se montaba en la nave terrícola con aquel cabello casi blanco de tanto amarillo y la gente del pueblo veía a Humphrey Bogart e Ingrid Bergman paseándose con aquella exageración de bonitura por Carúpano, igual a Casablanca, inundado de palmeras y sorpresas.

En ese agosto hizo tanto calor que los huevos se rompían con sus criaturas nuevas sin que las gallinas tuvieran que empollarlos y las agujas de los relojes se pusieron tan volanderas que comenzaron a andar más rápido que de costumbre. El casorio se arregló rápido. Chabela no tuvo que comprar vestido de novia porque se puso el de su abuela, pasado por tintorería para la boda de su mamá y vuelto a los arreglos temporales para ella, la flor más codiciada de El Mangle. No se le notaba nada bajo el faldellín. Simón sí se compró un smoking porque el de su papá no le servía y caminó por la iglesia derechito hasta donde Lencho Martínez lo esperaba con Chabela, porque no perdí una hija, sino que he ganado un hijo. ¡Toma Moncho, llévatela!, recitó emocionado al pie del altar, al ver cumplidos sus sueños. Afuera, Jesús María y Héctor Aquiles, con la baba afuera, viendo el cortejo de muchachas vaporosas, que se borró dentro de la iglesia igual a esas novias futuras que nunca se llegan a tener.

A los ocho meses nació Elías y fue el abuelo quien le puso su mismo nombre para que heredara tres habilidades: el regusto por atesorar, la manía de verse el ombligo aunque el planeta se caiga de su órbita y la simpatía para convencer al mundo de que sin él nada existe. Y, como un preludio de las virtudes de Elías, con pinta de actor de cine, simpático y entrador hasta los tuétanos de la confidencia, Jesús María González no tenía empacho en pedir para que todo se le diera. El Chema se cambiaba del vaporón de Carúpano al de Irapa todos los viernes por la tardecita, a pasar los fines de semana en su casa de tías solteronas. Toña, Ceferina y Chepa, no tenían otra vida que la vida de Chemaría, consintiéndolo como si fuera un príncipe de otro planeta. Chema, te voy a hacer unas ñemas que pusieron las gallinas hoy mismito, fritas con huevas de lisa que mandó ayer tu tío Chui de Güiria. El pescado estaba vivo cuando se las sacaron, dice Toña con sus labios que comienzan a rayar arrugas. Corta la cebolla, el ají dulce y el tomate en trocitos diminutos que brillan con sus colores de pedrería sobre la tabla ruda. El sartén arde como una paila del infierno. Primero entra la cebolla a pagar sus culpas por hacer llorar a la gente, hasta volverse perlas con su perdón translúcido. Luego, rubíes y esmeraldas de pimentón para aumentar el sabor con un ají dulce que ya huele, mientras Ceferina bate los huevos hasta convertirlos en espuma de mar. Los tomates tiñen con su crujido rojo la sartén. Las huevas caen nadando sobre el rojo, igual a posturas de peces del primer día del mundo, hasta quedarse quietas con el mar de huevos de amarillo frito. Sal y un poquito de cilantro, coronan el pastel bendito con sabor a monte marino.

—¿Y no hay arepas mi tía?

—Claro, mijó. Chepa, apúrate con esas arepas que este muchacho se está muriendo.

Chepa está distraída cantando que *Hoy, hoy, hoy, hoy pilé todo el maíz. Hoy, hoy, que mamá mando a pilar. Pilé yo, piló María y también piló Pilar.* Chepa, Chepaooo, la despierta el grito y sale corriendo con las ruedas de maíz pilado, vueltas arepa en el horno de leña. Rafael y Nievecita la persiguen, cada uno agarra del canasto su rueda de maná de Irapa y se sientan en torno a la mesa, a dar cuenta de un chorizo carupanero que trajo Jesús María ayer y del queso blanco que acaba de rayar Ceferina.

—¿Chemaría y que haces tú por allá? –le preguntó Rafael.

—Estudiando Rafo, aprendiendo mi hermano.

—Pero eso está muy lejos.

—¡Qué va! Nieves, eso no está lejos. Lejos está papá y yo lo veo todas las noches.

—Chemaría no seas cuentero, ¿eso es lo que estás aprendiendo en el liceo? –le recriminó Nievecita viendo al extraterrestre de Carúpano.

—De veras, mi hermana, mira, esta noche nos vamos a hablar con él.

—¿De veras Chema?

La mesa quedó vacía de comida y muchachos, que se fueron a desenterrar lombrices en el corral para que las gallinas siguieran poniendo huevos sabrosos. La tarde terminó de mudarse hacia el gris y la primera estrella se montó en el firmamento. Se quitaron los zapatos, se arremangaron los pantalones, Nievecita se hizo un nudo entre las piernas con sus enaguas y salieron corriendo hacia la playa, desnuda de pájaros que se escondieron muertos de frío. Se sentaron a esperar sobre la arena.

—Ya vas a ver, Rafo, no te pongas triste, mi hermano, deja que oscurezca completo, acuérdate de que a papá le gustaba la noche.

Cierran los ojos. Las estrellas crepitan. Rumor de caracoles. Las olas baten su espuma sobre la arena cómplice. El mar sopla sus confidencias en la costa y los tres muchachos aprietan los ojos para escucharlo. Chemaría agarra una concha de botuto que murmura confesiones del agua y se lo pone en cada oído a cada hermano.

—Así hablaba papá, dulcito, yo nunca lo vi bravo –dice Nievecita cerrando los ojos para escuchar el recuerdo.

—Es verdad, ahí está papá –repite Rafael con los ojos cerrados y la oreja pegada a la trompeta marina.

—No, ese no es papá, esa es su voz. Poquito a poco, vayan abriendo los ojos y miren el cielo.

—¿Dónde Chemaría?

—Allá, allá, en el fondo, en lo último de lo oscuro.

—Sí Chemita, allá está papá –dice Rafael mirando la estrella vacilante.

—¡Es verdad!, nos está hablando, Chema. Está diciendo Chi-che, Chi-che, Chi-che. Papá se apaga y se prende contento porque sabe que estamos juntos. Chema, Chemita, prométeme que nunca te vas a ir tan lejos como papá –le suplica Nievecita.

—Te lo prometo Nieves – y los tres se quedaron dormidos sobre la arena, hasta que Chiche se volvió lucero de la mañana diciendo adiós.

De casta le viene al galgo es un refrán que no calza con escritura de los genes. Mejor es de tal libro tal cuartilla.

Elías José Antoni Martínez es un prodigio de muchacho que vino al mundo con la boca abierta para que las mentiras le salieran sin tropiezos.

—Yo conocí al Cabo Rusty, en Carúpano, tomando baños de sol en playa Copey, durante unas vacaciones en que se vino de Estados Unidos –dijo, mientras atizaba los carbones asadores de ocho kilos de punta trasera, cuatro de chorizo y una cadena de morcillas de metro y medio de largo, acompañados de una caja de whisky para celebrar cuarenta años de andar jodiendo la pita.

—¿Y quién es el cabo Rusty? –preguntó Mariela, su mujer, imitando el tono carupanero de la suegra.

—Chacha –le replicó con las mismas ches de Jesús María– ¿no te acuerdas? El dueño de Rin-Tin-Tín, un perro tan decente que saludaba dando la pata como si fuera una mano. Era una película sobre el ejército norteamericano en la conquista del oeste. Todavía la televisión era en blanco y negro.

—Tú me perdonas, yo sólo me acuerdo de la televisión a colores –replicó Mariela zafándose los años.

—Pero el blanco y negro no tiene nada de malo –contrastó una espontánea, arquitecto como Mariela (sólo que Mariela no teme reírse), soltando ristras de eses fracturadas con los dientes–. El blanco y negro tiene una textura que permite darle una dimensión más profunda a cada escena, acentuar los volúmenes. Con la luz se puede incrementar la profundidad de campo, enfatizar la perspectiva de cada toma, ampliar la escala de los grises para darle más dramatismo a una escena, fíjate en la *Lista de Schindler*.

—Qué lavativa. ¿Por qué siempre tiene que haber un intenso que te echa a perder la noche? –se quejó Vinicio cuando Pedro Pablo terminó de repararse las eses de la aprendiz de bruja.

—Lo que la tipa dijo es técnicamente cierto –intercedió Leonardo Aranguibel, afincado en sus estudios de cine en Londres.

—La luz es todo en el cine. Claro, en la edición puedes arreglar muchas cosas, que es la parte que me toca a mí –iluminó Ronald como quien busca trabajo extra, sorbiendo el güisky (traducido para la hora) y recién servido.

—Además –retomó Leonardo sobrando–. Yo conozco a Elías, si no lo interrumpen no deja hablar a nadie en toda la noche.

—Sí es verdad –lo celestinó Moira.

—Bueno, yo no lo conozco, por lo que dice Pedro Pablo debe ser un tipo simpatiquísimo, ya hasta me cae bien. Pero te aseguro que esa teórica pluscuamperfecta no ha filmado ni un pie de película en su vida –quiso concluir Vinicio, pero Leonardo alargó el metraje.

—Eso ocurre mucho, habría que preguntarle.

—¡No!, tú estás loco, nos arruina la noche a nosotros también. Además, tú no puedes estar hablando de esas profundidades cuando estás haciendo una parrilla. No me la he comido y la tengo aquí –se exaltó auto ahorcándose con las manos.

—No Vinicio, lo que tienes hasta ahí son los dos frascos de aguardiente que llevamos –presionó Gustavo en el piano, tocando los acordes de "es una curda y nada más".

—Y el nuevo está más fresco que el sancocho –completó Toby, poniéndolo sobre la mesita de centro.

—¿Tú te imaginas, ocho kilos de carne, cuatro de chorizo, metro y medio de morcilla y una caja de scotch entre pecho y espalda? ¿Tú no estás haciendo Realismo Mágico, no?

—No, eso es realismo drástico. Elías es tan exagerado, que un día hizo una apuesta con Luis Vega para ver quién se comía más perros calientes en los comederos de la Plaza Venezuela, el emporio de los asquerositos, la hilera de carritos como abriéndose paso entre restos de comida. Elías se comió quince y Luis doce.

—Eso es como para tomarse seis Alka-Seltzer, dos por la parrilla, dos por los perros calientes y dos por el discurso de la pasionaria cinematográfica.

—Y dos más por lo que contó Luis Vega esa noche.

—¿Y qué puede ser tan grave?.

Luis solía venir a Miami. Su hermano había montado una agencia de viajes que resultó bien próspera porque era la época en que sobraban los reales y la gente viajaba aunque fuera para sacarse fotos junto a los carteles de bienvenida del aeropuerto. Acababa de regresar de una segunda luna de miel y la negra Laura contentísima porque había encargado el segundo muchacho con su musiú. No hacía más que sobarse el vientre y decir que se iba a llamar Carlos, como su hermano, el que se estrelló en un avión en los Everglades, para que Luis Alfonso no crezca tan solo, justificando con argumento de kindergarterina, su voracidad.

—Oigan esta vaina que me acaba de ocurrir –aprovechó Luis para interrumpir a Elías que tenía la boca llena con su primer chorizo de prueba. Todos nos concentramos en torno a los carbones psicotrópicos y Luis comenzó a contar su asombro.

—Mi hermano quería publicar un anuncio en el periódico de Orlando Muñoz... Era un verano con ofertas especiales para viajar a Disney, pero no lograba localizarlo.

—Ha podido dejarle un mensaje en el celular –modernizó Gustavo.

—No vale, es que en esa época no había celulares. Lo que hizo fue mandarle un alerta al beeper para que le sonara cada media hora, eran las cuatro de la tarde del miércoles y a esa hora cerraban la edición.

—Dígame eso, yo me quejo porque las hijas mías tardan cinco minutos en devolverme una llamada –reconsideró Montserrat sus reclamos contra el futuro.

—Bueno compadre –encaró Luis a Elías–. A las siete de la noche entró una llamada en la agencia y fui yo quien respondió.

—¿Cómo se le ocurre a usted llamar al señor Muñoz, usted está loco o se está burlando de mí?

—¡Cálmese señora!, ¿qué le pasa?

—¿Usted no sabe que Muñoz se murió?

—¿Cuándo?

—Anoche, caballero, a las ocho.

—Disculpe señora, ¿quién es usted?

—La viuda.

—Caramba, discúlpeme, mi hermano y yo estuvimos con él anoche hasta las doce en un restaurante y nos hablamos hoy a las diez de la mañana... Pero un momentico –se frenó Luis halado por el acento de la señora–. Caramba, discúlpeme, yo le estoy hablando del venezolano, el dueño del periódico.

—¡Ay! No señor, mi muerto es otro. Él estaba muy enfermo, su último deseo fue que lo enterráramos con el beeper, lo primero que se compró cuando llegó a Miami y el bendito aparato empezó a sonar durante el velorio. Tuvimos que abrir el féretro y allí fue cuando encontramos el mensaje y el teléfono de usted. Yo me confundí toda en este estado de nervios. Muñoz, el mío, sudaba. Creí que se habían enterado en Cuba y lo habían mandado a buscar. Usted sabe cómo es la policía de allá, que no deja ni que los muertos vivan en paz.

—Ahora sí es verdad –se quejó Tatiana–. ¿Qué tiene que ver un velorio con el Cabo Rusty?.

Eso fue lo que preguntó Elías cuando escuchó nombrar muerto. A otro hueso con ese perro, respondiéndose a sí mismo con la suficiencia de quien tiene todas las respuestas, sin creer en el cuento de Luis, quien a veces inventa vainas para estar en la pomada (de la pomada) de la información y el *aggiornamento* circunstancial de cada momento. Se sacó los malos espíritus mientras probaba el segundo chorizo para ver si estaba a punto y acelerar las exequias del bovino. Alexis tenía rato metiéndole el ojo de costado a la cineasta preclara (el espécimen parecía una res de pura carne sin pellejo). Intentó exculparla con una flecha de viveza para cortar por lo sano y evitar que Julio Sosa, cineasta por mampuesto de arquitecto, se adelantara con cualquier aguaje hollywoodesco aprendido en Los Ángeles para hacerle un tumbe. Éramos los humanistas contra los materialistas.

—Mira, Elías –intentó Alexis una escaramuza temprana, pero a las palabras se les disolvió el aire en la boca. Los arquitectos se hicieron uno con el resorte inmediato de su tribu, pusieron un muro de contención entre los mautes en celo y las víctimas potenciales de aquella fiesta brava, tratando de quedarse con todo, validos de sus tabacotes que los hacían parecer interesantes. El turco Saim y el Morsa soplaron una cortina de humo con sus Partagás en aquel encierro, mientras Julio veía los toros desde la barrera. Alexis se puso arisco, "revisándole cartas y equipajes, a los trenes que van a las corridas". Vio a los astados en acecho. Salió del burladero con los mismos arrestos autosuficientes de Elías. Se paró en medio de la plaza. Sujetó el capote de la velocidad y lo puso a girar con la misma elegancia de César Girón cuando se llenó de flores en el redondel, porque las flores quisieron igualarse con el arte del matador que estrenaba girondina. Los tendidos mudos. El aire expectante. Y Alexis que remata la faena con un descabello fatal.

—Elías, ilústrame, dime algo convincente, como acaba de hacer la doctora con lo del cine, ¿cómo es que te llamas tú mi amor?

—Lucía.

—"Vuela esta canción para ti" (sobrando). ¿El cabo Rusty tenía la misma cara de güevón con que aparecía en televisión?

—Ahora Rinti, gritaba, y el perro salía a despachar indios –dijo Abel con cara del soldado menor de edad y yo me quedé callado porque no había entrado en confianza.

—Respeta enanito, el Cabo Rusty tenía diez años cuando hizo la primera película de la serie y medía uno sesenta, igual que tú.

—Perdón, uno sesenta y ocho.

Maurico Silverstein, siempre mirando en derredor como quien toma fotografías de la vida sin mala intención, heredó el espíritu su papá, productor de cine en México, que se sacaba los pesos de su propio bolsillo para hacerle más amable el pedacito de vida restante a los enfermos echados al olvido en leprocomios de Guadalajara y le dejó a Mauricio el regusto por el socialismo, uyyy, el socialismo, ismo, ismo, que nadie sabe lo que es más allá de los desastres que ha causado pero quedó como fetiche redentor de pobres. Los destellos del cine son cosa aparte, una testarudez que consiste en inventar más mundos de los que la luz puede mostrar cuando anda al descampado. Mauricio aprovechó para hacerle un close-up a la Holstein fílmica, tratando de afinarle algunas nociones que no estaban claras del todo, quizá por la costumbre cavernícola del dueño de casa de hacer parrillas con la sola luz de las brasas. Luego le habló de una película fantasiosa para ponerse a tono, filmada entre Ciudad de México, Viena y Jerusalén (en blanco y negro para atenuar el impacto de la sangre), en la que el Emperador Maximiliano es llevado al cadalso recordando sus días gloriosos en la marina austríaca. Moctezuma cae frente a su fortaleza por una pedrada de los suyos, mientras el judío errante se escapa haciéndose pasar por el portero del cine, porque los palestinos no pierden la oportunidad para tratar de hacerle lo mismo que Hernán Cortés le hizo a los aztecas. Marianela Vietri, que estrenaba anillo de bodas con Mauricio después de haber puesto la bala donde puso el ojo, varios años atrás, prevalida de sus dotes de primera actriz y de una perfección corporal hipnotizante (vergación: traducción libre del portugués *vergaçaon*), soltó una carcajada que crujió como las brasas de la parrillera y le dijo a Elías que se apurara con la carne, que el avión sale mañana bien temprano para México. Mauricio y Marianela lograron la pareja perfecta: la protagonista y el director de un largometraje de larga duración, que diría el pensador tolteca Mario Moreno. ¡Qué onda!

—Rusty tenía dieciocho años y era así, de uno ochenta y cinco, como Charles Atlas, pura fibra, además pertenecía al equipo de natación de Estados Unidos. Un fin de semana me lo llevé para Macuro y cogió una trona natural frente a las luces de Trinidad.

—*Yo querer nadar hasta luces.*

—Nooo, Ruy, qué bolas, tú estar *crazy.* Muchi tiburones, chúquiti, le dije, imitando la mordida del pescao con las manos.

—*Sharks?*

—¡Claro!, bróder, tiburones.

—*¡Ouu! nouu, la pinga".*

—Yo le hablaba en inglés y él en español.

—Esos estaban igual que Linda –se burló Vinicio con su acento de Hialeah.

—¿Y qué te crees, acaso tú lo hablas perfecto?, a los gringos les ocurre lo mismo con el español –se excusó Betty con la expresión adusta de Toro Sentado.

—Pero cuando se atreven son simpatiquísimos. El de la carnicería del supermercado se alegra cuando ve a Moira –, defendió Leonardo a los pobres gringos.

—¡Ayyy! –sonaron unas teclas de efectos especiales en el piano, haciéndole coro a Vinicio.

—Dejen el choteo Gustavo y Vinicio que estamos hablando del idioma. Bueno, me imagino que el Cabo Rusty pronunciaría igual: *Yo hablar español, uno poquito* –imitó al carnicero poniendo los dedos en escuadra, midiéndose el idioma como si pidiera un whisky en vaso corto.

—¡Que belleza!, después dicen que los gringos son unos monstruos –se enterneció Vinicio, compensando su vinagre personal con la miel del comentario y sorbió del vaso de scotch para dejar las cosas tablas.

—Pero dime algo Pedro Pablo –cogió memoria Moira–, ¿por qué ese muchacho se dejó engordar así? Elías era bello cuando estudiante.

—Los que te pueden responder eso son Alexis y Abel que lo conocen antes que yo, desde el tiempo en que eran socialistas psicodélicos.

—¿Qué? –se escandalizó Linda, confundiendo un maní que Luis Andarcia se metió en la boca con una pastilla de LSD.

—Que el socialismo es una alucinación condenada a terminar en una mala nota –se molestó PP–. Fíjate que Leonardo Aranguibel, *Luis Zelkovicz* y Toby estaban en la comisión de propaganda del partido, donde Jacobo Borges expurgó los pinceles para pintar a nuestro candidato presidencial imitando la silueta del doctor José Gregorio Hernández, un casi santo.

—Pobrecito. José Gregorio sí que tuvo mala pata –se condolió Toby–. Un médico pela bola de solemnidad, que compraba los remedios de sus pacientes con su propio dinero, que lo mató uno de los dos carros que había en Caracas, que estaba en proceso de canonización...

—Y terminan ustedes poniéndolo en afiches que la gente escupía en las calles –remató la letanía José Antonio–. ¿No será que el tipo se vengó desde ultratumba?

—Yo sí creo –terció Pedro Pablo–. Perdimos las elecciones nueve a cero y el candidato terminó convertido en *coach* de robo de bases de la revolución y maniquí que busca la fuente de la eterna juventud en clínicas de cirugía plástica.

—Es que mientras pintábamos el muñeco escuchábamos *Lucy in the sky with diamonds* –puso la conclusión Leonardo con su memoria lisérgica.

El partido nació como novia nueva con labios viejos. Los soviéticos se habían metido en Checoslovaquia a punta de botas, a punta de tanques, a punta de la vieja mala leche de Stalin, que la convirtió en su botín de guerra a resultas del segundo desmadre mundial. Checoslovaquia, que huele a pastel mordido, se coló en la historia de lo perenne por el Golem, ese muñeco de barro emotivo que salió a fatigar las calles de Praga diciéndole a la gente que el otro mundo existe. La figura de arcilla totémica se puso voluntariosa sin hacer caso del *pulvis eris et in pulvis reverteris* y se rebeló convertido en ciudadano irreversible a imagen y semejanza de Yahvé. Se dice que Dios anda por puentes y callejuelas húmedas de Praga, por donde caminarán para siempre, también, Alexander Dubcek y Václav Havel, con espíritu que rezuma rebeldía y paciencia, en el fiel del equilibrio de su momento justo. Dicen que Praga es tan bonita que se parece a Praga. Y tan trágica que suena al pájaro chamuscado de Jan Palach, prendiendo su incendio con candela brava que le dice a los tanques soviéticos que no me calo esta vaina. Coñosdemadre. Jan Palach sigue alumbrando con sus alas flamígeras. Me gustaría tener el brío de Jan Palach para volverme una pira pública en protesta contra toda chatura (si alguien me recordara). Lo único bueno de todo lo malo es que Juanito Palaciego tenía un corazón como el de Lord Byron, guardado para siempre frente a las playas de Messolonghi, donde fue a parar combatiendo contra el Imperio Otomano. Y quizá gracias a esos corazones insistentes es que hay justicia en la tierra. La libertad existe.

La libertad existe y sirve para escribir libros insolentes como el de Teodoro Petkoff, el primer comunista que se rebeló en vida contra los bárbaros rojos (Maiakovsky aparte), protestando contra el abuso que le mordió el alma al pastel de Checoslovaquia. Teodoro se dolió con el ave chamuscada de Jan Palach, el traqueteo de las orugas sobre las calles que pisó el Golem y le cargó la mano al cuchillo que cortó los cabos con el viejo partido (bueno, todos los partidos comunistas nacen con propensión de fantasma. Lo manifestó Marx, no yo). El libro se salió del corral de las ideas cuando otra primavera le puso hambre de infinito. París arde de adoquines de mayo que quieren tomar el cielo por asalto. Los universitarios pujan por traérselo a tierra. Piedras van y piedras vienen tras las barricadas donde Martín Romaña vive su vida exagerada. Las piedras se riegan por el mundo y, en Venezuela, lo convencional se vuelve añicos. Súmate, súmate, súmate MAS, es la consigna, y nace un partido que reunió a casi todos los escapados del vasallaje.

—¿Y qué le pasó a eso que suena tan lindo? –se abismó Montserrat.

—Que los dinosaurios marxistas que aún quedaban en el partido se impusieron y se acabó la felicidad –deslizó Alexis su vaselina pedagógica. – Imagínate que uno de ellos dijo que nosotros no inventamos este partido para que se lo vengan a coger unos carajitos pequeño burgueses. ¿Qué tal?-.

—Salsa y control –suavizó Luis Andarcia, recordando a Fidias Danilo Policleto Escalona, el discjockey que le cambió la vida a la palabra salsa, para ponerle el mismo sabor a toda música de tumbao latino. Lo de control es aparte.

—Es que el comunismo no es una idea, es un acto reflejo –acidificó Vinicio–. Los ñángaras te venden la palabra como si fuera una bolsa de mercado para los pobres. Más aun, los marxistas son tan arrogantes (peló los ojos), que los demás les parecemos unos imbéciles envenenados de ideología (los volvió a pelar), o sea bróder, de falsa conciencia y se te quedan mirando como si quisieras robarle el aire a la bolsa de mercado. Y perdona si te jodí la parrilla.

Pedro Pablo quedó anestesiado por el recuerdo de los excesos de siempre. Dio su vuelta momentánea por los pasillos de la universidad y encontró fresquitas las huellas de sus zapatos, hechos para caminar sobre cualquier desvarío. La eternidad terminó ya y respondió amablemente, con el tono conciliatorio recién aprendido.

—No, tranquilo, lo que sobra es tiempo, digo yo – dijo, dando otro salto atrás instantáneo, con la vista puesta en los carbones que ardían de lo más contentos, celebrando el cúmulo de años de Elías.

—Mira, después de tomarse como cinco whiskys, probó tres chorizos calibre cuarenta y cinco, hasta que le dio hambre y puso la carne en la parrilla. Se bajó, él solo, una punta trasera completa, eso es como dos kilos, acompañados con dos morcillas y tres rolos de yuca con guasacaca, bien pastosita, como el chimichurri.

—¿Y habrá algo que se parezca de verdad al chimichurri?

—Sí, pero inferior –chisteó Alexis y la señora se le quedó mirando por encima del hombro como se mira a una chinchurria despreciable.

—Cuando terminó de comer sacó otra botella de *Old Parr*, comenzó a tomar del whisky puro, un empuja café, celebró cantando "penas y penas y penas, hay dentro de mí"… Después no dejó hablar a más nadie.

—Monté a Ruy en mi jeep y me lo llevé desde Paria hasta Araya, de extremo a extremo de aquella inmensidad caliente, ida y vuelta, nos fuimos parando de pueblo en pueblo y su mayor sorpresa fue que todo el mujererío quería tomarse una foto con él.

—Elías, no seas tan embustero, ¿cómo carrizo iban a conocer un americano en esos montes? –reclamó una voz femenina.

—Claro que sí, en el sistema solar hay más televisores que gente.

Elías quiso deslumbrar al Cabo Rusty con aquellos paisajes prehistóricos. Playas del mismo mar y cielo, que "en la distancia parece que se unen", dice el bolero en la radio a todo volumen y ellos se dejan llevar con la felicidad que sólo existe cuando uno es irresponsable. Un pájaro raya el cielo de agosto en la jornada del último día del Cabo Rusty en tierras del subdesarrollo. Las corocoras pacen sobre la laguna con su nombre de agua dulce, el equilibrio en una sola pata, imitando a los flamingos de los libros de biología. El jeep descapotado abre los caminos con su perfume de ilusión, el aire cede el paso y el motor ruge con arrogancia como si todo lo lograra él solo. Elías pisa el acelerador y los cauchos chirrían con entusiasmo de curvas, tragándose la serpentina a trancos, aunque se les vaya la vida sobre asfalto hirviente. Suenan frenazos, las ruedas dejan su pellejo en la carretera y una nube de tos queda flotando. Los mogotes indescifrables riegan su bosque a lado y lado de la carretera que compite con las serpientes del monte. Rusty mira sin asombro el paisaje, como un pedazo más pequeño de su país en el nuestro. La carretera se prolonga buscando vida, recluye a los viajeros en su cada yo, sin controversia alguna. Piedra blanca sobre piedra blanca.

—Chucha, ¿qué tienes porai? –perifoneó Elías entrando en el paradero "El último chance".

—Elías José, aquí hay de todo y si no te lo mandamos a buscá. Jesusa espantó el mosquero con un trapo que tenía en el hombro, se le quedó viendo al Cabo Rusty y siguió con la misma confianza. - Elías, yo conozco a este musiú.

—Claro Chucha, éste es el Cabo Rusty.

—¿De veras?

—Claro chica, tráete a los muchachos para que les firme un autógrafo.

—Pero si aquí nadie lee.

—No importa, para cuando tengan memoria.

Cinco mocosos desfilaron con sus posavasos de cartón, desnudos, risientos, las barrigas llenas de lombrices que se visten de fiesta los domingos con sus galas de áscaris lumbricoides y la mirada de quien no sabe que el mundo existe. "Polar, la cerveza popular", dice la lírica publicitaria del redondel, bordeando un oso sobre una montaña de cubitos de hielo, indiferente al vapor de Manicuare. El oso se hace a un lado discretamente y la fila de penachos se va hacia la cocina con el Recuerdo del Cabo Rusty, como si fuera una oración que se aprenden de memoria.

Jesusa llegó haciendo equilibrio con la torre de platos de peltre. Un trozo de venado duerme en el primer piso, vuelto pisillo, cereta, flecos de carne, por haberse quedado quieto frente a la escopeta. En el segundo, el pastel de morrocoy, que dejó de ser morrocoy, cuando una pata le pidió permiso a la otra para caminar y lo abrieron de par en par con un machete. Siguen los peldaños con un chivo expiatorio que sabe a tarkarí por la magia del curry que unos hindúes mandan desde Trinidad. El resto de láminas ingenuas le pone la cama al pescado y al cochino, salvados del ocre tristón, por un aguacate que puso su verde vegetal para remendar la salud y el rojo de los tomates que duermen un segundo sueño. Para resto la nada.

—¿Cuánto es Chucha?

—No mijó, con el musiú estoy paga –lo despidió viendo al gringo con ganas imposibles.

Se montaron en el jeep y salieron a domesticar la carretera, parándose de tanto en tanto en las curvijás, ese equilibrio perfecto que hacen las curvas cuando se topan con las encrucijadas. En las matas alumbran cerezas, mangos, cotoperices, ciruelas de huesito y los dos pioneros bilingües se las comen en su *Viaje a las regiones equinocciales del nuevo continente.*

—A esos muchachos les ha podido dar una indigestión –(Montserrat).

—No, ya se habían tomado los Alka-Seltzer –recetó Ronald y aprovechó para jalarse el güisky hasta el fondo.

—Pero bueno Ronald, eso fue hace dos cuentos, francamente, tú no tienes sentido de la continuidad. Sí tú editas los videos con ese desorden estamos mal –lo situó Vinicio en el espacio, el tiempo y la parrilla en casa de Elías–. Ronald encogió los hombros y miró hacia el techo tratando de ubicarse en el hilo narrativo frunciendo el ceño. Gustavo hizo un acorde en plan de fanfarria y Luis Andarcia todavía estaba con las bailarinas de *Treasure & Pleasure.*

Elías le dio al botón de *play* en la rockola y los discos de cuarenta y cinco revoluciones comenzaron a caer dentro de la máquina, con entusiasmo de cartas amorosas en un buzón antiguo. Le hacía la segunda voz a la pasta negra y aceleraba el descuento de los tragos de whisky, hasta que la gente se fastidió de su quejido carrasposo y cada quien se dedicó a sus asuntos. Alexis adelantó de manera vertiginosa sus trámites con la arquitecta audiovisual y se la llevó hacia ningún destino sin que nadie se diera cuenta. Luis Vega volvió a lo único suyo, Laura, dedicada a sobarse el vientre de lo más contenta con las náuseas. Ricardo Priwin, un agricultor floreciente que se hizo millonario con la compra-venta de semillas (Elías delira por los millonarios), dando explicaciones acerca de los beneficios del sorgo, de lo barato de su cultivo y la manera de evitar que le caigan piojos, como le ocurrió a él, hasta terminar completamente calvo. Abel y Pedro Pablo mareando a dos niñas bien que tenían especial regusto por universitarios exóticos (niños mal) y que fueron cediendo, sin darse cuenta, al remolino embaucador de aquel par de gavilanes paracaidistas y a la plusvalía emotiva de los tragos de *Old Parr.* ¡Ay! ustedes si son ocurrentes y divertidos, cayeron, escabulléndose los cuatro en su momento. Néstor

Cabrera contaba por enésima vez su experiencia en la Polonia comunista, donde lo veían como a un miembro de la Nomenklatura porque tenía beca para estudiar cine, se dedicaba a la práctica de saltos ecuestres y hasta mostró una foto montado en un caballo blanco que fascinó féminas correspondientes. El resto de invitados imitaba a sus sombras, que tiritaban sobre las paredes de la terraza con la lumbre insistente de los carbones. ¿Topus Uranus?.

Elías se borró de la sala, fastidiado porque nadie le hacía caso y, de pronto, apareció desnudo en la sala. Una hoja de limón bastó para esconder su instrumento seminal y caminó apretando las piernas, haciendo equilibrio como Adán en el Paraíso, para cerrar la noche a las tres de la madrugada con su queja de costumbre. (Esa vez no se le entendió). Las mujeres lamentaron el espectáculo de aquella masa informe en que se convirtió el galán de la Universidad Católica y se quedaron mudas de espanto. Elías soltó una risita gimiente, gutural, jijística y, antes de que Mariela se lo llevara arrastrado hasta la regadera, recitó solemnemente su acta de nacimiento: Yo, Elías José Antoni Martínez, un cosmos, el hijo predilecto de Carúpano...

—¡Qué barbaridad!, ese carajo es capaz de hacer lo más grotesco y siempre le sale una gracia –se lo apropió Leonardo en un amistazo súbito–. Si llego yo y me desnudo....

—No, Leonardo, por favor, con un mal rato tenemos –se espantó Vinicio y escondió la cara entre los brazos. Recompuso y suavizó–. ¿Y por qué no invitan a Elías un día que venga a Miami?

—Porque a él lo que le gusta es andar con sus amigos ricos, no sale de Cocoplum, vive montado en un yate –lo saludó Pedro Pablo desde el muelle de su trono africano.

—No, pero haciendo justicia, él sabe la situación que estamos viviendo y siempre ayuda –agradeció Alexis.

—Es que cada vez que viene se encompicha con Raúl Leoni y abandona todo, me lo dijo Luis Vega –enroque de José Antonio–. Cuando el viejo Leoni fue presidente de la república nombró al papá de Elías ministro y se la pasaban parriba y pabajo. Ahora los hijos andan repitiendo la historia de los dos gorditos como Sancho Panza y Sancho Panza.

—Ese es el exilio –sornó Toby– que todo lo trastoca.

—No, esa es la democracia que permite casi todo –corrigió Alexis.

—Entonces hay que hacer un brindis por la democracia –se entusiasmó José Antonio y Gustavo hizo el acorde de los Marlins de Florida con el teclado.

—No vale, ya está bien, me tengo que ir.

—Pero bueno Alexis, qué te pasa, apenas son las siete de la noche, todavía es hoy –intentó extenderle el divertimento Pedro Pablo.

—Es que mi hija Gabriela llegó de España y va a preparar una cena, tengo que buscar a su hermanita que tiene tiempo sin verla y aprovechar que Gustavo Tarre está por aquí.

—¿Qué, también se vino el gordo Tarre? –se alarmó Toby.

—Sí, se vino, perseguido, ahora está con sus nietos que viven en Washington pero siempre aprovecha para un toque técnico en Miami.

—¿Y sigue de diputado? –memorizó Vinicio.

—No, ya está retirado.

—Qué vaina –se quejó el profesor Ludovic resignando con la cabeza–. Retirado y nietos. Esas son palabras que me ponen contra la pared.

Se hizo una pausa reflexiva general en la que cada quien juzgó imposible contarse las canas. Linda se quitó la máscara de Toro Sentado y se puso la de Caperucita Roja para soltar una pregunta que tenía atorada en la garganta desde que empezó la fiesta.

—Alexis, hay algo que no termino de entender. ¿De verdad tú eras de la Democracia Cristiana?

—Sí, claro, ¿por qué no?, desde los catorce hasta los veinte años. Lo que pasa es que el partido tenía su olorcito a cartón de Opus Dei.

Hubo una interrogación sonora en la sala idéntica a cuando descorchas una botella de vino y Pedro Pablo aprovechó para hacerle una radiografía a los huesos del espíritu.

—Y él es católico, espasmódico y gitano, cosa *non sancta.*

Alexis arreó sus mulas (él vive en el *deber ser*, no en lo que se es), dio media vuelta con una sonrisa "mitad juicio, mitad mueca burlona". Todos despidieron a la pareja resbalando idiomas con sabor a tierra. *A rivederci Roma,* cantó Toby sobre las notas de su pasantía gozona, sufriente y con prole por la Ciudad Eterna. *Auf wiedersehen,* resucitó Pedro Pablo a su bisabuela Bischoff y José Antonio le completó la segunda voz de memoria. *Au revoir,* dijo Valentina, con el francés que aprendió hace tiempo en una aventura sin importancia.

Gustavo tocó en el piano los acordes de El Manisero. "Me voy, me voy, me voy", intentó cantar Alexis, con su muela de costumbre en el oído. Luis Andarcia dijo con la lengua de Jorge Amado que *vai embora*. Toro Sentado se mudificó diciendo *eñe* y Montse saludó con una sonrisa en la mano. Vinicio nombró el *sayonara* de los japoneses que nacieron con una cámara fotográfica en el pecho y ojos de chino. Tatiana rezongó delicadamente que *bye fish* poniendo cara de chao pescao y, Leonardo, anglosensible, entonó junto con Ronald una canción bifronte de los chamos de Liverpool: *you say good bye and I say hello*.

—Definitivamente, sin adiós ni bienvenida uno es nada –dijo Toby con el aguardiente aflojándole los pulmones y el brazo en alto para ajustárselos. En la terraza, los carajitos seguían dando brincos.

La materia no se destruye sino que se transforma, pero de todas maneras debemos despedirla para que se cumpla el fenómeno.

Hay adioses de adioses. El del silencio que se traga el nombre de quien se fue para siempre en el compartimento de carga del avión. Un pañuelo tembloroso sobre la terraza del aeropuerto para que el despedido aliente la promesa del retorno. ¡Saludó, saludó!, se escucha sobre el segundo piso donde sólo queda flotando un gas triste. Adiós del estudiante que parte para igualarse con su ambición, respirando el oxígeno de la beca fortunera y el de la familia que lo mira como carta bajo la manga. Adiós del millonario retirado que tiene abrevaderos en cualquier hueco del orbe y el del diplomático que hizo economías con sus sueldos de lujo, ambos, tratando de esquivar al tiempo. Chao de la modelo rebosante de trapos, perfumes y desdén, que le concede su razón de ser a los cenitales cuando alumbran su cabeza sobre las pasarelas del mundo. Grave, el del descreído que se va porque sí. El del fracasado que se muda tratando de propiciar un golpe de la fortuna, el del enfermo que viaja en busca de otros aires y el del escapado del país con la bolsa y la arrogancia llenas del sudor de los fondos públicos. Adiós del amor que se fue porque no se pudo. Adiós en entredicho del soldado que parte con la vida pendiendo del hilo de un disparo: Volveré para estar contigo hasta que nuestros cabellos se pongan blancos. Y adiós de quien huye de un gobierno autoritario que lo quiere desaparecer.

Pedro Pablo se volvió a llenar de sí mismo al ver a José Antonio luego de varios años. El calor del abrazo puso a hervir el vapor de carros rugientes sobre el portón automático de los *arrivals* y de los autobuses hoteleros vueltos *shuttle* por capricho del movimiento. Avisos luminosos ensayan su ardor de soles de alquiler sobre taxis que compiten entre el forcejeo de la oferta y la demanda. Guachimanes de turno soplan su pito tratando de administrar el tránsito a tirito del caos. Las maletas tiemblan ansiosas por deshacerse de su carga en manos de la multitud que respira inevitablemente, y, los culos viajeros, exageran su meneo como si fueran a dislocar el mundo. Se puede decir lo que sea, pero si algo abunda en los aeropuertos es mujeres "ingrávidas y gentiles" que hacen temblar la tierra con más presión que Cipriano Armentero, la salsa que suena al fondo del sofocón.

—Creí que no te habían dejado salir –se lamentó José Antonio al abrazarlo y se separó boquiabierto–. ¡Ñooo! ¡Ya va!, espera un momentico. ¡Bróder!, estás como si no te hubiera pasado el tiempo, tienes cara de muchacho, hasta las canas te sientan bien, pareces blanco.

—¿Tú crees?, la verdad es que me siento como si tuviera ochenta años. No llamé porque estaba aturdido, pero te traje esto –y le entregó la bolsa a manera de disculpa–. Vengo vuelto flecos.

—¿Qué es esto? ¡Uuupa!, gracias mano –respondió mientras leía con pompa, circunstancia y tono de experto maese recitador de troverías populares, con Balbino Blanco Sánchez en la voz–. "Llegó de etiqueta negra", Juanito el Caminante. ¡Caballero! A este señor se le acaba la carretera esta noche. Hay que aprovechar que mañana es sábado.

—Es justo y necesario, lo que vengo es *overwhelmed*, como dicen ustedes los gringos.

—¿Qué tal?, muy bueno tu anglosajón, pero aquí no lo necesitas –lo previno José Antonio, mientras le cargaba la maleta con estoicismo de anfitrión irreversible–. Aquí no estás todavía en los Estados Unidos, Miami es una prolongación del mapa que tenemos en la cabeza. De todas maneras, bienvenido a tierras de libertad, como dicen los cubanos–.

—Y no es para menos. Aquí como que respiran ¿no?

—Además de que pueden decir lo que se les antoje, claro que a veces se les pasa la mano y no se les entiende, sobre todo a los que se han venido de último.

—Sí, me acabo de meter un cotorrón con uno de ellos.

—Los hay buenos, malos y regulares, todos son verbátiles, igual a nosotros, pero hay que estar pendientes. Algunos vienen contagiados del autoritarismo que hay en la isla, otros desesperados por comprarse un *Levi's* y una cadena de oro, más los agentes secretos que entran de contrabando. A veces los gringos son bien pendejos y se dejan meter ese *strike*.

—Igual que allá, los tipos controlan hasta el aeropuerto con sus ñángaras. Por eso es que estaba tan aturdido. Cuando vi a los policías en el mostrador de Identificación y Extranjería me quedé en neutro, casi me paralicé, el propio *black out*. Después de todas las amenazas no era para menos. Tú no sabes cómo está aquello.

—¿Cómo?

—Imagínate que hasta acusan a los bomberos de golpistas.

—¿Será por lo de los carros bomba? ¡Qué barbaridad! Un país sin bomberos no es un país.

—Además escuchan a todo el mundo, nos tienen pinchaos.

—¿Pinchaos?

—Sí, los teléfonos intervenidos, saben hasta cuando meas.

—¿Y por qué no me mandaste un correo electrónico?

—¡No!, también te los interceptan. Tienen unos sapos del G2 cubano en la compañía telefónica tomando nota de todo, incluso, espían a los del gobierno y los tienen controlados.

—¡Asere!

—Hay que hablar en clave. Dos y dos son cuatro, cuatro y dos son seis, seis y dos son ocho y ocho dieciséis, saca cuentas el emperador Augusto, a la mismita hora y día en que vinieron al mundo Guillermo y Lázaro. Los pájaros viven como recados aéreos y postales. Te quiero.

—Yo pensé que estabas curdo.

—No, es que si uno de esos malandros con carnet nos estaba escuchando, seguramente diría, ah no, estos son dos maricones tirándose besitos por teléfono y cortaba la comunicación. Yo creo que la vaina funcionó porque estoy aquí.

Miami es una ciudad que vive con el sobresalto de una mujer sorprendida a punto de desnudarse. La mujer se sonroja tapando a duras penas sus partes íntimas, pero desiste, quedándose a medio camino entre el pudor y la lascivia. En Miami los pecados tienen otra justicia. Palmeras y delfines danzan en bajorrelieve sobre el concreto que sostiene empalizadas y puentes. El calor es una pasta húmeda que aniquila el movimiento e impone una quietud de fotografía a las avenidas hacia todo y nada. Cuando entras en las autopistas sientes que no hacen falta a pesar de lo fastuosas. La ruta está dentro de uno mismo. Cada quien a lo suyo tratando de no causar interferencias. Un carro sale apurado del estacionamiento, concentrado en sus asuntos sin ver para los lados. Si hay alguna disputa, por ahí anda la ley con sus patrullas, sus camiones de rescate y sus compañías de seguro que cubren cualquier desastre a cómodos plazos mensuales. *Buckle up, it's the law.* Ley es ley.

—Pedro Pablo ponte el cinturón de seguridad que si no me clavan una multa de doscientos.

—¿Bolívares?

—No, dólares, aunque los cubanos los nombran con la nostalgia de los pesos que nunca vieron.

La camioneta avanza tratando de orillarse hacia la derecha, no mucho, *slightly*, suavemente, para quedar en la boca de la I-95, interestatal, la número 95 de todas las que cruzan el país con sus apuestas de lotería. Si no te atropellan te sacaste el Lotto. A lado y lado de ocho canales que salen por la vena madre del corazón de la ciudad, duermen los *homeless* entre edificios viejos, acostumbrados a su extravío, como alienígenas que aterrizaron en el planeta equivocado. La ciudad se mejora con casas que apacientan su indiferencia de ovejas sordas en el redil urbano. Los árboles se imitan unos a otros en las jardineras simétricas de los estacionamientos. Se domestican flores para satisfacción del orden. El orden anda por la ciudad vigilándolo todo con su ojo incógnito, entra en los supermercados, farmacias, tiendas de abalorios (todo a dólar), colocando productos en la paz vertical de los anaqueles y la vida continúa. El orden dibuja su rigor sobre las señales de tránsito, se mete silenciosamente por calles y avenidas, patrulla entre la fila de carros para que no se desmanden. Se trepa sobre las luces celestes de los semáforos administrándoles la prisa. Las filas se desbocan a ver quien llega primero a las arterias de concreto que llevan a las madrigueras particulares. Y, después de tanta maroma, José Antonio estaciona frente a la casa que compró a plazos de treinta años, cuando aún la cosa no había comenzado a dislocarse.

—Bueno bróder, *welcome home*, ésta es tu casa y esto es Doral, donde viven casi todos los venezolanos, digo, los más acomodados, porque la mayoría anda remendándose el corazón con las tripas. Aquí la cosa es dura, menos mal que mi mujer no se puso bruta y se devolvió a seguir trabajando en los negocios de su papá. Esto era mío antes de que ella se viniera. Divorcio y chao.

—¿Y te las viste muy negras cuando llegaste?

—Todo el que llega se las ve negras, a menos que traiga una chequera clandestina, pero siempre se mejora, poco a poco, los años me han pasado lentamente.

José Antonio pulsó un botón luminoso del volante y la puerta trasera de la camioneta se abrió con el automatismo de las ganas de llegar. Le dio a Pedro Pablo la bolsa con el whiskey, se bajó de la aeronave y salió a buscar la maleta, contento de retribuirle la complicidad del mismo Rh-O+, cuando no sabía por dónde le iba a salir la vida.

—Bróder, a celebrar. Abra ese frasco que si algo queda es noche.

Toby bajó el brazo de despedida cerrando la puerta cuando Alexis y Teresa se borraron en la penumbra. Regresó al montículo del pitcher, agarró la botella y comenzó a menearla como si fuera un hisopo para bendecir la feligresía, con la misma risa que se le metió en la boca el día en que nació. Que su palabra vaya adelante. Ronald puso el vaso contentísimo bajo el chorro de maíz, agradecido por el extra inning y Cory lo miró sonriente como una madre alcahueta. Luis Andarcia se hizo el pendejo agarrando un güiro que estaba mal puesto en el chifonier de la sala y arrancó con el ticuchirri-ticuchirri de un tenedor sobre las ranuras de la totuma pulida, aprovechando que Linda fue a averiguar qué estaban haciendo los muchachos en la terraza. Gustavo hizo un aguaje armónico en el piano eléctrico. Vinicio terminó de afinar la guitarra (por fin) y comenzó a cantar *A ti te gusta la rumba Margarito y a mí me gusta el bembé,* un güagancó con arrestos de son, original del finado Tito Rodríguez.

Y continuó la rumba con mayor estridencia, ¡caballero!... Montunos sedicentes, guarachas pendencieras, sones belicosos. Apagones emocionales y "dicterios al gobierno reaccionario" (el de allá), alternados con canciones propias para prolongar la noche con la herida personal.

Traigo en mi piel sabor del verano eterno
donde me puso este sol su quemadura
heridos de colores
sueñan los caracacoles
que repiten mi canción con su dulzura

Cada quien hizo su gracia poniéndole protuberancias delirantes a la noche. Todos, animosos por llevar la normalidad hasta el punto de ebullición. Montserrat cantó bien bonito. Gustavo se puso tenor y lanzó notas sin desviación alguna. Vinicio hizo los coros con su cara eterna de monje budista atormentado. Ronald ensayando chirridos displicentes y Luis Andarcia siguió con su ticuchirri que marca el ritmo para echárselas con Linda. Tatiana es Tatiana. Noly es música toda ella. Desvaríos, abusos, insistencias descabelladas por el alcohol justiciero, hasta que Pedro Pablo le pidió, por favor, a Gustavo, que hiciera un acorde en Re Mayor, en ritmo de cuatro por cuatro. Le quitó la guitarra a Vinicio y arrancó el segundo set con un son montuno y doliente del profesor Chirino que enmareció las venas de la noche.

Apenas siendo un niño allá en Mantilla
mi padre me vistió de marinero
tuve que navegar noventa millas
y comenzar mi vida de extranjero...

CAPÍTULO SIETE

Las palmeras hablan con susurros

La vida de Jesús María González comenzó a llenarse de presagios. Una nube de pelos al rape (no es un decir), se estacionó sobre Irapa. Uno, dos, tres, baja los escalones del autobús en el terraplén del terminal, pisa sucio molido, los zapatos se hunden en una alfombra espesa y levantan una polvareda que le sube hasta la nariz a medida que camina. Estornuda, saca un pañuelo del bolsillo trasero de su pantalón, se sacude el pegoste, la tela con sus iniciales bordadas en azul se llena de un emplasto oscuro. La única calle de Irapa está sembrada de briznas marrones que tapizan la tierra hasta la playa. Las ventanas cerradas. Los cables llenos de manchas groseras entre cada poste, palometas peludas, mariposas que se cansaron de su origen de insectos apacibles y salieron a amargarle la vida a la gente.

Los pájaros huyeron del pueblo confundidos entre sus alas llenas de pelos, que caían sobre los techos cada vez que arrancaban a volar. Las tejas pasaron del rojo arcilla al marrón adiós. Chemaría estornuda, avanza sobre el manto capilar, el pañuelo se vuelve un cartón agrio y descubre que la alergia es un "animal de costumbre" que no te abandona nunca. La yesca majadera le enciende su chispa en la punta de la nariz, se vuelve comezón de sal que sube a lado y lado de las paredes del tabique, la sal se disuelve en un engrudo resbaloso que le baja por la garganta y se le convierte en flema de mal agüero en la boca. Escupe para intentar un exorcismo, pero el ritornelo tiene su vuelta andada. Carúpano es un viaje de ida y vuelta.

—Chema, tengo una buena idea –le dijo Héctor Aquiles tentando al diablo de lo desconocido, un domingo que bostezaba su anuncio de rutina semanal, a las cuatro de la tarde–. ¿Tú sabes por qué las mujeres de la Petaca no nos hacen caso?

—Porque no somos un buen partido.

—Nooo, chico, es porque no hemos hecho nada importante. Mira, tenemos que darles gusto, vamos a hacer una huelga, nos ponemos brillantina en el pelo como la gente de La Petaca y salimos protestando contra el gobierno con un cucurucho como los de maní, pero más grande, ya lo hicimos, de cartulina. Cheché, Lucho y Chaverto están de acuerdo, sólo faltas tú. Nos montamos en la pick-up del papá de Cheché y salimos por Independencia hasta El Mangle, nos devolvemos y llegamos al mercado que debe estar lleno de gente, eso es todo el pueblo, como quien dice. Manejo yo que soy el líder.

—¿Y qué gritamos por el cucurucho?

—Libertad, libertad, libertad.

La libertad terminó con las señoras de La Petaca horrorizadas por el desastre de los cinco bárbaros que trastornaron la paz de Carúpano. Les prohibieron a las muchachas asomarse a las ventanas y las sometieron a cuarentena por haberse atrevido a ver los vándalos gritando por la calle, detrás de las cortinas, muy entusiasmadas. El Ministro de Educación mandó un oficio desde Caracas ordenando la expulsión de los revoltosos, condenados a convertirse en despojos ingenuos de quince años cada uno. El profesor Alejandro Agostini, director del liceo, obedeció con cierta tirria el mandato superior y, agazapado tras las mismas convicciones clandestinas de los mocosos, los dejó presentar sus exámenes de tercer año a escondidas, devolviéndoles la ciudadanía remendada *in extremis*.

A finales de aquel agosto, Cheché entró a trabajar con su papá, Felisberto, como ayudante de cauchero, acumulando válvulas neumáticas, contrapesos de plomo, cortaduras y mugre. Mientras tanto, aprendía a encontrar el equilibrio de los cauchos sometiéndolos a la justicia del balanceo, a medir la distancia exacta entre eje y eje para enderezar la alineación de las ruedas voluntariosas, a suturarle las heridas que acumulaban en el cumplimiento del deber (también placer cuando sus dueños se bajaban a coger indias por el camino) y, apretarle tuercas con fortaleza mayor de edad, a las ruedas que salían por toda carretera haciendo lo que les daba la gana. Felisberto, Filo, Felito, grita la clientela reclamando su primer puesto en la fila, necesitada de servicio y, Felisberto, Filo, Felito, se volvió uno solo cuando el camión le cayó encima, con toda la inercia del hierro, mientras le reparaba el cardán. No tuvo tiempo ni de quejarse porque los pulmones no tienen voz propia y, cuando llega la hora, se quiebran con un sonido de cartón tieso. Cheché agarró las tripas de los cauchos restantes y se fabricó un corazón externo para mantener vivo el recuerdo de Felisberto y el negocio de los carros dando vueltas por el mundo. Y siguió yendo escondido a las reuniones del partido junto con Lucho, hasta que el mentado se hizo rico.

Lucho rescató la red que su papá le dejó cuando se ahogó en el golfo, tirada al olvido por Licha, desde el día en que se arrejuntó con uno de los negros trinitarios que le compraron el negocio de las sardinas al papá de Jesús María, Chema, Chemita, el finado Chiche González Chupitre. Lucho sacó la tejedura de huecos del fondo de un baúl, deshiló un rollo de sedalina, ensartó la punta en la aguja roma y comenzó a reparar su herencia para continuar el trajín pesquero, como le había enseñado su papá, pero pendiente de sacarle el cuerpo a la muerte que emergió desde el fondo del mar para dejarlo sin ascendencia. Kandir, su papá reencauchado, negro morado, hijo de hindú con negra trinitaria absoluta, lo asumió como una mancha propia. Lo ayudaba a retejer la red mientras le explicaba que hay negocios mejores para muchachos despiertos que quisieran hacer economías. Hasta que seis meses después, un viernes por la noche, lo montó en su lancha nueva de dos motores, Mercury fuera de borda, de setenta y cinco caballos cada uno, y lo inició en el negocio de trajinar pantalones y whiskey sin ley, desde Trinidad & Tobago hasta tierra firme. Lucho aprendió cómo hacerse próspero mojándose con leche de las estrellas en noches de frío autoritario, volando sobre la espuma del mar con su lancha hindú fuera de borda sin que el mundo se diera cuenta y, cuando llegó a su casa, se confió a la sombra de su nuevo papá sin diferencia alguna (justo como un cuchillo). Colgó la red que se quedó sobre la pared convertida en recuerdo eterno y se santiguó por si acaso. Más nunca supieron de él sus secuaces revoltosos.

Chaverto, el de más prosapia abecedaria, regresó a Río Caribe donde lo esperaba una buena cueriza del doctor Heriberto Echezuría, para ajustarle las cuentas volanderas. ¿Qué culería es esa de estar oliéndoles los fustanes a las hijas de los ricos? Yo me gradué de bachiller vendiendo empanadas y arepitas dulces que hacía tu abuela con la pata en el suelo, me hice médico sin la ayuda de nadie, doblando el lomo, con mucho orgullo, para que ahora me venga a salir un pordiosero de faldas altaneras. Esto es para que aprendas a ser hombre. El cinturón sonó en el aire con su latigazo oscuro de orden muchacho del carajo, las nalgas acusaron el corrientazo de una, dos, tres descargas de cuero parejo, que trataban de meterle el orgullo de pobre debajo de la piel. Heriberto, que había sacado el mismo nombre y talante de su papá, no soltó ni una lágrima. Se subió los pantalones, el pellejo de las nalgas se le hinchó hasta volverse medusa, luego callo maduro con el viaje de doce horas hasta Caracas y aprendió en el trayecto a soportar todos los castigos por venir. Entró por la compuerta trasera de la camioneta De Soto 1950, de segunda mano, tratando de hacer espacio en la cocina, entre los trastos de aquella mudanza que llevó a la familia hasta las veredas de Coche, porque su papá consiguió un trabajo en la Unidad Sanitaria de El Valle.

Su prima Patricia se le asomó desde el recuerdo en aquella despedida, sentada frente a un piano que brotó en la sala de la casa de las Echezuría, en el que, invariablemente, terminaba goteando a Beethoven en su Claro de Luna, cada vez que se despedía de sus tías solteronas para regresar al conservatorio en Viena. Las tías soñaban con tenerla hasta el último de sus días vaporizando notas del viejo instrumento, pero la dulce Patricia les entorpeció los planes cuando se le acabaron los cobres que le dejó al morir su papá, Juancho, el único de los Echezuría con modo, y conoció a Wojciech Edelman, un judío polaco que había logrado salvarse de dos plagas: el tifus que germinó en las paredes del Gueto de Varsovia y los trenes que llegaban al campo de exterminio de Treblinka. Los piojos abundaban en aquellas paredes con su voracidad infecciosa, que venía de contrabando en la Rickettsia Prowazecki, una bacteria que, pese a su sonido de muela que se rompe, no era polaca.

Irena Sendlerowa, una empleada del Departamento de Asistencia Social, se valió de su carnet oficial para meter el ojo sanitario dentro del gueto y empezó a sacar muchachos escondidos en cajas, paquetes y maletas. Irena anotaba pacientemente los nombres de la mercancía insospechable y los metía en una jarra que enterró en un bosque, con la esperanza de que al finalizar la guerra sus dueños pudieran encontrarse con el origen de su sangre. Wojciech fue a dar a Suiza por esos pactos secretos que trazamos los expatriados con el azar y, cuando regresó con su violín bajo el brazo a Polonia para reunirse con sus padres, sólo encontró el olor de sus nombres entre los abetos sembrados por los alemanes para ocultar el horror de Treblinka.

Las tías se murieron al año siguiente de haber cumplido su sueño de ver trabajar su piano después de viejo, por primera y última vez. Y Heriberto se acostumbró a la imagen de su prima como el primer amor sin feedback.

¿Qué vaina es ésta, Héctor Aquiles?, lo exprimió Daniel con maraca de arrechera y boleta de expulsión en la mano.

El saco de miedo enmudeció bajo la blitzkrieg de pescozones que le dio su papá antes de que pudiera entrar a la casa y se vio obligado a pasar sus dos meses de vacaciones haciendo mil planas en cuadernos de caligrafía: "Dios castiga a las palmeras por andar de frasquiteras", mientras desaparecían golpes y chichones con el amor de madre de Arnelia, que lo convirtió en una momia carupanera con vendas protectoras y abluciones de árnica. Héctor Aquiles fue a parar por los lados del estado Táchira, causando envidia con su letra bien bonita y esa morenura atropelladora, por pueblos que mueren y viven de frío blanco, aprendiendo a mezclar sus vocablos quebradizos de oriental con eses montañosas de los andinos, escuchando boleros, escribiendo el primer cuento que tiene escondido en un lugar que nadie sabe y guindándose a trompadas con Fucho Salazar, el hijo de un capitán de la Guardia Nacional que trasladaron del puerto de Carúpano a la aduana de San Antonio, en la frontera con Colombia. Ahí va la oveja negra de la familia, le dijo el güircho al salir del liceo.

Héctor se devolvió, soltó los libros en el medio de la calle, negra será tu madre (siempre las madres) y la emprendió a tarascones playeros contra el carajete, volviéndolo alfombra, ganándose el respeto de todos en el liceo y la amistad de Hugo, el tercero de los Baptista, que ya comenzaba a dibujar manchones de nubes incógnitas y recitaba de memoria la foja boxística de El Pollo de la Palmita, Oscar Calles, Enrique Chafardet, el negro Armando Best (con más de cien bajas automáticas en sus alforjas). Muchachejos madurados a punta del carburo de sus puños para ganarse la vida en la capital lejana.

Hugo se declaró mártir de la ciencia cuando le llegó la primera boleta mensual de cuarto año con su knock out fulminante en matemáticas, física y química, pero comenzó a remediarse sentado junto al pupitre de Héctor Aquiles, afinando la vista (que para eso sí era bueno), sobre la hoja de los exámenes asesinos. No era indolencia. Hugo se quedaba perplejo mirando la conducta humana del cielo, con sus cúmulos, nimbos, cirros y estratos de algodón disímil en el horizonte, que trastornaban la paciencia eterna de los cerros. La luz haciendo timideces sobre los campos. Las rocas obedientes, una sobre otra, como escolares sobrepuestos en las talanqueras mustias de los andes. En las calles aledañas una sombra persigue a su perro. Y, las piernas de Ofelia Velásquez, con su perturbación cognoscitiva en la fila contigua, mientras los profesores taladraban fórmulas infalibles sobre cabezas de mozalbetes andinos.

Hugo salía de clases aturdido por el enigma de los dos teoremas ostentosos de Ofelia, soñando con juntar su boca electropositiva con los signos electronegativos puestos en labios de la muchacha. Con la piel erizada por el infinito de su indiferencia, pensando en inventar una ecuación que revirtiera los términos para salir del desconsuelo y llegaba a su casa más triste que un cero a la izquierda. Se encerraba en su cuarto, sacaba su caja de creyones *Prismacolor* y comenzaba a borronear el rostro de la dulce Ofelia que "flota como un lirio" sobre las hojas del block de Manualidades, con papel cebolla intermedio en cada hoja. El cabello chorrea su catarata hasta el pie de la página. Los ojos son dos pájaros sinuosos que aletean sobre pómulos de colinas suaves. No hay nariz, no hace falta, en el Táchira no hay olores porque se mueren de frío. La boca es un manchón displicente sobre el papel, medio abierta, con el desdén que tienen los labios cuando te niegan, se quejaba en silencio. Hugo, en venganza, repite lo mismo y se lanza blanco adentro de las nubes, que se acostumbraron al algodón retador de sus lienzos para siempre. Suspende el trazo sobre la página porosa, le pone el papel cebolla encima y el rostro se difumina como un asunto para luego, dijo, cerrando el block. La muchacha se quedó en duermevela dentro de los creyones, luego se pasó hacia los pinceles con que Hugo Baptista se ganó la vida y la perdió, muchos años después de sacarle el jugo, un sábado, en que lo tocó.

¡Qué cosa con los sábados! Su luz totalitaria en flagrante contradicción con la puja convencional de los otros días. Su receso muelle para descansar sin tiempo. Su *su* particular, inexplicable. Su paréntesis vital para coger aire y tirarse al abandono (en los países nuestros, porque los gringos ortodoxos y los inmigrantes se toman al pie de la letra que Dios sólo descansó el Séptimo día con Dominus del reposo para ver su obra). Hugo se sentó junto a Héctor Aquiles en la mesa del comedor, tratando de descubrir las claves de un idioma nuevo llamado Trigonometría, lleno de vocablos espeluznantes que parecían un adelanto del infierno: catetos, hipotenusas, senos (sin mujer alguna), cosenos (verbigracia), tangentes (por donde provoca huir de tanta rectitud), cotangentes y secantes, sin el mínimo cariño para mitigar la cárcel de cuadernos cuadriculados. Hay cuadrículas de cuadrículas. La mejor es el mapa del radio *Zenith Transcontinental,* que tiene todos los lugares del mundo a donde se puede llegar con un viaje de la aguja roja sobre el dial. Atenas, Madagascar, Ciudad del Cabo. San Juan, Caracas, donde están narrando los prolegómenos de la pelea entre Ramoncito Arias, el peleador invicto del patio capital y, Pascual Pérez, el pequeño gigante de Buenos

Aires, en El Nuevo Circo, pujando por el título latinoamericano de los pesos Mosca.

Héctor Aquiles y Hugo Baptista se escaparon de la cárcel de cuadernos milimetrados cuando cumplieron lo incumplible (llenar de jeroglifos la nada, como egipcios tachirenses) y Hugo le puso la mano al pomo del radio como quien agarra una manzana en el Paraíso a las siete de la noche. Le dio vueltas a la manzana. Giró a la derecha. Giró a la izquierda. Palante. Patrás. La aguja hace una corrida larga hasta el extremo de Nueva Zelanda. Salto hasta los mares del sur, llenos de veleros, Gauguin y aventura. Vuelta hacia Asia. Nueva Delhi, donde la hermana del Pandit Nehru come arroz con las manos llenas de joyas. En París, Camus le saca la lengua al partido comunista y la silla a Sartre, pero se muere a destiempo (¡qué vaina!). El pomo sigue girando su ruleta, pero la dictadura de Pérez Jiménez controla hasta las ondas hertzianas. Una rebeldía imprescrita deja colar la voz de Pepe Pedroza en el cuadrilátero, que suena a silbido sobre su flux negro y corbata de pajarita. "En eeeeesta esquinaaaaa, con ciento veinte libras y unnnn cuarto"… Wiu, wiu, wiu, se queja el radio con voz de mudo. (Saeta sonora, indescifrable). Wiu, wiu, wiu. Se corta la transmisión. El radio bocina sus estertores en el mismo instante en que se empieza a encender la noche. Los fanáticos maldicen el aire escuchando Ecos del Torbes, la emisora local. Un joropo se desnuda del fandango español, cantado por una muchacha con cara de general: "Ramoncito en cimarrona, zapateaba joropo, que tocaba canela, con el barro a las rodillas, se enjugaba el corazón para cantar". O algo así, tan incomprensible como el Teorema de Pitágoras. (LQQD).

En la Sagrada Familia hubo algunas diferencias profundas.
En las demás se cuecen habas.

Jesús María no tuvo apuro alguno. Todos sus pecados quedaron suspendidos como nubes veniales en el limbo de tías solteronas. Tía Antonia cargó con las hermanas menores hechas para las arrugas. Sacó a Jesús María del tarambanaje oriental y de los pelos de palometas aciagas, evitándole sobresaltos (creyó ella). Toña nació un día en la Avenida Luisa Cáceres de Arismendi como una vestal sin dientes, dándose toquecitos en clave Morse con los dedos sobre el anverso de su mano izquierda, acodada en la baranda de capiteles dóricos de su casa de Chiche, sacando cuentas antiguas, resuelta a cumplir el ruego del hermano cuando estaba a tirito de su oficio de difuntos. Nievecita encontró un clima más propicio para su flor silvestre y me

197

enseñó temprano que el amor sabe a bolas de aserrín cuando no te hacen caso. Prefería la pelusa amarilla que mi primo Tony llevaba en la cabeza. Y no tuvo el mínimo empacho en desdeñarnos a los dos, cuando se casó con Oscar, un gnomo rechoncho, parecido a los muñecos navideños, pero sin gorro rojo y con cara de felicidad, cuando yo tenía cinco años. Un adelanto de Ana Milagros, que también se volatilizó, dos años después. Rafael andaba en patines de cielo. Cuadra arriba y cuadra abajo, imitando a su hermano con copete de gomina de taxi libre, tratando de andar por la vida sin pasajeros de niebla.

Jesús María está parado en la acera de enfrente con cara de prócer. *Epa Pedro Pablo, ¿cómo te portas, güircho?, ¿cuántos años tienes ya?, parece mentira, cómo has crecido, ¡chacho!*, me dijo, desde la acera de enfrente, con las ches mordidas sin pausa, y la voz de pájaro silbador con que los orientales nombran a los muchachos como uno. Yo le respondí, con las palabras truncas en la punta de la lengua, que bien, que *chinco*. Y el cinco se me vuelve un nudo en la garganta, siempre que saco la cuenta de su vida maltrecha como la mía.

—¡Ah! no, Pier Paolo, yo no sé por qué tú hablas de tu vida maltrecha y te veo feliz —aprovechó Noly el *break* del segundo set de la noche y la complicidad de la sala que se quedó sola. Los músicos afinaban en la cocina su club del mutuo bombo, celebrando que si hubiéramos ensayado no nos quedaban tan bien, sirviéndose tragos como agua bendita, para santificar la noche que no quería tocar fondo.

El pentagrama improvisado aún flotaba junto a la lámpara central con la penúltima canción: *"Se ha complicao tu problema, yo vine pa echar candela"*. Los ticuchirris del güiro seguían crepitando con su propio fuego fatuo. Luis Andarcia, feliz con el artefacto vegetal en la mano, pero sin atreverse a un trago más de manera pública. Linda, Betty correctiva, estaba bien bonita a su lado, pero con cara de Toro Sentado, por esos asuntos de la raza que se acrecientan en altas horas de la noche. Vinicio sí se fue por peteneras, indiferente al "satélite llamando a control", de la doctora Montserrat Rodríguez de los Cojones de la Mancha, que, ahora sí, dejó a la sonda espacial hacer sus cosas a guisa y manera de Yuri Gagarin. Se sirvió un scotch añadiéndole agua de la que tuvo alguna vez el planeta Marte, puso cara de astronauta evadido de sus responsabilidades en la tierra, prendió un cigarrillo, abrió la puerta interior de la estación orbital, se dio tono de chofer de cohetes y dijo que nadie se muere el día anterior. Montserrat se murió de la risa con su "fragilidad, tienes nombre de mujer" y de torre móvil. Tatiana, que tiene alma de alcahueta, la vio con alma de alcahueta que dejó a Gustavo dándole jalones al cigarro de

Vinicio. (Gustavo a veces le pone carácter). Toby, hecho para la risa, cumplió consigo mismo, mientras Valentina se bajaba un shot de tequila "pa no meter las cuatro patas de un jalón", porque le gustan los nombres áridos como el agave. Reposado, eso sí. Y Ronald muy triste porque esa noche no pegó una nota. Cory lo miraba y le daba palmaditas en la espalda, convencida de que ha podido ser un gas. Leonardo y Moira, cabeceando el cansancio.

—PP, no te hagas el loco ¿por qué te la echas de mártir y vives muerto de la risa? –se la puso bombita Noly.

—"Porque soy como el árbol talado que retoño" –le recitó Pedro Pablo serruchando su madera y Noly a punto de micción en el tronco del príncipe botánico que sublimaba sus alcoholes.

Pedro Pablo paencima. Le sujetó la mano con ternura. Palma con palma del busque en el bosque. Noly se enterneció de temblores y lo dejó hacer poniendo labios de Nievecita, Ana Milagros y todos los amores exilados. El par de lenguas infinitas hablan sin voz, succionan secretos ocultos en el músculo que se hizo parlante desde el día en que el mundo nació para ser narrado. Los dos órganos cautivos se estremecen en un mar de peces sin agua, persiguiendo burbujas con qué respirar, chupando en busca del momento en que la vida se salió de las aguas primigenias tras las huellas de la gente que ama. Los peces se volvieron ofidios para fatigar con sangre fría cuanto desierto hubo, se dejaron de vainas y se incorporaron siguiendo la ruta de las Leyes de Mendel, con sus "afinidades electivas" a punta de besos, perplejos cuando descubrieron que la boca es la mejor invención del Creador. *Yo vide una garza mora, dándole combate a un río, así es como se enamora, tu corazón con el mío"*, le copleó Pier Paolo con el fieltro que Simón Díaz tiene en la voz. Y, Noly, saturada de espuma palmípeda, en el justo momento en que José Antonio salió del baño y entró en la sala intempestivamente. Corte. Close up de Noly aterida.

—Tranquila Noly, que todo queda en familia –se la sacó del pecho y más silencio sobre la soledad de la sala repartida a tres. La novicia besadora se estremeció con una excusa que sonó a reclamo para salirse del *tackle*.

—Esto me lo aclaran de una vez por todas. Por fin, ¿qué carajo son ustedes?

—Caballos de la misma pura sangre –dijeron los dos al unísono, ídem estereofónico, poniendo orden, como si fuera posible, en aquel torneo de desafueros.

—Ya vengo, me voy a servir un trago.

José Antonio volteó con el giro del actor que sale de escena, grave "como un río de leones", después de invocar el parlamento que le viene en el libreto desde que nació y resolvió el enigma.

—¿Tú sabes por qué me llamo igual que el abuelo de Pedro Pablo?... Porque también es el mío.

Noly tembló entre los dos nietos psicotomiméticos y puso a Dios mío de interjección, boquiabierta con el *impromptu* de la telenovela que Valentina le había pronosticado como buena bruja preconceptiva. José Antonio se fue hacia el *bateau lavoir* de la cocina donde retumbó la confesión con su sonido de redoblante, tentado por los efluvios de aquel barco borracho, abriéndose paso entre la marinería tambaleante, buscando remojarle el espíritu a sus ancestros tacaños. Se puso un poco triste por efectos del defecto, inclinó la botella perfectamente diagonal sobre su vaso y las gotas ambarinas mojaron el frío con el mismo estremecimiento que sintió el poeta Rubén Darío, cuando su tío abuelo materno lo llevó a conocer el hielo, antes que el Coronel Aureliano Buendía. Los bucaneros siguieron indiferentes con su motín a bordo y José Antonio les clavó una mirada helada que los dejó tal cual. Vinicio bajó la cabeza, sorbió del whiskey, regresó a su rostro de monje tibetano liberal y le dijo que estaba transparente. ¿Te cayeron mal los tragos? José Antonio respondió con silencio. Tatiana le dijo que respeta, con el sexto sentido de las alcahuetas y fue a darle la vueltica obligatoria a los muchachos, que se habían pasado con su calistenia hacia el *family room*, aprovechando que el sol se acuesta más tarde en los días del verano. Leonardo pensó en esta fiesta de locos y vio a su mujer con su batola incluyente. Era tarde.

Montserrat se puso chiquitica con inocencia importada de la calle, arrugando sus cejas magníficas. Luis Andarcia desenchufó el güiro. Ronald carraspeó la garganta por si acaso aparecía otra oportunidad. Gustavo flotó fuera de su circunstancia como siempre. Valentina se empujó otro tequila y cantó cucurrucucú. Toby soltó que no nos pongamos tan graves que mañana va a ser peor, viendo el vaso de scotch a medio camino. José Antonio revivió la risa y todos se fueron en cambote hasta la sala, donde Pier Paolo y Noly se contaban sus cuitas. Linda vio a Noly con recriminación de hermana mayor. Los cabellos amarillos se le borraron con el mismo blanco de María Antonieta cuando la subieron al cadalso. PP escondió la guillotina frente aquel directorio vacilante y los asientos sonaron a mordisco, como el día en que Saturno se devoró a sus hijos en el cuadro de Goya.

Los abuelos inventaron la memoria y uno vive desempolvándola por puro gusto.

El tiempo desenrolló su vuelta sin fin y se detuvo sobre el cumpleaños número sesenta y cinco de la abuela Guillermina. El Káiser isopropílico comanda la tropa de nalgas recién pinchadas para ahuyentar la tosferina con un estricto sentido del orden bifocal. La abuela tiene predilección por los nietos que le devuelven el trazo de sus genes rubicundos de Alemania, pero un hisopo de igualación biológica y la jarra de jugo de naranja de los domingos, más o menos, esparce bendiciones sobre las cabezas de todos los primos, que se reunían cada domingo para celebrar el... bueno, el primismo. De uno en fondo, la fila polícroma se abre paso entre "los pinos en el viento, con ese olor a distancia", hacia el restaurante El Boloñés. (Volver a la página 101 para más detalles de aquel día en que la tribu casi estuvo por sumar un indígena externo).

Julián José Antonio, Víctor Román Guillermo, Enrique Emilio, la segunda generación Albedo que vivió en la cuadra (menos Freddy Dámaso, con casi la misma edad de los sobrinos, tanto, que ni siquiera le pedían la bendición), está sentada en torno a la mesa del comedor para discutir un asunto muy delicado para oídos menores. Irma, Carmencita y Lourdes (tampoco había aparecido la tía Lucy, que años después se quedó prendada de los ojos pumáticos de Freddy Dámaso, para conformar el eje Berlín-Cúcuta-Caracas), a la espera de noticias, sentadas en la sala, bordando sus crochés impacientes, como la gran tejedora de Ítaca, anudadas a las decisiones de sus maridos. El tío Joseíto desmadeja el secreto ya sabido, encaramado en su primogenitura que brilla con las estrellas plateadas de capitán del ejército de la república y de una seriedad que daba miedo.

—En dos platos, ¿qué vamos a hacer con el hijo que mi papá tiene por fuera?

—Carmen lo conoció en el colegio de Pedro Pablo. Dice que es igualito a ti —completó Guillermo con la misma sonrisita burlona que heredaron los Albedo Díaz—. También tiene un hijo que se llama José Antonio. Si mi mamá se entera....

—¿Y qué quiere ese entrépito? —insinuó Enrique Emilio mijo, con el mismo carácter que lo hizo el preferido de Guillermina.

—Nada, sólo el apellido —soslayó el capitán frente a la tropa subalterna. Guillermo no tuvo inconveniente en compartirse, quizá por la costumbre de recoger gente abandonada detrás de los escenarios.

—¿Nada? —se volvió a quejar el tío Enrique—. El apellido es todo. Un Albedo no es cualquiera.

José Antonio Albedo Istúriz es un caballero de sombras que mandaron a la tierra con modales del siglo XIX, pero hizo trasbordo en una carreta hasta el XX. Nació en el estado Guárico, en un terraplén de nombre llano que rima con papel de bodega de pueblo: Zaraza. Y se fue haciendo hombre a la manera de la caña brava que sobrevive en los charcos y no requiere flores. Cuando Pedro Pablo lo conoció era un abuelo perfecto, sin reclamos, puro consentimiento para que el ramaje posterior creciera protegido. Los abuelos tienen algo de santos, como si hubieran venido al mundo sin sexo. Pero el suyo se convirtió en ángel caído un día en que Pedro Pablo se cansó de revolcarse en el gallinero del corral y se puso a coger puntería sobre el plumaje de un gallito puertorriqueño de su primo Tony. La abuela los separó a coscorrones y se lo trajo colgando de las orejas para lavarle la travesura y quitarle aquel disfraz de demonio con plumas. Empujó la puerta del baño y, allí, el abuelo bendito con su inmensidad reproductora entre las manos, parecida a un pescuezo de caballo que se inclina para beber.

El ángel caído de José Antonio y su hermano Jerónimo, hijos de madres distintas pero iguales, indios lavados, contantes y sonantes, fueron a parar por los lados de Caracas cuando su papá consiguió el oficio de lampista. El primer Albedo, hasta donde alcanzó la memoria confesional del abuelo José Antonio cuando la muerte tocó a rebato, logró salir del monte a empellones, colándose en una de esas montoneras que terminaban acampando con mulas, armas y bagajes, en la Plaza Bolívar. Se hizo de aposento por los lados de la parroquia San Juan y se acostumbró al tira y encoge de los días que se trepan sobre sus noches, topándose en madrugadas intermedias con el "sereno, sereno, qué hora será", del vigilante caminero, para apagar los faroles que encendió ayer. La luz vacilante de los cinco mechones en cada lámpara alumbró la vía tenue donde el bisabuelo encontró su razón de ser, pobre pero honrado, con alimento para la prole y bien vestido: dril de maní tostado todo el flux, camisa blanca de algodón crudo, pajarita roja, sombrero de pajilla con banda negra y al andar, andar, andar, dándole duro a los caminos, para que sus hijos recibieran su herencia de varones prolíficos, imitándolo, pero a la manera del progreso, con trajes de casimir bien cortados, pelo ajustado con gomina, bastón que oculta un estoque contra las acechanzas y porte de caciques preñadores, sin que faltara un bocado en la mesa principal.

Jerónimo montó, no se sabe cómo (bueno, igual a los italianos que inventaban restaurantes y zapaterías), una farmacia por los lados de Catia la Mar, como si le hubieran encomendado curarle las heridas al Caribe.

—¿Por qué aquí huele tan mal *Jerominito*? –le preguntó Pedro Pablo con su lengua mocha y su irreverencia temprana al tío abuelo, un día en que caminaban por la playa, frente a los farallones del aeropuerto de Maiquetía, justo sobre las infecciones de Mare Abajo.

—Porque el mar también se muere.

—¿Y por qué se muere?

—Porque se cansa de que se le quiebre el esqueleto.

—¿Y el mar tiene esqueleto?

—Sí, las olas que van y vienen.

—Pero las olas no se cansan. Mira.

—No, esas son otras. Las primeras que viste ya están viejas, se murieron de cansancio y los huesitos se le volvieron espuma podrida en la orilla.

—¡Aaaah!, ya entiendo. ¿Y cuántos años tiene el mar, Jerominito?

—Un porción. Como cien mil.

—¿Cuánto es cien mil?

—Toda la vida.

—¡Coye!, lo mismo que yo, que voy a cumplir siete.

—¿Tanto? Te estás poniendo viejo Pedro Pablo. Que Dios te bendiga.

—Amén Jerominito.

Y se fueron los tres, descalzos sobre la arena, con la misma alegría del primer mono que tuvo el descaro de pisar en la tierra con sólo dos pies. José Antonio, el menor, tieso como un pitecantropus erectus sonriente, no dijo nada porque existía el respeto para con los mayores. El tío abuelo Jerónimo, contento de la descendencia alterna, dejó su recuerdo imborrable de huella dulce en la playa y Pedro Pablo se ahijó a la figura del abuelo José Antonio Albedo Istúriz y a su vapor de santidad.

El caballo José Antonio se levanta a las cinco de la madrugada, después de dejar a la moza Guillermina Bravo Bischoff orgullosa de su aborigen. Se mete en la regadera silbando una canción de rocinante satisfecho. Jabón y estropajo sobre la humanidad de uno ochenta y dos para volver a empezar, todos los días. Cierra el grifo. Toalla de algodón seca la piel cobriza. Peine derechito sobre las fibras de negro noche, ordenada con su liturgia de *Brillcream*. La brocha gira en el mortero jabonoso y se vuelve espuma sobre la cara. Afila la navaja barbera en un vaivén sobre la toalla y corta al ras los pocos pelos en el llano de sus mejillas de aceituna. ¡Galán el gran carajo! *Bay Rum* para aplacar los poros. Sonrisa de dentadura perfecta y Jean Marie Farina en la fotografía del espejo. Flora sobre flora que aroma la naturaleza del caballero esplendente. No hace ruido. El escaparate cómplice lo mira con un guiño de sus puertas cuando saca el flux gris oscuro, con rayas blancas diminutas, verticales, ojo de tigre, perfecto para un señor de su estatura, que remata aquel donaire de corbata azul tornasolada parecida a una serpentina del cielo. Se apura en silencio. El reloj de la sala suelta sus últimas notas de cucú a las seis, en el instante en que José Antonio enciende el Chevrolet, guardado en su casa con garaje y todo. "Fina estampa caballero, un lucero que sonriera bajo un sombrero", comprado en la Casa Tudela por el viejo Phelps, un día de su cumpleaños en que pasaban, *by chance* oportuno, por la Avenida Universidad.

La Caracas de 1920 es un pueblo más o menos grande y, de Los Rosales al Country Club, no hay sino un paso que José Antonio cubre con obstinación milimétrica, transmutado en chofer de William Phelps, un ornitólogo norte-americano y millonario que fundó la primera televisora del país, después de llenar la ciudad de bellos carros que exhibía en los salones lustrosos de El Automóvil Universal, y darle categoría de seres humanos a los pájaros que vuelven habitables las alturas, pero amansados en libros de paciencia foto-gráfica. El viejo Phelps, que le ponía ruedas al país tratando de lavarle el mote despreciativo a la palabra Venezuela (que la historia tapareó con la lisonja engañosa de Pequeña Venecia), le vendió a José Antonio su primer carro con pagarés mensuales y le prestó el dinero para que construyera su casa de la Luisa Cáceres con sus propias manos. Cada céntimo regresó a su origen en hora oportuna. Y, si no es por el orgullo que los alemanes no pudieron remendarse con la Segunda Guerra Mundial, Julián José Antonio, Víctor Román Guillermo y Enrique Emilio, los hijos del complejo, habrían estudiado en los mismos colegios de los herederos del millonario pajarero, que lo ofreció sin nada a cambio. Guillermina Bravo Bischoff dijo que no.

El día a día de José Antonio Albedo Istúriz transcurre en un ir y venir entre acacias, pinos y almendrones vientosos sobre las aceras de la Avenida Luisa Cáceres de Arismendi, y, chaguaramos, samanes, cedros y caobos, que le ponen ramas al viaje diario, hasta llegar a su trabajo en el Country, como si se tratara de otro país. José Antonio, conforme con la suerte que le regaló el primer Albedo cuando lo sacó de su vida predispuesta para los charcos, hace girar el volante de la máquina iridiscente, sin sábados ni domingos, como quien sujeta el porvenir de los suyos sin exhalar una queja. De regreso del trajín manejador le da la cola a Esteban, Teban, Tebita, el jardinero, que se quedaba por los lados del Cementerio y, a Rosa, la ayudante de cocina, de caderas prominentes, cutis de fécula feculorum, piernas como columnatas y gratitud con el preferido de William Phelps, que le ahorraba el gasto de regreso hasta su pensión de El Prado de María. A la orden Rosa y Rosa se le puso a la orden al chofer con pinta de galán mexicano, que la invitó a pasear un sábado por los Valles del Tuy, donde ocurrió todo.

—Y de esa gratitud vengo yo –replicó José Antonio al vacío, a barruntos del escocés bebido con urgencia última.

—¡Epa! Bróder, ¿qué pasa?, dale pasito.

—No, bróder, pasito nada, ya estamos grandes y entre amigos.

—Es verdad –lo exculpó Vinicio, consciente de los desórdenes sentimentales del viejo Ludovic–. Qué carajo –gimió su rebelión de trompeta con sordina, por el recuerdo de su hermano Julio César Mármol que se acababa de morir, aumentándole considerablemente las arrugas. Se entristeció lagrimeante por los dos asuntos.

Lázaro Araujo nació el mismo día que su medio hermano Víctor Román Guillermo Albedo Bravo, un 16 de agosto, pero aprendiendo a vivir sólo la mitad de las cosas, guindando de la rama natural del único apellido de Rosa, como quien nace con dos pecados originales. Víctor Román Guillermo vivió a trompicones bajo el rigor legítimo del Albedo Bravo (más la cola imponente del Bischoff) mientras Lázaro hacía crucigramas en la casa de pensión, presionando el azar de palabras cruzadas para ver si se sacaba la lotería de encontrar a su papá en aquel garrapateo solitario. Nanai. Después de mucho tanteo, ya crecido, obstinado de que la suerte le llevara la contraria, le sacó a Rosa la confesión del nombre a cuentalágrimas, pero sólo logró tropezarse con lo que buscaba el día en que inscribió a su hijo José Antonio en el kinder de la Escuela Gran Colombia, y la maestra Belén Flores pasó la lista de escolares debutantes.

—Albedo Díaz Pedro Pablo –y Pedro Pablo se quedó mudo al recordar los jalones de oreja de la abuela Guillermina–. Diga presente –lo reanimó Belén con voz de pesebre.

—Presente, señorita.

—Así es, como todo un hombrecito que ya vas siendo –risas celebrantes del auditorio y Pedro Pablo levanta la cabeza imitando un cuello de tortuga vigilante.

—Araujo Pino José Antonio.

—Presente –replicó el mentado con su primera lección aprendida y Lázaro se sintió completo, por primera vez, cuando escuchó nombrar al único de su estirpe con dos apellidos. Josefa Pino le pasó el brazo por el hombro poniendo su otra mitad, mientras escuchaban el rosario de párvulos que vinieron al mundo con el camino andado, hasta que los aplausos apagaron la voz de Belén, al terminar la lista con Zambrano Antonio, el único que entró en el kinder con abolengo incompleto. Bulla general. El carajiterío sale a reencontrarse con su origen. Los enanos corren embutidos en sus overoles verdes con camisa blanca de ciudadanos neonatos, rezumando todo el ruido del mundo. Antonio Zambrano se abraza a Blanca como quien se aferra a un dios femenino, Blanca lo bendice y le apuesta a su caballo para que gane nombre propio. Pedro Pablo hala a su mamá por un brazo (su papá nunca está) y se la lleva hasta donde el imán de la sangre de José Antonio lo llama por las venas.

—Mamá, ya tengo un amigo que se llama como mi abuelo, te lo presento –dijo con la voz firme del hombrecito que ya va siendo.

Lázaro y Carmen se quedaron estupefactos con los ojos sonando a música de suspenso. Lázaro la miró ausente como quien busca respuestas en quien no las tiene. Y, Carmen, quien nunca creyó que existieran los dobles, abismada frente a la misma cara de su cuñado José, pero con el pelo liso. Los dos kindergartenientes, ajenos al enigma, salieron corriendo a amistarse con el mundo organizado que nacía entre pizarrones, pupitres, patio de recreo y sorpresas. José Antonio saltó extasiado hacia el vaivén de los columpios y Pedro Pablo tieso frente a una blusa temblorosa. El corazón se le volvió un pedazo de estopa al ver la piel de durazno moreno de una muchachita vuelta lágrimas, que le confesaba sus temores a la pared, con su cara escondida entre los brazos, toda solita. Y "nunca fue tan claro el amor como cuando Hans Christian Andersen amó a Jenny Lind, el Ruiseñor de Suecia".

—¿Por qué lloras?

—Porque tengo miedo.

—¿Y por qué tienes miedo?

—Porque es la primera vez que tengo miedo de estar sola.

—Pero tú no estás sola.

—¡Claro que sí! Bobo. Ya todos los papás y mamás se fueron.

—Pero ahora tienes muchos compañeros.

—Primera vez que oigo eso –puso su distancia antipática, secándose lágrimas y mocos con la manga de la blusa–. ¿Qué es un compañero?

—Mi mamá dice que lo mismo que un amigo, pero cuando se pone el uniforme de la escuela.

—Entonces dura poco, porque cuando suena el timbre de salida se acaba.

—No, se vuelve otra vez amigo. Tú y yo somos compañeros, pero después del timbre somos amigos. Los amigos se despiden besándose en el cachete y si les gusta pueden llegar hasta novios.

—Tú sí que tienes palabras raras. ¿Qué es novio?

—Alguien que te lo pide.

—¿Que te pide qué?

—Qué seas su novia. Si te gusta le dices que sí y entonces él te besa en la boca.

—Asco, mi mamá dice que no debo dejar que me besen en la boca porque los niños no se cepillan los dientes.

—Es que las mujeres no saben nada de hombres.

—¿Y qué es un hombre?

—El que le pide un beso a una mujer.

—¿Y si la mujer no se lo da?

—Se pone triste.

—No, mi mamá dice que las mujeres son las que viven tristes por culpa de los hombres que se van con otra.

—Y los hombres también cuando las mujeres no los besan. ¡Mira!, tengo una güena idea. Yo te pido que seas mi novia. Mientras tú lo piensas yo busco una flor en el parque. Te la doy. Tú me dices que sí y me das un beso en la boca.

—Mejor que no.

—¿Por qué?

—Porque ni siquiera sé tu nombre.

—Yo tampoco. ¿Cómo te llamas tú?

—Ana Milagros. ¿Y tú?

—Pedro Pablo.

—¿Viste?, yo sabía que eras un bobo, tienes nombre de catecismo.

Dio una vuelta sobre el eje de picardía de sus dientes blanquísimos y salió corriendo hacia el patio de recreo ese primer día de luz total. El bobo la persiguió haciéndole morisquetas hasta llegar a los columpios, intercambiando alturas en el sube y baja para exhibirse lo mejor posible, tentando al aire por lo que tienen los niños de ave, aterrizando en la boca de un lobo de plástico que lo escupió con su lengua de tobogán sobre un colchón de arena, donde estaba José Antonio, enharinado. Tom Sawyer y Huckleberry Finn se revolcaron en aquel río de complicidad, tratando de atrapar grillos que saltaban desde la grama, sacando renacuajos de un pocito cercano, ensartando alimañas en palitos que caían muertos desde las copas de los árboles, hasta que la voz de Ana Milagros los sacó del tierrero con ese don que tienen las mujeres para hacerse imprescindibles desde que nacen.

—Puercos —y salió corriendo a esconderse detrás de las matas de cayena. Los dos hombrecitos en ciernes se encogieron de hombros y se estrenaron en el arte de las miradas furtivas. Pedro Pablo sacó un mazo de barajitas del bolsillo del overol, comenzó a mezclarlas a la manera de naipes y José Antonio hizo lo propio, mostrando los cromos relucientes para quemar de envidia los ojos de Ana Milagros.

—Tengo dos de Simón Bolívar y una que se me repite mucho, me ha salido siete veces —dijo Pedro Pablo en voz alta, mirando por el rabo del ojo hacia las cayenas que crujieron su rumor de ramas.

—Yo tengo una del Mariscal Sucre, una del General Juan Bautista Arismendi, una del General Páez y ésta que es bien bonita —le replicó José Antonio, metiéndole de contrabando una estampita de la Virgen de Coromoto.

—¡José Antonio!, con la virgen no se juega.

—Pero si yo no estoy jugando, mi mamá dice que ella es la patrona de los patriotas. Desde que la tengo en el bolsillo me salen menos barajitas repetidas y el álbum se llena más rápido.

—Ok, ta bien, te cambio dos de Simón Bolívar por las tres tuyas, un Libertador es más que un mariscal y dos generales.

—Ok, ta pago —las ramas de la cayena volvieron a crujir y José Antonio redondeó el negocio con gesto de quien vendió al contado—. Dime algo, ¿cuál es la que se te repite?

—Ésta, la de Luisa Cáceres, la esposa del General Juan Bautista Arismendi, vale más porque son dos patriotas en uno. Te la vendo por un medio.

—Eso es lo que vale el paquete de cinco.

—Pero ésta no se consigue.

—¡Ah!, no, si tienes siete dame una de ñapa. Cuando uno tiene suerte puede dar más.

—Umm, está bien, dos es igual que tres, pero no digas nada porque esa no le sale a nadie, sólo a mí. ¿Sabes por qué?

—¿Por qué?

—Porque esa la avenida donde yo vivo. Hizo una pausa, miró hacia la cerca vegetal y fanfarroneó en voz alta: Ésa es mi novia.

Ana Milagros sudó como las estatuas de los parques solitarios cuando nadie las mira. Salió del mogote con su cabeza altiva, ensayando, por primera vez, desdenes femeninos sin voltear a ver a los dos tahúres, demasiado concentrados en sus negocios. Los tres aprendieron bien temprano que el amor es un forcejeo. José Antonio intentó un requiebro óptico con una María Moñitos que pasó ensimismada frente a ellos, pero ella se hizo la que no se da cuenta. Ana Milagros puso su ventaja de costilla que no debe ceder (hasta cierto punto) y, Pedro Pablo, halando y soltando la cuerda, mojado en el agua de las miradas furtivas, logró que la carajita se resbalara en sus brazos, el día que la maestra Belén los escogió como pareja para los bailes folklóricos del primer acto cultural de los viernes. ¡Qué vivo soy!

Carnavalito de obertura con salticos de "mi burrito peruano del Perú" y ponchos los dos ("perdonen la tristeza"). Dama Antañona gentil, llena de tules vaporosos, Ana Milagros es un ángel que se balancea con el vals como si hubiera sido quemada por el sol de Río Piedras. "Barlovento, Barlovento, tierra ardiente y del tambor", porque los negros también tienen derecho y la carajita se roba el show con un quiebre de cintura, que ni estrella fugaz en el hueco del firmamento. Vienen "Los chimichimitos", unos yorubas domados con pumpá y palto levita, de la misma estirpe sumisa del Tío Tom, bailando con la espalda quebrada de coloniaje y las manos dibujando plegarias africanas, tamboré. El número estelar es La Raspa. Pedro Pablo estrena un traje de charro que le trajo la abuela Guillermina cuando regresó de un congreso de higienistas escolares en México. Pasos alternos al frente, clap-clap con las palmas, giro de brazos entrelazados, tanteos de taquigrafía en torno al ala del sombrero, chamarra que bordea la cintura de Ana Milagros para evitar vainas y Pedro Pablo se acostumbra a los aplausos. Pero se molesta al terminar el número porque tiene que ponerse alpargatas para bailar el Alma Llanera. ¡Ufff!

Y, el último viernes de graduación, el corazón se le volvió una alpargata desechable cuando posó varonil para la foto de despedida con Ana Milagros, que se fue para siempre. Con los años, Pedro Pablo terminó poniéndose en desacuerdo absoluto con el gran Gautier porque Puerto Rico le echó esa lavativa, afianzada por el poeta en su concha de perla de los mares. *Bull shit*, Pedro Pablo contrito, porque se llevaron a Ana Milagros a vivir en esa isla de nácar dormido.

Pedro Pablo se montó de último en el carro, ese viernes en que Lázaro les ofreció la cola hasta el número dieciocho de la Avenida Luisa Cáceres de Arismendi, un trayecto de dos cuadras, muy cerca del aparato circulatorio de todos. Carmen Aurora, constipada de confesiones, dio las gracias y se bajó del carro que no lo podía creer. Josefa se sintió en familia respirando con los pulmones de Lázaro. José Antonio dijo que hasta la vista amigo y, Pedro Pablo, más triste que un pino sin viento, huyó para hablarle de mujeres a las gallinas del corral.

Muchos años después, justo los que caben en un ronquido del futuro, encompinchado en la irregular junta de Jaime Garcés Mejía, colombiano gozón del Alto de la Mantequilla, vecino de Titiribí, Antioquia, vendedor de seguros, sochantre de poemas vencidos por la melancolía, versificador pordiosero para jembrear faldas huidizas, indio escapado de todos los rincones del mundo convencional, Pedro Pablo aprendió a resucitar voces de libros perdidos en la mar océana: "las algas marineras y los peces, testigos son de que escribí en la arena, tu bien amado nombre muchas veces".

De tanto nombrar las cosas por su nombre se gastaron nombres y cosas. Por eso siempre hay que empezar de nuevo.

—Debe ser horrible vivir sin padre –aspiró Noly con sonido de piedra que cae en un pozo, no se sabe si por sentimiento de culpa con José Antonio, arrepentida por el huracán de emociones que desató entre los dos primos bifrontes, o, por esa sabiduría antigua con que las mujeres perdonan cualquier traspié del mundo. Puro misterio.

—Sí, Lázaro nunca pudo superarlo, incluso, cuando le dio por morirse, lo último que hizo fue llamarlo. Yo creía que era conmigo, pero ni remedio. Mi mamá siempre me lo recuerda.

—Lo mismo que le pasó al Ciudadano Kane cuando dijo *Rosebud* en el último momento –se lució Ronald y se echó un palo de güisqui poniendo la boca de marquesina en Broadway.

—Pero hay cosas peores –interrumpió Pedro Pablo y Vinicio le robó la *pole position* dramática con los ojos en blanco de Lázaro.

—Claro que sí, hay otros que sufren de exceso de padre.

—Pero bueno Vinicio ¿te volviste loco? –le reclamó Tatiana, quien tiene miedo de que le salga la sombra del que le puso descendencia a su mamá. Montse amagó con ponerlo chito candado, pero él no se dejó, convicto y confeso de personalidad definida.

—¡No señor!, hay quienes son hijos de gente famosa y viven toda la vida aplastados por el nombre del viejo, como si les mandaran a callar la boca. Mucho hijo de *notable* "no es el fruto maduro, ni podrido, es una fruta vana" –remató jalándose un buen sorbo–. ¡Eso es peor!

—Entonces tus hijos y los de Alexis van a sufrir bastante porque ustedes son los más notables de nosotros –se le empató Leonardo, tratando de salir como polizón del anonimato.

—¡No!, con Alexis no hay problemas porque él tiene dos hembras que son menos acomplejadas que los hombres. Yo lo que soy es notorio. Para ser notable hay que hacer mucho esfuerzo y yo soy muy holgazán, mejor dicho, un hedonista, yo gozo con el arreglo que le hago a una canción y no me importa si tiene éxito o no. Además, hay mucho *notable* (le deslizó cursivas al terminejo), que puede acabar con un país. Ahí está el peligro de Noam Chomsky con su amargura –miró en torno sin que le quedara nada por dentro y agregó–: A mí lo que me importa es que mi música le guste a mis amigos. –Levantose, miro hacia el cielo del techo, bebió sedientamente del whiskey y remató con cara de cristiano en su catacumba–. Con mi papá basta, que fue un hombre notable, *sotto voce*. Nunca se lo dijimos a nadie.

Hay palabras que tienen vocación de piedra, sobre todo a las doce de la noche, cuando las brujas se alteran, los gatos callejeros pierden la memoria y le hacen espacio a cualquiera para que se monte sobre los tejados saltando a tierra con su propio peso.

—¡No!, lo que te quiero decir es "más peor" –enfatizó Pedro Pablo con sonrisa de cortapapel y Vinicio le siguió la corriente abriendo la pepa de los ojos sobre aquella gramática mordiente.

Todo el mundo se murió de la risa y Pier Paolo se empujó cuesta abajo del manantial de confesiones que el alcohol prodiga entre los descreídos.

—Yo quería decir que hay casos que anulan todo –se bebió todo lo bebible, vaso fondo blanco, y resbaló el mendrugo que se le atoró en la garganta desde el día en que se hizo hombre prematuro–. Hay quienes tienen padre y no tienen.

—Matemáticamente eso es imposible, tienes o no tienes –reclamó Linda con su lógica de arquitecto Bauhaus y Pedro Pablo la interrumpió.

—Lo que quiero decir es que... –aplomó las palabras, pero la mano de Noly sobre su cabello le cortó la confesión y a todos les provocó lo mismo, digo, una mano sobre el cabello. Cory aprovechó el melindre para meter otro cassette en el grabador que se abrió como una boca sedienta.

—Noly, pero déjalo hablar, deja la tortura que aquí no estamos en Cuba, si vas a empezar así, en tres meses tenemos al hombre mudo –se entrometió Gustavo con la mazorca de sus dientes y Pedro Pablo le agradeció el empujón poniendo el vaso en alto, vuelto cabilla y soltó el menudo dolorcito.

—Si digo que a veces tienes y no tienes es porque a los siete años, mi papá, borracho, me dijo que el día en que no pudiera trabajar más, se suicidaba.

¡Asere!, acusó el golpe Fuenteovejuna. Pausa larguísima. Viento sobre la mata del patio. Murmullo de niños en el *family room*. Colores lejanos. Olor a pino. Maestra vaporosa de jazmines. Danzas en el auditorio. Chirrido de grillos espaturrados. Renacuajos zoquetes en los charcos. Caras absortas de los bebedores nocturnales. Y Pedro Pablo se fue "plantación adentro" del machetazo en la memoria.

—Comencé a tener pesadillas. A veces mi papá se me aparecía en sueños colgando de la mata de mango en la casa de mi abuela. Él decía que la mata iba a ser su herencia. La mía era él como mango bajito... O me salía entre una neblina tupida, montado en un caballo sin cabeza. Me la pasaba dando vueltas en la cama, sin parar, esperando que se acabara la noche. Con los años se me disolvió la pesadilla, cuando aprendí a montar caballo.

—Pero nunca me dijiste nada –se quejó contritamente José Antonio tragándose las palabras–. La vida si es rara, mi tío Guillermo casi se convirtió en el papá del mío y a ti te echó esa vaina. Yo nunca me lo hubiera imaginado –cabeceó con la cabeza ciega de Lázaro, quien siempre vivió colgado como un fruto sin árbol.

—¿Y está vivo? –se compadeció alguien.

—Sí, ya saltó la barda de los ochenta y está prensado como un resorte. Se la pasa aquí desde que a mi hermana Ilse le dieron el asilo.

—¿También está asilada? –preguntó Tatiana. Lo del asilo como que es bien difícil ¿no?

—No, basta con que te vengas porque los del gobierno te quieran joder.

Porque sí. Porque Ernesto Ruiz, *pater familiae*, de los Ruices de Ruy Díaz de Vivar, prospecto retador con los testículos donde deben ir y volver (pero con el corazón dislocado hacia su mejor ventrículo) gozador terreno, ingeniero ideológico, gnomo geodésico con alma de tungsteno y presidente de la junta de vecinos que vivía peleando contra el abigeato promovido por el gobierno, se robó el tiempo de trabajo en la oficina de los ferrocarriles de occidente y se puso de acuerdo con mi hermana Ilse, quien tuvo que renunciar a su cargo de profesora para que no les robaran el último pedazo de ellos mismos, después que les cayeron a palos en una manifestación contra el mal gobierno (los hay buenos), donde estaban Daniel, el hijo mayor, con todos los talentos reunidos en sí mismo para sembrarlos en el país, pero que va, palo contigo y gas bastante para que aprendas a llorar sin ganas igual que Mariana, la menor, con su virgo de quince años que le han estado cuidando con esmero, que también se metió entre el gentío y las nubes de gas para escapar del miedo a que te dejas de vainas o te tumbamos tu virguito contrarrevolucionario y, para evitar que al otro Ernesto, el menor, le pasara lo que mismo que a "la gala de Medina la flor de Olmedo", los montaron en un avión hacia Canadá a esperar que esto mejore, pero que va, empeoró y se vinieron todos a Miami hasta que terminaron de crecer huyendo, que es lo único que necesitas para que te den el asilo.

—¡Ah! y que tengas las santas bolas de venirte.

—¿Y todos están aquí?

—No, Daniel hizo su gambeta, montó tienda aparte, se casó y vive con su mujer en Canadá, puro desarrollo. Amanda es bien linda, un poco hippy pero muy dulce y pluriflor.

—¿Y tú papá qué dice? –se enterneció Vinicio acordándose de su revoltijo familiar.

—Anda haciendo calistenia mental. Cada vez que entra en un supermercado y ve a los viejitos cubanos arreglando las frutas en los aparadores o llenando bolsas, dice: "¡Ah!, pero yo aquí sí puedo trabajar".

—¡Está claro! –dijo Vinicio pidiéndole la cara prestada al doctor Segismundo Freud–. Lo que no quiere es morirse.

—Sí, anda haciéndose el loco –le replicó Pier Paolo con el pecho desinflado y los ojos líquidos–. Ahora tiene demencia senil, no se acuerda de nada. No quiere acordarse.

—¿En serio? –se espelucó Vinicio, infructuosamente, pasándose la mano por el brillo que le aumenta en la coronilla. Luis Andarcia vio a Linda con cierta distancia. Tatiana a Gustavo (él se hizo el suizo). José Antonio, lelo. Toby y Valentina ídem. Ronald con la mano de Cory en la espalda. Leonardo y Moira dormidos sobre el sofá por el trajín del día muchachero. Montserrat estuvo tentada de emitir un diagnóstico, pero Pier Paolo no le dio chance.

—Creo que anda sacándole el cuerpo a su amenaza. Quien tiene miedo a vivir también tiene miedo a morir.

— *"Ognuno sta solo sul cuor della terra* –Vinicio jalándose un trago fondo blanco– *trafitto da un raggio di sole: ed è subito sera".*

—¿Y eso que significa? (Tatiana).

—Que te mueres pana.

Fogonazo de Hiroshima. Nagasaki en los ojos plurales deslumbrados. Siglos de silencio minutero. Trago largo para apaciguar el espanto.

—¿Y entonces por qué tú vives feliz? –lo secuestró Noly hacia su ventrículo derecho, con una lágrima *about to be*, desde que se cogió para sí a Pier Paolo cuando se puso a hacerle morisquetas con su nombre.

—Porque también aprendí a hacerme el loco desde el momento de la amenaza.

—*Ed è súbito sera,* cuando te acuerdas de Jesús María, Chema, Chemita, ¿no?

—Sí, se me arruga la memoria, parece que es a los cinco años cuando uno aprende a recordar –y volvió a los lutos, empujado por el émbolo del alcohol que subía como voluta de nube espesa.

La ambulancia llegó a la Avenida Luisa Cáceres con el cuerpo remendado del Chema, una Ford Fairlane 500 del Hospital Universitario de la Central, blanca, con aletas traseras de pájaro de mal agüero y un faro rojo en el techo. La sirena intentó un pujido pero no insistió porque Jesús María se tragó todos los sonidos desde que empezaron a torturarlo en la Seguridad Nacional. Sus compañeros de la universidad lo sacaron de los sótanos de la cárcel vuelto un despojo de guiñapo, el día que cayó la dictadura de Pérez Jiménez.

Chaverto Echezuría se hizo el bravo cuando vio aquellos jirones de piel del compinche carupanero y se acordó de Wojciech Edelman, el dueño de su prima sin retorno, que se salvó por una ñinguita de los nazis. Pensó, por un instante, en que Irena Sendler también ha podido sacar a Jesús María disfrazado de violín hacia Viena o Miami. Ese día, Heriberto aprendió a perdonar y se preguntó a sí mismo por qué carrizo el mundo no se llena de Irenas cuando la cosa se pone peluda. Adriano González León se quedó mudo. Héctor Aquiles Malavé Mata casi no reconoció a Jesús María de lo carne molida que tenía la piel bajo los moretones. Chencho lloró sobre el precadáver y dio un salto de arrepentimiento hacia los días de Carúpano, cuando se aburrían de lo puro divertidos y les llegó la hora de su único disgusto, para, después de todo, ponerse de acuerdo con la luna que levanta los mares y hace palidecer las distancias.

—Mira Jesús María.

—Dime, Héctor Aquiles.

Por primera vez los dos muchachos habían decidido confrontarse por sus nombres propios. Los verdaderos amigos se inventan sobrenombres para echarle la culpa de sus diferencias a su otro yo, seguir siendo compinches de la persona correcta y así duran años sin lastimarse verdaderamente el uno al otro. Pero aquel día Héctor le disparó al yo íntimo para aclarar un chisme borreguil.

—Jesús María, ya no quiero ser más amigo tuyo.

El Chema no lloró por echárselas de recio, pero las rodillas flaquearon y la voz le salió clara, sólo, porque esa tarde el viento estaba briseando más que de costumbre sobre las palmeras de Carúpano.

—Ta bien Héctor Aquiles, amigo es lo que sobra, los amigos son igual a los pescaos, hay como arroz, adiós.

—No, mentira, Chema, Chemita, Jesús María –le gritó corriendo detrás del soplido, frenándolo por el brazo–. Lo que pasa es que tengo una duda mala de ti.

—¡Suéltame! Yo de ti no tengo ninguna.

—No sé si decírtela.

—No me importa Héctor Aquiles. Haz lo que te salga en verga.

—Ta bien, perdóname (pausita de contrito). Lo que pasa es que despúes de que se murió mi hermana Camuchita, quedó un puesto en la mesa y tú te sientas ahí. ¿Te lo puedo decir?

—Di, di, di, chico, sal de eso güircho.

—Ta bien. Lo que pasa es que mamá siempre te mira como si fueras Camuchita.

—¿Qué vaina es Héctor?, yo no soy hembra.

—Eso no se sabe hasta que tengas veintiún años. Falta muchísimo.

—No, Chencho, ya yo sé.

—¿Por qué Chemaría?

—Porque cuando veo a las muchachas en el liceo el palo se me pone durísimo.

—¿Y qué haces, Chemaría? –le preguntó Héctor pensando en las malas mañas propias.

—Pero bueno Chencho, uno no habla de sus cosas de uno.

—Chico, pero si tú eres mi hermano.

—Ta bien, te voy a contar, pero júrame que no se lo vas a decir a nadie.

—Ta pago.

—El otro día que tú te enfermaste, veníamos todos saliendo del liceo, hacía mucho viento y cuando Ninoska Arnal atravesó la puerta, se le levantó la falda y se le vio todo. Ninoska tiene las piernas bien bonitas. Ahí fue cuando se me puso duro y salí corriendo como si me agarrara la barriga para que no se me viera el bulto. Llegué rapidísimo hasta el monte de las lagartijas donde estaban las burras y se lo metí a la primera que encontré.

—¿A cuál Chema? ¡Confiesa! Dime la verdad.

—A la gris, chico, la que tiene una estrella en la frente.

—Pero qué burra tan puta, esa era la mía.

Los asuntos infantiles habían quedado rotos de olvido desde hacía mucho tiempo y Héctor Aquiles deseó volver al viento de inocencia que les evaporó la vida de aquellos años. Pero allí estaba la tragedia con su calendario. Adriano quedó suspendido en una *contradictio in terminis,* entre la cara lustrosa que acababan de salvar de un linchamiento y el cuerpo de Chemaría abatido sobre el piso de mugre.

Héctor, Adriano y Heriberto, se habían ido a celebrar la caída del dictador por los bares de los Chaguaramos, aledaños a la universidad, donde se enteraron de las noticias que corrían de boca en oído con apuro de centella. Funcionarios temblantes cumplen su trámite de pavor en la elegancia diplomática de Los Chorros, en busca de asilo para escapar del turbión. Afuera, en las calles liberadas de sí mismas por la rabia colectiva, el amasijo de limusinas inútiles se balancea entre el bramido de turbas que emanan del caos, ciegas de revancha, como campanas que "están doblando por ti". El último Packard de 1958 intenta abrirse paso, pero el odio acumulado durante diez años de dictadura es más denso que el concreto. "Ella, la inolvidable", cosida por el miedo en el asiento trasero, se esconde bajo el camuflaje de sombras de su abrigo de mink.

La melena transparente de tanto tinte y el rostro jipato como nunca, brotan en mala hora desde la cartelera que anunciaba el show nocturno del Pasapoga, de todas las noches en que su voz se colaba por la rejilla del micrófono RCA, con perrito y todo, sobre el espacio de la *boite* ostentosa, de la caja registradora que acumula réditos del placer sonante a burbujas de champán, de lujuria desatada entre funcionarios de todo pelo, que se disputan la diva del régimen, pero ella tiene preferencia por los generales que le montan sus fiestas privadas donde se consigue más. La única, importada de Chile, acumulando por el sólo deseo del retorno, ella, la inolvidable, imborrable, también, en la retina del graderío que pugna por la exclusividad de torcerle el cuello para quedarse con un trofeo del festín que está en el umbral del acabose.

Héctor, Adriano y Heriberto, llegan en el justo instante en que su mano de cisne que huye se aferra al pestillo de la puerta. La vorágine de cuerpos agita su vorágine soltando golpes a diestra y siniestra, sobre las puertas que se vuelven latas de cargar piedras.

—Héctor, subíte vos que sos más alto, hay que evitar esta salvajada –lo encoraja Adriano tratando de contener la turbamulta–. Heriberto, ayúdame a empujarlo –y Héctor pisa el estribo de manos entrelazadas de los dos rescatistas, apoya el pie sobre un hombro emergente y de un salto cae sobre el guardafangos de la ex limusina. Héctor se lanza un discurso del que no se acuerda, pero logra que el catafalco comience a avanzar a duras penas entre la multitud que le abre paso a punta de patadas sobre la carrocería. Desde la luneta posterior, la sombra blanca asomó su cabeza de ex *cocotte* por última vez, puso sus dedos sobre el rojo excluyente de los labios y sopló hacia los tres mosqueteros, que se fueron discutiendo sobre la propiedad del gesto, sin entender mucho para qué sirve un beso. Los besos no sirven de nada cuando te enteras de que el avión que transporta a la meretriz se estrelló en las montañas andinas de Chile, para ocultarle entre la nieve la inutilidad de sus desmandes.

Chencho, Adriano y Chaverto, corrieron ahítos de rumores hacia la segunda noticia que desfallecía en los sótanos de la Seguridad Nacional. Cubrieron a Jesús María González con un paltó de misericordia para que nadie viera aquellos huesos casi desnudos sin el pudor de la carne. Parece que terminaron llorando los cuatro pero nadie lo supo. Sólo los pies que latían, también desnudos, aumentados en dos tallas porque, al terminar la faena diaria de humillación y dolor de dolor bravo, desde el primero hasta el veintitrés de enero del mil novecientos cincuenta y ocho, montaban al Chemaría, Chema, Chemita, descalzo sobre el esqueleto metálico de una llanta, como las que vendía Felisberto en Carúpano, hasta que los pies se le volvieron chapaleta de hombre rana obligatorio. Pedro Estrada, el jefe de la Seguridad Nacional, se ensañó exigiéndole a Manuel Silvio Sanz, su matarife, que jódeme a ese carajito porque Enrique José González Chupitre, su padre malnacido, me debe una hasta su quinta generación. ¡Pa Chupitre Taigeto! —dijo el Chacal de Güiria, imitando la actuación memorable de mi pana Gustavo Rodríguez, cuando hizo el papel de jefe de la Seguridad Nacional en una telenovela que le dio la vuelta al mundo.

Además de la última estrella matutina, Chemita heredó todas las anuencias de Chiche. Su talante de tipo buenmozo que abre las puertas sin pedir permiso, la simetría de una sonrisa que parte en dos cualquier corazón y el copete engominado que le pone colchón a cualquier deseo dubitante. En una de esas, Chiche le prodigó toda su potencia a la preferida del gran policía y el zamuro ordenó que me lo traen vivo porque le voy a romper los cojones. Al punto, Chiche abrigaba aquella mulata de diecinueve años y piel de piedra, que terminó ofreciéndosele en la botavara de una noche callejera, cuando regresaba a su covacha con la humillación a cuestas: Chiche llévame contigo hasta donde sea. Yo no quiero que mi tío Pedro me siga usando. Chiche cumplió su pacto hasta que la sífilis los consumió a los dos de puro amor putrefacto y se fue a vivir en su gozadera del cielo, con aquella sonrisa de dientes perfectos como estrellas que guían la sed de los navegantes. Chiche, Enrique José González Chupitre, se revuelca sin arrepentimiento en el manto oscuro. La noche es un receso para volver a comenzar la vida. Chiche puja su contento porque sabe que los pecados son lo más democrático del mundo y de tantas vueltas de carnero sobre la bóveda celeste, no se fija que su hijo Jesús

María González le está reclamando que por cuál Lama Sabachtani, Eloy, tú me has abandonado. Y cayó en el suelo, desmayado con el último corrientazo en los testículos agonizantes de futuro, pero sin delatar a ninguno de sus compañeros. Tengo por testigos a Héctor Malavé Mata, Adriano González León y Heriberto Echezuría, que lo recogieron sin que la sombra chistara el mínimo chistido.

La cuadra fue un himno de silencio cuando al mártir prematuro lo bajaron del carromato en una camilla que parecía hecha para el descanso eterno. No se puede ser tan cercano a la perfección y no pagar por eso. Como los Gardeles, como las Marías iniciales que pusieron su primogénito a morir por todos. Chemaría no se murió aquel día pero fue la última vez que lo vio sano ojo alguno. Su imagen comenzó a aparecérseme con más insistencia desde el día en que me convertí en un exilado y cuando las cosas no me salen bien.

—Pero tampoco puedes quejarte –dijo Ronald, aquilatando, por primera vez, la perfecta trigonometría danzante que tienen las piernas de Noly–. Mal que bien has sobrevivido hasta ahora.

—Hay otros que se la ven peor –intentó consolarlo Vinicio con la dialéctica inútil de las comparaciones entre postergados–. Mira los mojados que atraviesan el Río Grande y se pasan la vida sin papeles, esperando que los hijos cumplan veintiún años para que les reclamen la ciudadanía. Mexicanos, hondureños, guatemaltecos, salvadoreños, nicaragüenses, aprenden a vivir como fantasmas antes de tiempo.

—Es verdad Pier Paolo –le enderezó Noly el chasis del cariño, con su mano sobre la nuca de chivo que no se devuelve.

—Además, vamos a estar claros, échate un trago y celebra que ya coronaste –lo coronó Gustavo, hablando como si fuera el dueño del destino de los empleados de la publicidad–. Mira que en *Cañavera Advertising, Inc.* no entra todo el mundo. Pedro Pablo Albedo, *Senior Copywriter*, una pelusa.

—¿Y cómo te ha ido? –le preguntó Noly yuxtapuesta.

—Yo me siento bien. Es que antes de empezar me fui a Tampa un fin de semana y Abel me pasó la película completica. Cogí la seña y me va bien, pero nunca se sabe cómo lo ven a uno. No sé qué dirán Gustavo y Luis Andarcia.

—Sí, vale, tú caíste, déjame decirlo con el idioma de los ejecutivos (Gustavo pontificando) en el lugar justo en momento oportuno.

—Los filósofos dicen aquí y ahora –(Luis, choteando).

—Y los ridículos también –terció Vinicio con su dulzura–. Hay gente que para parecer leídos dicen esas frases hechas que son una trampa cazabobos.

—No, pero ahí hay gente bien informada. La Leona Winckelmann, la jefe de Pier Paolo es bien culta.

—Sabe de toda vaina, de libros, de música, de historia, de moda, además el esposo es uno de los mejores diseñadores de moda de Puerto Rico.

—Seguro que hace unos guayucos bien *fashion* –(claro que fue Vinicio).

—Eso fue lo que le pregunté a la Leona y se murió de la risa. Ella tiene su golpe de biela, fíjate que el primer viernes, a las cinco en punto de la tarde, vio el reloj y gritó como en la cumbia *nos juimoooo*.

—¿Qué? ¿Ya se van? –se despertó Leonardo que le tiene miedo a la oscuridad y Toby dijo que el frasco está sanito.

Pier Paolo se reencarnó en sí mismo con la arenga de Gustavo. Abrazó a Noly. Ella lo emulsionó con la misma actitud malcriada de Julieta cuando le dijo a Romeo que devuélveme mis pecados, sin miramiento alguno con que el muchacho ha podido tener una tragedia por adelantado si perdía el equilibrio sobre la baranda de los Capuleto siendo más o menos Montesco. Pier Paolo atendió el reclamo de lo más contento. Romeo de los balcones canceló la tristeza con una frase célebre:

—*Andiamo a bere di queste maíz criollo, di Escocia, fatto a Verona* -y bebió el resto de whiskey fondo blanco.

—¡Salud!.

—¡Salud! Y cierra España.

CAPÍTULO OCHO

Palabra es el sonido más bonito

Una metáfora dice más que mil fotografías. Si dos palabras lejanas se ponen de acuerdo para cancelar sus distancias, crean una complicidad tan corrosiva que borra todo lo dicho y hacen que el mundo nombre cosas nuevas con la misma voz de siempre. Para botón basta una muestra: "Las peras del olmo" (vaya fruto redentor de las contradicciones). Se podría crear una lista de desagravios a la chatura cotidiana que comenzara con "Mi mujer de espaldas de pájaro que huye en vertical". Pero, como no somos apocalípticos, basta narrar el episodio de un músico que no necesita pedirle prestado a la vida. Antonio Carlos Jobim empezó a tocar su guitarra una noche de amor difícil en que una muchacha de *enorme ingratidão* le dijo que estaba desafinando. Parece que la música anterior era Chica de Ipanema, con su *Olha que coisa mais linda, más cheia de graça...* (Que su balanceo era más que un poema). La debutante entendió que el gracejo no era con ella y lo acusó de oído tuerto. Nuestro garoto se defendió como gato roto, diciéndole en la siguiente canción que "privilegiados son los que tienen un oído como tú, yo tengo sólo lo que Dios me dio" y se dejó caer por el diapasón resbaloso de su guitarra, replicando, como recurso último, que "los desafinados también tienen corazón". Soltó el instrumento, sonrió confiado en la sola confianza, levantó su cámara Rolleiflex, apretó el obturador tratando de capturar aquel desencuentro, pero en la fotografía no quedó ninguna evidencia. Sólo persistió en el ambiente el corazón fuera de tono con que Jobim se desliza por el mundo como una metáfora de sí mismo, dándole jurisdicción emocional a los musiqueros, como decía Dogali Froilán Chacón Tovar, antes de cansarse de tocar guitarra hasta beberle la última nota.

Es que las palabras son el retrato de las cosas. El corazón está en la palabra corazón. Igual que "en las letras de *rosa* está la rosa y todo el Nilo en la palabra Nilo"...

Ya se sabe que "la poesía no es de quien la escribe sino de quien la necesita". Es asunto de gente urgida ponerse a coleccionar metáforas, sobre todo si tienes el chance de entrar en una agencia de publicidad para salir de las malas, donde se cobra por causarle un disturbio emotivo a las palabras con eslóganes que venden el mundo como si fuera un paquete vacacional. Más aun si Gustavo González te precisa, desde la distancia impositiva del teléfono, que cómo es eso que un tipo como tú está haciendo de valet parking, después de que Ronald García le confió el secreto público, con cara de quien ve caspa en hombro ajeno. Eso no puede ser, el lunes que viene a las diez de la mañana, aquí en mi oficina, tú tienes la ventaja de que ya has trabajado en publicidad y en la agencia está el cargo que dejó Abel. Le voy a decir, desde ya, a la recepcionista, que no te ponga a esperar. ¡Tú sabes cómo soy yo!, remató colgando la bocina con acrobacia de dueño del asunto. Y el lunes que viene a las diez de la mañana, el candidato que no es nada cándido, se montó en la camioneta Van que compró de penúltima mano, donde se encontró los aretes que le faltan a la luna y se los llevó de amuleto para ayudarse a montarle insolencias verbales a las pobres cosas de la calle que se mueren de puro aburrimiento, pulsándoles la autoestima para que se levanten de su postración utilitaria y aspiren a estrellas de lo cotidiano.

Pensó en Armando Pérez Puelles, un cubano antonomásico que cuando lo conoció echando cuentos en la barra del Juan Sebastián Bar, en el país anterior, le dijo, carajito, lo tuyo es una jodienda. Se hicieron amigos y lo puso a trabajar en su agencia compartida de Caracas. Armando estaba por venirse a Miami cuando el tiempo le dijo que ya basta, pero de todos modos siguieron amigándose en la trastienda de todo (ambos se recuerdan bastante). También se le apareció la cara de Jacques Braunstein, judío austríaco, el socio elegante, perito en jazz, *entrepreneur gastronomique* (hablaba francés perfectamente) que cumplió su rol en la tierra sin prórroga ninguna y, en Carlos Iván Mérida, el tercero en la compañía de la discordia, que nunca dejó de soñar con la época ida de capitán de su propio yate. (Ya dije que todo estaba declinando hasta llegar al desastre). También pensó en Patricia, la jefe de personal que tenía los pies más besables que pueda mujer alguna, se los volvió a besar en el recuerdo y tuvo una emoción temprana sin receptáculo posible.

Puso el motor *on* y arrancó con igual seguridad a la de las autopistas que viven llegando a lugares que nacen cada día. Atravesó nombres de urbanizaciones floridas con su olor a cuadrícula. Se montó en la rampa de lanzamiento de la I-75 que transcurre por las venas de la ciudad sin límites. Bajó el tapasol para resguardarse de aquellos rayos que brillaban como si cayeran por primera vez sobre el globo terráqueo, descontó los minutos sin tiempo hasta la calle 8 de la Pequeña Habana en un santiamén y allí está Miami haciendo alarde de sus excesos sin pedir taima, metiéndole fuelle a los vaivenes de la gente, fabricando su propio oxígeno con la respiración de pulmón autosuficiente. Miami es como Dublín, una ciudad capturada en "flagrante delito de existencia".

Las barreras del paso a nivel interrumpen la marcha. El pito de elefante norteamericano del tren apura la mañana. Maldiciones contra la barrera protectora (se trata de gente). En el pasadizo momentáneo, los vagones hacen su seguidilla monótona con la carga que no se queja y pasajeros ansiosos por respirar otros parajes. AMTRAK, dueña de los rieles y el trajín que conduce al *Este del Edén*, donde James Dean tenía diferencias con las lechugas transportables. La muchacha del carro contiguo aprovecha para afinar su maquillaje de princesa soñolienta. Un gringo cabal desayuna al borde del volante con un tobo de café con leche y las donuts recién salidas del horno incansable. Copias del hombre nuevo se reproducen como conejos sin pedigrí por esquinas y paradas de autobús. Una fila de hindúes marcha en fila india con sus mujeres vestidas de azul pastel translúcido, un lunar rojo en la frente que piensa en Shiva y, cuando resuelven lo de sus papeles (¿cómo harán?), salen a montar una gasolinera. Un borracho amanecido grita que la *fucking* vida. Mujeres de pasión nocturna mastican ávidas sus pasteles de guayaba y queso en *La Carreta,* tras la dura faena, pero con cara de circunstancia intachable. En el restaurante Versalles, un barullo unánime levanta la voz tratando de darle respiración artificial a un albañil preso, a quien las autoridades dejaron morir con toda el hambre política del mundo en el estómago pidiendo libertad en Cuba. Los *homeless*, indigentes sin casa y sin patria, ex-hombres, apacientan sin destino sobre las aceras o duermen bajo los puentes para mitigarles la soledad. El trayecto sabe a pasado hasta que la calle se sacude la nostalgia y revienta en el resplandor de Brickell Avenue, el distrito financiero. *"Money makes the world go around".* Y el mundo sigue girando con la música de las cajas registradoras de una canción de *Pink Floyd.*

La luz es más que luz, los vidrios ostentosos de edificios que buscan identidad con el cielo repiten el *skyline* de concreto sobre la bahía. A lado y lado de las aceras clavadas con el clavo de los árboles para que no se las lleve el viento (siempre árboles y viento), emanan su olor de progreso, de señal de palante, con sus bancos, hoteles, oficinas de lujo y construcciones, que parecen levantarse desde el suelo como colosos silentes.

Buscó con avidez el 848 y el *driveway* pareció abrirse como si lo estuvieran esperando. El portero automático estornudó un ticket y el otro de carne y hueso le dijo buenos días desde el interior de la caseta de vigilancia. Respondió como si lo hubiera hecho desde siempre, subió la rampa hasta el *parking lot* de visitantes, amplio, límpido, deseable, donde la intemperie es más amable. Estacionó en el último puesto del último piso para recorrer aquel espacio suntuoso y la camioneta Van comenzó a hacerse a la costumbre de otra cosa. Se bajo de la cacharra y sintió que hasta los olores eran distintos. Se confió a su nariz de sabueso tras la pista del futuro, pleno de buenas señales por todos lados. Un banco en la primera oficina del lado derecho. En la del fondo unos empleados cargan por partes la maqueta de un super hotel con todos los pisos del mundo que, una arquitecto con cara de arquitecto (la piscina entre sus brazos), ha ordenado desarmar para bajarla de una pick up. Gente bien vestida espera su turno frente a los ascensores. *Good morning* todo el mundo y *good morning* de retruque, dándose la bienvenida por partida doble frente al espejo deslumbrante.

Salió del ascensor en el quinto piso con la campanilla y el sudorcito de quien busca trabajo. Una gota le resbaló hasta la liga del interior. Sonrió con la seguridad que logra el mundo cuando se aferra a las palabras y caminó en el mármol del piso, levitando sobre las vetas de espuma tiesa que espuman las montañas de Carrara. El lobby de *Cañavera Advertising Inc.* se abrió como el telón del "teatro del mundo" y canceló el tufo a refugio que despedían las paredes de Hispanos Unidos y su uniforme de valet parking trotador. (Cuando los olores mejoran es porque está mejorando el mundo). Frente al mueble de la recepción caoba, un par de cuerpos absolutamente longitudinales, ¡caballero!, le enrostran su perfección a la señora que se gana los pesos atendiendo el teléfono, haciendo café y administrando visitantes, para reparar el estropicio cotidiano (y su mala leche personal), en la peluquería de Kendall Drive, ochenta y ocho del *saugüest*, al suroeste de la rosa expatriada de los vientos.

—¿Ya comenzó el casting?
—¿Ustedes son?...
—Carmen Cecilia Limardo.
—María Eugenia Núñez.
—Adelante que las están esperando.

Colgó el auricular, las recorrió poro a poro, mientras la peluca muriente pulsaba el botón que sonó a chicharra achicharrada y el par atravesó la puerta de vidrio biselado como si la tierra hubiera sido hecha sólo para que ellas pasaran adelante. A la derecha, una cesta con cuadros de ajedrez indígena de Centroamérica, sacada de un documental de *National Geographic*. En reposo, sobre la estera, el abanico de revistas puro fashion le dice adiós a las piernas que parecieron salir de las páginas polícromas. Un par de poltronas de hotel de lujo dándole carácter a la filial hispana de BPA Miko, Brothers and Partners we Are (el Miko si no se sabe qué es), con sede principal en Milwaukee, que no envidia, ni por asomo, los dólares que chorrean su spanglish en esta segunda patria de Miami, donde vive, goza y suda, *Cañavera Advertising Inc.*, su doble. Se soltaron los caballos ¡Vaya!...

Pura delicadeza las espigas rústicas del trigo alternado con la seda sumisa de tulipanes que se balancean con el vaho de aire acondicionado, dentro de un florero de cerámica cocida a fuego negro y antiguo. Y, sobre las paredes melón del fondo (qué maravilla), en letras plateadas, frases creativas para convencer a los clientes potenciales de que pueden dejar sus reales aquí con toda confianza. "Los años no pasan, se quedan dentro". "Hay quienes estropean relojes para matar el tiempo". "Bienaventurados los vikingos porque sus cuernos eran postizos". "Camarón que se duerme amanece en paella". "Agua que no has de beber, véndela". "Dijo el jamón serrano: Yo era un cerdo pero me curé". "Más vale pájaro en mano que ciervo volando". "Aquí sabemos por dónde le entra el agua al coco".

Caminó hasta la recepción hipnotizado por el destello de las letras plateadas y los oídos zumbantes de tanto ingenio, digno de cualquier causa. Abrió su mejor sonrisa y por favor con Gustavo González.

—¿Y tú quién eres? –ladró el mastín.

—No soy el que soy, soy el que seré, con el perdón del altísimo.

La señora puso la misma cara de la reina Isabel cuando le mandó a cortar la cabeza a María Estuardo (más su propia calvicie en plena expansión) y levantó el auricular. Tirurí de las teclas del intercomunicador. Rictus de esperpento visual.

– Gustavo, aquí te busca un loco.

Silencio tecnológico. El rostro de la reina calva se descompone hasta la mueca del arrepentimiento. El verdugo y el ajusticiado se miran al filo de la guadaña. Frío audiovisual que se derrite cuando Gustavo abre la puerta de vidrio con rictus de pingüino feliz y la baba afuera por culpa de los ejemplares anteriores.

—Epa Pier Paolo, ¿por qué te pierdes así?

—No, nada, hay que cambiar para seguir siendo el mismo.

—Pasa adelante, ya hablé de ti, de tu *background* –dijo dándose media vuelta hacia el interior de la cañavera lustrosa, con potreros parecidos a los de Hispanos Unidos, pero *dry wall* liso hasta el primor virginal del blanco, coronado con madera pulida a la altura del pecho, vidrio, mucho vidrio y fulgor de las oficinas de *Brickell Avenue,* donde se aplica la teoría "Z" de gerencia japonesa, con olor a jazmín de un vaporizador intermitente. ¡Ajá!

Gustavo le entró sin compasión a su logomanía habitual que exagera lo exagerado, que le pone rieles de espuma a lo difícil (imitando a Ismael Rivera que no quiere piedra en su camino) y casi le contó en el corto trayecto toda la historia de cómo llegó a ese cargo, gracias a la carambola de tres bandas del anterior *Managing Officer,* quien se enamoró de un creativo nuevo y, para levantárselo, traicionó a Hernán Lafuente Estefanía, el dueño. Se llevó la mitad de las cuentas y montó su nuevo changarro convertido en nido de amor y mancebía, subiéndole el sueldo al joven Antínoo. *Pucky,* le dice arrobado. Pero que aquí se trabaja duro aunque también nos divertimos, ya tú vas a ver y estás llegando en el momento propicio, tenemos un trabajón, dos campañas a la vez, una de turismo y otra de un chicle nuevo que no hay ni que mascarlo, más lo rutinario de traducir los manuales de cada modelo nuevo de teléfono celular, ayúdanos con eso, dijo con el tono condescendiente que tienen los jefes amigos para hacer que un necesitado se sienta importante.

Cada vez que empezamos algo el camino parece repetido, pero hay liebres inéditas dispuestas a dar el salto.

Se detuvieron frente a una oficina donde el portero es la fotografía de Elvis Presley cantando el "Rock de la Prisión", pegada con cola plástica sobre una silueta de cartón de idéntico contorno, con un soporte al pie, que, rock, rock, rock, rockanrolea, como si fuera hoy. A mano derecha, un zapato gigante se hace pasar por poltrona forrada en piel de cebra, para cualquiera que tenga a bien juntar el negro con el blanco multicultural sentándose allí. Del techo, un vampiro tornasolado se estira y encoge, con la vida propia de un resorte, sacando la lengua. Sobre el escritorio un injerto de cocodrilo con canguro y una bolsa de *Publix* en la espalda donde duerme un tucán. En hilera, Blanca Nieves y los siete enanos hacen la reverencia a destiempo para responder los aplausos de quien se pare en la puerta. (El príncipe no asistió a la función porque la bruja lo engañó con la misma manzana y se quedó dormido). En la pared blanca de la izquierda, la figura de Marx, el bueno, Groucho, con una voluta que habla en cubano: ¡viva el comunismo y la libertad condicional! La pared de la derecha es un collage de la cabeza de Perón recortada sobre una figura regordeta con paltó levita y ademán de millonario que exhala el humo de un puro y Yo me río de la Plata. El diablo con cara de buena gente está manejando un camión de bomberos sobre una repisa del ángulo derecho del fondo, levantando un cartel en la mano donde se lee: ¿Qué es lo que arde? Y, de espaldas al público de galería, soldado a la computadora, un *coconut* negro, perfectamente bilingüe de Puerto Rico, pero educado en la Universidad de Nueva York, cortado al rape, voltea con la sonrisa en el inconsciente cuando Gustavo, *knocking the door* con el índice y el medio de su mano derecha, la saca de su coloquio cibernético, Leona, aquí está el hombre, Pedro Pablo Albedo.

—Ayyy, Pier Paolo Arcángel, menos mal que llegaste porque no nos damos abasto, se nos vino el mundo encima. Pobre mundo. Y el que estaba haciendo los catálogos de los celulares traducía *network* (puso boca de picada de culebra), o sea, la red global de comunicaciones, ¡qué horror!, como la tela de la araña. ¡Por favor!

—Pero eso depende de la cobertura del arácnido, porque si está emparentado con Spiderman y pertenece al subphilum hertziano, seguro que se desplaza por la atmósfera con mayor longitud de onda y llega hasta nosotros los pobres.

—Ayyy, ay, no, Guti, que *cuuuuullll* –se exaltó la Leona con voz de pájaro guarandol–. Yo no me lo imaginaba tan así. Di-vi-no (se golpeó las piernas con las palmas de las manos y lo miró con cara de loca. Es un decir). Te voy a comentar algo, pero siéntate, estás en tu casa –y señaló el super zapato de cebra–. Eso que acabas de decir está entre lo eléctrico y lo gaseoso, es un interludio (que detallazo), es como para promover una campaña a favor del móvil perpetuo de primera especie para ahorrar gasolina y descontaminar el planeta.

—¡Ah!, no, si se trata de imposibles te tengo el mejor *script*, es un poco *weird*. Si lo buscas en la Tabla Periódica de los Elementos, aparece en la sección de las Tierras Raras. ¿Te lo digo?

—¡Claro!, aquí estamos acostumbrados a eso, vincular difíciles con imposibles, la vida es un reto –dijo la hechicera post-moderna con la misma boca de antes, pero llena de esos siseantes sobre el filo filoso de los dientes que le podrían cortar la respiración a un incauto, en el preciso instante en que la reina Isabel entró con tres tacitas de café cubano, hasta los cojones de azúcar.

—Imagínate un instrumento que se renueva con el uso.

—¡Ah! no, no empieces a hablar de sexo –soltó Gustavo su moralina.

—No vale, estoy hablando de lo que dijo nuestra Casandra positiva, la Leona inmarcesible, del móvil perpetuo de primera especie. Lo que quiero decir es que pienses (eso es gratis), por ejemplo, en el pobre conejito de las baterías que supuestamente duran para siempre y vive tocando el tamborcito. Eso no se lo cree ni la mamá del conejo.

—¿Y por qué la coges con el conejo? –se quejó la Leona recordándose de uno al salmorejo, cocinado con calor de piedra volcánica, que se come todos los diciembres en Tenerife y se volvió a quejar–. ¿Por qué los canarios dicen que son españoles cuando se sabe que son guanches del África que no se sabe de dónde son?.

—Porque los canarios se reproducen como conejos al salmorejo –respondió el interpelado con vehemencia.

—¡Es verdad! –se conformó la Leona viendo la camada que se regó por el mundo.

—Pero éste es especial. Ponme atención. Imagínate un Bugs Bunny canario que funciona con cuerda, rac, rac, rac, le pones el tanque full de gasolina de cuerda y el animalito arranca a caminar sin norte por esas praderas de Dios, desde Wisconsin hasta New Orleans, parriba y pabajo, sin orden ni concierto, o sea, un conejo que es como un correcaminos, cantando *When the saints go marching in*.

—¡Qué bello!

—Después de tanta vuelta, cuando se le acaba la cuerda y está a punto de desfallecer, arranca otra vez, solamente con el recuerdo del sonido de la llave que le dio vida. Voltea hacia la pantalla y pregunta ¿Qué hay de nuevo, viejo?... Ahí tá. Te acabo de inventar el conejo móvil perpetuo de primera especie que salvará el planeta de la contaminación.

Gustavo se quedó patidifuso con aquel derrape alucinante y le disparó a quemarropa:

—Dime una vaina bróder, tú utilizas algún estimulante… digo, algo que….

—Sí, las baterías del conejo del comercial anterior.

—¡Mira! –gritó la Leona y Pier Paolo se asustó creyendo que había metido la pata–. No me caso contigo porque mi marido me lo tiene terminantemente prohibido. Gustavo, éste es el hombre. Te quedas de una vez.

Lo agarró por un brazo con la destreza de madre que arrastra crío (a pesar de las edades cercanas, pero el instinto de las mujeres es así). La caravana pasó frente a la cueva vidriosa donde un tipo altísimo con pelo de oveja desmadra el presupuesto de la agencia haciendo de diseñador gráfico. La oveja lo vio como un bachaco despreciable, pero él se dejó llevar a rastras por su nueva jefe (indiscutible, es mejor una mujer por jefe porque parece que los hombres somos inferiores). Por eso salen algunas ovejas descarriadas como Dolly, el primer clon de un "animal que soñó con otro animal". Se detuvieron en una oficina con vista al mar, que quedó tapado (el mar y él también), primero, por el cerro de carpetas de los nuevos modelos telefónicos y, con el tiempo, por la voracidad del cemento que comenzó a nacer, crecer y multiplicarse, con esa facilidad que tienen los bancos para lavarle la cara al mundo.

—¡Ah!, se me olvidaba, cuando tengas un tiempito, piénsate algo, a ver qué se te ocurre para cambiar los textos de la entrada, ya huelen a rancio, tú sabes que el tiempo no perdona. Pero no hay apuro. Bienvenido Pier Paolo, estás en tu casa.

La Leona hizo mutis con silencio pendular de igual intensidad a la gritería anterior. Se fue a lo suyo y el novicio aprovechó el túmulo de catálogos para esconder sus ¿pensamientos? Volvió a sentir miedo. La anestesia de los recuerdos lo devolvió al primer día que llegó a Miami con cuarenta y nueve años a cuestas y, los indigentes, que el anglosajón transforma en el inerte *homeless*, se le aparecían sembrados en cualquier jardinera. Veía aquellas sombras persiguiéndose a sí mismas y le dio gracias a la montaña de cartones de que la suerte le sonriera. Apretó con sus dedos el posa brazos del sillón y el forro opuso resistencia de piel imitable. Hizo unos saltos de sapo espasmódico sobre el asiento. El cojín mejoró su poca autoestima. Haló la palanca de ajuste del armatoste que bajó y subió sin contratiempos. Probó el vaivén reclinatorio del espaldar. Se restregó los ojos con sus puños y vio que la cosa era verdad. El mar frente a la ventana, el escritorio de aglomerado forrado en fórmica que fornica con la imitación de madera elegante. Las figuras femeninas se pasean buscando información hacia la oficina del *Managing Officer*, metiendo el rabo del ojo para saber si el nuevo está bueno. Y un *coach* de bateo enviado desde Milwaukee que asesora la propuesta turística de recanalizar la campaña publicitaria del Canal de Panamá, para beneplácito de todos.

—*Hi Harry, this is our new acquisition, a very amazing creative guy from my country* –los presentó Gustavo. Y la nueva y asombrosa adquisición creativa del país de Gustavo respondió para ponerse a tono: *Hi Harry. Creative no, creator, which is a little bit different, do you agree?*. Harry estuvo de acuerdo en que creador y creativo no son lo mismo, pero consciente de que pertenecen a una misma familia punalúa, arcaica, promiscua y le sonrió dándole la bienvenida.

—*Welcome home* –dijo con media vuelta sobre la rutina creativa, dejándolo muy cómodamente en su nuevo hogar.

Cañavera Advertinsing Inc. es un recaladero de puertorriqueños, colombianos, cubanos, mexicanos, venezolanos, peruanos, argentinos y dominicanos (espirituosos, inevitables y leves), que lograron salvarse del mal de ojo de sus países, cuando entraron en ese género volátil del reciclaje humano que llaman inmigrantes (incluido un brasileño inconforme que vivía quejándose de su buena suerte). Los miembros de aquel *team* de redivivos vivían aprendiendo a ser felices indiferentes a las vueltas del mundo, hipnotizados por las pantallas de sus computadoras, inventando eslóganes y conjuros abecedarios, igual a brujos que interrogan la bola de cristal para enterarse de lo que está ocurriendo en el éter y justificar la llegada del cheque quincenal. El resultado es prodigioso: "Duerma como un inocente", si se trata de vender colchones. "Dele alas a su vida", para promover paquetes turísticos en unos aviones nuevos que no se caen, "Hay momentos en que usted es el único invitado", una funeraria con pagos en cómodas cuotas mensuales antes de que te llegue el momento y "Viva por todo lo alto" para promover la venta de un rascacielos con apartamentos de lujo, vista al mar y "pararrayos celestes que resistís las duras tempestades". Verdaderos hallazgos de la imaginación que producen una fiesta en la agencia cada vez que el cliente (que nunca tiene razón) aprueba una campaña y se abre un chorro de dólares repartido con cierta deficiencia (se quejan los empleados) pero tú con la vista fija en los catálogos que te salvaron la vida.

Pedro Pablo abrió la caja del nuevo teléfono que llegó a la agencia y apareció de primero el folleto con un ejemplar en vivo del sujeto, *as a matter of fact.* En la primera página está la foto del modelo cuyo serial habla con ínfulas cartesianas: *C0GI70 3RG0 5UM.* En la computadora, el mismo dibujo pero en tres dimensiones, con las palabras que deben ser cambiadas para zanjar la distancia entre los idiomas. *Press on to start.* Presionó *on* para comenzar y el aparato arrancó a lanzar señales de piedra que desparrama ondas en el aire con musiquita de carro de heladero electrónico. Hizo lo propio con el aparato que parece gente y siguió descifrando el galimatías lingüístico, tratando de llamar las cosas del idioma de aquí con la lengua de allá y, cuando hubo algún desacuerdo xenofóbico entre dos palabras, separó con autoridad de árbitro a los dos contrincantes, declaró el encuentro tablas, diciendo que *keyboard* no es un piano sino el teclado del celular, aunque tenga música.

El teléfono celular vive con la vida prestada de su dueño. Presionas *On* al comenzar el día y se convierte en tu boca y tus oídos, te copia el timbre de la voz, recuerda tus citas, te tortura con el plazo de tus deudas, se enamora de tus amores, se monta en tus emociones, se arropa con tus miedos y asume tus dudas hasta llenarse de tu personalidad convertido en tu mejor amigo. (Últimamente han estado apareciendo en los tachos de basura de las avenidas, celulares mordidos por perros celosos). Al terminar la faena hundes el botón de *Off* y el *speaker* suena un *lullaby* que lo arrulla dejándolo dormido en el eco de tus conversaciones, adueñándose de tus secretos hasta convertirse en tu otro yo y confidente. Con el uso, de tanto escucharte y hablar por ti, termina apropiándose de tus cuerdas vocales y tímpanos, se acostumbra a contestar tus llamadas y almacenar mensajes sin que te enteres: *You have reached the Pedro Pablo Albedo's cell phone* (está clarito, usted se ha comunicado con "el teléfono" de Pedro Pablo Albedo). *At the time I can't take your call.* (Más insolencia no se puede, que en este momento no puedo atenderte). *So, please, leave a short message and I* (yo, el celular) *will get back to you as soon as I can* (estaré contigo, tan pronto como "yo" pueda). De manera que el artefacto se adueña de tus amigos y tu circunstancia (a los enemigos y cobradores sí los evita), hasta el extremo de que te obliga a convertirte en su otro él. Es allí donde debes cambiarlo para afirmar tu independencia, siguiendo paso a paso las instrucciones de la guía espiritual del Manual del Usuario y programar el nuevo, de tal manera que cada quien quede en su justo lugar, como ocurre con una novia nueva cuando estás viejo.

Pero fue más emocionante que viajar en una montaña rusa por primera vez. El *roller coaster* lo metió en el laberinto de la Disneylandia espectral, mientras hacía el "siglo XX cambalache problemático y febril", entre palabras anglófonas y las de la lengua propia, que fluyeron sobre la pantalla como un río de código binario. Lo de las traducciones tiene un truco que todo aprendiz debe conocer (a Pier Paolo siempre se le sale lo de profesor). Las palabras suenan distinto en otros idiomas, pero sus significados tienen el mismo olor y sabor (y no acepto discusiones). Traducir es oler las palabras para sentirles el aroma de su significado. Un ejemplo: *to love* no suena como amar, pero, cuando nombras ambas en cualquier idioma, su sabor y su olor perfuman como la promesa de para siempre en boca de mujer. O, el *spicy* del inglés, que es el mismo ají latino, pero ambos pican igual en la punta de la lengua con la que nombras las cosas de cada día, vivas donde vivas. Y, así, entre aromas, sabores y sonidos, te metes por las teclas del celular hacia la cuarta dimensión de los idiomas.

Entras en escondrijos inimaginables que se parecen al hueco por donde cayó *Alicia en el país de las maravillas*. Llegas al extremo de tu libre albedrío, abandonas el catálogo y atraviesas un pasadizo secreto hasta Internet, de donde puedes bajar la música de las esferas. Allí se acumulan todos los sonidos del universo, los que salen de la vida común y corriente, según los científicos, y, los otros, los que van sobrando de fiestas y tragedias, de acuerdo a los poetas: Las pisadas del eslabón perdido, el ahogo de los que no llegaron a nacer, el silencio de un estadium vacío, el espasmo de los virgos rotos, el adiós de los amores que fracasaron, la estridencia de los solitarios, el fuego sagrado de los locos, la queja por las promesas incumplidas, el chirrido de las herraduras viejas, el murmullo de causas perdidas, la chispa de los cinematógrafos, la nuca de los colgados y el eco de las canciones que pasaron de moda: "déjala dormir en paz, que la noche está callada". Más todo lo que sobra de la faena cuando se acaba el día. O, las voces ocultas de quienes deambulan por el desierto, para escapar de sus congojas de nación.

—¿Qué onda?

—Ónde andas.

—Aquí, en lo escuro.

—¿Y tú?

—En lo hondo de la herida que me hice en la pierna cuando salté la cerca.

—¿Te duele?

—Pos no, el frío me la calienta y se me olvida. Ya la sangre se secó.

—¿Estás alante o atrás?

—No sé, aquí no hay alante ni atrás, sólo camino y noche.

—¿Por qué no te acercas?

—Voy, pero sigue hablando pa no perderme....

—Ara que estás aquí te pregunto, ¿dónde está el coyote?

—Se regresó, dijo que iba a buscar unos chilaquiles y que después venía para seguir.

—Pos se le habrán enfriado porque hace más de dos horas.

—Este coyote como que nos salió cojo.

—Sí, se fue todo renco con su hambre y la nuestra.

—Lo que importa es que aprendimos algo que no sé si sirva de algo ahora.

—¿Qué?

—Que no se debe pagar ende nantes.

—¿Y qué hacemos?

—Di tú, que sabes más de la noche.

—No, yo sé de las de allá.

—¿Y cómo serán las de aquí?

—No sé. Ende hoy es la primera, las de allá jedían a escuro, mismo que ahorita.

—Entonces ya sabemos, apóyate en mi hombro y vamos. El coyote decía que tantito Arizona está desierto, pero que no más es cuestión de andar y después se puebla.

—¿Qué?, ¿vamos pa Puebla?

—No, ya lo pasamos.

—Entonces ya llegamos.

—No, no estamos allá ni aquí, mejor caminemos pa que se nos quite el frío. Ándele.

—¿Y cuánto faltará?

—Pos nada, nomás el resto.

Sombras nada más bajo la luna estéril descuentan camino bebiéndose la sed. Las serpientes prenden su radar para perseguir sangre caliente. Los cactus callan de indiferencia. Arena inmóvil. Adelante, una geografía de espinas. Atrás, la misma foto del desierto, fija, como el miedo cuando se mete por los huesos fijos. Noche envuelta en gargantas que aúllan. Quejido de quienes murieron en la travesía. Esqueletos rocosos de burros sin amo. El cráneo inútil de una ex-vaca más allá. O más acá, ¿quién sabe? Olor de orine fósil. Sudor tostado. Un camino que termina "más allá de más nunca" y conduce a todo y a nada. Los estómagos mal alimentados con pura esperanza. La soledad y su doble. Y los pies sobre la tierra que ni se mueve, asigún, porque parece que uno pisa siempre sobre lo mismo.

—¿Y qué, tú no vas a almorzar? –se preocupó Gustavo viéndolo sepultado bajo la montaña de papel con el teléfono en la mano.

—No bróder. La verdad es que no tengo hambre –repitió con desgano la misma palabra que se mete en el estómago de los espalda mojada sobre el desierto.

—¡Ah! no, deja la fiebre, está bien que sea tu primer día, pero todavía tenemos tiempo.

— No, en serio, no tengo hambre.

—¿O es que no tienes real?, tranquilo, yo te invito.

—No, no es eso, es que he perdido mucho tiempo jugando con este aparato y no he traducido nada.

—OK, sigue dándole, ¿te traigo un sánduche?

—Si va, pero que no sea un fiambre.

—Tranquilo, lo calientas en la cocina y comemos juntos. Allí va a estar todo el mundo, así se conocen.

—Ok, ta pago.

Le agradeció el gesto con cierto sentido de inutilidad. Después de la mañana del paseo celular, confirmó que los latinos no leemos instrucciones y aprendemos a manejar cualquier cosa ensayando errores (como los médicos), metiéndonos en problemas que no nos incumben. Pero no dijo nada, no fuera a ser que eliminaran el cargo de traductor de Manuales del Usuario de teléfono celulares, que los gringos simplifican con el inestable *mobile*. Se acordó del chileno barbudo de la revolución definitiva y se dijo a sí mismo, "comamos primero y luego la moral", pensando en el *sandwich* sin traducir a mejor vida.

De lo sagrado a lo profano no hay sino un paso y cuando alguien se atreve los demás lo señalan con el dedo.

—Eso me parece una falta de respeto –murmuró Linda vuelta Betty, pero mirando hacia otro lado tratando de hacer méritos para que no la llamaran del infierno–. ¿Cómo se le ocurre decirle a la recepcionista que no soy el soy, soy el que seré? ¿Acaso Jesucristo es un muñeco? Si yo soy la que soy, no le doy el trabajo. Noly vio a su hermana mayor que de costumbre. Tatiana no dijo nada, pero se quedó pensando igual que el resto con cara de desconsideración. Cory, atea, y Ronald, "ya en ti mi tea".

—Pero no seas tan estricta y además no fue contigo ¿por qué te haces la bizca? —se defendió Pedro Pablo, sorbiendo del trago que le acababa de servir Toby para celebrarle el cuentazo y Noly le apretó más la mano. (Linda los miró finalmente a los dos con cierto desdén)—. Eso no es nada grave. Jesús decía dejad que los niños vengan a mí. Y como él está en todas partes, imagínate que llega al mercado de Carúpano un sábado a las diez de la mañana y se encuentra con Jesús María, Héctor Aquiles y Heriberto cuando los botaron del liceo. ¿Cómo le dicen?, facilito: "Chucho, aquí estamos, somos el Chema, Chencho y Chaverto. Nos vamos pa donde tú digas Chucho" —y la carcajada fue unánime menos una.

—¡Esta vaina es blasfemia! Y yo no nací ese día. Andarcia, recoge a los muchachos, nos vamos.

—¡Un momentico! —se encendió Luigi y sacó el vaso de plástico lleno de whiskey que tenía escondido desde el comienzo de la noche debajo del sofá. Bebió un buen sorbo. Se levantó, volvió a agarrar el güiro y el tenedor con ganas de rumba. Linda se asustó por segunda vez en su existencia (la primera fue cuando se vio naciendo de las entrañas de su mamá)–. Te voy a poner carácter delante de la gente por primera vez en mi vida. ¡Y que sea la última! Te lo digo definitivamente.

Linda, que no lo podía creer, se quedó hueso, Vinicio tampoco daba crédito a la rebelión de las masas con la mirada de Montse en la nuca, Gustavo se envalentonó viendo a Tatiana con ojos de dátiles de un oasis cercano a Tel-Aviv. Leonardo y Moira con Morfeo. Toby se sintió parte del mismo equipo de Luigi, Valentina estuvo al límite de decir que mucho cuidado, Cory volteó el cassette en el grabador y Ronald complacido de la diligencia de su mujer. Pedro Pablo y José Antonio se quedaron estupefactos y silencio general (excepto por los niños en el *family room*), hasta que Luis Andarcia lo hizo añicos con gesto de Jack el destripador.

—¡Linda!, apréndetelo de memoria, no abuses de mi mansedumbre, que ser manso no es una masa que me pese – volvió a sorber del plástico y se dejó caer en el sofá muerto de la risa dejando a su mujer fuera de combate por primera vez en tantos ¿cuántos?, años de matrimonio. (Pausa larga. Quiero decir que larga).

— Claro que no es ninguna falta de respeto –dijo Gustavo cuando terminó de coger aire.

—No seas alcahuete que eso es lo mío –le reclamó Tatiana, pero ya había sido declarada la independencia general, ese *Four of July*, con el acta firmada dentro del grabador.

—Es que eso depende de cómo lo digas, eso se siente. Pier Paolo fue el que te llamó Toro Sentado el mismo día que te conoció. ¿Tú te molestaste?

—Es verdad, es que él dice las cosas de una manera que... –se cortó toda y sorbió un poco del scotch que Andarcia tenía encaletado.

—Eso es puro cariño *my dear Sitting Bull*, cultura aparte.

—Es verdad, mi amor, gracias y perdona.

—Además, ¿tú crees que Jesús se va a molestar porque lo llamen Chucho? Él lo que anda es buscando gente desde el comienzo de mundo y se adapta a cualquier manía regional. Menos mal que se fue al Mar de Galilea a reclutar pescadores y no a la isla de Margarita –vaticinó Gustavo en retrospectiva.

—Es verdad –completó Vinicio bajo la perspectiva del whiskey–. ¿Tú te imaginas cuando empezó la corredera? Si Pedro hubiera sido de Pampatar y lo agarran en el puesto de Chío Salazar, en el mercado de Conejeros, en vez de negarlo tres veces le dice al centurión: mira güircho, a mí que me den por muerto... ¡Ay! Virgen der Valle, perdóname –y se hizo la señal de la cruz.

(Baste decir que hubo otra pausa pero más larga y a Toro Sentado no le quedó más remedio que el remedio).

—OK –retomó Gustavo el trago y el diálogo–, lo que te quiero decir Linda, es que no se me achicopale y que viva el scotch. Cuando nuestro *alien* llegó a la agencia, *I'm a legal alien, I'm an English man in New York* (cantó Gustavo afinadito por costumbre), le puso sobrenombre a todo el mundo como si los conociera desde siempre, ¡dígalo ahí, Pier Paolo! Claro que en la agencia lo que hay es puro inadaptado. Y Pedro Pablo hace su trabajo con regularidad y sobradía... ¿No te digo yo? Hasta se me pegaron tus mañas, muérgano. ¡Salud!, Pedro multi Pablo.

Mientras trataba de volver al afán de los manuales, veía tras la pantalla de la computadora los rabillos de ojos que pasaban hacia la oficina de Gustavo y se regresaban con las manos vacías. Pedro Pablo que levanta la cabeza, abre la sonrisa como un paraguas y se mete por el zaguán de la confianza: ya viene, fue a comprar unos sánduches, pero debe estar por llegar. Soledad tampoco pidió permiso y entró en la oficina con su cabello amarillo, los dientes argentinos que ayudaron a iluminarlo con sonrisa y coquetería inicial, que después se vuelve indiferencia femenina por no dejar. Vos sos el de los manuales, preguntó afirmando y se sentó en la poltrona de visitantes para intercambiar menudencias con su simpatía de ejecutiva de cuentas. Por ella se enteró de una cubana en el umbral de los sesenta (pero todavía en condiciones aceptables, con unas piernas que parecían las columnas del Golden Gate), la Jefe de Medios, que llamaba al ex marido por el apellido, porque García no sé qué cosa. Su asistente era una mexicana flaquita (claro que adivinaron el nombre), que acostumbraba a cantar "si nos dejan" cuando salían a fumar en el balconcito, pero que desafinaba mucho porque Gustavo la ponía nerviosa. Y un muchacho bien despierto (eso es un peligro dijo la piba), natural de San Pedro de Macorís, Juan Flores, como de treinta años, quien ya le había puesto cuatro muchachos a su mujer y el quinto en ciernes porque hay que aumentar la población en Quisqueya para evitar que los haitianos nos invadan otra vez.

Y continuó desfilando por la boca de la muchacha todo el staff. Roberto Dolly, con el pelo de oveja en contraste con una finura extrema que no oculta, y asegura que su mamá dijo Aleluya cuando lo vio nacer sin machismo alguno en Puerto Rico, tan, pero tan diferente a todo el mundo. Juan, un muchacho muy emprendedor que se cansó de escribir frases ingeniosas, inventó su propio negocio de artefactos P.O.P. y se fue a la semana siguiente a su nueva oficina, porque ser dueño de uno mismo es mejor que real. Marta (sin la hache intercalada que se ponen algunas para echárselas de finas), una panameña que se peinaba con plancha de planchar ropa. Caetano, el brasilero más simpático y afortunado que le caía bien a todo el mundo, hijo de padres divorciados que le echaba la culpa de su desgracia a los Estados Unidos y, en venganza, la cogió con la población femenina que se extendía desde Lincoln Road hasta la casa que le compró su mamá en North Miami Beach, sin contar algunas *interns* que hicieron su pasantía gozona en la agencia. Después consiguió una beca para Barcelona, la de España, y parece que ahora está en meu Brasil brasileiro. *Fauziño*, que suena a portugués brasilero pero no existe en el diccionario de *la Casa de Bragança* imperial, se convirtió en el reloj de la agencia cuando se despedía los viernes a las cinco de la tarde con mucho orden y progreso: *Meira, vamonois pra coño*. Pedro Pablo aprendió con él el portugués *non sancto*.

La Leona (me habría gustado que se llamara Ileana, porque suena como hilo de lana), era la mamá de todos y no estoy hablando de la edad, sino del gesto amoroso de una abuela de los viernes, que se aparece con dos baguettes recién hechas en una panadería bien chic de Key Biscayne, mantequilla *self service* y un queso a imitación del Emmental, con sus huecos importados de Suiza. Hasta que un día alguien trajo un desayuno (no tan frondoso ni sulfamídico) y no tuvo la delicadeza de invitarla. Pues nuestra señora del

Greenwich Village clausuró el cariño, se puso más seria que una trampa de cazar osos y, cada nuevo viernes, llegaba ya desayunada, no decía ni buenos días y se encerraba en su oficina haciéndole la segunda voz a Elvis con el Rock de la prisión. (Está el zapatote de cebra por testigo). Y, también de testigo, María Josefina, una judía del tamaño del dedo meñique de Moisés, pero con posaderas proporcionales y buenas para cualquier desproporción, bien bonita. María Jota dijo que la Leona tenía razón, con el mismo carácter de madre superiora, porque la gente no entiende de gestos y ha perdido hasta las maneras. Quedó traducida como MaryJo (Meri Llou) por un asunto de economía verbal y para atenuarle el carácter.

De Luis Andarcia ya se sabe que es Luigi, excepto que llegó en el justo instante en que Juan Cutuprá, un cubano que salió corriendo cuando los uniformados se cogieron su segundo país y yo no me calo la misma dictadura dos veces. Acarreó una trulla de venezolanos que estaba en las mismas y alquiló la mitad del piso de *Cañavera Advertising Inc.*, donde instaló su productora audiovisual *Nexium*. Con las secretarias del dueño de la agencia no hay que hacer ningún esfuerzo, sus nombres se borraban como caprichos en la boca de un niño, bastaba con señalarlas con el dedo para que se fueran apenas llegando. Es que los ricos son muy arbitrarios, piensan y se quejan (a oscuras) algunos vivarachos, a la espera de la revancha, agazapados tras el clamor popular que nadie sabe cómo se lo apropiaron, para cuando llegue el momento del aplanamiento de las clases sociales (Esto es una voz anónima que siempre encuentra nombre entre la gente).

"¡Ay! Pimentel", se dice a sí mismo y a su hermana Matilde, Plácido Ancízar, el recoge tickets del teatro donde se aparece Carlos Gardel, año hipotético de mil novecientos y algo, en *El día que me quieras,* ese sainete trágico en el que José Ignacio Cabrujas decreta la inexistencia de la Unión Soviética, muchos años antes de que desaparecieran soviets y koljós. "¡Ay! Pimentel", repite Plácido gustoso, ajusticiándolo por adelantado, mientras Matilde lo mira como a un prócer, soñando con el día del ajuste de cuentas a los ricos que llenan de hambre al planeta y al dueño del teatro que le dio trabajo cuando vino con el rabo entre las piernas. Pues sí Pimentel, te fregaste, aquí va a correr sangre que no sólo sirve para hacer transfusiones y morcillas.

Pero Gustavo evitó una vendetta tropical y le salvó el cuello a Hernán Lafuente Estefanía contratando a Ivi Cuin (mi madre), una *cheerleader* (digan lo que digan no es lo mismo que porrista) del equipo de fútbol de la Universidad de Miami. Entró en el comedor con el prospecto y los sánduches, en el momento en que Hernán le preguntó que si éste es el nuevo y Gustavo le respondió que sí y que ésta es la nueva. ¡Vaya!, que tu país se está volviendo como el mío, viendo las estacas de la porrista. Bienvenido, hay que traducir cantidá. Rijkart Kautsky, pálido, llegó como si hubiera visto a la pelona. No. Acababa de apagar la televisión donde el jefe del Socialismo del Siglo XXI estaba mandando a la gente a estudiar marxismo.

—¿Qué es eso de marxismo, pana? El tipo lo decía con una cara de odio que....

—Marxismo es una rumba que armaban en Alemania Oriental para celebrarle el cumpleaños a los que nacen en marzo, pero llegaron unos aguafiestas y tumbaron el Muro de Berlín.

—¡Caballero!, este muchacho está bueno para cambiar las poesías de la entrada.

—Tranquilo Hernán que ya se lo encargué –dijo la Leona y a Pedro Pablo se le ocurrió ponerle Morticia, por la batola de flores negras que tenía puesta como para ir al entierro de Rasputín.

—Bienvenido carajito –se despidió Lafuente Estefanía de los dólares que corrían por la agencia y los dejó a todos a su cuenta y riesgo.

—¿Te las puedo entregar al final de la tarde?, ya pensé en algunas.

Al final de esa primera tarde, Pedro Pablo se apareció en la oficina de Gustavo, donde afinaban los detalles de la campaña que debía salir al día siguiente hacia Panamá, con diez páginas del catálogo del modelo "pienso luego existo", perfectamente traducidas, y un block con las frases sustitutas de la recepción.

—Perdóname bróder, pero estamos en emergencia, vas a tener que quedarte hasta tarde con nosotros porque estamos atrasados con la campaña, después revisamos eso –lo cortó Gustavo y la Leona lo vio como a un hijo abusado.

—Tranquilo que a eso vine.

Harry repitió: *welcome home*, dándole un cartapacio con los currícula del *team* para que los tradujera y no quedará duda de que somos los que somos. Se atrincheró en una oficina contigua y comenzó a revisar los resumé del equipo emergente que debía salir mañana hacia Panamá por el aeropuerto virtual de Internet. Puro doctor caballero. Con el background de cada uno se habría podido crear una universidad para entrenar muchachos en el arte de sobrevivir sin tenerle miedo a la *homeslitud*, pero ni modo, nadie le va a hacer swing a las universidades donde se gana tan poco. Pedro Pablo se olvidó de sus propios títulos, de sus tiempos de profesor pagado con cuentagotas y se repitió en silencio: "verde que te quiero verde", pensando en los billetes con la cara de George Washington. El hormiguero profesional reverberaba por oficinas y pasillos, cada quien en su propia circunstancia, pero empujando hacia el mismo lado para que la carreta de *Cañavera Advertising Inc.* cumpliera su propósito. Cuando la gente empuja hacia el mismo lado pierde el contorno de sus yo particulares y se confunde en el común. Por eso, para diferenciarlos, apeló a un recurso mnemotécnico que le devolvió su propia identidad a cada uno: sobrenombres que los gringos llaman *nickname. Trick or treat.*

A Hernán Lafuente Estefanía no le hizo falta ningún alias porque se lo ponía todos los días sobre las guayaberas de marca, hechas a mano con tejido de lino y sus iniciales en el bolsillo izquierdo. Epa, carajito, ¿cómo vas?, voy no, vengo, le respondió intercambiando espasmodios. Más atrás pasó Morticia hipnotizada en busca de Mr. Presley. De pronto, un taconeo como de tablao flamenco cubano, el par de pilastras afirmándose a sí mismas, las ancas de casi sesenta años amenazando con derribar las paredes. Pedro Pablo castañueleó, esta señora todavía aguanta, tiene que ser Tongolele, de la que me habló Abel y anotó el nombre en una libretica aparte. Detrás de la rumba andante, su asistente, Lupe, quedó inscrita en el prontuario de la infamia como La Malinche, porque Gustavo la veía con ojos malsanos de Hernán Cortés de Monroy y Pizarro. Roberto-Dolly, el propio clon de oveja, le daba algunas indicaciones a Rijkart Kautsky acerca de los diseños de la campaña. Pier Paolo vio a Rijkart como si tuviera dos nalgas infantiles en los cachetes y le puso Piel de Niño. Lo demás fue cantar y coser. El dominicano se transformó en Juan Dolio para ponerle alguna identidad de playa y, un peruano con ínfulas de blanco que se molestó porque Pedro Pablo lo nombró Cholo, se quedó Cholo.

—Bróder, pero te han podido botar ese mismo día, lo de Dolly me parece un poco fuerte. ¿No, Gustavo?

—¡No! Que va, es que Roberto es defensor del orgullo gay, tanto, que hasta dice que no le gusta tomar aguardiente porque le da por las mujeres. Lo único que se le ocurrió decir fue: Mira, con tu machismo y todo, de más alto los he visto caer y lo recorrió con la vista de arriba abajo. Noly también recorrió lo mismo.

—¡Ah! no, eso fue amor a primera vista.

El tiempo transcurrió con la velocidad con que el crupier baraja las cartas del mazo. Detrás del abanico de cartones está la fortuna como una señora huidiza y prepotente que todos nos queremos apropiar. Después de la primera emergencia, Pedro Pablo se bajó del carrusel de los sobresaltos un poco mareado. En una agencia de publicidad la vida afirma su sentido efímero. El destino es *destination,* un paquete vacacional que promete darle un revolcón a la rutina de cada día, por poco tiempo, el necesario para que te acostumbres otra vez a la normalidad asfixiante. Señores pasajeros, favor abordar el avión con destino a Orlando. Es el paquete de ofertas para hispanos que compran un tres por dos si viajas por Aerolíneas del Sur, con *booking* incluido en una de tres opciones de hotel. En Anaheim, lo mismo, nomás que disímil: un castillo de cartón y luces esplendentes ofrece arrecifes de coral, tiburones hambrientos pero tolerantes tras los muros de cristal antibalas. (Últimamente no se ha visto ni un solo disparo de tiburón). Lo mismo que en Las Vegas. Y mientras vas en el avión te dan tus audífonos para que escuches *Come fly with me,* cantada por Frank Sinatra, que Morticia mandó a cambiar por la versión de Michael Bublé, porque el otro es un halcón insoportable, se le siente en la voz. Éste es un muchacho fresco. ¡Ay!, dijo el silencio.

Pedro Pablo prueba con una versión y otra, de acuerdo a su ánimo conservador o liberal de ocasión, alternando con las ocurrencias que, finalmente, lo ayudaron a cambiar las frases motivadoras de la recepción y que causaron su incorporación definitiva a la tribu transnacional de los publicistas: "Todos a una, dijo la hambruna", "La cerveza Guiness es mejor que el libro", "Donaire es un señor que sopla con elegancia", "¿Qué le dijo la guillotina al señor Gillette? Salud, camarada", "Un lechón es un cerdo en su lecho de muerte", "Si quieres descifrar los misterios de la vida no trabajes en un ministerio", "Las fantasías son las ansias eróticas de una infanta"....

Esa tarde, Hernán Lafuente Estefanía invitó unos tragos (se la pasaba en eso) en el restaurante de al lado (más bien atrás) del edificio. *El Perricone's,* un abrevadero cultivador de dos nostalgias vegetales: una, la que embaló en un pueblo de Iowa, de donde desmontaron, tablón por tablón, las maderas del cobertizo de una antigua hacienda de manzanas, para volver a ensamblarlo en Brickell Avenue, donde regresó a su vieja condición de árbol respirante que pone su sombra para que la gente pueda yantar, beber y festejar. La segunda, *pasta fatta in casa,* como nidos de pájaros, de acuerdo al mejor estruendo salsificante de El Boloñés, el restaurante de la Luisa Cáceres de Arismendi, del que Pier Paolo Albedo y Lucientes estuvo echando cuentas durante su primera semana en la agencia, entre catálogos de celulares y ocurrencias a la carta. Más un brindis especial con chianti para mojar el recuerdo de William, María, Johnny, Carla, los Cani de la infancia rediviva (chin, chin, suenan las copas inmigrantes) y por el bautizo de fuego del viejo novato que colocó sus frases de antología en dos sitios: la posteridad y la recepción de *Cañavera Advertising Inc.*

—¿Y por qué no le pusiste ningún sobrenombre a Gustavo?, eso de Guti es entre él y Tatiana.

—¡No!, la Leona también me llama así, pero fue Abel el que me lo cambió por mampuesto, el día que lo despedíamos porque consiguió trabajo en Tampa.

—¡Qué lindo! –acordó Tatiana.

—¡Ay! sí –reacordó Noly y Pedro Pablo se le quedó viendo raro.

—Bueno, yo no sé si será lindo, lo que te repito es que él se la pasa en un solo brinco, yo lo conozco –dijo Ronald adueñándoselo–. En la universidad lo llamábamos el profesor frenesí, vivía como si el reloj fuera una boca que se traga el tiempo.

—Ronald, ¿de quién te copiaste eso? –(Vinicio).

—No, eso es de mi propia cosecha, sacada del *Imagination Fitness* –y Cory lo miró con ganas de hacer ejercicios.

Las reuniones de los viernes en el *Perricone's* eran una prolongación de la vida en la agencia, siempre al filo de las celebraciones. El trabajo, una espuma metafórica de las cosas corrientes, puja diaria por sacarle filo a los deberes hasta convertirlos en divertimento laborioso. Los lunes se hacían competencias para encontrar el mejor adjetivo y ése era el nombre que se le ponía a la semana, evitando mencionar los consabidos espectacular, maravilloso y extraordinario, que resultan sumamente rayados de costumbre en boca de locutores y animadores de televisión. La semana más notable fue una bautizada como la "*turgente*", que habría sido aprobada por unanimidad si no hubiera sido por las manías de Dolly. Las ancas de la cubana flamenca llegaron embutidas en unos pantalones rojos ajustados hasta el delirio de los mirones, y las carteras se hincharon con un bono especial que dio Hernán Lafuente Estefanía, cuando aprobaron la campaña de turismo de la República Dominicana. Pero mejor se los doy en diciembre que está ahí mismito, *around the corner*.

Mas, cuando lo especial se vuelve cotidiano, todo termina aplanándose con la modorra de las cosas repetidas. Cuatro años en lo mismo, acumulando tiempo encendido por el fuego de lo asombroso, Abel terminó amarrado a la rutina como el nudo corredizo a la soga del ahorcado. Lo salvó el poeta David Alizo, quien hizo un preámbulo viajero por Miami después de haber recalado en Madrid y nos vamos a Tampa el próximo fin de semana. Recoja sus cosas poeta, allá está mi hermano Guido y va a conocer a mi sobrina que es bien linda. Tampa es Adela con nombre de algodón de azúcar que vive en Oldsmar, una ciudad-estado, como en la Grecia antigua, pero con campo de golf, club privado y serenidades, igual a Mikonos o Atenas. O, Santorini, esa capital de la Atlántida que rezuma su olor de mar viejo, que decidió mudarse a Tarpon Springs, en pleno borde de la bahía, convertida en restaurante donde los novios entran tomados de la mano sin mendigarle nada a la felicidad, y se come cordero y te mojas la garganta con vino *retsina*. ¡Opa!, gritan los comensales cuando flambean el queso de cabra con una caña blanca que llaman *Ouzo*, y limón sobre las bandejas plateadas como el mar de la tarde, a orillas de un canal donde los barcos envejecen con su rumor marinero.

—¡Qué belleza!, me gustaría tener una playa particular —dijo Vinicio pensando en la laguna de Sinamaica compartida con indios yucpas de arena—. Eso sí, para que vayan todos mis panas, presentes, pasados y futuros, ausentes y prometidos, muertos y renacidos, pero con su trago en la mano y mi piano en la mía.

—Vinicio, ¡hazme el favor!, no te vayas a poner sentimental, papito, te lo pido, mira que me haces llorar, tú lo sabes.

—Ok. Entonces hablemos de la aventura de Abel, llena de complicaciones y asuntos esdrújulos —se recompuso sorbiendo del vaso.

—Pero mal no le ha ido (Montse con el meneo intermitente de una pierna sobre otra).

—Mi amor, ni bien, a nadie le va ni mal ni bien, sólo divertido o aburrido, como le pasa a toda pareja con altas y bajas (mirando a Pier Paolo y Noly que estaban en las altas). De todos modos nos vamos a morir y hay que tratar de pasarla lo mejor posible antes de que suene el gong. Si uno pudiera extender esta noche hasta el infinito, le cambiaríamos la cara al mundo-. (No crean, a Vinicio se le mueven las neuronas con fuste).

—¿Y por qué tú crees que en *Cañavera Advertising Inc.*, perdona que te lo diga con vehemencia, vivimos jodiendo? Muy sencillo, porque todo el mundo sabe que nos pueden bajar el telón. Zas y se acaba la función –y se empujó un trago hasta el fondo para evitar maledurías.

—Es verdad, aquí o en Tampa.

—¡Ah! no, un momentico, aquí todos estamos vivitos y coleando, ¡fuera Satanás!. Yo lo que quiero celebrar es mi sobrenombre, mi otro yo, para ser dos contra las acechanzas. Mójame este vaso con ese whiskey áureo Toby –el vaso se llenó otra vez del líquido ámbar que tienen los recuerdos–. Cuando lo estábamos despidiendo me dijo con cara de pronosticador: –Mira, Gustavo Gonzalo de Berceo, pásame esa botella de bon vino, que me quiero echar un trago virginal. El nuevo mundo está en Tampa. ¿Se imaginan?.

Y ahí fue cuando Morticia, nuestra Leona Winckelmann de hilo de lana, se levantó con sus alcoholes personales, meneó la copa tratando de aplacarse los excesos, puso boca del Siglo XIII y recitó con Puerto Rico en la lengua española:

Quiero fer una prosa en roman paladino
En cual suele el pueblo fablar a su vecino
Ça no son tan letrado por fer otro latino
Bien valdría como creo una copa de bon vino

—Le dio un beso y lo despidió por todos nosotros.

—¡Caballo! Amemos primero y luego la moral –dijo el inconsciente colectivo del planeta.

244

CAPÍTULO NUEVE

Buenas, regulares y malas palabras

Buenas palabras son las que nombran los primeros pasos de la infancia. A, B, C, abecedario, balbuceo, gateo primero de la lengua, que nos ayudó a crecer desde el kindergarten hasta el último grado con las letras del español metidas en el alma. Primero fue m, a, *"ma"*, p, a, *"pa"*, mamá, papá, cantados por la maestra con el himno nacional, para llenarnos de voces que brillan como astros en la acera de enfrente: casa, abuelo, hermano, primo, amigo y también maestra, Belén, la palabra más sonora que nos trajo Colón en sus barcos. Fricciones las hubo. A Cristóforo le encomendaron domesticarnos con cruz, espada y alfabeto, pero las letras ariscas de aquí no se dejaron y al almirante no le quedó más remedio que llenar las bodegas de sus barcos con maíz, arepa, tzité, papa, comal, petate, disturbios verbales que nacieron libres como los pájaros. El viejo mundo se contaminó con nuestros pareceres cuando la canoa primigenia le partió el espinazo al Atlántico y, se metió, de primera, en el diccionario de los españoles para obrar el prodigio de alisarle los requiebros a la "zeta" del corazón, que por estos lares nombramos con "ese" sibilante. Esas son las palabras deseadas, las que ponen a la gente en una órbita global, como Sem, que salió del Arca de Noé a sembrar sus semillas sobre la faz de la tierra, para llenarla de semejantes después del diluvio universal.

Las malas palabras son las primeras que uno se aprende en el *fucking* exilio, a menos que en ese extranjero también hablen español y digan, coño, que es más o menos lo mismo. *Bull shit,* después, cuando te emparejas, te das cuenta de que no es tan *fucking* la cosa, excepto por las madres de los *mother fucker* militares que se pusieron las botas para pulverizarte.

Las regulares son las más disputadas como empleo y trabajo que, si no te metes en los bolsillos aunque sea una de las dos, te las vas a ver más negras que los *homeless.* Hay una diferencia notable entre ellas. Empleo, es cuando logras trabajar en una publicidad como *Cañavera Advertising Inc.,* o algo parecido donde se te hace la vida más llevadera. La otra sirve para nombrar el trabajo hereje que pasas cuando no te queda más remedio que hacer de valet parking o de subalterno de un tipo con cara de piedra picada de viruela. Paciencia que eso dura poco, te dice uno que ya pasó por eso, José Lagos, un perito en desmadres que vivía ayudando a cualquiera para enderezarle los caminos, hasta que el suyo se trancó para siempre: aquí uno termina haciendo lo mismo que en su propio país, pero tienes que vivir apostando por lo imposible. El oráculo hondureño se peló sólo en el *timing* de la entrada en *Cañavera*, y, luego, se ajustó milimétricamente a los lapsos del azar cuando, en un *break* de esas subidas y bajadas bilingües, *back and forth* entre Miami y Tampa, Abel se enteró por medio de un correo electrónico de Vicky Fullop, "remitente cerca del cielo" (el doble de Cindy Crawford, con lunar y todo lo demás, pero trastocada con ese swing latino que pone las rodillas a sonar como maracas) de que en *La Gaceta Newspaper* estaban buscando un *Spanish Editor.*

Sonó un teléfono celular y Leonardo y Moira se despertaron de súbito en el sofá.

—Está bien, Lía, ya vamos para allá –dijo Moira mirando hacia los lados para tratar de orientarse–. ¿Qué hora será?

—Acaba de ser mañana, son las doce y cinco de la noche.

—¡Mi madre!, vámonos Leo, me tengo que levantar temprano a limpiar la casa, eso está que es un desastre.

—¿Y ustedes no tienen hambre? – se ofreció Toby con su cara habitual de complacedor de gente.

—No Toby, gracias pana, pero la verdad es que no aguanto y los muchachos se preocupan –le agradeció Leo, que ya desencajaba de lo sobrio que quedó. Tatiana y Linda fueron a ver los propios en el *family room*, pero el silencio fue general por los pulgares en las bocas.

—Bueno chao, el próximo sábado en mi casa, viene Leonardo Vivas de Harvard (dijo con gesto de gesto) y le voy a preparar una cenita, avísenle a Alexis que es amigo de él, de la época del socialismo psicodélico. Es posible que también vengan Moisés Naím y Miriam Kornblit.

—¡Ay!, pero qué caché –apuntaló Valentina–. Ya nos reunimos hasta con la élite de Massachusetts y de la capital del imperio. Chao.

—¡Adiós!. (Sonido de puerta que se cierra).

—¿Y ustedes? –repreguntó Toby con ganas de lucir su gastronomía circunstancial.

—Claro que tenemos hambre, lo que pasa es que el maíz del whiskey nos tiene engañados –dijo ansioso Pedro Pablo y Noly le dio con el codo.

—Tú debes estar muriéndote –lo consideró José Antonio–, lo único que comiste fue un plato de sopa.

—Es que Ronald no dejó ni para el consuelo –y bebió parte de lo bebible, viendo el resto que quedaba en la mazorca de vidrio. Ronald no le hizo swing pero levantó el vaso por costumbre del día, con el ojo en la botella que parecía suficiente.

—Pero vas a comer ¿no? –le presionó Noly el émbolo del hambre.

—Claro, ¡Salud! Por nuestro chef emergente.

—Ok, vamos a improvisar unas arepas Reina Pepeada –se levantó, fue directo a la cocina, abrió la nevera y sonrió hacia la sala–. Aquí hay medio pollo asado que todavía respira, eso lo desmecho rapidito, en un minuto lo que queda es *shredded* y par de *avocados* que sobrevivieron del sancocho. De mayonesa tengo varios frascos en la alacena, tú sabes, la costumbre que nos quedó de los golpes de estado.

—Toby, me tienes impresionado, hay qué ver cómo has mejorado –lisonjeó Andarcia.

—Sí, mi mamá jamás creería que estoy hablando inglés. Lástima que no sea tanto para contarles la historia de la Reina Pepeada en nuestro nuevo idioma. Eso le cambió el gusto al país.

—Pero bueno Toby ¿tú también eres *multitasking*? –precisó Vinicio para poner orden en el menú mientras se jalaba un buen sorbo–. Luis, ingeniero y filósofo. Toby, chef y antropólogo.

—Será antropófago –protestó Luigi por no dejar.

—Un momentico, más respeto o no hago nada. Antropófago es Ronald que se comió la ballena del sancocho y no dijo ni pío.

—No Toby, eso no es *fair play* –se asustó Vinicio–. Ronald lo que hizo fue vengar al pobre Jonás.

—Entonces me dejan echar el cuento de la Reina Pepeada, que en cristiano es "pepiada", o no hay vida. La historia es la historia.

—Toby ¿y tú crees que a estas alturas nos vamos a poner con esas sutilezas? Echa tu cuento que yo hago las arepas (Ronald).

Arrancó con que una familia Álvarez, harta de la pobreza del estado Trujillo, se mudó a la pobreza de El Guarataro, un barrio de la capital (o sea que no eran exilados sino insilados), donde, de tanta pujanza, esa que le viene a la gente de derrotar al frío de los Andes, logró con el tiempo y la espalda corva, comprar zapatos cocinando viandas criollas: empanadas, arepas, conservas de coco, besitos de lo mismo, suspiros y cuanto bocado transportable cupiera en una cesta para vender en la calle, sacarse peldaño a peldaño el escalafón de la carestía repartida con igualdad entre la gente de aquellos tiempos y, en menos de lo que dura un mordisco en la boca del hambriento, montaron una arepera por los lados de la Plaza Miranda, Hermanos Álvarez, jurisdicción cercana al antiguo Pasapoga en la memoria, el mismo *night club* donde "Ella la inolvidable", la chilena traslúcida, hacía enloquecer de lujuria a doctores y generales de Pérez Jiménez, que salían a cualquier hora del hambre a comerse aquel bocado indígena para sacarse la baja marea del champán.

—Toby, ¿por qué no echas ese cuento mientras comemos? –resintió Ronald amasando.

—No, porque es mala educación hablar con la boca llena. Mira, esta receta se hace rápido, es más fácil que mentirle a Santa Claus.

El híbrido de Claude Levi Strauss con Brillat-Savarin, nuestro Toby, *maître d'hôtel* de Ciudad Doral, separó lo crudo de lo cocido, pollo asado vuelto cabello de ángel que duerme en cama aparte, aguacate masajeado con tenedor hasta volverlo papilla de bebé y gotas de limón (*several*, varias en nuestro nuevo idioma) para que no se oxide en el plato hondo, sazonado todo con la historia del platillo y los desvaríos habituales en estos casos de alta rumba, hasta que los elementos entraron, finalmente, en promiscuidad gustativa dentro de un recipiente amplio de madera, donde reposa la salsa que le prepararon a Napoleón Bonaparte durante el cerco de Mahón, sobre una carne insípida y pasada de edad, como Josefina Beauharnais.

—Y para que ustedes vean que los quiero, no voy a usar la mayonesa de la despensa. Valentina, por favor, pásame los huevos y el aceite que los voy a batir a mano alzada, como si fuera la primera vez y échame un chorrito de scotch en este vaso, aprovechando que estamos trilingües.

—No, mi amor, nada va a ser como la primera vez, con la intención basta, sigue disfrutando, no se trata de esforzarse, sobre todo hoy, que es nuestro sábado, digo, domingo del Dios bendito. Ponle la mayonesa de la alacena, hay tres frascos, dos de la regular y otro *light*, acuérdate de que estoy a dieta – y se empujó otro *shot* de tequila.

—Es verdad Toby, ¿para qué tanto sacrificio?, aquí lo que hay es un hambre normal, que no es lo mismo que carencia –ayudó PP con esa finura que tiene para separar categorías.

—¿Entonces, se acabó el cuento?

—No, ya dijiste que lo de Reina Pepiada fue un homenaje de los hermanos Álvarez a la hija de un señor que fue a comerse una arepa de pollo con aguacate y mayonesa, en el justo equilibrio, para que no sepa más, ni a lo uno ni a la otra –recapituló Gustavo.

—Y los dueños de la arepera le dijeron que era un homenaje a Susana Duijm, por ser la primera Miss Mundo venezolana, en 1958 –abundó José Antonio.

—Que tenía un vestido de pepas negras en la foto de la pared (Montse).

—Y el señor les dijo: ésa es mi hija, mientras se comía la arepa. Y que se le quedó viendo al hombre del mostrador y le preguntó: ¿quién es la reina pepiada, mi hija?

—¡No!, la arepa, que de paso están listas –se empató Ronald en la culinaria–. Pero haz algo pana, para que sea gourmet, échale un poquito de mostaza de Dijón. ¿Qué, no tienes?

—Aquí tenemos de todo, hasta los ancestros de la reina pepiada deben estar rondando por ahí.

—Entonces, en homenaje a mi bisabuela Bischoff, ponle el punto "G" de la Dijón y haz una *delicatessen,* una arepa gourmet bien criolla pero en alemán y que se acabe la guerra fría de esta hambre tan brava. ¡Ah!, bueno, también brindemos por Jesús María González.

—¿Y por qué por Jesús María? –sirvió Noly su primera ración de reclamos que nunca faltarán en el futuro–. Tú vives obsesionado con ese muchacho.

—Es que ese fue el año que cayó preso.

—Entonces, ¡Salud! Por el alma de Jesús María –celebraron condumio y ayeres a un tiempo y los vasos sonaron de lo más contentos.

La noche se extendió hasta el infinito resplandecida de recuerdos, como lo quería Vinicio y cada quien se peleaba el turno para soltar los suyos convertidos en joyas exclusivas. Los "reos de nocturnidad" son una tropa de descreídos y vueltos a creer, que viven como si buscaran a Dios en los alcoholes, a deshoras, siempre a contracorriente porque la vida es una sola. Si fueran varias, podríamos ser santos en una, demonios en otra y seres redimidos de nosotros mismos en la tercera. Pero no hay remedio. Los bebedores buenos (porque también hay de los otros) se tambalean de felicidad como ángeles caídos en los botiquines. O en casas de los amigos para intercambiar santidades terrenas. Después vendrá la rutina con sus tropiezos, sus medias tintas y sus cacofonías a ponerlo todo plano hasta la próxima. Nadie ha podido desprestigiar a la noche, ni los lobos de Walpurgis, ni los lobos nazis de los cuchillos largos, que se caían a dentelladas para acaparar el terror. Bajo "el imperio de la noche" todos quedamos igualados como gatos pardos que aman, sufren, celebran y sueñan. Que nos damos a la melancolía para limarle las asperezas a la piedra del pasado.

—Toby, la verdad es que tú no nos sacas de una sorpresa –dijo Vinicio mientras se pasaba la servilleta por la boca, con la misma delicadeza de Gustav Von Ashenbach (en la película de Visconti) después que se comió una fresa en la playa del hotel Ritz, en Venecia, viendo al joven Tadzio como un fruto imposible–. Primero, el sancocho que sabía a Mar Mediterráneo de Margarita, que con eso bastaba, después, con ese estilacho tuyo, las consideraciones acerca del gusto del venezolano y, ahora, sorprendes con esta ambrosía inigualable de reina pepiada.

—Un momentico, a mí también me toca mi parte –reclamó Ronald con ese sentido de innovación que tienen los chef–. Porque lo de la mostaza de Dijón, que no está en la receta original (abrió la boca como si todavía tuviera hambre) le dio el toque exótico y le quitó el nacionalismo chocante.

—Y al whiskey también le toca lo suyo –terció Gustavo.

—Pero si a eso no le echaron whiskey.

—No, digo, es que el whiskey disminuye las exigencias.

—Mira Gustavo, no seas mala gente, esas arepas estaban divinas y tú sabes que yo no bebo –se molestó Tatiana.

—Por eso es que tienes tan mal carácter .

Luis Andarcia se atragantó con el último bocado y se puso bizco con pausa sepulcral. Jipío. Jiiii y pío. Asesío de eses rotas en la garganta... Comenzó a boquear con ojos de pez pescado. Verde. De verde a morado. Linda le dio unos golpes en la espalda y, cuando vio que ni tosía, salió corriendo a buscar un vaso de agua. Los demás no sabían qué hacer y Noly temió por la vida de su cuñado.

—Levanta la cabeza –intentó reanimarlo Pedro Pablo, mientras José Antonio lo abrazó por la espalda. Le rodeó el estómago con los puños entrelazados y entre los dos le presionaban el diafragma con enviones espasmódicos. Luis entró en una moradez peligrosa. Más presión sobre el estómago. Nada. Más presión. Morado. Presión. Nada de nada. Presión, o sea, un coñazo. Hasta que en el último sopapo Luis expulsó el bolo morticio sobre el ojo de Pedro Pablo, quien lo recibió estoicamente.

—Tómate el agua Luis, respira profundo, siéntate –le suplicó Linda. Después no se supo quien hablaba. Tatiana se escabulló buscando un coleto para limpiar el piso.

—¡No!, mejor es que se pare.

—¡Pero si está parado!, ¡ay! Virgen bendita.

—Entonces que camine, respira profundo Luis, vente, vamos para que tomes aire de afuera que es natural y no este oxígeno sanforizado –lo animó Linda en un recurso de habeas corpus y se lo llevó a la terraza exterior. Valentina le abrió la puerta.

Se puede ser serio a ratos, pero quedarse con la cara enjuta para siempre es una falta de delicadeza con los amigos.

Todos regresaron contritos a sus puestos, menos Pedro Pablo que fue a lavarse la cara y Noly puso su sombra. Una bruma indecisa se posó sobre las caras que no se atrevían a decir una palabra. Capitis diminutio. Silencio. Reparto igualitario de la pena ajena con los ojos que rotan entre uno y otro sin distingo. (Pausa más larga que de costumbre). Hasta que la presión bajó un poco por Pedro Pablo y Noly que regresaban del baño con sonrisitas compartidas. Vinicio desfloró la culpa.

—Miren, Luis es tan bueno y tan útil que evitó dos muertos (se acabó el luto momentáneo).

—Tiene razón Vinicio –salió José Antonio de alcahuete robándole el rol a Tatiana–. Uno, Gustavo ahorcado por Tatiana y dos, él mismo, auto muerto –Tatiana y Gustavo lo miraron sin que se les quitara el susto.

—Pero el segundo no es tan grave –dijo Gustavo sorbiendo de su trago para salirse de la escena del crimen–. Ese hubiera sido homicidio culposo. Y hasta Tatiana se empató en el torrente de liviandad que comenzó a irse en *fade* cuando Luis entró escoltado por Linda y Valentina.

—¡Pana!, la pelona sí es fea. Yo creo que me llevó por un ratico.

—¿Cómo es? (cualquier curioso)

—No sé, la verdad es que no tiene rostro, sólo se siente. Me quedé sin respiración, tenía un tarugo como el que se le ha podido atravesar a Gustavo en la garganta si Tatiana lo ahorca. No, en serio, se me borró el mapa mundi por un instante.

—¿Tú sabes lo peor de todo? –(Vinicio).

—¿Qué?

—Que no te terminaste de comer la arepa.

—Yo creí que no te había gustado (Toby).

—Sí, sigan con el relajo, como el finado no es de ustedes –se quejó Linda sin quejarse.

—No era, pero desde hoy nos pertenece –reconsideró Pedro Pablo–. Luis nos debe la vida a José Antonio y a mí.

—¿Y se las tengo que pagar ya?

—No, tómate tu tiempo.

—Entonces vamos a tomarnos un tiempo y un trago para celebrar el paseíllo por la plaza externa.

—¡Luis!

—Linda, deja la represión, éste es un país libre. Seguro que si me hubiera muerto estarías diciendo: ¡Ay!, pero quedó igualito (puso cara de plañidera *free lance*). Yo que lo fuñí tanto, yo sería hasta capaz de volver a limpiar casas si me lo devolvieran, ¡qué malapata!, si al menos le hubiera dejado tomarse sus traguitos se habría muerto feliz de la vida.

"No tuvo tiempo de montar en su caballo" cuando Toby apareció con una cubeta hasta el tope de hielo y cada quien se sirvió a sus anchas del *holy* scotch para renovar la fe. Las palabras resbalaron como venían antes del tarugo, sin miedo, explícitas, celebrantes, insufladas por las moléculas de cebada transmutable, alquimia secreta de monjes y abates, parábola moderna de la chicha con que nuestros antepasados Mayas de maíz cogían nota y decían que "nombremos nuestras cosas para que nuestras cosas existan". La vida pasada, presente y futura, se expandía respiratoriamente en el soplo de cada instante en que se levantaba un vaso para brindar. Como el bandoneón que aspira y espira en el justo momento en que el tanguero se mete en sus cabales dolientes porque "sabe que la lucha es cruel y es mucha".

—No es por echármelas de solemne, pero ¿ustedes saben en quién pensé en ese momento? En Abel. Yo no sé cuánto me duró el vacío ni dónde estuve. Pero ahora que pasó todo, me pregunto ¿dónde se habrá metido ese carajo en los catorce días que pasó en terapia intensiva?

—Muy sencillo, aquí –dijo Ronald mostrando la busaca que tenía escondida debajo del sillón para guardar cierto espacio respecto del de Cory y volvió a sacar el fajo de papeles. Los puso sobre la mesita, al lado del grabador y Cori le metió otro cassette–. Cada vez que me manda sus artículos los imprimo y los guardo. Los mejores me los llevo a la sala de edición, pongo las imágenes a digitalizar y mientras tanto leo.

—Entonces tú fuiste quien le salvó la vida.

—No, es que los dos aprendimos a salvarnos uno al otro cuando nos encontramos en Miami.

—¡Qué bello! –se enterneció Linda por los tres sobrevivientes.

—Ustedes se quieren mucho ¿no? (Tatiana).

—Y si no es por Cory terminan casados. Cory se le quedó viendo con sus ojos de Sión y Vinicio puso cara de palestino.

—¿Y se levantó a los catorce días como si nada? (Gustavo).

—No, como si todo.

—Ronald, estás cacofónico.

—No, cacofónico se habría quedado él si lo botaban del periódico. Resulta que Patrick Manteiga, el dueño, le dio tres vacaciones pagadas hasta que se recuperara.

—¿En serio? –se sorprendió Vinicio con la chequera floja.

—Sí, ese tipo es extraño, fíjate, ha habido momentos en que no tenía suficiente publicidad y llegó a pedir préstamos en un banco para pagar la nómina, hasta que se recuperó y nunca botó a nadie.

—¿Y cómo sabes eso?

—Por un artículo. Comenzó a barajar las páginas como quien busca el comienzo y el final de mundo, de arriba abajo y vuelta otra vez, hasta que salió el propio. – Aquí está… dice que… déjame ver… ya va… ajá: "Algunos dueños de medios de comunicación en español viven exaltando fechas patrias, glorificando el santoral de nuestras tradiciones, protestando por las injustas leyes de inmigración, haciendo ediciones especiales de prensa, radio y televisión, con ánimo de agricultores en busca del puñado de dólares que germina de nuestras raíces. Pero, cuando la cosecha se pone difícil, resuelven la situación haciendo el sacrificio de salir de los empleados, dejándolos como tubérculos inmigrantes en cualquier terreno baldío. Los latinos en el exilio somos una marca comercial desechable".

—Ño, a eso le sonaron las pailas del capitalismo salvaje (Vinicio). ¿Y de qué país es ese tipo?.

—No dice, pero mira cómo termina "…Son demasiados los sacrificios que hace el empresario de marras, cuando piensa en lo que se ahorra al no pagarle seguro médico a los empleados, mientras contempla la piscina de su casa nueva".

—Entonces resulta que los gringos son una mierda (Montse).

—Será que el tal Patrick es un marciano –se abismó Valentina, quien tiene sus bemoles con la gente de la televisora en la que escribe.

—No, ése es un americano serio y generoso –dijo Cory en su bautizo de fuego. Los americanos también tenemos alma.

—¡Un trago por mi mujer!, ¡Un trago por mi mujer!, ¡Un trago por mi mujer! –se levantó Ronald exaltado junto a la exaltación de todos. Vinicio celebró con *Allons enfants de la patrie* y loas etílicas contra las tiranías. Aplausos. Venias. Salutaciones. Luigi flameó un mantel como bandera y Tatiana intentó imitar a la impúdica Libertad del cuadro de Delacroix. Gustavo le enseñó la guillotina y continuó el verbiloquio.

—¿Y qué hizo Abel?

—Por poco no le prende velas al tipo. Le dijo que le aceptaba dos vacaciones, pero que ya él podía trabajar. Vino a recuperarse en casa de su hermana en Miami y montó la edición aniversaria del periódico desde aquí.

La Gaceta Newspaper nació del humo de los tabacos de Ybor City. Ano Domini de 1922. Las manos de los torcedores hacen girar la hoja dócil sobre la mesa de labores alineadas con rigor de trenes, mientras Victoriano Manteiga se inaugura como lector en la *Morgan Cigars Factory*, en el 1403 de la calle Howard, una de las tantas tabaquerías que llenaron el mundo de *Tampa Hand Made Cigars*. Llega todas las mañanas a las ocho con los acontecimientos recién cocinados en las rotativas de los diarios, para que los obreros sepan que el mundo está cambiando. Se acaba la novedad y saca de su maleta las viejas noticias de libros que puyan como puyas sobre los ojos del mundo: *Los miserables, Don Quijote, El Conde de Montecristo, Fortunata y Jacinta, La vida es sueño, Don Juan Tenorio, Tragicomedia de Calixto y Melibea, Historia de la vida del Buscón,* mientras los tabacos se acumulan sobre canaletas como billetes fumables en su momento. Los torcedores deciden el libro que toca cada semana prevalidos de su condición de *payers*: pagadores de veinticinco centavos mensuales cada uno, para que quienes sepan leer también coman.

Victoriano llegó "ligero de equipaje" a esta bahía vuelta tierra firme en la Bahía de Tampa en 1913, con sólo dos trajes, de lino blanco, eso sí, para comenzar al día siguiente su primera aventura con alimento, como si el futuro esperara siempre por el hombre oportuno. Más diez dólares en los bolsillos y esa manía de cierta gente con espíritu templario (que apuesta por imposibles) sacándole el cuerpo a Cuba, que no es una cubata de ron y Coca Cola con un chorrito de limón, sino un terraplén rodeado de abusos por todas partes. Se vino y fuera. Pero aquí también los hay. Homo homini lupus. Y, de una vez, los lobos comenzaron su aullido cuando Victoriano, Vito, Vitico, "amaneció de bala, magníficamente bien, todo arisco", porque el costo de la vida en Tampa subía, los salarios se quedaban en el mismo piso de siempre y decidió fundar un sindicato. El destino se le atravesó en las páginas del *Tobacco Leaf* como la cuchilla de los torcedores sobre las hojas desprevenidas: "(…) en nuestros días el lector ya no es solamente un actor, sino un agente diseminador de las ideas anarquistas más radicales (…) Todo eso representa una continua aberración y un peligro para la comunidad. Los lectores deberían ser abolidos". (Traducción nuestra).

A Victoriano le abolieron el oficio pero no le cerraron la boca. Se fue de la fábrica con la lengua echando humo. Las palabras se le volvieron rabia en la punta de la lengua y, el veintidós de mayo de 1922, salió el primer ejemplar de *La Gaceta de Tampa* a defender todo lo que se moviera en español, impreso en papeles que se riegan como mariposas noticieras por la ciudad, el periódico donde me gano la vida decentemente. Tampa es también el nombre de un hotel en la Calle Real de Sabana Grande, en Caracas, donde vivió Diógenes de La Rosa, indio insigne que ayudó a redactar los tratados para devolverle el *Canal de Panamá* a Panamá. Yo lo conocí por mediación evangélica y beisbolera del Negro Harris en el Rugantino, un restaurante que quedaba en la planta baja del hotel vaporiento. De todos modos, Victoriano debe haber sido como mi abuelo, que olía a caramelo y naftalina.

—Coño bróderes, perdónenme la *"animula, vagula, blandula"*, pero es que ese cuento es para llorar –dijo Vinicio con las lágrimas ahí. Montse le apretó la mano fuertemente para que no se le licuaran.

—No, eso no es un cuento, es historia, está escrito (Ronald imponente y bebiente).

—Bueno, sea lo que sea. Un brindis por Victoriano Manteiga y otro por Abel que se salvó de vaina.

—¡Salud! –exaltó Pedro Pablo–. Y menos mal que ustedes no conocen ese pueblo. Si no, estaríamos brindando lo que nos queda de domingo por cada rincón. Todos tienen su misterio. Hasta dimos un paseo por el río Hillsborough y me volví a acordar del Misisipi y de Mark Twain. Hay asuntos indecibles. Y se abrió de súbito el telón de la memoria reciente.

—¿Sabes quién es ése? –me preguntó Abel cuando subíamos la escalera de un restaurante de Ybor City en la Séptima Avenida.

—¡No puede ser! –me quedé frío como el bronce cuando lo vi recostado de la pared leyendo el periódico.

—Es Roland, el hijo de Victoriano –se quedó ensimismado, cogió aire y continuó–. Tongolele (la vas a reconocer por los piernones y el tumbao) me había dicho en Cañavera que tú que estás enamorado y te la pasas en el sube y baja, háblate con Pat Manteiga, a lo mejor hay un chance. Yo conocí a su papá, donde vayas te lo encuentras, es la memoria de Tampa. Y no podía creer cuando lo vi el primer día que vine aquí con Adela.

—¡Qué increíble! –le dije sin ánimo de contradecirlo.

—Sí, él heredó el periódico y le cambió la cara. *"Someone had to bring the cookies"*, decía.

—¿Traer las galletas? –se sorprendió Linda.

—No, Linda, los dólares –aclaró Cory, quien entró definitivamente en la tribu desde que brindaron por ella y se convirtió en la primera judía Miccosukee–. Es que los americanos también sabemos hablar en metáforas –y todos pusieron ojos de galleta americana. Ronald se infló imitando un gallo en ciernes y se empujó un trago. Todo oídos.

—Yo, hipnotizado por la visión y él siguió en torrentera. Que era el único periódico en español, que Roland lo hizo próspero pero más de una vez se vio en problemas.

— Imagínate que cuando no tenía con qué imprimirlo, pedía prestado a un banco, compraba el plomo para el linotipo y cuando salía la edición de la semana, volvía a vender el plomo para pagarle a los empleados.

—¡Qué increíble!

—Esa fue la época en que le incorporaron las secciones en inglés e italiano. *When Latin wasn't cool* y claro que no era chévere ser latino, imagínate, si todavía algunos gringos nos ven como bachacos.

—Me lo estoy imaginando y cada vez me sorprendo más.

—Roland era un duro, vivía llevando la contraria, hasta que por denunciar a unos gánsters que hacían negocios con comisionados de la alcaldía, le cayeron a tiros y parece que retó a un tipo a duelo.

—Es que me lo estás contando y no lo puedo creer.

—¿Qué?

—Que ese no es ningún Roland Manteiga –le aseguré y se me quedó viendo como si yo fuera él.

—La estatua era la del Conde Cattáneo. Fue como si lo viera salir de su casa en la Luisa Cáceres de Arismendi, la misma cara, la misma expresión, el flux de lino, igualito al busto que le hicieron en Guayana. Y los tiros y el duelo sonaban a la misma historia. ¿Será que hay gente que nació para las estatuas? Si ustedes hubieran conocido al Conde Cattáneo me darían la razón. Mientras subíamos la escalera hasta el bar, volteaba de vez en cuando hasta que nos sentamos en la barra y se me vino a la memoria Néstor Cabrera.

—*Please sir, two Ballantines twelve, on the rocks and couple of glasses of water on the side.* Ok, ahora que estamos de confidencias y entraste en el misterio, te voy a decir algo. Yo aquí me he encontrado con los dobles de todas las personas que he conocido en la vida. Eso que te pasó a ti con Roland Manteiga, me ocurrió igualito con Patrick cuando empecé a trabajar. ¿Tú te acuerdas de Arminio, en la escuela de Letras?, un tipo alto, ingeniero, mal encarado. Lo que no me sé es el apellido .

—¿Arminio? ¡Ah!, claro, un tipo altísimo que se levantó a Nubis, la del combo de Lavinia Pinto, qué vieja tan alcahueta.

—Sí, claaaaro, Lavinia y Dacha Nazoa se graduaron de brujas light en el mismo aquelarre.

—Y te aseguro Ronald, tú que eres el más descreído, fue como si viera a Arminio instalado en Ybor City y al par de señoras volando con sus escobas por la rampa de la escuela de letras.

—Espera un rato –me dijo en trance. Ya vas a ver cómo se aparece toda la trulla, Stefania Mosca, Liliana Perna, Susana Benko, Isabela Track, la Mini Rasquin, Rosana Plascencia, Pili Arteaga, Morela Guanipa, es posible que hasta Rosina Gamboa, que aunque era mayor, tenía cara de estudiante y le ponía entusiasmo a la cosa. Hasta a Leonardo y Carola los vas a ver pasando por el frente.

—¿Mis hijos? Claro, eso es más fácil, como aquí hay tanta cabeza amarilla – y se los juro, empecé a ver a los dos en cada rincón.

—Dime algo, tú que te la pasabas metido en casa de Lavinia –me devolvió a la barra cuando me vio distraído, volteando hacia los lados a ver todos los Leonardos y Carolas que podía contar–. ¿Cuántos años tendría cuando empezó a estudiar letras?

—Todos.

Llegaron los escoceses y brindamos por el combo, en especial por Lavinia y Stefania. Cansadas de tanto lustre, lastre y precipicios domésticos, pidieron un receso y se fueron del planeta hace algún tiempo. ("Las mujeres que me amaron de seguro han muerto"). El primer trago duró poco. "Bebamos rápido antes de que nos emborrachemos", Oscar Sambrano Urdaneta dixit. Los recuerdos comenzaron a corporeizarse frente aquella barra y pasaban a intervalos del whiskey que brindaba por cada uno. La Mini caminó meneando su exorbitancia de fundillo, con el cabello de mostaza cruda que le llegaba hasta el mismo, persiguiendo a un melenudo que caminaba apurado como si lo estuvieran esperando. Liliana casi flota de lo chiquita que es y no le opone resistencia a la tierra. Rosana, que tenía un perfecto acuerdo entre sonrisa y lo demás, pero que se dejó atrapar por un golfo sin que nos dieran ningún chance. Pili con cara de quien no cree en nada, se escabulló entre el gentío y se metió en un teatro porque eso es lo de ella. Nubis corriendo detrás de la risa que siempre se le escapaba sin querer. Y Morela Guanipa, de última, con cara de abuela para corregirles cualquier desatino.

—Pero es que no me tienes que convencer de nada. A mí me pasó lo mismo en Miami cuando conocí a Eugenio Llamera. Mi papá en cubano.

—¿Te das cuenta? Por eso fue que cuando me entrevisté con Patrick me asusté todo.

—¿Por qué?

—Me citó ahí, en el Tropicana, el restaurante que te mostré cuando veníamos hacia acá. Allí heredó la mesa desde donde despachaba Roland y se la reservaron para siempre.

—¿Y entonces?

—Tenía la misma cara de cañón de Arminio pero en inglés.

Es posible que las cosas ocurran igualitas, pero es bueno volver a vivirlas para darle al mundo el beneficio de la duda.

Abel viajaba todos los fines de semana desde Miami hasta Tampa, durante dos años, cuatro horas subiendo y las mismas bajando, tratando de escapar de la metrópolis pueblerina, acumulando millas en el motor del carro y una escoliosis que le puso la columna vertebral como una "s" sin silbido. Intentado decirle adiós a la gran ciudad, donde cada día aparecían edificios, avenidas, complicaciones y pecados nuevos. Las grandes ciudades siempre están en construcción y cualquiera se pierde buscando la vida por la calle que no existía ayer. Mientras que las más pequeñas, las que pastorean en las provincias de centro y norte de la Florida, flotan sobre una atmósfera de inocencia americana donde el tiempo pareciera no tener apuro. El amor facilita lo imposible y, un buen día, nuestro muchacho esterno-cleido-mastoideo ganó las oposiciones para *Spanish Editor* de *La Gaceta Newspaper*. Montó su vida en un remolque de *U-Haul* (Adela lo ayudó a manejar) con muebles, biblioteca, discos, sueños y todo lo que puede cargar un ermitaño gasífero entre pecho y espalda (pensando en el día en que todo le cupo en una maleta) y amaneció en la Bahía de Tampa, donde, hasta los marinos españoles encontraban refugio, primero que nadie, porque los huracanes le sacan el cuerpo a la gente voluntariosa y a las bahías curvas por causa del amor.

—Y no te sentías cansado en ese tejemaneje.

—No, la adrenalina es el mejor estimulante. Le pedía permiso a la Leona para salir de *Cañavera* a las tres de la tarde del viernes. Desde las dos se me disparaba un chorro que me ponía eléctrico y me duraba hasta llegar aquí a las siete de la noche. Los lunes salía a las cinco de la madrugada y estaba en Miami a las nueve, a la hora de entrada, aunque con el tiempo me dejaban llegar un poco más tarde.

—¡Caballo! –pensé para mí mismo tratando de imaginar el kilometraje del carro y del alma.

—Sí. En la agencia todo el mundo lo veía extrañado y eso que ahí nadie se abisma por nada –recordó Gustavo–. Cuando ya tenía como un año en lo mismo, Soledad le preguntó.

—Mirá. ¿Por qué no te llevás un clavo?

—¿Para qué? –le preguntó él de muchacho pendejo.

—¡Che!, para que cuando regreses te hagás la rayita en el culo.

—¡Qué barbaridad!, me dolió –dijo Pedro Pablo y sorbió largamente para recuperar las confidencias de aquella tarde en Ybor City–. Pero como que no le hizo falta porque estaba finito, a pesar de los viajes y del susto cuando estuvo a punto de irse para siempre. El corazón sano.

—Gracias a eso, ahora sí estoy en los Estados Unidos, valió la pena –dijo sobre lo último del vaso y se dio bomba en *spanglish*–. Téngase la fineza, *sir, one more round.* Y el bartender entró en confianza.

—Yo también hablo español, uno poquito –desde ahí se hizo pana y nos daba los tragos mejor servidos. De pronto se quedó callado, puso la vista fija y me haló por el brazo.

—Mira, mira, Pedro Pablo, ahí viene otra vez, la Mini persiguiendo al melenudo, parecen novios que se hubieran peleado –y de verdad era la Mini, igualita, con el pelo de mostaza por la cintura.

—Pero ese pelúo se parece a ti, aunque con treinta años menos –y, de súbito, me quedé helado con la aparición de dos carajitas que se sentaron en los taburetes al lado.

—Bróder, la de la izquierda es idéntica a Liliana, mírale la cara de quien no mata una mosca. ¡Ah!, no, y la otra es Pili, hasta tiene seis dedos en cada pie.

—¿No te lo dije? Es que todo el mundo se repite.

—Yo sé.

"Las cosas amables, las cosas sencillas, las cosas se juntan como las orillas", dijo Abel cuando llegó con David a la casa de Adela y estaban todos los Alizo convertidos en comité de recepción reencontrado. Los trujillanos sufren de liviandad geográfica y de pronto se reparten por el mapa del mundo como si les perteneciera. Guido y la parentela, con nombres a la usanza aristocrática pero sin dinero: Guido I, *il padre padrone* (a quien pasaron a retiro definitivo). Guido II, que llegó con Susan, una cubana testimonial de mucho carácter que se lo agarró para ella sola sin discusión y, Guido III, un chamo bien despierto que no le tiene miedo a la vida (lo mío es Nueva York y se fue sin pedir clemencia) son ejemplares renovados después de ser Guidos sin título. Juan Carlos sí es un príncipe de la cuarta dimensión. Carmen Celeste, la heredera del donaire, a quien le cambiaron el nombre porque de verdad se parece a Sissi, la emperatriz de Austria, casada con Andrés, no muy agraciado, pero con un gran sentido del humor, muy conversador, que se decía familia de Simón Bolívar porque tiene el pelo chicharrón. Adela bien linda como le había dicho David. Sandy, María Isabel y Carmen Isbelia, las hermanas, atentas a cualquier movimiento para ver si el prospecto era bien buenmozo y educado como les dijo Adela. Al final quedaron de acuerdo junto a Maritza, su mamá, en que no estaban de acuerdo. Ése no es para ti. (Las pitonisas existen). Y, encabezando la mesa, la abuela Carmen, con todos los años del mundo. Bendición le dijo de entrada y Dios me lo bendiga, lo santiguó, metiéndolo en la familia, de una vez, porque qué encantador ese muchacho.

"¡Salud! Para que parezca fiesta" dijo Guido, el viejo. David sacó de un macuto terciado a la bandolera un ejemplar de *No más Lily Marleen,* su último libro. Y una busaquita con hierbas provenzales que se trajo de Francia a su regreso de Grecia, con las que preparó un *coq au vin* delicioso. Adela y no botes lo que queda porque yo te conozco. Mañana hacemos unas arepas. Toda la noche se dijo salud para que pareciera fiesta y acordaron que cada sábado se iban a rotar de casa en casa, hasta que la noche no pudo más y todos terminaron pareciéndose a sí mismos.

—Pero bueno ¿y qué día naciste tú? Trabajas en un periódico, tienes un programa de televisión…

—Nací un martes 13 Pier Paolo y el programa me lo quitaron. ¿A quién le va a interesar que estés haciendo una campaña por la defensa del español? Eso no da dinero y a la gente que trabaja en televisión no le gusta que le enmienden la plana.

—Eso es verdad. Pero al final saliste ganando porque conseguiste quien te adoptara.

—Sí, yo conocía a los Alizo desde Caracas, fue como si nos hubiéramos visto ayer y nos acostumbramos a… a la costumbre. Todos los fines de semana nos reuníamos y no sé cómo la gente se enteraba. De pronto se aparecía César Segnini, que tiene una galería de arte en Miami. ¿Te acuerdas, el dueño de la Durban en Las Mercedes?

—Sí claro.

—Un sábado se encontró con Argimiro Briceño, se dejaron caer por aquí y las parrandas se mudaron a la memoria de Valera, al Alto de Escuque o la Mesa de Esnujaque.

—¿Y a esos no les has encontrado su doble?

—No, tampoco exageres, ¿tú te imaginas a los Guidos?, con dobles serían seis. Además, a los trujillanos no los puedes clonar.

—Sí es verdad, yo no creo que Oscar Sambrano Urdaneta pueda tener un clon.

—No, ese es único. Oscar siempre fue irrepetible. Estudiamos en bachillerato por sus libros, luego nos dio clases en la universidad y además me dio mi primer trabajo como investigador en La Casa de Bello, cuando estaba por graduarme.

—¡Qué caballerazo! Yo sé por qué es imposible repetirlo.

—¿Por qué?

—Porque nació en Montecarmelo.

—No, de Montecarmelo era Roger Godoy, que en paz descanse, Oscar era de Boconó.

—Entonces fue que San Juan de la Cruz le puso el ojo desde allá.

—Y le sopló las ocurrencias. Él es quien dice que Caracas tiene un buen lejos.

—Un brindis por eso.

—¿Pedimos otra ronda?

—Clarividente y sonoro –le dije imitando a Adriano González León y seguimos recolectando gente.

Ybor City tirita de melancolía. Sus calles están llenas de grietas que le escribió la historia cuando Tampa creció borrándole las fronteras al pueblo padre. La vida y su gente fueron curando las heridas del tiempo con adoquines para poner piedras nuevas sobre los pasos viejos. (Si la vida estuviera llena de adoquines y no de piedras sería más fácil). Y, allí, están las huellas de peatones de toda pelambre, de los translúcidos convertidos en piedra volátil como José Martí, que anduvo por estos sitios tras la pista de sus sueños inconclusos. Las de los voluntarios que se enrolaron para la Guerra contra España y hasta las del lobo mayor que se birló la historia de Cuba, haciéndose pasar por oveja. En las paredes memoriosas de *La Gaceta Newspaper* está la foto de Victoriano con la colecta que fue a parar a manos torcidas, cuando se creía que eran rectas.

Recta fue la línea huidiza desde el puerto de Mariel hasta el hueso duro de roer de Key West. Noventa millas para ser gente. ¡Vaya!. Se formó un tuyuyo en la embajada del Perú en Cuba y más de diez mil protomarinos se asilaron pujando por salir de la isla o morir de mengua o de tiros. Da lo mismo. "Morir, dormir, tal vez soñar. ¿No más?". El embajador peruano se puso duro, se negó a entregar aquella masa irreductible, aun a riesgo de que le envenenaran el agua y el lobo verde olivo dijo que mejor es que se vayan. Llenó los barcos ferruginosos con dementes, presos comunes y espectros que andaban por la calle desvariando, sin poder encontrar la brújula del hombre nuevo. Leonardo Venta logró colarse junto a muchos que se fabricaron un puente con arena de playa, aprovechando que lo habían expulsado de la Universidad de la Habana por incongruencia ideológica con la norma literaria de callar. Cosió sus récords universitarios a la pretina interior de su único pantalón, escondió, no recuerda cómo, el *Paradiso* de Lezama Lima, una foto de su mamá (por si no volvía a verla, como ocurrió fatalmente) y, a contracorriente del miedo y la penuria, montó su exceso de veinte años en uno de los botes que se disputaban la costa como hormigas marinas. Nueve horas. Nueve tramos. Y nueve años haciendo de mesonero y de cualquier suerte de suerte, hasta terminar asilado en *La Gaceta Newspaper*, donde reciben, sin preguntar, a cualquiera que le ponga estómago a las palabras, como hizo Victoriano en 1922, corrigiendo pruebas, asunto de nunca acabar, para que la gente sepa por donde vienen los tiros del mundo.

De Patsy Feliciano no se diga (me gustaría que se llamara Patricia "y yo humilde plebeyo") que a los trece años aprendió a conjugar el verbo huir con los huesos que le sonaban vueltos baquetas de pavor que tiemblan sobre el barco, mientras su papá y su mamá le aquietaban el frío con banderas en aquel mar crespo. Qué perfecta, que bonita, igual a la luna que amanece sin rencores en estas playas prometientes, disputadas, verbitantes, donde cualquiera que tenga un poquito de buena fe puede abrir sus ventanas cada día para ponerse de acuerdo con el mundo de tú a tú. También brindamos por los anónimos que todavía sufren de postración y no se atreven a levantar la voz, porque fueron educados en la trampa del temor que Patsy no siente y se le ve rumorosa por salones y pasillos de la universidad defendiendo todo lo defendible con buena fe.

Pero también está la gente rumorosa que pisa sin levantar polvo para no nublarle la vista a nadie. Cindy Crawford Fullop, digo Vicky (que debía ser

Victoria originalmente pero como todo cambia) vive mortificada (no miento) porque se le jodió el país primero. Bien fina y elegante, siempre de acuerdo con su sombra, Amalia Bracho Bosch, "bendita sea la rama que al tronco sale, morena saladá", es el doble de sus orígenes, la perfecta juntura entre Gabriel Bracho, quien vivía pintando arcángeles terrenos acuatizados en el Lago de Maracaibo y, Velia Bosch, musa y moza que nació cerquita de la casa de Marcos Vargas, por los lados de Canaima. Amalia se emancipó de asperezas ajenas y aprendió a vivir bonita de libertad criando familia sola, pero vuelta una con Nelly, que pareciera estar saliendo siempre de la peluquería, con su cabello amarillo hasta la perfección, las manos hechas para dar y recibir, si no le buscan pleito que siempre encuentra. Y, Maritza Pérez, igualita a cuando era estudiante de periodismo, hace la multitud de años, con su baba de pelo que le caía sobre las cejas y le sigue cayendo pero con hilachas de mango maduro. Nelly y Maritza son las copias de sí mismas. Ambas se rifaron su gringo, J. R. y David. Pero un hematólogo que vive alimentándose las venas con Jack Daniels, y, Rodrigo, el hermano de Amalia, que se siente con derecho a todo porque se recuperó a sí mismo en estas tierras mojadas, se hacen los suizos y las ven como si no tuvieran arraigo alguno. Guerra es guerra. Y, con el alma echando candela, María Lorenzo, una canaria al salmorejo que se vino buscando al conejo móvil de primera especie cuando llegó a Tampa, tratando de restituirse la estructura ósea de los sueños. Pero que va.

De pronto, una señora de armas tomar con la lengua que dispara rebeldías a lo Juana de Arco, desafiando el peligro de un resbalón sobre los campos de golf. Norma Camero de altos quilates que encontró la frescura de la lechuga en los bisturíes. También tenía su anglosajón, Bob, médico de cuerpos y de almas, un hombre bueno (todavía lo recuerda), que un mal día se le escapó vuelto gris de ceniza hacia las montañas de Colorado. Más atrás viene una marioneta resucitada, espíritu puro y juntura de papel maché que sabe a nobleza de goma laca y cualquier auto sacramental de muñequería. Raquel le dijo a Mambrú que no se fuera a la guerra, que dolor que dolor que pena, pero Mambrú no le paró bolas y se volvió trizas. Raquel se volvió Papel Maché Leonard y comenzó a fabricar muñecos de trapo para que la gente sepa que la gente existe aunque sea jalada por los hilos de otra cosa. Ella tiene algo de princesa que le sacó el cuerpo a la moda. *Ayyyy la moda,* gritó uno de sus últimos muñecos mudos. Alberto Marino sin agua se le quedó viendo, todo desabrido sin la "eñe" original de su apellido, preocupado porque la escuchó diciéndole a su sombra que no me sigas siguiendo y murmuró para sí mismo: hay ciertas cosas que la edad no debería permitir.

Quien tiene dos razones para no preocuparse es Al Frederick: siempre vivió entre Estados Unidos y Venezuela, como el pelotero que se embasa en tercera ligando un flay de sacrificio que lo ponga en *home* y saca ventaja por tener dos patrias. La segunda ventura es dulce y amorosa, Inmaculada, vuelta Macu por las calistenias del idioma que nació para nombrar las cosas de aquí, parecida a la reina de Saba, "racimo de flores de alheña en las viñas de En-gadi".

—No, la verdad es que Al es el doble de Xavier Arguello. ¿Te acuerdas?, aquel nicaragüense de la escuela de letras que le hizo un poema a Sandy Koufax.

—¡Claro que me acuerdo!

—¿Cómo era que decía?

—No, nunca me lo aprendí. ¿Te confieso algo, Abel?, yo también le escribí uno, debe haber sido por ese sentido de competencia nuestro. Un nicaragüense no puede entender de béisbol más que uno.

—¿Y te lo sabes?

—Mira Gustavo, si no me interrumpes te lo digo *da capo in fine*.

—*¡Avanti o popolo, alla riscossa!*

—Noly, ¿me puedes servir un traguito para respaldarme la memoria?

—¿Y no es suficiente con lo que has tomado?

—Nada es suficiente sino necesario. Deja que me quieras para que tú veas.

—Bueno, pero ya casi te quiero.

—Entonces no discutamos, échame un chorrito que ahí voy. Suspenso de gotas auríferas.

Sandy Koufax
    lanzador de arenas
    domesticador de bolas de ceniza
Kiufaxtrómico
    amo de la zona del strike
Cruel serpentinero
¡Maravilla!
    ángel exterminador en el diamante
Los bateadores ante ti se postran
    como el día del juicio final

Aplausos en la sala que se llena de curiosidad femenina.

—¿Ese Argüello es familia del boxeador que se suicidó?

—Primo.

El disparo quedó retumbando en la sala. Se hizo una pausa involuntaria que preludiaba el bostezo de la noche. Hasta las noches se cansan y caen como fardos sobre los ojos de la gente con su dictadura. El alcohol ayuda. Las lenguas se enredan pidiendo taima hasta mañana, que es hoy. Las mujeres ven con molestia los resortes desvencijados de sus maridos. Algo de luto baja como un telón cuando se acaban las fiestas. Las palabras rebotan sobre frentes bamboleantes de porfiados. Flotan recuerdos vueltos barbas de viejo puestas a secar. Hastío.

—¿Ustedes saben quién se me apareció en Tampa?

—Sí, ya sé, Jesús María González – lo miro Noly con cierto... *eso.*

—Epa güircho, ¿cómo te portas?

—¡Ay!, no, Piero, por favor, olvídate de eso, que te pones muy triste y se me encurruja el alma.

—Que va Noly, déjalo quieto, los porrazos hay que sacárselos y con el aguardiente resbalan más fácil.

—Es que cada vez que habla de eso se le salen las lágrimas y se pone chirriquitico.

—No importa, llorar limpia el corazón y además él no va a seguir creciendo –trató Vinicio de parapetear la tristura.

—Lo que pasa es que me pongo en el lugar de Chemaría.

—¡Ay! no –se lamentó Noly como si le viera las torturas.

—Las pesadillas sangran igualito y, cuando me despierto, el insomnio.

Pedro Pablo está corriendo entre los carros que sudan su vapor en el estacionamiento del centro comercial. El cuerpo se le comienza a confundir con la pasta nebulosa hasta que se vuelve aire. El aire sopla dentro de la flauta de sus huesos tocando la banda sonora de una película. Las escenas entran sin orden ni concierto, borrosas entre la bruma. Hay una calle larga donde un señor con cara de abuelo y gorra gris de portugués, barre la acera recogiendo despojos de los pinos alineados a diestra y siniestra. La silueta lo saluda desde la infancia. El fogonazo deslumbra la pantalla y salta una pelota que da directo en el vidrio de una ventana. Cuerda de vagos. Sin oficio. Grita una celadora de las buenas costumbres. La calle queda desierta de zagaletones. Una bandada de palomas vuela en estampida. El aleteo se funde con la sirena ululante. Jesús María llega en la ambulancia con el cuerpo sin cuerpo. Se cuela una foto de Pedro Pablo delante de un mapa de Venezuela con una cartulina: Escuela Gran Colombia. Está triste porque el cemento de la dictadura se le metió en la cornisa de los ojos. La tristeza es lo único igualitario de las dictaduras. Calle abajo, la cabeza de su papá corona el cuerpo de un caballo. Relincho que mide el tiempo. Pedro Pablo está frente a un pizarrón. Sus alumnos escuchan atentos. Habla. Discurre lecciones. Las palabras se adelgazan en susurros, mientras se va volviendo sombra hasta el borrón y cuenta nueva. Se enciende una luz. Está sentado en su escritorio leyendo *País Portátil*. El libro se descuaderna como hojas del calendario que acumula más años de los que su cuerpo puede soportar. Caen las hojas. Hojas y horas le transcurren por la vida. Comienzan a volar por el cuarto. Suenan pájaros. Un sonido negro bate sus alas. El zamuro, buitre o zopilote, cualquier bicho de muerte, se posa sobre un escritorio frente a la silla coronada por el cenital que alumbra la frente sudorosa. El esbirro hace preguntas al tiempo que saca el bate de béisbol y hace un swing que se detiene sobre el pecho. Pedro Pablo cierra los ojos y respira profundo pero no siente nada. Abre los ojos y el tombo tiene el mazo al hombro para descargar toda su furia. Ahora sí. El pajarraco, zamuro-buitre-zopilote, le salta sobre el vientre y empieza a sacarle las tripas. Pedro Pablo pega un grito que lo despierta.

—¡Ay! Dios mío –se persignó Noly y todos los demás mudos–. Después de eso nadie puede dormir. Pero yo te voy a curar.

—Yo sí creo, porque tú eres muy dulce y tus ojos duermen y despiertan a cualquiera. Lo que no vas a poder es curarme los oídos.

—¿Y cómo así? –lo encariñó en colombiano rozándole la barbilla con sus dedos de gaviota.

—¿Tú sabes lo que hizo el Chema cuando sanaron las heridas y se pudo levantar de la cama?

—¿Qué?

—Sacó un revólver que tenía escondido y se dio un tiro...

La jornada se fundió en sus estertores. Pedro Pablo y José Antonio se fueron igualados con las sombras y su perfume nocturno. Cabiciertos, bajismundos, adivinando la calle que los mantenía untados a la vecindad de los amigos.

Misma calle, mismo todo, con las diferencias naturales que el grabador registró en voces de cada cual en lo suyo. Caminaron pensando en la próxima vez para seguir ajustándole cuentas al pasado.

—¿Sabes a qué huele?

—A pino.

—Pero aquí sólo hay palmeras.

—¿Será el viento que se trae el olor de Pembroke Pines?

—No, allá tampoco hay pinos. Son los de la Luisa Cáceres de Arismendi.

—¿Estás seguro?

—Absolutamente.

—¿Y cómo lo sabes?

—Porque los estuvimos nombrando todo el tiempo y las palabras nos están devolviendo el olor.

—¿A qué huele un pino?

—A recuerdo.

—¡Qué bonito! Te voy a decir algo. Creo que deberías pensar en escribir todo esto.

—¿Tú crees?

—¡Claro!, si todo está grabado. Le quitas algunas exageraciones y lo demás lo copias al pie de la letra. ¿Hecho?

—¡Hecho!, pero tú me ayudas.

—OK, yo dicto y tú copias.

—Palante bróder y vámonos a dormir que tu mamá se preocupa de que andemos a deshoras.

Entre Tampa y Miami, 2007-2013

Esta novela destaca a uno de los escritores más lúcidos de la contemporaneidad hispanoamericana. Otro de los cercados por *La conjura de los necios* que Jonathan Swift denunció en su tiempo. Al autor, aventado al destierro por el descaro totalitario, no lo amilanó esta circunstancia y se dedicó a escribir con una prosa ágil pero densa, tamizada por un fino aliento poético que seducirá al lector desde las primeras páginas. Aquí conviven diversos géneros literarios y gracias al estallido verbal con que las historias son narradas, el lector disfrutará una lectura a medio camino entre la realidad y la ficción, lo sagrado y lo profano.

Abel Ibarra nació en Caracas, se graduó en la Escuela de Letras de la Universidad Central de Venezuela y fue profesor en la Escuela de Comunicación Social. Con su libro *Rulfo y el dios de la memoria* obtuvo el premio de "Monte Ávila Editores", mención ensayo. *Jorge Olavarría, historia de la baja pasión que lo condujo al knock out*, es una crónica novelada de un momento político en el que podemos hallar las claves de los acontecimientos que condujeron a su país al desaguadero del autoritarismo. Actualmente vive en Miami donde ejerce el periodismo y produce programas televisivos de cultura. Fue el *Spanish Editor* del periódico "La Gaceta Newspaper" en Tampa, donde también condujo un programa de televisión destinado a hurgar en la etimología de las palabras de nuestro idioma español.

ISBN: 978-980-6406-76-6

9 789806 406766